暗月纪元

1

仐三

作品

四川文艺出版社

图书在版编目（CIP）数据

暗月纪元 / 仐三著. 一 成都：四川文艺出版社,2021.5
ISBN 978-7-5411-5584-0

Ⅰ.①暗… Ⅱ.①仐… Ⅲ.①幻想小说—中国—当代
Ⅳ.①I247.5

中国版本图书馆CIP数据核字（2021）第061663号

ANYUE JIYUAN

暗月纪元

仐三　著

出 品 人	张庆宁
选题策划	叶 茂　周 铁
责任编辑	陈润路　叶 茂
装帧设计	叶 茂
责任校对	段 敏
责任印制	崔 娜

出版发行　四川文艺出版社（成都市槐树街2号）
网　　址　www.scwys.com
电　　话　028-86259287（发行部）　028-86259303（编辑部）
传　　真　028-86259306

邮购地址　成都市槐树街2号四川文艺出版社邮购部　610031
排　　版　四川最近文化传播有限公司
印　　刷　成都勤德印务有限公司
成品尺寸　160mm×230mm　　开　本　16开
印　　张　53.5　　　　　　　字　数　910千
版　　次　2021年5月第一版　　印　次　2021年5月第一次印刷
书　　号　ISBN 978-7-5411-5584-0
定　　价　128.00元（全三册）

目录

ANYUE JIYUAN

1

第1章 精准本能

初夏正午，五十六摄氏度高温。炙热的阳光放肆地倾泻，干涸的大地上空气扭曲，可这片长在废墟残骸上的森林却呈现着一种异样张狂的生命力，似乎对如此的高温不屑一顾。

是的，这个时代的人，生而强悍，没有适应的，早已经死亡，这样的高温在2177年只是平常。

唐凌安静地趴在一丛铁芨草内，涂抹着一身掩饰气味的草汁，像一只潜伏的猎豹，沉寂而耐心。他的目标异常的简单，就是在他身前不足一百米远的一处水源。

水源很宽，在阳光的照射下，如同一面巨大的镜子，里面盛满了让唐凌渴望的三级饮用水。唐凌计算过，按照他的奔跑速度，恐怕不需七秒，他便可跑到水源处，痛快地喝个饱，甚至奢侈地洗个澡。

但活着哪有那么简单，如果能如此轻易地在这一处三级饮用水源取水，这里怕是早就被聚居地的哪一个势力霸占了，哪里轮得到他唐凌在此守候？

汗水从额头滴落，模糊了眼前的场景，只是依稀看见一群长着鳞片的巨大马匹在水边静静地饮水，时不时地甩动一下尾巴，驱赶着如拳头大的巨牛虻。它们看起来很温和，饮水时如此不疾不徐，可唐凌心里清楚这些变异鳞马有多么的恐怖，它们可以一脚轻易地踏破岩石，满身的鳞片就算铁戟也难以刺穿，更何况这群家伙看似优雅，实则暴戾，异类一旦进入它们二十米以内的范围，它们必然攻击。而且，是群起而攻之。

轻轻地，小心地，唐凌擦去了额头上的汗水，舔了舔干涸的嘴唇。按照他的计算，再这样下去，最多还需要三小时十七分钟，他便会因为身体严重缺水而陷入危机。幸好事情尚未让人绝望，两天来围绕着这处水源的小心观察，唐凌已经得出了一些经验，并且找到了如今这个最佳地点，他有把握。

五分钟过去了，这群变异鳞马终于喝饱了，兴奋地长嘶了几声，便集体缓缓地离去，消失在不远处的莽林之中。也恰好是在此时，从西北方向又传来了一阵震撼的闷响，感觉如同轻微的地震，若是有经验的猎人在此，一下便可听出，这是一群钢鬃猪在奔跑。丛林法则就是如此，族群之间厮杀的代价太大，所以形成了某种默契，避免冲突。因此，这处水源二十四小时都不会安全，总有这样那样危险的家伙来此饮水。

可唐凌却偏偏在此时动了，一直绷紧的小腿狠狠地蹬地，借助巨大的反弹力，加上爆发的速度，就像一支利箭笔直地冲向了水源。这是他唯一可以利用的机会，从变异鳞马离去到钢鬃猪到来，会有不到一分钟的时间差，关键在于钢鬃猪的视力非常差劲，不靠近百米以内，根本看不见唐凌的存在。这便意味着，它们那可怕的加速度冲撞不会发生在百米范围以外，算下来，唐凌有五十六秒的时间可以取水。

不到七秒，唐凌已经蹲在了水源处，喘息未定，他已经从怀中掏出一个大空瓶，开始朝着空瓶中灌水。

阳光依旧炙热，空气安静，唐凌的嘴角浮现出一丝笑容，两日的辛苦，终于要……可不想，却在这时，从密林中传来了一阵窸窸窣窣的声音，律动的频率极快。

难道？唐凌耳朵灵敏，这样的声音他第一时间就听见，震惊之下抬头，映入眼帘的果然是三只长达十一米的巨齿鳄，就在距离唐凌不到百米的对岸。怎么会有巨齿鳄？尽管气温高达五十六摄氏度，唐凌的额头还是渗出了冷汗！自以为两天的观察已经掌握了这处水源的一切，看来还是可笑。

在这个时候，巨齿鳄显然也已经发现了唐凌，不明的变异让这种鳄鱼的目光非常锐利，锁定了目标以后，它们爬行的速度更快了几分，很快就要接近水源。

"巨齿鳄的体型在变异鳄鱼中绝对是'小家伙'，但这些家伙眼贼，而且贪婪，只要觉得是它们能吃下的肉，就绝不会放过。只要发现它们，唯一的选择便是离它们远点儿。"唐凌想起了张叔的话。在聚居地的猎人中，张叔虽然不算优秀，但绝对是一个经验丰富、百科全书般的猎人。只是瞬间，唐凌面临的不过只是选择——放弃眼前的机会或者是继续。

这是一个很难做出的选择，可是在这个时代犹豫往往是奢侈的，当唐凌想起家中的婆婆和妹妹时，他已经有了决定。

"哗啦啦。"三只巨齿鳄已经潜入了水中，在水中，巨齿鳄的速度比在陆地上快许多，一入水，就如同三颗重型炮弹一般冲向了唐凌。它们的眼中闪烁着贪婪兴奋的光芒，这个看似弱小的猎物竟然没有选择逃走，看来是注定它们会有一顿聊胜于无的"加餐"。

是的，唐凌没有放弃眼前取水的机会，甚至不知道是因为害怕，还是为了稳定情绪，他竟然在如此紧张的时刻，突然闭上了双眼。表现得就像一个没有实力却又贪婪不知取舍的人。可仔细看去，唐凌的嘴唇却在微微地动着，极有节奏，若能听见，会发现他细微的声音只是在数数。

这是唐凌生存在这个时代的依仗，一种被他称之为"精准本能"的直觉，能让他精准地察觉危险到来的刹那，从而提前做出应对。就是凭借这个，唐凌才能在小小年纪便扛起了在这个时代中沉重的生活。

"一，二，三……"

从不远处的铁芨草原吹来阵阵的热风，吹起唐凌额前的发丝，而他额上的冷汗不知何时已干，放在水中取水的右手异常稳定，偶尔一只大如拇指的孑孓从手边游过，也丝毫没有影响这只手的稳定，连取水的角度都不曾变过一丝。

"四……"

此时的巨齿鳄离唐凌还有不到三十米的距离。

"五……"

最后的十几米，冲在最前的一只巨齿鳄已经兴奋地微微咧开了嘴，露出了它锋利而巨大的牙齿。

"六……"

这一声唐凌喊出了声音，与此同时，他的身体朝着后方猛地一跃，手中的瓶子出水时带出了一串晶莹的水花，在炙热的阳光下折射出七彩的光芒。巨大的惯性让唐凌的身体足足后退了三米多才重重落地，一直蓄力的小腿因为刚才的用力过猛有些微的抽搐。扬起的尘土，坚硬的土地带来的擦伤，甚至是抽搐的小腿都不是问题，唐凌就如同没有感觉一般，在落地的瞬间，便一个翻滚，挺身而起朝着远离水源的方向风一般地逃离。

"咔嚓！"也在这时，从唐凌的身后传来一声让人胆寒的闭合声，那是两排如同钢铁般的牙齿重重撞击在一起的声音，到底还是晚了不到两秒的时间，这只冲在最前的巨齿鳄咬了个空。当它带着巨大的水浪冲出水面时，唐凌已经跑出了十几米的距离，在陆地上行动速度一般的巨齿鳄没可能再追上他了。

第2章　安全区的告示

哪怕是一个再烂的时代，也总有让人迷恋的美景。就像此刻的黄昏，炎热已经退去，带着微微紫光的夕阳余晖洒落大地时，吹来的晚风竟也有了一丝丝安宁的意味。整个"次安全带"的莽林肆意地张扬着，散发着旺盛的生命力。

"呼——"唐凌坐在一条粗大的树枝上，用力挤出蓝槐树果实的汁液，涂抹在小腿和手臂的伤口上。蓝槐果的汁液为火辣的伤口带来了清凉舒适的感觉，让唐凌不禁长舒了一口气。

最多还有两个小时，夜晚就会降临，当紫月升起时，月光会让林中的一切生物变得狂躁，就算"次安全带"的莽林内也会变得极度不安全。在这之前，唐凌必须回到聚居地。但聚居地是混乱的，一瓶三级饮用水会带来什么样的诱惑，唐凌心中再清楚不过。所以，他必须让身体保持良好的状态，才敢去老狐夸克那里用三级饮用水换取所需的东西。

"再等一个小时，就差不多了。"蓝槐果是唐凌能找到的最好"疗伤药"，但疲惫的身体总需要休息，蓝槐果的汁液也需要一定的时间才能发挥作用。倚着树干，唐凌从怀中掏出了那一瓶珍贵的三级饮用水，只是稍稍看了一眼，目光便不由得落在了稍远处的17号安全区。

到了"次安全带"的边缘，总是远远就能望见它，高达一百五十米的灰色厚实城墙，让它看起来像一只蛰伏在悬崖之下的凶猛巨兽。那是唐凌渴望的天堂。如果能够带着婆婆和妹妹住进17号安全区，至少夜里她们可以睡得安稳，不用再担心兽潮、虫灾，甚至嗜血的植物，还有各种天灾……

　　只是，想要入住安全区又哪有那么容易？每天五十信用点的高昂花费，就不是现在的自己能负担的。但明天自己就满十五岁了，如果可以做到那件事情，那就有了入住安全区的资格，而且还不需要花费信用点……想到这里，唐凌暗自握紧了拳头。

　　从"次安全带"的莽林中走出，便进入了"安全带"。而这所谓的安全带就是环绕着17号安全区，一片直径不足十里的低矮灌木林。聚居地就隐藏在灌木林的下方。穿过灌木林，有一条布满龟裂的、据说是前文明遗留下的道路，而在这条道路的两旁则密密麻麻地分布着聚居地的入口。或是明显，或是隐藏。就连唐凌也搞不清楚在安全带到底藏了多少入口。

　　沿着这条道路，唐凌朝着北方走去，这里通往的那个入口，离他在聚居地所居住的地方最近。他的脚步不慢，因为还有不到半个小时，紫月就会升起，到时候这所谓的安全带也不见得安全。剧毒的蛇群，恼人的虫子，各种生物都会威胁到人们的性命。除非运气好能碰上紫月战士巡逻安全带，否则夜里出现在安全带也无疑是一种找死的行为。

　　唐凌不会去赌运气，相反他谨慎得过分，只是今天他的运气不错，在离聚居地入口还有不到三百米的距离时，远远地看见了由三个紫月战士组成的巡逻小队。制式的紫色盔甲，黑色斗篷，亮银色的、足有一米半的长刀，这是属于17号安全区紫月战士的标配。

　　紫月战士的出现让唐凌不由得放慢了脚步，在这个人类处于食物链底端的时代，紫月战士却是强大的。他们似乎超出了人类的范畴，各种野兽在他们眼中就如同蝼蚁，就连传说中的凶兽，他们也能与之一战。

　　唐凌非常向往能成为紫月战士，可每一个紫月战士都是"珍贵"的，不是凭借努力或是什么天生神力、反应敏捷就可以的。要成为紫月战士，必须通过一项神秘的测试，只有达到了某项隐秘的条件，才有成为紫月战士的资格。

　　到底是什么测试？又是什么条件？唐凌并不清楚，甚至就连所谓的测试，也是唐凌花费了两个信用点，才从老狐夸克那里得知的。收回了目光，唐凌没再多想，而是转头朝着聚居地大步走去，成为紫月战士的梦想实在离他太过遥远。

　　聚居地的入口就在一丛不起眼的灌木丛下，拨开灌木丛，掀开一块铁板，便能顺着阶梯下去。在这里居住的人们不用担心有流浪者会发现，然后占领这里。

　　聚居地是什么？实际上就是传说由前文明所留下的"地下水道工程"。

　　唐凌并不明白这个词汇的意义，他只知道在这错综复杂的地下工程里，若不是常年居住在这里，便会彻底迷失在其中，甚至成为黑齿鼠的食物。事实上，就算聚居地的人，对这地下工程的探索也只集中在有限的范围。但对于自己居住的地方——聚居地第五营，唐凌自然非常熟悉，几乎是闭着眼睛都能找到它所在的位置。

　　一道铁门封锁了聚居地的入口，当唐凌按暗号敲响大门时，一道小窗打开，露出了一张发黄的男人面孔："唐凌，三天了，我还以为你小子死在了外面。"这个男人显然认识唐凌，语气也不怎么友好。

　　唐凌面无表情，只是从怀中拿出了代表两个信用点的铁币扔给那个男人。

　　男人接过铁币，咧开嘴笑了，露出发黑的牙齿，却不急着开门，而是打量起唐凌："看来外出三天，你的收获并不怎么样啊？"这语气带着轻佻，但更多的是疑惑审问。

　　"能保命就不错了。"唐凌的表情没有任何的变化，接着略不耐烦地催促道，"开门。"

　　男人收起了笑容，打开了铁门，当唐凌穿过大门的时候，还有些不甘地观察着唐凌。

　　唐凌也并未急着离去，那瓶三级饮用水被他藏得很好，根本不用担心被发现，倒是门口那张告示吸引了他。这是17号安全区发布给聚居地的告示——明天，聚居地年满十五岁的少年在安全区大门集合，参加预备营战士选拔。

　　"这么巧？"唐凌微微有些吃惊，难以相信自己明天满十五岁，安全区就恰好在明天进行预备营战士选拔。

　　其实，预备营战士的选拔时间并不固定，但大多在夏初进行，而今年似乎进行得格外早了一些。但也无所谓了，唐凌只是期待能够被选中，哪怕只是通过最初的测试，进入第五预备营也好。

　　"唐凌，你难道还期望成为一个战士吗？"看门男子讽刺的声音从唐凌身后响起。

　　事实上，聚居地的少年被选为战士的比例几乎只有五十分之一，何况唐凌的样子并不强壮。看门的男子乐得讥笑唐凌，因为从这小子身上几乎讨不到什么便宜。

　　唐凌转头，平静地看了看门男子一眼，转身便走。看门男子自然没有注意，只是短短的一刹，唐凌的额前已经有了细密的冷汗。

它出现了，再一次出现了。唐凌的步伐加快，拳头也藏在袖中暗自捏紧。那熟悉的，几乎要吞噬一切的它又在胸口翻腾，自己要抓紧时间了。

第3章 贪婪的进食者

老狐夸克坐在自己店中的柜台后，叼着半支卷烟，神情悠闲，眼中却流露着一丝满足。

聚居地不怎么样，比起17号安全区简直就像个垃圾场，常年不见天日的环境，污浊的气味，还有那些让人厌恶的居住者，大多贪婪却又胆小如鼠，怪不得只能在这地下生活着。

可即便如此，夸克也不愿离开聚居地，尽管他早有能居住进17号安全区的资格。因为他要赚钱，赚很多的钱，然后找几个可靠的家伙送自己离开这个鬼地方。17号安全区算什么？这世界可是很大很有趣的，夸克见过世面，他有自己的野心和追求。

吐出了一口烟，夸克略觉无聊，前文明留下的烟草虽好，但也不能缓解呆坐半天的烦躁，这些聚居地的"老鼠"们近些日子外出的收获不怎么样，再这样下去，他得考虑早些离开了。

就在这时，铁门响起了三长一短的敲门声，略有些急促。夸克眼睛一亮，想着生意就上门了。他没有雇佣任何人，于是自己亲自去开门，当看见门前站着的是唐凌，夸克脸上浮起了一丝笑容。

聚居地的人大部分是老鼠，但也总有例外，比如眼前这个小子，总是能带给他一些惊喜。当然，夸克一直在秘密调查唐凌，想要知道这小子为什么总能给他带来惊喜，如今这调查不能说全无头绪，但结果还不敢肯定。但总的来说，这小子是个运气不错的家伙。而运气不错的家伙到哪里都不会让人讨厌的。

"让我猜猜，这次你又意外发现了什么？是我需要的一些'石头'，还是我指定的一些杂物？"夸克迫不及待地问了唐凌一句。

唐凌没有回答，而是快步挤进了夸克的店中，径直走向了柜台。夸克会意，"砰"的一声关上了铁门，来到了柜台之后。不待夸克开口，唐凌便从身后取下了那一根粗大的，像是武器的树干。

"你就想交易这个？"夸克的脸色变得有些难看，这小子神神秘秘的，就拿出一截普通的树干，他可不记得这玩意儿有什么价值。

唐凌没有说话，解开了绑在树干上的绳子，树干便成了两截，唐凌从空的一截中掏出了一瓶东西，放在了夸克的柜台上。"三级饮用水。"唐凌淡淡地说道。

夸克的眼睛一亮，这一带已经干旱了太久，水显然成了最珍贵的物资，不要说三级饮用水，就算是最低的，勉强能入口的五级饮用水也成了紧俏的资源。普通人或许不敢饮用这样的水，但安全区里那些养尊处优的大人们可是需要的。想到这里，夸克拧开了瓶盖，异常小心地用手指蘸了一点点瓶中的水，放入了口中。没有被污染的臭味，很干净，能达到前文明普通水标准的三级饮用水。

"换什么？"夸克没有废话。

"老规矩，食物，肉食！"

"无污染那种？你要知道，如今虽然水很珍贵，但无污染的肉食从来都是硬通货。这一瓶三级饮用水只能换，唔，最多五斤。"夸克眨了眨眼。

唐凌低头不语，实际上这瓶三级饮用水至少能够换得十斤无污染的肉食，甚至十二斤。但唐凌没有选择，整个聚居地只有在夸克这里交易最安全，他不会强行交易或者抢夺，最重要的是他的嘴很严实。他似乎有强大的背景，整个聚居地没人敢打他的主意，从他这里换取的东西，也没有人敢染指，打过坏主意的人都无一例外死了。

"不，低污染的就好。"唐凌只是沉默了两秒，便下定了决心，从胸口传来的感觉越来越强烈，他不能再拖延。

"唔？"夸克扬眉，但却没有多问，下一刻便爽快地说道，"低污染肉食的话，那倒是可以换取二十斤。"

"嗯。"

见唐凌答应，夸克很爽快地拿着那瓶三级饮用水，进入了柜台后的暗门，过了片刻，三只风干的黑齿鼠便被扔到了柜台上。

唐凌刚想要拿过这些肉，又犹豫了一下，推过其中一只风干黑齿鼠，说道："这个换两斤无污染的肉食。"

"我有些亏了。"夸克摇头。

唐凌倔强地看着夸克，额头的冷汗不知道什么时候已经汇聚成了汗滴，从他脸庞滴落。

"罢了，换给你。"夸克最终还是妥协了，看这小子的模样，为了取到三级饮用水，恐怕受了暗伤，给他点儿干净的肉补一补，免得下次没有命来和自己交易了。

很快，夸克便准备好了一切，唐凌将干净的肉塞入了空的树干中，拎着两只风干黑齿鼠，快步从夸克店中另一侧的其中一道暗门出去了。

"这小子，下次还能活着吗？"夸克眼中流露出一丝同情，但很快就平静下来，继续拿起刚才没有抽完的卷烟点燃，又悠闲地坐在了柜台之后。

夸克店中的暗门连接着的是一条绝对安全的地下水道。一般情况下，除了交易者是没有人会出现在这里的。这样的通道有三条，唐凌并不担心他随意选择的一条通道会遇见别的什么人。蹲在一个阴暗僻静的角落，唐凌流着冷汗，颤抖着双手，抓着风干黑齿鼠，大口地啃噬着。

黑齿鼠的肉并不好吃，除了那股被污染的特殊味道，还有一股子地下水道的味儿，怎么也去不掉。除此之外，它还又干又硬，就算炖煮也要煮上好半天，何况是风干的。可是唐凌却啃噬得如此"贪婪"，就算牙龈渗出了血丝，他也不肯放慢半点儿速度，甚至连那骨头也连嚼带咬地囫囵吞了进去。

不够，还需要肉食。他不停地吃，一只风干后都有六七斤的黑齿鼠不到十分钟就被他吃了干净。他的嘴角流出了血丝，可下一秒他还是毫不犹豫地继续进食，胸口传来的饥饿感如同一个旋涡疯狂地旋转。这让唐凌感觉如果他停下来，只怕下一秒，自己就会被自己吃掉。

又过去了好几分钟，通道内除了唐凌啃噬的声音，再无其他声音。直到两只风干黑齿鼠还剩下小半只时，才终于安静了下来。进食完毕的唐凌站了起来，眼中却丝毫没有饱食的满足，只有那挥之不去的疑惑和恐惧。

第4章　隐秘

这，是唐凌的秘密。就连最亲近的妹妹和婆婆都不知道，在唐凌的心脏处藏着一个"恶魔"。

事实上，唐凌不知道把这种每隔一段时间就会发作的"饥饿感"当成是一种具体的存在究竟对不对。说出来一定很荒诞，但唐凌就是坚信着，一定不是自己身体有什么问题，而是在自己的心脏中藏着另外一个存在。从十一岁第一次发作起，唐凌就这样怀疑了。

那是他第一次外出，想要为贫穷的家做点儿什么，结果没料到却迷路，陷入了五只黑齿鼠的包围。绝境中，唐凌拼命杀死了一只黑齿鼠，但也没有逃脱其他黑齿鼠的包围。偏偏在这种生死存亡的时刻，那想要吞噬一切的饥饿感第一次发作了。唐凌至今都还记得，那感觉根本不是自己饿，而像是身体里有另外一个家伙饿了，然后不停地催促着他寻找食物，否则就会连他本身一起吞噬掉。唐凌是那样疑惑，那样惊恐，甚至忘记被黑齿鼠包围的恐惧。

可是，绝境中他又能到哪里去寻找食物？在逃亡中，那巨大的饥饿感就像真的开始吞噬唐凌一般，极度的无助惊慌中，唐凌就这样毫无知觉地昏了过去。在之后，究竟发生了什么？这是唐凌一直以来想要探寻，又深觉恐惧的谜题。因为，当他醒来后，发现身边竟有三具完整的黑齿鼠尸体，除了头部碎裂，再无别的多余伤口。

当时的他没有经验，如今回忆起来，分明就是被一拳致命，而且是打在最坚硬的头部。五只黑齿鼠，自己杀死了一只，莫名其妙地死了三只。

那还有一只呢？唐凌下一刻就慌乱地发现，它在自己的手上，已经被啃掉了小半只。谁做的？

唐凌再一次惊惧不已，但不久就发现，在自己的身旁有被撕掉的黑齿鼠皮，自己的嘴上一擦拭全是血迹，而嘴里还泛着血腥味和黑齿鼠肉特殊的难吃味道。是自己！

如今回忆起来，这感觉还恍如梦中。但每隔二十天左右就来袭的饥饿感却提醒着唐凌这是真的。

当然，唐凌不敢相信那天杀死黑齿鼠的是自己——一拳毙命，接近紫月战士的实力才能做到这一点吧！那又是什么神秘人跟着自己？可惜，这样的情况只出现过一次，之后每一次饥饿感发作，唐凌都能及时地找到食物。

"可是，你越来越贪婪了啊。"唐凌有些冰凉的指尖滑过了自己的胸口，眼中那一丝恐惧和疑惑已经变为平静。在这个时代，能活着都是奢侈。只要还活着，能够负担起婆婆和妹妹的生活，也并不是什么事都非要弄个明白。

只是，唐凌会苦恼藏在胸口的"怪物"的食欲每隔一段时间就会增大。

这也是有规律的。就像平日里发作是二十天左右就一次，若哪一次超过了一个月还没有发作，那么下一次的发作必定会异常狂暴，一定会需要更多的食物。就像这一次，整整一只半风干的黑齿鼠肉！要知道同样的重量下，风干的肉可是比新鲜的肉在腹中更有分量。只怕哪一天自己再也寻不到那么多的食物。

唐凌撕掉了风干黑齿鼠肉上自己啃噬的痕迹，提着那半只黑齿鼠大步地朝前走去。一切都不重要，重要的只有明天预备营战士的考核。但愿，能够走出这个黑暗的地下，能带着婆婆和妹妹生活在美好又安全的地面。

17号安全区，三号聚居地，第五营。这就是唐凌在聚居地居住的地方，而这里并不是聚居地里最好的那些地方，有着一个个所谓的"房间"。这里只是一片地下水道相对宽阔的空地，也不知道前文明是出于什么目的，留出了这么一片地方。于是，这里就被划作了第五营。

原本空旷的空地，居住着上万人。这里被各种杂乱的棚子挤得密密麻麻，形成了一条又一条复杂又狭窄的小道。空气沉闷而污浊。但至少没有那散发着臭味，流淌着紫色的地下污水的水渠从这里穿过。

唐凌提着半只黑齿鼠快速地穿梭在小道，沿路上贪婪的，妒忌的，不怀好意的，还有一些友善的目光都被他刻意地忽略掉。没有人敢打从夸克那里换取来的物资的主意。

"唐凌，收获不错。"一个熟悉的声音在唐凌耳边响起。唐凌抬头，是长着大胡子的张叔，那是教他狩猎技巧的男人，唐凌一直对他感恩且尊重。露出一丝笑容，唐凌并不答话，他本来就不善言辞。张叔也不计较，拍拍唐凌的肩膀："快去吧，你这次出去了三天，家里人会很担心。"

唐凌感激地看了一眼张叔，脚下的步子更快。是啊，家里只有婆婆和妹妹，在自己没有负担起整个家之前，一家的生活就全靠婆婆在安全带拾荒，找寻前文明留下的有价值的物品来维持着。可是，随着时间的推移，还能找到多少所谓有价值的东西呢？但就算如此，婆婆还是坚持着去拾荒，只因想帮助唐凌减轻一些负担。如果，自己能再强大一些就好了，唐凌抿紧了嘴角。

至于妹妹，姗姗，她才五岁。想起妹妹，唐凌的心头便泛起一阵温暖和心疼。这个可爱的丫头，仿佛还没有受到这个时代的残酷的影响，是那么的单纯天真柔软，看见她就如同看见了一片纯净的天空。而心疼她是因为她才出生不久，父母就在一次外出捕猎时去世了。

实际上，姗姗的父母是唐凌的养父母。唐凌在四岁时被他们收养，视若己出。他们是好人，可惜却被这残酷的时代吞没，没有得到好报。但唐凌是一定要报恩的。

只是可惜，自己只记得被收养的事情，而在四岁以前的记忆全都是空白。但记起了又如何？抛弃自己的人需要记得吗？尽管在这个朝不保夕的时代，被抛弃的孩子是如此之多。

想着心事，恍惚间，唐凌已经走到了第五营的西北角，那熟悉的帐篷已经映入了唐凌的眼帘。

第5章　亲人

帐篷在第五营各种棚户当中，算是奢侈的"住宅"。这是唐凌有一次弄到一块夸克所需要的奇怪石头后，从夸克那里换取的。

那一次唐凌被一只人纹黑斑蛛的蛛丝缠住，差点儿因此丢了命。但唐凌并不后悔，他可以不惜一切代价，为婆婆和妹妹换取最好的生活。

看见熟悉的帐篷，唐凌心中涌动着些微激动与暖意。相依为命太久，离开三天都觉得甚是牵挂。就在唐凌快到自己帐篷时，一个小小的身影飞快地蹿出，一下子就扑入了唐凌的怀抱。那熟悉的干百叶草香气，唐凌几乎不加思索地，就收紧了手臂。

"哥哥。"软糯的声音略带一些委屈。

唐凌轻轻抚摸怀中妹妹的头发，心中满是柔软，抱着她进了帐篷。帐篷中一片黑冷，中央的火塘并未生火。唐凌点燃了油灯，看到一块被啃了一半的营养块放在铺满了干百叶草的床边。

营养块——最廉价的食物，由17号安全区提供，只需要很少的铁币就能换取。说是营养，事实上只能维持人不死罢了，而且没有任何的味道，吃起来味同嚼蜡。

看来自己留在家里的食物少了一些，撑不过三天。想到这里，唐凌转身，摸了摸姗姗的小脸。姗姗一双可爱的大眼目不转睛地望着唐凌，唐凌一摸她，她便笑了起来。仿佛只要哥哥回来了，一切就都好了。

火塘生起了温暖的火堆，唐凌挂起了锅子，掰碎营养块，加入一些四级饮用水，煮了起来。不管生活如何艰难，唐凌必须保证婆婆和妹妹喝的、吃的少一些污染。家中藏着的一些物资，足以令聚居地很多人眼红，但那都是唐凌辛苦赚来的。

姗姗盯着风干的黑齿鼠肉，悄悄地咽着口水，丝毫没有因为哥哥这次只是带回了黑齿鼠肉而失望。黑齿鼠肉不好吃，但在聚居地吃肉是很不容易的，所以它也是美味。她只是着急，哥哥为什么还不把肉撕碎了加入营养糊糊里。

唐凌好笑地捏了捏妹妹的脸，几乎没有犹豫地，把藏在树干里的未污染的，应该是赤纹黑皮蛇的肉拿了出来，撕了好多放入糊糊里。

姗姗欢呼了一声，她最喜欢喝加了肉的糊糊，这肉看起来比黑齿鼠的肉好吃多了。

"婆婆呢？"唐凌拿衣袖为姗姗擦着脸，而姗姗一边盯着煮着肉糊的锅子，一边说着婆婆去拾荒了，还没有回来。

唐凌心中一声叹息，正寻思间，帐篷的布帘动了，一个头发花白，有些佝偻的身影便出现在了门前。是婆婆。

唐凌连忙站起身来走向了婆婆，借着帐篷内昏暗的油灯光，婆婆看见是唐凌后，眼中流露出激动，神情又是安心又是庆幸。三天了，唐凌总算是平安归来。自从儿子和儿媳发生意外后，每一次唐凌外出她都是提心吊胆。

"婆婆，今天收获好吗？"在唐凌的心中，是万分不愿婆婆再去拾荒，但他还是微笑着，假装期待地询问道。困苦的生活，没人愿意没有一点儿价值，婆婆亦是如此。除非自己足够强大。

面对唐凌的询问，婆婆说道："今天平常，不过还是拾到了三斤废铁。"说话间，婆婆放下了背上藤条编制的篓子，里面空空的，只有几截锈蚀的铁条。不值什么钱，顶多就只能换到两块营养块。

事实上，按照聚居地的规矩，拾荒者都要上缴一定比例的收获给拾荒头儿，否则就连这微弱的收获都保不住。唐凌沉默着，婆婆则紧紧握住了唐凌的手，生怕唐凌消失一般。

唐凌的收获为这个贫困的家带来了一次难得的"饕餮盛宴"。换作以往，能换来一斤无污染的肉食就已经是大收获了，毕竟生活还有别的需求。

收拾好一切后，唐凌抱着吃饱后昏昏欲睡的姗姗，同婆婆一起坐在火塘边。婆婆絮絮叨叨地说着拾荒的事情，说着她对前文明的猜测与向往。

前文明自然是存在的，但到底是个怎么样的时代，聚居地的人们没有学习的权利，自然也是无从知道的。但从它留下的种种"遗迹"和物资，总是能判断出那是一个美好的时代。到底怎么会变成如今这个模样，也是让人费解的。至少聚居地的人们是费解的。

关于前文明的传闻，婆婆已经说过很多次，每一次唐凌都带着微笑耐心地倾听。可这一次唐凌有心事，他一边听着，一边有些恍惚不安地抚摸着姗姗的黑发。终于，他是下定了决心："婆婆，明天……"

婆婆愣住，唐凌的语气和神情让她微微有些不安。

唐凌长吁了一口气，尽量用轻松的语气对婆婆说道："明天安全区开始招预备战士了。"

婆婆的神色变了，手上原本在缝补着唐凌外出挂破的衣衫，都因为失神而落在了火塘里。她忙不迭地去捡，却被衣服上的火星烫到。可是婆婆顾不得了，她一把抓住唐凌的手，紧张地问道："你要去？"

唐凌低头，拍灭了衣服上的火星，抬头却已经是决然的神色："我要去。"

婆婆的嘴唇微微颤抖着，抓着唐凌的手越发地用力。招收预备营战士听来是好事，事实上除了能进入第一、二预备营的战士，其余的都是"炮灰"般的存在。入选预备营战士的，他们会在训练几个月后，就被匆忙地编入战士营，接下来的事情便是跟随紫月战士外出，或是拓荒，或是收集物资。一年内，能活下来的极少。作为代价，他们的家人能进入安全区生活，这也是聚居地的人们踊跃想要成为预备营战士的原因。

但是，婆婆绝对不愿意用唐凌的生命来换取进入安全区生活的资格。她心中太过清楚，聚居地的少年是绝对没有机会进入第一、二预备营的。没被选上，在她心中反倒是一件值得庆幸的事情。可唐凌不会被选上吗？别人或许不清楚，婆婆却是明白的。这些年，唐凌对这个家的支撑，已经说明了他的能力。他如果去，是一定会入选预备营战士的。

第6章　突变

与婆婆的对话并不愉快，但最终唐凌的决定已经不是婆婆能够改变的。聚居地的生活只是苟且，永远看不到希望和安宁。抱着被争执声吵醒的姗姗，唐凌决定出去走走。或许给婆婆一个接受的时间，是此时最明智的选择。

想着心事，唐凌来到了聚居地北面的三号出口。这里通往小丘坡——聚集地唯一的"天堂"。

夜风略微清冷，紫月朦胧。唐凌背着姗姗，一步一步踩着干枯的草叶，朝着小丘坡的坡顶行去。

时间并不充裕，再有一个小时，气温便会陡降，寒凉得让人难以承受。成群的狂暴野兽也会出现。但这并不影响人们在此享受一天中最后的安宁。毕竟大多数人并没有勇气走出聚居地的安全范围，这里便成了他们遥望世界、向往世界的一种寄托。鼻腔中充盈着新鲜百叶草的香气，作为唯一的"天堂"，这里仿佛有洗去戾气的奇妙气场。平静或是微笑的表情，轻柔或是低沉的笑声，至少在地下的聚居地内是难以看见的。

唐凌享受这种平和，会让人恍惚间忘记生活的残酷。

"哥哥。"趴在唐凌的背上，姗姗嘟囔了一声，用小脸蛋儿蹭了蹭唐凌的耳鬓，接着便"咯咯"地笑出声来。

唐凌微笑，相依为命的岁月，和妹妹这样的亲密早就习以为常，也是感受自己活着的最大温暖。

不长的小丘坡已经到了坡顶，风吹动坡上成片的百叶草，发出"哗啦啦"的声音，柔和的淡紫色就像婆婆从前文明废墟中找出的一页画页那般，唐凌依稀听人说过，那画页上成片的紫叫作薰衣草。

"前文明是什么样子？"放下姗姗，唐凌坐下拔了一根草叶放在口中，遥望着不远处的17号安全区。只有在这里，才能清楚地看见巨大的城墙内，某些建筑的屋顶，想象着安全区的生活是什么样子。

月光清晰了一些，映照得17号安全区内那高耸入云的通天塔如同一把刺入天际的利剑，传闻中这是17号安全区内最重要的建筑，也是聚居地的人们常常凝望的"希望"。

"真好。"唐凌长舒了一口气，心中刹那间溢满了宁静与对明日的期待，近处妹妹像只小鸟一般欢快的笑声，附近人们放下防备后片刻的温情，就像生活原本就该如此。

可是……唐凌觉得自己似乎有些恍惚，好像生活偶尔流露的一丝美好容易让人心生悲伤，唐凌无法压抑这种感觉。他有些失神地站了起来，远处的莽林像是吹起了狂风，又似乎不是。眼前的人们好像静止在了这一刻，笑容停驻，却又似乎没有。

妹妹，妹妹呢？她绕着自己在快乐地转圈，声音却那么远，又时而近，她回头，望着唐凌笑，眼睛眯成了月牙儿。那么熟悉，却在恍惚中，笑容陡然破碎。

"不！"唐凌猛地一头冷汗，失神地大喊出声，在声音出口的那一瞬，一切又似乎恢复了正常，人们诧异地望向了唐凌，目光似在询问。唐凌急促地呼吸，还来不及说什么，一道刺目的光芒便陡然亮起，射向了次安全带外的莽林。

安全区的探照灯！只有发生无法判断的危险时，它才会奢侈地亮起，确定危险究竟是什么。

第一次，唐凌的心跳变得无比剧烈，就算在野外独自面对一只落单的钢鬃猪时，他也没有如此失态。极好的目力，在此时发挥了巨大的作用，在人们还没有反应的时候，唐凌已经顺着探照灯的光源看清了远处的莽林边缘，那层层叠叠，凌乱前行的身影。

只是一眼，唐凌的喉头就已发紧，发出一声近乎软弱的低鸣。

尸人！它们悍不畏死，它们没有任何知觉，它们保留着生前的速度，又比生前更加有力，它们只有进食本能，而食物是——新鲜的血肉！特别是人类的新鲜血肉。仿佛只有如此，才能发泄它们对死亡的痛苦和愤怒。

但，这个时代的每一个人都知道，尸人本就是人，是死后尸体没有及时焚烧，而异化成的怪物。想起这一点，会让人从心底发冷——即便死亡也不得解脱吗？

"砰，砰，砰"，刹那间，安全区城墙之上，成行的探照灯都亮了起来，在恍如白昼的灯光之下，那成群的尸人已经清晰地出现在了每一个人的眼中。

流浪尸群！罕见的，难以想象的流浪尸群！如同一片蔓延的潮水朝着安全带涌来，速度极快。

"啊！"小丘坡上人们的尖叫划破天际。

在次安全带内，有一些游荡的、还未来得及归家、想要在彻底入夜前捕捉一些小型虫类蛇类的人，毫无疑问地被这夺命的尸潮包围。

奔跑——被啃噬的惨叫，扬起的血沫。瞬间就被撕裂的躯体化作一块块血肉进入尸人贪婪的口中，还冒着热气的内脏也被抢夺。第一个遇难者出现了，死亡的瞬间在探照灯下无比清晰。从天堂到地狱，原来真的只需要几秒。

一片混乱之中，唐凌已经一把抱起妹妹，朝着坡下疯狂地冲刺。精准本能带给他的最大好处，便是最危险的时刻头脑也能保持清晰，不会因为恐惧浪费一秒的时间。回到地下的聚居地是此时最好的选择，抢得先机则能提高活下来的概率。

在"食物"的刺激下，尸人变得疯狂起来，速度瞬间快如闪电。谁都知道尸人捕食的时候，会爆发出暗纹豹一样的速度。

"一百五十三米，十三秒，八十一步，能到三号入口。开门需要两秒。"在人们开始反应过来，拥向三号入口的时候，唐凌已经冲到了坡下，精准本能如同一台精密的仪器，进行着最准确的预算。而一切也如计算的那般，在十五秒后，唐凌已经撞开了聚居地三号大门的入口。

"进去。"唐凌一把把姗姗推入了门内，在他身后是黑压压的一片人群，伴随着绝望的哭号。任谁都能想象，不足两米宽的大门，怎能承受几百人同时拥入。有人会死，一定会死。

带着一种惨然的悲伤，唐凌不由自主地回头。紫月已经完全升起，月光下，恐惧的脸庞扭曲成了一片片的绝望。城墙之上，一排紫色的人墙出现。月光之下，制式盔甲泛着幽幽的冷芒。

第7章 乱局

紫月战士！唐凌的眼中涌动着一丝热意，忽而安心。如果是安全区的紫月战士出手，就算尸人再多一些也没有问题了吧？

事实上，放任这些尸人不管，聚居地会面临什么样的悲剧结果，是显而易见的——在安全带中，遍布着不少聚居地的入口，有的明显，有的隐蔽，还有一些私人挖掘的，不为人知的入口。这些入口，只要一个被尸人闯入，那结果……

唐凌打了一个冷战，再一次抱起妹妹，在黑暗的通道之中狂奔。与黑齿鼠不同，尸人对于新鲜血肉，特别是人肉的敏锐，就是它们最好的指引。聚居地会被围困的！

就算这些尸人不能突破聚居地的大门，但饿死困死在聚居地下，就很舒服吗？那种绝望弥漫，只能眼睁睁等死的场景，会把聚居地变成怎样的地狱？

幸好，还有紫月战士！唐凌不愿继续自己的推测，最后那一眼紫月战士成队出现的身影，就是他最好的定心丸。他甚至有一种冲动，想看一眼接下来在次安全带会发生一场怎样的战斗。

一路狂奔之后，唐凌终于看见了那一顶熟悉的帐篷。忽然发生的灾变，显然还没有传到这里，第五营聚居地如同往常的每一个夜晚，中心地带燃起了一堆巨大的火堆。家家户户也亮着温暖的黄光。冰冷的夜晚，如果不这样做，会被冻死。

聚居地散发的暖意暂时驱散了刚才的惊恐，唐凌放下妹妹，拉住她的手，朝着家中走去。

"哥哥。"妹妹的声音透着一丝陌生的空洞。

"嗯？"唐凌平静下来的心跳又快了一拍。

"我看见了，那些怪物吃人。好多好多血……"妹妹很平静，没有如往日一般，惊吓会让她哭泣。

唐凌的指尖出现一丝冰凉，直入心脏，寒凉一片。妹妹终于还是看见了这时代的残酷，而且第一次就那么"震撼"。

心疼地停下了脚步，唐凌抱紧了妹妹。关于尸人，关于外界，关于一切的残酷此时解释起来又有何用？千言万语只能变成一句："没有关系，哥哥在，一直都在。"

这句话，似乎让妹妹恢复了生机，小手抓紧了唐凌的肩膀，终于开始低声地抽噎。

似乎，把妹妹保护得太好是一种错误，但唐凌也只有选择无视它，继续前行。

婆婆掀开帐篷的门帘，还在缝补着衣衫，神情间的不安说明她还没有接受唐凌要参加预备营选拔的事情。婆婆抬头，想要说些什么，但姗姗的眼泪和外边一些逃回的人引发的动静，吸引了婆婆的注意。

"发生了什么？"婆婆放下衣裳，眼中尽是惶恐与猜测。残酷的生活之下，没人可以不敏感。

"是尸人，来了很多，拥入了安全带。"唐凌轻轻拍着姗姗的背，对于婆婆他无须隐瞒，也隐瞒不了。

"啊！"婆婆站了起来，慌乱得手足无措，一时间却又不知该做什么。

"没事，紫月战士出手了。"唐凌揽过婆婆，把她和妹妹都抱入了怀中。出乎意料的，这句话却并没有让婆婆安心。片刻了沉默后，她忽然变得冷静又坚定："我们，必须走。"

唐凌非常疑惑，他从未见过婆婆这样的眼神，根本不容拒绝，他下意识地就想听从婆婆的话。

可是，走？走到哪里去？可以想象此时整个安全带遍布尸人，也无法肯定现在是否有尸人闯入地下。走出去，便是送死。

"你还要犹豫吗？"罕见的，婆婆竟然发怒了。

唐凌深吸了一口气，摁住婆婆的肩膀，说道："好，我们走。但在这之前，我必须，必须去探查一下。放心，不会耽误太久！"说完，唐凌转身，婆婆并未阻拦，三人之间的感情和信任就是如此，就如唐凌没有追问婆婆为何要选择冒险地离开。

走出帐篷，消息已经传遍了第五聚居营。人们纷纷走出了屋子，三三两两地开始猜测议论，顺便带着可惜地感慨这一次尸人潮又会死去多少人。但没人太过惊慌，紫月战士的出现不止唐凌一个人看见，要知道安全带不是没有发生过灾难，比如小型的虫潮、蛇灾等等。总之，只要紫月战士出手，都会快速地解决。在普通人心中，紫月战士就是无所不能的神。

唐凌低头，匆匆地在人群间穿行，带着异样兴奋的人们都没有在意这个沉默的少年。除了偶尔出现的悲伤无措之人，会拉着唐凌问一句："你看见×××了吗？"没有办法回答，没见到的人，定然就是死去了。

沉重的心情和一丝丝不安包裹着唐凌，婆婆的态度让唐凌猜测不已。这时的不安又是什么？是"精准本能"的提示吗？唐凌想起了小丘坡上出现的"幻觉"。这次的事情难道……想到这里，唐凌已从老狐夸克的店门走过，却陡然被一只手抓住了。

"我没看见。"唐凌下意识地说道，他没有时间应付那些失去亲人的可怜人。

"可是，我看见了。"夸克的声音在唐凌的耳边响起。

惊得唐凌猛然回头："你，看见了什么？"

"死了一百多人，紫月战士没有出手。"夸克的语气没有了往日的浮夸，平静又认真的模样，让他整个看起来都很陌生。

"你……"唐凌的心中莫名涌动起一缕怒火，尽管紫月战士如此遥不可及，但早已成为唐凌想要追寻的目标和偶像。夸克竟然在玷污紫月战士！聚居地别的人听见会忍不住动手的吧？但和夸克的交情让唐凌没有这么做，而夸克那罕有的认真又让唐凌说不出任何反驳的话。

"别啰唆了，已经有尸人进来了。你知道，我指的是地下！最多还有十几分钟，我们就会被困住。"夸克的语气开始急促。

唐凌的脑子嗡嗡作响，下一秒他就被夸克拉入了店中。

第8章　真相

唐凌的时间并不充裕。婆婆和妹妹还在等待，更何况时间拖得越久，事情便越加无法控制和难以猜测。他的打算是冒险再次走出第五营，凭借他对地形的熟悉，冲到地面，去看看情况究竟如何。怎能在夸克这里耽误？唐凌有些不明白自己为何不反抗就被夸克拽入了店中，是因为婆婆听闻紫月战士出手后的奇怪态度吗？

夸克并没有任何的废话，这一次拉着唐凌径直冲入了他柜台后那扇神秘的门后。那扇门后就连唐凌也好奇过，究竟是有多少好东西？总之，每一次和夸克交易，他都能从其中拿出让人满意的交换品，似乎取之不尽。

"过来。"夸克严肃地喊了一声，无视唐凌在进入了他的"宝库"后的震惊——谁能想到夸克那小小的店里还有这么大的一间屋子，快赶上唐凌家所在的空地三分之一大小。就是那么大一间屋内，堆满了各种肉干，清水，还有数不清的唐凌不认识的杂物和各种金属。这些是会让任何人疯狂的资源啊！唐凌喉头滚动，如若不是危机环伺，他也不能保证自己内心不产生任何一丝变化。

与此同时，唐凌还注意到了在这屋中有一个木头架子，上面摆着一本本被称之为"前文明密码"的册子，还有几个上锁的小箱子。他不明白夸克为何会收集这些册子，上面印满了大家并不认识的符号，也没有任何实用的价值。

来不及过多地思考，夸克的喊声让唐凌回过了神。他看见夸克站在一根黑色的铁管之下，而铁管的一头，是一个怪异的和眼睛一样大小的双筒，上面镶嵌着透明的被唤作玻璃的东西。

"过来看。我也没办法给你解释反射的原理。"夸克兀自碎碎念着唐凌听不懂的话语，把唐凌拉到了铁管面前，然后让唐凌凑近了那个双筒。

唐凌带着异样疑惑的心情，朝着铁管内望去，可眼前出现的场景却让他的呼吸立刻急促了起来。他，竟然在这地下看见了地面的情况。这无法作假，因为他看见的是他再熟悉不过的安全带。

"如果你嫌看得不够多，这个'潜望镜'是可以转动的，我可是费尽心思掏空了一棵树，把另一头藏在了树内。不能再巧妙了，我真是一个天才。"夸克继续絮絮叨叨，从怀里掏出了一个铁壶，拧开后，屋内就充满了一种异样刺激香醇的味道。

"酒，真是前文明最珍贵的宝藏。"夸克咨啬地抿了一口，看着眼前脸色变得苍白的唐凌，有一种很满足的感觉。包括唐凌在内，聚居地的任何人都是无知的老鼠。他有一种高高在上的心情。

可唐凌此时已经对夸克什么心情不在意了，他的大脑就要被奔涌而来的信息挤到爆炸了。"潜望镜"、"酒"……这些未知的东西，颠覆着他的世界。而眼中看见的，是什么？真实的地狱吗？熟悉的安全带此时已布满了密密麻麻的尸人，勉强能看见的莽林边缘还在不停地涌出尸人。它们蚕食着一切——安全带的蛇、虫、小型野兽，还有已经来不及回到聚居地、躲藏在各处的人类。血腥，早已不足以形容这个场景，那是一种如同绝望来袭的崩塌，所过之处，生机被快速地吞噬。更让人无力的是，几个熟悉的聚居地入口已经被冲开，大量游荡的没有智慧的尸人，已经凭借本能进入了其中。而这些入口，其中有一个就靠近第五营。

"咚、咚、咚"，唐凌的心跳开始变得剧烈无比，他甚至能听见自己血液流动的声音。焦虑之中，他开始寻找希望：紫月战士这个时候在做什么？他下意识地转动着潜望镜，17号安全区那巨大的轮廓出现在了唐凌的眼中。

探照灯下，一切很是清楚，那道紫色的人墙依旧站在城墙的顶端，岿然不动，几条下垂的绳索上挂着几个身影。唐凌认得，那是他下午归来时，见到的几个巡逻的紫月战士。而这神秘的"潜望镜"甚至能让唐凌看见城墙之上每一个紫月战士的表情——平静，冷漠，没有任何感情波动，仿佛城墙之下发生的一切，并不是什么真实的场景。他们的高高在上让人愤怒，却绝望而无力撼动。

"看清楚了吗？"夸克的声音再次响起。

唐凌却无法把眼睛从潜望镜上移开，他慌乱地转动着潜望镜，希望能看到哪怕一点点安慰。可是，哪里有什么安慰？眼中所能看见的全是地狱！

唐凌想要逃开了，但下一秒，他的双手几乎是不受控制地又转动了一下潜望镜。唐凌看见了一个身影，全身包裹在黑袍之中，一根奇怪的，类似于粗大草茎的管子放在他的嘴边。

紫月下，寒凉之夜，冷风如常。黑袍翻飞，一缕闪烁的银发从黑袍中逸出。而周围陷入血腥疯狂的尸人竟无视这个身影。

这一瞬间就如过了很久，恍惚中，唐凌的耳中竟听见了若有似无的声音。悠扬，古老，怪异，不成腔调。这是什么声音？唐凌的大脑被这腔调充斥，而那黑袍人却似有所感，竟朝着潜望镜的方向转头。

唐凌的心跳在这一刻近乎停止。却被夸克一把拉开："你看够了没有？我们的时间可不多了。"

"有人，尸人群中有人。"唐凌望向夸克，眼中尽是从未有过的、巨大的不安！

"有人？你在开玩笑吧？据我所知，尸人面前可容不下活人。就如饥饿的人眼前不能容下一点肉干。"夸克疑惑地看了一眼唐凌，但还是下意识地望了一眼潜望镜。潜望镜并没有移动，但夸克没看见任何人。

"我希望你不是被吓傻了！那样的话，你还有什么价值？"夸克的语气带着不满。

没有人？这连带着唐凌也以为自己又出现了幻觉，因为今夜在小丘坡上他已经经历过了一次。

"我想你已经明白，现在必须离开了。"夸克已懒得啰唆，忽而叹息了一声。

"我要回家。"回过神，唐凌的语气不容置疑。

第9章　炼狱

"真是……一个不懂生存的臭垃圾啊。"听闻唐凌的要求，夸克几乎是从牙缝中挤出了这样一句话。

唐凌则不理会，转身就走。他太了解夸克，绝不会浪费精力做无用之事，今日特意让他看见这一切，定然是需要自己帮忙。在这种紧迫的时刻，自己还能帮什么？无非就是逃脱这个地方。

夸克是有底牌的。唐凌肯定这个想法，但同时更肯定他不能缺少自己的帮助。所以，唐凌要赌，赌夸克能容忍自己所谓"愚蠢"的行为，他也需要这个神秘老板的底牌。

"好吧，你赢了。原本我要去找你，也需要时间。你自己出现，算是节约了这点儿时间。"就在唐凌要跨出大门的时候，夸克开口了。

唐凌心中略微放松，回头望向夸克。

"不过，最多给你十五分钟。再多，谁也没有把握还能逃出去。何况是带着两个累赘。我说的没错吧，你会带上老太婆和你的妹妹。时间一到。我会自己走。"夸克没有开玩笑的意思。

"为什么要选我？"唐凌只是想询问这一句，不要说整个聚居地，就算第五营，比他强壮聪明的人也并不是没有。

"生意做过太多次。我知道你的秘密，唔，可能是一些秘密。"夸克含含糊糊，眼神闪烁。

唐凌的眼中闪过一丝冷芒，秘密？关于它吗？他下意识地想要摁住自己的胸口，但终究什么也没有说，转身朝着家所在的地方飞奔而去。十五分钟，一个来回，基本上没有可以浪费的时间。幸好长期在野外冒险，唐凌的速度并不慢。

回到帐篷，不用唐凌多说，婆婆已经牵着妹妹站了起来，手上挽着一个小包袱："走吧，我只带了一些肉干和清水。如果是逃命，多余的东西会成为累赘。"

唐凌喉头滚动了一下，实在不知婆婆为何那么肯定他们必须要离开这里。对于逃亡，婆婆似乎也很有经验。但时间不容废话，唐凌接过了包袱，紧紧地绑在背上，从床底拿出了一根磨得尖锐的铁棍，抱起妹妹，牵着婆婆便朝着夸克的店中跑去。

"呵呵，这是要逃难吗？这世界总是有轻易就被吓破胆的胆小鬼。"

"我敢保证，逃出去，你会死得渣都不剩。或许，能剩下一个小指头？"

第五营还是那么热闹，一成不变的压抑生活中，突然多了变故，似乎也是乐趣。

唐凌的眼中闪过一丝悲哀，抿紧了嘴角，却不能多说。最可悲的事情莫过于，即便知道危险，也无处可逃。因为这世间任何事情都需要资格，而资格的本质源自自身的价值。丛林法则，没有不残酷的时候。

"唐凌，尸人很危险，我们应该相信紫月战士。"就快要穿出聚集的空地时，唐凌被不吝啬教给他宝贵狩猎经验的张叔拉住。

"张叔，相信我，现在走。紫月战士……"唐凌深吸了一口气，"并没有出手。"

"你……"张叔下意识地想要反驳，对上的却是唐凌不容置疑还带着一丝焦虑的眼眸。他心中明白，他必须相信这个孩子，从小到大，唐凌是能为自己的每一句话负责的男子汉。

"怎么……逃？"张叔的话中尽是苦涩。

"你曾告诉过我，面对厉害的野兽时，广阔多变的地方，总比一个狭小的空间更有生存的机会。走出地下，剩下的……听天由命。"唐凌只能这样说，他无法把张叔一家带到夸克那里去，夸克绝对会翻脸。另外，他也不能肯定，当自己的价值在夸克面前再无用处时，夸克还能保证一些什么。在这个时代，没有人能对更多的生命负责。他唯一能扛起的也只有婆婆和妹妹。

唐凌的话让张叔的眼中有了一些神采，作为经验丰富的猎人，他不会没有准备后路。"保重。"张叔对唐凌重重点头。

唐凌点头，拉着婆婆和妹妹转身离去。或许这就是最后的告别，唐凌心中涌起一丝酸涩，又掐灭了这无用的情绪。

昏黄的通道，燃烧着照明的火堆。安静伏在肩上的妹妹，和喘着粗气的婆婆。匆忙的脚步，和时不时狂欢一般兴奋的人们擦肩而过。

第五营已经开始弥漫着"蓝锯卡塔"叶的味道，这种能让人上瘾、沉沦、迷醉、安宁、愉悦的禁忌植物，是聚居地中很多人唯一的精神依托，在今夜的兴奋之中，终于有了光明正大登场的机会。很多神志迷糊不清的男人，两腮鼓鼓地嚼动，嘴角摊开笑容，却不知道血腥地狱即将降临。

"这样也好。"唐凌眼中的悲哀越发浓重，似乎明白了夸克为什么总是骂这聚居地的人是肮脏的老鼠。可是，并不是人人都有勇气在泥潭中挣扎，活着或许比死去更加艰难。在迷醉中拥抱地狱——这样也好！

"啊！"这个念头刚刚升起，一声刺耳的尖叫便如同一根导火索般在耳边响起。

"嘣！""嘣！""嘣！"巨大的撞击声伴随着让人牙酸的铁铰链被撼动的声音，听得唐凌心中发紧。一个连滚带爬的身影，哭号着朝着第五营人最多的地方跑去，和唐凌擦身而过的瞬间，唐凌只看见一张涕泪横流、惊恐到极致的脸。

这个人唐凌当然认得，长期霸占着守门这个肥差的家伙。而夸克的店，为了第一时间得到好东西，距离第五营的大门很近。

唐凌明白，该来的一切终于来了。他的手指发冷，却把婆婆的手握得更紧，近乎夺命般的狂奔，只因唐凌也忍不住开始恐惧。

夸克的店近了，敞开的大门空无一人。而透过昏暗的光，可以看见第五营的大门——它在剧烈地晃动。已经松动的小窗"吱呀"一声被晃开，在"咯吱""咯吱"的声音之中，唐凌的呼吸停止了。密密麻麻的尸人已经聚集在了第五营的大门处。这里对于它们来说，就如同一个装着丰盛食物的盒子，剩下的只是打开它。

或许是已经进食了一些，很多尸人的脸上都糊着血痂，一股恶臭伴随着发黄的尖牙和腐败的躯体在空气中飘荡。

唐凌的胃开始翻搅，靠近小窗的尸人远远地发现了食物，灰白的眼眸贪婪地朝着唐凌望来。

"吼！"一声兴奋的嘶吼，尸人更加用力地冲撞，第五营的铁门摇摇欲坠。

第10章　逃亡（上）

只是一秒的停顿，唐凌就触摸到了死亡混合着恐惧的温度。如若可以选择，轻松地从高处跳下，反倒成了一件惬意的事情。

"进来！"夸克恼怒地在门前大吼了一声，没见过世面的小子还是被吓到了吗？

唐凌低头，不敢再想关于第五营大门的任何事情，拉着婆婆和妹妹快速地朝着夸克的店跑去，在他身后似乎响起千军万马的声音。

这只是第一批因慌乱拥过来的人群。

这是第五营唯一的出口，至少没有"后路"的人想要走出第五营，只能通过这扇铁门。守门人的哭号终于把消息成功地散布了出去。

无处可逃的悲哀，终究爆发。

相比于困在其中等死，人们总是会下意识地寻找希望，也奢望自己能成为混乱之中逃脱的幸运儿。

"快！"人群的出现让夸克的眼中闪过一丝慌乱，他开始催促唐凌。没有人是傻瓜，一定会有人注意到跑在前方的唐凌的异状的。如果被人群拥入，他的逃脱计划便废掉了。

事实证明，不好的猜测总是应验得特别快，果然有人吼道："夸克，看夸克，他站在那里，他神通广大，他有办法。"这句话如同在人群中点燃的希望之火，迅速沸腾了所有人，脚步声更快了，是朝着唐凌追来。

不长的距离是唐凌此时唯一的优势，当他跑到夸克门前时，被夸克一把拽住，拉进了屋中。"麻烦的老鼠！"夸克抱怨着，"砰"的一声关上了大门，但这样的铁门能阻止疯狂的人们几秒钟？

夸克觉得不妥，转身拿出了一根铁棍，别在了门上，并对唐凌吼道："帮忙！你想我们被毁于一旦吗？"门外的脚步声，尸人的撞击声，人们恐惧的呼喊声，尸人兴奋的吼叫声，没有比这更加混乱的场面了。

放下妹妹，唐凌在一片凌乱的心情下，推拉着任何有分量的事物，开始不要命地朝着门边堆砌。这感觉比当一个刽子手更加难受，没有更大能力的无助让唐凌如此渴望力量。

如若悲剧不再发生……唐凌不敢假设这个可能，在一个厚重的货柜被拖到门前时，第一个跑到夸克门口的人已经出现了，透过铁门的窗框，拼命地嘶吼："让我进去，我保证就我一个。"说话间，他挥舞着拳头，不要命地击打着铁门，金色的头发因为汗湿紧紧贴在头皮，拳头被铁门碰撞，鲜血淋漓，他浑然不觉。

"给老子滚开！"一张黑色的脸出现在那男人身后，毫不留情地一拳打在前方男人的脸上，拖开了他，谁不愿意更靠近希望？

接二连三，人群开始出现。随着一声巨大的"哐当"声，昏暗的地下通道中发出震耳欲聋的回音。

"啊！"

"妈的，老子可不想死！"

恐惧的情绪在这一刻终于到达了顶点，唐凌的心一冷，尸人撞开了铁门——第五营地狱降临。唐凌咬紧了牙，把最后的一截货柜顶在了墙边。他终于成了那个落下最残忍一刀的刽子手，胸腔之中莫名堵得发痛，他转头望向了婆婆和妹妹，下意识地寻找安慰。

夸克轻松的声音却在耳边响起："实际上，只要拖住一分钟，这些肮脏的老鼠就不要想钻漏子。老子的辛苦，凭什么和你们分享？"夸克朝着门外的人群喊了一声。绝望和恐惧中，有人开始回头跑去，尸人捕猎的盛宴已经开始。挤在前方的人别无选择，爆发出了惊人的力量，可怜的薄皮铁门破碎了，开始四分五裂。

"妈的，快走！低估了这些老鼠的求生欲。总是相信幸存者偏差，怪不得每个时代都不缺孤注一掷的赌徒。"夸克继续絮絮叨叨，可是脚步却快得出奇，他带着唐凌走向了那扇神秘的门后。

再一次进入其中，唐凌惊奇地发现，屋中那个放着"前文明密码"册子和许多小箱子的木架已经不见。而木架之后，则是一个敞开的地道。

夸克的底牌就是这个！想来在他店中的三条秘道不就已经说明，夸克就是这样"狡兔三窟"的人啊。只是，短短的时间，他把木架藏在了哪里？

唐凌好奇，却没有多问的想法，他只是沉默而紧紧地拉着婆婆，抱着妹妹。他没有说出口的是，胸口的"它"似乎经受到这样的剧烈刺激过后，苏醒了。这很可怕！想到此处，唐凌从地上拿起了一大块肉干，塞入了包袱。

夸克嗤笑了一声，说道："你以为从这里出去后，你能有悠闲吃东西的时间？到了尽头，不是生就是死！肉干算什么？老子的宝贝不也舍弃了？当然，最重要的我可是藏起来了，一个小把戏而已。"

这句话什么意思？唐凌懒得去想！铁门应该已经被破坏，门口传来快速沉重的移动声，那些挡住门的东西也支撑不了太久。这间屋子虽是铁门，可是那些废弃金属拼凑起来的门又能挡住多久？夸克却没有急着进入地道，还在地道前布置着什么东西。

"夸克，你这条老狗，打开门让老子进去。有我在，你才能多一分活着的希望，那个瘦弱的小子能做什么？"有人闯入了，那个黑人，他的拳头烂得不成样子，已经露出了骨头。他是真的拼命癫狂了。

"让我进去，它们在吃人了。它们在吃人！！"又一个慌乱的声音。

在门上留栅栏窗口的习惯真是太烂了，唐凌其实已经不想听见或看见，从外面更加疯狂混乱的声音判断，整个第五营彻底乱了。可以想象在这里生存的几千人，来来回回躲藏奔跑逃命的疯狂，当然还伴随着尸人的进食盛宴。

夸克这时已经没有了慌乱，甚至还有空点燃一支叫作香烟的东西。"进来吧。"夸克对唐凌说道。

唐凌沉默，低着头带着婆婆妹妹跨入了通道，身后起码有二十个人开始疯狂攻击最后的"生存之门"。

撑不了多久的。可唐凌竟然生出了一丝可悲的麻木。

"再见吧，该死的第五营。再见吧，这些肮脏的老鼠们。"夸克夸张地喊了一声，似乎点燃了什么东西，发出吱吱作响燃烧的声音。

"跑！"唐凌耳边响起了夸克的声音。

第11章　逃亡（下）

　　黑暗的通道之中，烟尘弥漫。剧烈的爆响之后，惊人的破坏带来的余震还在回荡。双耳还在嗡嗡作响，时不时滚落的石块发出的闷响让人心惊胆战。

　　唐凌剧烈地咳嗽，感觉五脏六腑都还在晃动。婆婆没事，妹妹也没事，唐凌站起身来稍微松了一口气，拉起了刚才被他压在身下的两人。

　　"妈的。"夸克吐了一口唾沫，抹了一把脸上的灰尘，自顾自地说道，"量用得太大了。"但接着便夸张地大笑，左手伸出一根中指晃动了一下，吼道，"该死的老鼠们，有种你们再跟着啊！"

　　唐凌并不在意夸克奇怪的手势，待咳嗽稍停，回头一看，便发现无数的或大或小的石块已经把他们刚才进入的通道入口埋了一个严实。"是什么？"心中的震撼再也无法压制，即便莽林里最危险的裂石熊也无法发出这样的攻击。这是弱小的人类能够做到的吗？紫月战士能吗？那一声爆响，那惊人的破坏力，只是看过一眼便无法遗忘。

　　"炸药。懂吗？炸药。"夸克的心情似乎不错，从随身的一个小背包里拿出了一壶清水，喝了一口，随口回答了一句。

　　唐凌瞪大了眼睛，药？治病的药？他无法理解，这种东西会有这样的威力？

　　夸克嘴角带着嘲讽的笑意，随意搭住了唐凌的肩膀："我曾经听说过一个词语，叫作'坐井观天'。意思是青蛙，不，应该叫作弹舌兽，被放在一个狭窄的地道中，看见的天空永远只有地道出口那么大。你懂吗？这是形容无知之人。但，仔细想想，有时无知或许是一种幸福。你，只要活下去就好。"说话间，夸克又开始在他的包内翻找了一番，拿出了一个略微有些锈迹的圆筒，只是轻轻地摁了一下，一束明亮的光源便在黑暗的通道之中亮起。

　　这一次不仅是唐凌，就连婆婆也很是吃惊，他们知道安全区内有通过一种叫电的东西发光的事物，叫作灯。可是，夸克手中拿的是什么？也是灯吗？

　　"走吧，待在这该死的通道内，早晚也是被困死。我考察过，它能直接通往安全区。到时候，安全区的人会吃惊地发现，哗，地下怎么会冒出一个人，就算紫月战士也防不住我……"夸克喋喋不休，拿着他那发光的圆筒，径直走在了前方。

唐凌无言地抱起了妹妹，拉着婆婆跟在了夸克的后方。他无法言说此时的心情，地狱降临的悲哀和夸克展现的"神奇"，在他心中交织，他怀疑这个世界的真实，也无法解释弱小的人类不是那么"弱小"。至少夸克证明了这一点。

"你说要把这条通道直接挖到安全区？那是说这条通道是通往安全区的？"婆婆忽然冒出的话语打断了唐凌的思绪。

夸克回头，光亮中，唐凌注意到婆婆眼中闪烁着奇异的光芒，渴望又震惊！"那怎么可能？离安全区起码还有几百米！不可能再前行了。"夸克的语气有些挫败。

"为什么，你不是说它通往安全区吗？"唐凌不会抱着这种缥缈的希望，若真的直通安全区，夸克实在没有必要找上他。可这并不代表唐凌没有疑问。

"黑角紫纹蛇！在墙后有整整一窝黑角紫纹蛇！"

"你说什么？"唐凌心中猛地升腾起一股怒火，上前一步，抓住了夸克的衣领。作为一个冒险的猎人，他非常清楚黑角紫纹蛇有多危险。莽林中的王者是裂石熊，但面对黑角紫纹蛇同样不敢硬拼。

成年的黑角紫纹蛇身长起码有十五米，它们爆发的力量可以绞杀包括裂石熊在内的一切野兽，当然前提是你被它成功地绞住。如果说只是这样，倒也不算十分可怕。可怕的是黑角紫纹蛇有剧毒，哪怕只是被它的牙或是头上的角擦破一点皮，也意味着无救。一条黑角紫纹蛇就是最可怕的杀手，一窝黑角紫纹蛇是什么概念？相比起来，外面的尸人群也可怕不到哪里去。夸克竟然把他们带入了这样的危险之中，唐凌怎么可以忍受！

"不然你以为我为什么会叫上你？"夸克并不紧张，而是轻轻地拨开了唐凌的手，说道，"理论上，这条通道可以通到安全区，但在关键的位置被墙堵住了路。我不知道是该死的谁砌了那些墙。但如今，我认为应该感谢他们。当我千辛万苦地破墙以后，我发现里面有一群黑角紫纹蛇。其中，还有一条大家伙。我敢肯定，它快再次变异了。"

夸克一口气说完这些，也不管唐凌是否消化得了，抑或是不能理解变异到底何意。总之，他对唐凌眨眨眼，非常直接地说道："难道，你还想再隐瞒吗？你可以避开危险。"

唐凌神色变了变，这就是夸克所知的自己的秘密吗？关于"精准本能"。但幸好，他还不知道"它"！

"你跟踪我？"唐凌眼中全是防备。

"我想任何一个商人，都会对莫名幸运的家伙产生兴趣。但也仅仅只是兴趣，并不意味着我有多在乎。除了现在！"夸克并没有否认。

唐凌不说话了，事实上从夸克展现的种种神奇来看，他要悄悄地观察自己也并不是没有可能。深吸了一口气，唐凌与夸克并肩："你刚才说得太模糊了，必须要告诉我详细的情况。光依靠缥缈虚无的本能，我无法保证把任何人带出这里。"至于出去了以后，面对的是什么？要做什么？唐凌并无任何完整的计划，但眼前的困境必须解决。因为，已再无退路。

"没有任何问题。"夸克开始在耳边对唐凌详细地介绍这条秘密通道的情况。

而唐凌认真地听着，丝毫没有注意到婆婆暗淡下来的眼神，还有不知从何时开始已经完全安静的姗姗。她又一次丧失了哭泣的本能。

第12章　困境

事情比想象的还要糟糕。当听完夸克的说法后，唐凌的脸色难看到了极点，但他还必须依赖夸克，照着他所说的去做。地下通道何其庞大，除开黑齿鼠和各种未知的危险，地下通道如同一个庞大的迷宫，稍有不慎就会迷失其中。这是夸克熟悉的秘道，离开他，唐凌三人就会成为"瞎子"。但夸克口中的"一窝"黑角紫纹蛇，起码有上百条。

好消息是它们有大有小，有的也许不那么危险。坏消息是夸克当年破墙以后，已经成功地惊动了它们，这些家伙爬了出来，遍布在这通道之中。按照黑角紫纹蛇的习性，它们或许不会离开老窝太远。可难受的事情在于，这条通道最近的、唯一的出口离它们的老窝很近。

这样想来，就算夸克熟悉这通道又有何用？随时可能蹦出来的黑角紫纹蛇是致命的。更何况，唐凌想不出从这通道出去的理由！难道去地面上面对成群的尸人吗？唐凌可不相信它们都拥入了地下。

但夸克坚持要从出口出去。"这条通道就算不能直接通往安全区。你也不能怀疑它的意义！实际上，从那里出去的话，已经非常靠近安全区的大门。"夸克试着说服唐凌。

"可是呢？那意味着什么？"难道安全区会敞开大门？唐凌不会相信这种可能。

"意味着机会！这样的灾难之下，一定还是会有顽强的老鼠逃到安全区的大门之前的。安全区可没有勇气放弃全部的人，你要知道，战士，甚至紫月战士也要靠着聚居地输送'新鲜血液'。聚居地中也不是没有出现过大人物。"夸克如是说道。

唐凌没有再接话，夸克说的并不是假话，就唐凌所知，至少有两位紫月战士出生于聚居地。但唐凌也没有全信夸克的话，他觉得夸克有所隐瞒。就如他从始到终都没说起发现黑角紫纹蛇后，他是怎么样逃脱的。可也没有必要在此时去说穿，只是提防是必须的。

尽管有亮光，沉寂昏暗且充满了分岔的地下通道还是让人不安。唐凌撕扯下了一条肉干，放入口中咀嚼，对于他这个动作夸克只是略微诧异地看了一眼，便不再关心。倒是婆婆担心地看了一眼唐凌，但也没有多问。

在无言的前行中，大约过了十几分钟，他们遇到了阻碍。眼前是一堵由碎石堆砌起来的墙，看起来无比粗糙，但也意味着安全距离到此为止了。毫无疑问，这墙是夸克的杰作。自从发现了黑角紫纹蛇后，他便开始这样做。因为他无法保证哪一天有一条不长眼的黑角紫纹蛇会游荡到他在第五营的店中。幸运的是，直到这堵墙完成，都没有黑角紫纹蛇来"阻止"他的工作，否则他们也不可能有一段"安全距离"可以缓冲。

拿出一个小小的工具，夸克开始在墙上挖掘，直到出现了一个小洞以后，他又开始安放着什么。于此，唐凌只是静静在旁看着，到底也只看见夸克在墙中放入了一个管状物。

"其实不必吃惊。这玩意儿在这该死的世界里，根本不够看。喂，我说你们再退远一点儿。"夸克从管状物中拉出了长长的一根线，然后若无其事地点燃了它。

"是那炸药吗？"唐凌轻声问了一句。

"趴下。"夸克只当没有听见唐凌的话。

随着一声轰鸣，那堵粗糙的墙被炸开了一个大洞，虽然还不足以让人通过，但周围四分五裂的碎石，也只需要大力地蹬上几脚，便能顺利通过了。

"你去。"夸克对唐凌说了一声，顺便关掉了那个圆筒。

光源没有了，通道彻底陷入了黑暗，而唐凌拍拍婆婆和妹妹的背，以示安慰，便起身直接把那破碎的墙踹出了一条通道。精准本能告诉他，至少这里没有危险。

"不能再有光了，黑角紫纹蛇对光源可是敏感的。而且，我奉劝你们，接下来说话也最好小声一些，虽然还有一定的距离，但这些家伙对声源也很敏感。"夸克压低着声音说道。

而唐凌只是默默地扯碎了袖子，然后搓成一条绳索，把妹妹和婆婆还有自己的手臂绑在了一起。铁茭草的茎编成的衣服还是足够结实的。

"走吧。"唐凌催促了一声，但吃肉的动作依旧没有停下，反而越发地快了。

"最好跟紧我，路只有我知道。"夸克又啰唆了一句，显然他不满唐凌没有把自己绑在一起。但唐凌根本不会解释。

众人的脚步开始放慢，甚至连呼吸都变得轻了许多，在失去了光源的绝对黑暗中，每一步都充斥着致命的危险。

相比于唐凌，另外的三人要轻松许多，因为谁也没有注意到只是短短两百米的距离，唐凌的额头已经布满了细汗，连双眼也红得可怕。

"前方三十米，左拐角有危险。避开。"为了节省体力，唐凌连说话都异常简洁。但好在两百米的距离，夸克已经和唐凌形成了某种默契，在唐凌察觉了危险以后，夸克总是能找到一条岔路完美地避开。可也因为如此，路变得漫长了起来。一丝鼻血已从唐凌的鼻端流出，被他默默擦去。

事实上，精准本能是能预知潜在危险，甚至瞬发的危险，但那需要精神高度集中。唐凌从未试过运用精准本能如此长的时间，因为他知道时间稍长，脑袋会涨痛得让人崩溃。可是，没得选！在缓慢的前行中，时间分秒过去，从夸克那里抓来的肉干竟然已快要被唐凌吃完。但胸口传来的饥饿感却没有缓解多少。这让处在一种昏沉状态的唐凌有些不安，莫非是精准本能的密集运用消耗了什么？

"快了。"夸克总算带来了一个好消息，指向了一处地方。

但与此同时唐凌却平静地说道："前方二十八米，有危险。"

"你没开玩笑？前面没有任何的岔路可以避开了。"夸克的脸色顿时难看。

"不止一处。百米范围内，七处危险。"唐凌始终保持着一种莫名的冷静，他没有告诉夸克，其中在夸克指向的地方，有一种巨大的危险，让他稍微感知，便几乎窒息。

第13章　唐凌，战（一）

"该死，该死。"夸克额头的青筋跳动着，显然已经慌乱，却又不敢过多地言语，怕惊动了那些所谓的危险。

有时，让人崩溃也不过只需要一句话而已。周围又陷入了安静，唐凌半眯起眼睛，趁着此刻难得的空闲开始抓紧休息。越是靠近危险，便越是冷静，这是唐凌也解释不了的另一种本能。

在煎熬之中，夸克悄悄和唐凌三人拉开了一些距离，脸上神色变幻挣扎了一番后，从包里翻出了一件造型奇特的黑色家伙拿在了手中。

唐凌看见了一切。夸克的行为无疑动用了他藏着的其他底牌，想要抛弃唐凌三人了。

"我想，可以试一试我的办法。"唐凌突然开口。唐凌一直在观察。此时，应该出手了。

听闻唐凌的言语，夸克的脸色稍微变了一下，但随即便说道："你有把握？"他从始到终没有放开手中那造型奇特的家伙，即便唐凌看不出那家伙是干吗的——一根管子连接着不规则的几个方块！但，他不怀疑它的作用。

"这里，我们爬上去。"只是暗自留意了夸克手中家伙不到半秒，唐凌便开口了。他无须回答夸克什么，只是解开绳索，把妹妹举起，轻轻一跃，然后就把妹妹放在了他所指的地方。那是几乎快贴着通道顶部的一条铁管，在地下聚居地随处可见这样的粗大铁管。接着，唐凌又举起了婆婆，这一次婆婆自己爬了上去。

"需要我帮忙吗？"唐凌看了一眼夸克。

夸克暗自震惊眼前这个少年的灵敏和力量，尽管他无比清楚这个时代的人相比于前文明是强悍的，但这少年身手的利落，应该经历了生死磨炼。"托我一把就行。"夸克不会逞强。

唐凌照做，在夸克顺利趴在了管道上以后，唐凌几步助跑，一个轻跃，几乎无声地也爬上了管道。这让夸克再次感觉自己小看了唐凌。

"接下来呢？"上了管道，夸克也不知唐凌要做什么。他照做无非是想不到万不得已，绝不浪费自己的底牌。何况，这底牌浪费得让他也肉疼。

"你们在这里待着。"唐凌小声地说道，然后轻轻地，缓慢地沿着管道爬行了将近三米的距离。

这小子莫非想通过管道爬出去？开什么玩笑？夸克脸部的肌肉都在抽抽！首先管道可避不开黑角紫纹蛇，其次这管道也只有不到三十米的距离，弯弯曲曲，根本到不了出口。但夸克只是安静地看着，心中计划着自己的事情。

在爬行了大概三点五米后，唐凌停下了，他轻轻地从所剩无几的肉干上，撕下了大约三十克左右的肉条。接着，唐凌把肉条拿在了手中，他的大脑在此刻运转到了极致。

黑角紫纹蛇，对声音的感知极限距离是二十七米，自己把肉干扔出去的正确距离必须在二十五米，三十克的肉干落地发出的轻微震动才不至于惊动不了那条距离最近的黑角紫纹蛇。毕竟看似安静的环境下，也有各种杂音，比如气流流动的声音。黑角紫纹蛇不是对任何细微的声音都有兴趣。而精准的把握还有一个更重要的意义在于，不能惊动其他的黑角紫纹蛇。毕竟靠近老窝，这些家伙彼此间的距离都很近。需要突破的危险不止一个，唐凌需要运用精准本能最精密地运算出各个"节点"，但眼前还需要实践。

两股热流从鼻腔流出，相比于之前，负担更重了。用舌头舔去鲜血，唐凌果断地扔出了肉干。恰到好处的二十五米。窸窸窣窣的声音在一秒不到的时间响起，很快一条粗大的黑色大蛇游动了过来。那在黑底之上斑驳的紫纹，额顶前段尖锐的黑角，已经证明了这是一条黑角紫纹蛇。还未成年，只有十米左右。

唐凌轻柔地抽出了背上背着的尖锐铁棍，选取了一个合适的角度，静静地等待着。一块小小的肉干，黑角紫纹蛇有些失望，但还是毫不犹豫选择吞噬。

唐凌抓着铁棍的手无比稳定，连一丝轻微的颤抖都不曾有。野兽都有共性，蛇头不管吞噬任何事物，都得昂头。尽管只是一条肉干，这条黑角紫纹蛇也微微地昂起了头。

就是现在！

唐凌闪电一般地出手，在黑角紫纹蛇昂头的瞬间，用尖锐的棍头一把穿透了黑角紫纹蛇头部三寸以下的一个点。连挣扎都没有，这条黑角紫纹蛇就无声地死去了，三寸处的弱点被攻击，瞬间就切断它所有的感知。更何况，在精准本能之下，唐凌攻击的是弱点中的弱点！

而长年出生入死换来的捕猎经验也发挥了巨大的作用。这让唐凌想起了张叔，想起了他传授自己的经验，也想起了他曾经说过，根据传说，蛇类以前的弱点其实是在七寸的位置……这说法自然是荒诞不经的，事实上关于野兽更加荒诞的说法也有许多。

唐凌并不在意这些，他只是想起了张叔说起这个时，迷茫又疑惑的笑容……也不知他一家逃脱了没有？这种分神让唐凌懊恼，所以他很快收起了思绪，麻烦还有，他还需要解决。

静静地休息了大概一分钟后，唐凌继续在管道上爬动。若说这一路还有幸运的话，就是这管道弯弯曲曲延伸了三十米左右的距离，足够他解决大部分麻烦。没有帮手，唐凌展开了几乎是一生中最艰难的"狩猎"，精准本能快被他运用到了极致。越来越多的鼻血让他整个口腔都充斥着一股咸腥的味道。但他不能擦拭，一点儿微小的动静都能让计划失败，他只能用舌头快速地舔舐。幸好，黑角紫纹蛇对味道极不敏感，否则这血腥味……

二十几分钟后，唐凌解决了六条黑角紫纹蛇。但还有一处，最后一处，借助管道解决不了的，令人窒息的那一处危险！

第14章　唐凌，战（二）

快到极限的消耗几乎让唐凌连趴在管道上的力量都消逝了。意志力是最后的支撑，好在赢来了短暂喘息的时间。他大口地呼吸，毕竟最后一处危险有一定的距离，感知不了他的呼吸声。

而夸克目睹了这一切，震惊得几乎合不拢嘴。还有比这少年更加优秀的猎人吗？更可怕的是他那近乎"变态"般的战斗情商和周密谋划。虽然有感知危险的能力，但……这少年如若成长起来，那会不会……夸克否定了这个可能，不管再优秀，跨不过"天堑"，终究……夸克微不可闻地叹息了一声，各种复杂的情绪涌上心头。

但唐凌绝不可能知道夸克所想。他在意的是那最后一处危险，但消耗过多的大脑此刻却容不得他思考。休息的时间不会有太多，即便这些黑角紫纹蛇嗅觉再不灵敏，过一会儿也一定能发现同类的尸体。

"会愤怒吧。"麻木的大脑中，唐凌升起如此一个念头。但事实上，蛇类作为冷血动物，很难去相信它们是有感情的。唐凌觉得自己的念头荒唐，但恢复稍许体力的他还是小心地开始后退，直到婆婆三人所在的地方。

"我们剩下最后一搏。"面对夸克的兴奋，唐凌径直说了结果。

"你是说，你杀了那么多。还没有解决干净？"夸克并不是太过在意的样子，如果前进的道路上只剩下最后一条不长眼的阻碍，似乎也不算太麻烦。

"六，我只解决了六处。"唐凌用手指比画了一个数字，接着说道，"我说过，麻烦有七处。最危险的那个离你指的出口很近。不到三十米。"

"有多危险？是个大家伙吗？"夸克语气依旧轻松，甚至想要跳下铁管，就直奔出口了。

唐凌脑中在这一瞬间闪过了几十种想法，但最终他还是拉住了夸克。"我想你误会了。那一处是让我感觉到无法战胜、极具压迫的危险。"

夸克一下子愣住了，一些可怕的记忆瞬间涌上了心头。是那家伙吗？那一条巨大的黑角紫纹蛇，不，或许不该称呼它为黑角紫纹蛇，而应该是……

有那么一瞬间，夸克甚至想要跳下铁管，往回逃跑。他情愿面对尸人，也不愿面对那家伙！

唐凌注意到了夸克脸色的变化，沉默了一秒，开口说道："我们这里距离出口一百二十米左右。我的本能告诉我，那条蛇的感知范围是四十米，不会再多了。"

说这段话的时候，唐凌的神色很平静，语气更不见激动。无疑，这让夸克稍许冷静了下来，唐凌之前的表现已经让他印象深刻。即便内心觉得不可能跨越最后的障碍，夸克还是下意识地觉得应该信任这个少年。所以，夸克舔了一下干涩的嘴唇，问道："这意味着什么呢？"

"四十米的感知范围并没有完全覆盖出口。它所在的位置，我计算过，只有在我们靠近出口十七米的范围，它才会察觉到我们的存在。根据黑角紫纹蛇的反应时间和速度，它察觉我们，到能攻击我们大概是两秒的时间……"

唐凌说到这里，夸克有些激动地挥舞了一下手，小声地打断了唐凌："你不应该用黑角紫纹蛇平常的表现来计算那个家伙，如果你知道……"说到这里，夸克闭口不言了，说出一些聚居地的人不可能知道的事实又如何？只能让大家更绝望。

但唐凌的表情没有任何的变化，他低声说道："我根据自己感应危险的程度，计算了一下那条蛇大概的能力。事实上，你如果有这种本能感知，你也会习惯这样的计算。虽然不精准，但大致误差应该不会造成致命的后果。"

夸克愣住了，这少年的感知能力恐怖如斯？自己是不是小看了他？

的确是小看了，但比起跨越了"天堑"的人，唐凌的能力似乎又不够看了。夸克又想叹息，但望向唐凌的目光已经略微有些感激。挣扎在这个时代，夸克早已是人精，他知道刚才唐凌拉住他的恩情。在信息不对等的情况下，他没有被唐凌当作引开危险的诱饵。

唐凌没有在意夸克的感激，只是继续说道："结果就是如此。你应该知道，我们有两秒的时间，需要奔跑过十七米的距离。这并不算困难。困难的是，我们还需要停顿，抓住梯子，然后爬上去。爬的过程不会安全，因为地面距出口，只有十一米，一共七阶爬梯。蛇无论如何厉害，我笃定它不能爬梯子。但它攻击时，弹起来的'身高'绝对超过了十一米。"唐凌最后竟然有心情说一句略带玩笑性质的话语。

"这他妈不可能冲出去。"夸克再次陷入了绝望。如今的普通人类，跑百米的距离，大概就七八秒。两秒十七米，的确不是困难的任务。可要爬完爬梯，再快也需要五六秒。夸克没有精准本能，但也知道留给他们冲出去的时间是负数。

"所以，我去拖延时间。作为交换条件，我婆婆和妹妹的安全你负责。我需要她们在你之前，先出去。"唐凌说得很平和，没有任何的威胁。

其实并不需要威胁，夸克也能想到如果他没这样做，这个少年或许有办法让他也跑不出去。咬了咬牙，夸克点头答应。

"还有，我需要那个叫作炸药的东西。"生死关头，唐凌认为夸克不会小气。

"不，那玩意儿可不好控制！你就算有那什么本能，你不熟悉它，依旧不可能完美地使用它。何况，在如今这种条件下，发挥它的威力只能点燃它。这些家伙对光很敏感，你想引来更多的麻烦吗？"出乎意料，夸克否定了唐凌。

"你有办法。"唐凌的目光直视夸克。

夸克迎向了唐凌的目光，沉默了一秒，他把手里拿着的奇怪家伙放进了衣服，十分小心地做了一个动作。唐凌听到了一声"咔嚓"后，夸克将那个东西交到了唐凌的手中。

第15章　唐凌，战（三）

"已经上膛了。你需要这么拿着它，攻击的时候，扣动这里。"没有时间做过多的解释，夸克直言了这个奇怪家伙的用法。

唐凌学习得很快，但心中却翻腾着说不出的奇异感——这样扣动它，它就会攻击？这重量不到五斤的家伙能产生什么样的攻击力？

"记得，使用它的时候要绷紧手腕。它不算前文明很成功的……手枪，但几乎却是威力最大的手枪。"说到这里，夸克摩挲了一下这奇怪的东西，望着唐凌，"你可以叫它——沙漠之鹰，也许以你的身体素质，能够完成高速的连射，但重点还是绷紧手腕，就像这样。"这似乎触动了夸克什么，他忍不住啰唆了几句，顺便给唐凌比画了一下正确的姿势。

唐凌抿紧了嘴角，终于听到夸克提起了前文明，似乎这个抽象的概念，通过夸克的口，忽然变得生动了起来。手枪吗？沙漠之鹰？奇怪的名字，也无法联系在一起的两个概念。但此时显然不是好奇的时候，唐凌也摩挲了一下手中的"沙漠之鹰"，冰冷的金属触感带给他无法言说的感受。"威力如何？"这才是问题的关键。

"不能和炸药相比。如果最后的危险是我以为的那个家伙，最多只能打掉那家伙的鳞片。但若是普通人被它攻击到，会被打成筛子。我的意思是，前方一个血洞，后方就是一片血肉模糊。"夸克比了一下自己的前胸和后背，"也许，这个时代的人不会那么惨。总之，我也没有试过！但可以肯定的是，被打中要害，百分之百会立刻死去。"

关于沙漠之鹰的信息，夸克只能提供那么多。但唐凌的太阳穴却不可压抑地跳动了几下。他头痛得要命，似乎有什么被压抑的东西要破壳而出，然后唤起一些被他遗忘的事情。这是很奇怪的感觉。好在这样的感觉只持续了不到一秒的时间，便平息了下来。唐凌的脸色没有任何异常，可心中则翻起了惊涛骇浪，也让他想起了自己在被收养之前一片空白的记忆。很奇怪啊——前文明的人类！夸克那句也许这个时代的人不会那么惨，反复回荡在唐凌的脑中，他也说不上来为什么会那么在意这句话。

深呼吸了一次，抛除了脑中的杂念，唐凌再给夸克说了一下行动的细节，便轻声地从管道上一跃而下。婆婆抓过的手臂有些疼痛，就在他翻身而下的那一瞬间，婆婆用力地抓住他。显然她想要阻止唐凌冒险，却毫无办法。而妹妹出乎意料地乖，从进入地道起就一言不发，也许她也意识到这不是能够撒娇和任性的时候。

想着这些似乎无关紧要的念头，唐凌的心中升腾起了无穷的勇气。近乎无声地走在地道中，跨过一条又一条被他杀死的黑角紫纹蛇，唐凌连一根指头都没有颤抖。他知道夸克已经跟了上来，也许是因为过度紧张，他那粗重的呼吸声大了一些。好在婆婆和妹妹的脚步声在那个呼吸声之前。唐凌的嘴角露出一丝安然的微笑，那条大蛇的感应范围就要到了。不知是否因为精准本能，唐凌的眼和耳都异常的强悍，在适应了环境后，他能够在黑暗中视物，也能够听见任何细微的声音。正因为如此，拖延时间的任务才必须他来完成才行。

十米。

五米。

一米。

习惯性地默念，唐凌进行着最后的计算。直到进入了危险的范围后，唐凌才停下了脚步。这是计划当中的事情，却也是计划之外的"突变"。只因为，第一眼看见那所谓的大蛇，那冰冷的、巨大的、窒息的危险感让他根本不是按照计划行事，而是下意识地停下了脚步。

这是黑角紫纹蛇吗？紫色的花纹占据了大面积的蛇皮，形成了玄奥的图形，泛着冰冷的金属光泽。原本该是黑色的尖角，变成了鲜艳的红色，弯曲成了一个奇异的角度，就像婆婆从前文明的废墟中挖出过的细刀。

它巨大。直径几乎与唐凌的肩膀齐宽，就算盘踞成一团，也能看出它的长度不会少于二十米。

如果这些只是外表带来的恐惧，那更让唐凌恐惧的是它的眼神。这不是蛇类那种冰冷的几乎没有波动的眼神，而是充满了人类才有的情绪，嘲讽的，不屑的……对于唐凌的出现，它似乎根本没有任何的惊讶。那感觉就像它在等待唐凌自投罗网！

"跑。"尽管几乎窒息，唐凌还是喊了出来，只是声音中的颤抖难以掩饰。

脚步声响起，是夸克带着婆婆和妹妹开始冲刺。不加掩饰的脚步声回荡在空旷的地道，每一声都敲打在唐凌的心头。一向冷静的他，指尖开始发凉。可眼前这条大蛇似乎懒洋洋的，只是略微昂起了头，吞吐着蛇信，似乎觉得眼前弱小的生物很有趣。但唐凌并不觉得危险就此消失，反而精准本能带来的危险预示更加的浓厚，如同一只手瞬间就抓紧了他的心脏。

几乎是下意识的，唐凌就举起了手中的沙漠之鹰，左腿发力，借着反弹的力量，整个人朝着后方荡去。与此同时，他扣动了沙漠之鹰那个被称之为"扳机"的地方。

"砰"的一声回荡在地道，比起炸药显得十分"友好"，但与之而来的震荡让唐凌几乎无法稳住自己握着沙漠之鹰的右手。接着，一声类似于金属碰撞的声音响起，那一条之前还懒洋洋打量着唐凌的大蛇几乎已经蹿到了唐凌的眼前。巨大的蛇头摇摆了一下，一串火花耀眼地在地道之中闪现了一瞬。

误差！精准本能第一次出现这样巨大的误差！无论是对这条大蛇感应范围的判断，还是对它速度的判断，都错得离谱！第一次，唐凌失去了对战斗的掌握，而眼前却没有任何可以回避的余地。

第16章 极致

但若说完全没有一丝好消息，那也不是。从扣动扳机的那一刻开始，唐凌又见识了另外一种力量——所谓手枪的力量。只需要扣动扳机这么小的一个动作，至少让那条大蛇晃动了一下，一片足有巴掌大的鳞片虽然没有被打破，但也摇摇欲坠。它的确不能杀死这条大蛇，可要是用来拖延时间，足够了！

只有七次的攻击机会，这是夸克在和唐凌说起最后的细节时，一再提起的。人还荡在空中，唐凌的大脑就再次开始不停地计算。加上自己逃生的机会，要拖延至少七秒的时间。最理想的情况，七次攻击机会每次能够准确地拖延这条大蛇一秒。而且每次扣动扳机的节点，要完美地和大蛇恢复行动的瞬间衔接起来，毫无误差，才能做到"完美七秒"。

只有经历过生死的人才知道，哪怕零点一秒的空白，也可以改写结局。现实和想象最大的不同在于，想象的世界是完美的"真空"，你只需按照要求做完一切，那么结果就不会有偏差。而现实是什么？是充满了杂质、浑浊不能看清的泥潭，永远有太多的不可控因素干扰着一切。

沙漠之鹰的攻击不能拖延这条大蛇一秒。实际上，剧烈的，带着火焰的撞击型的攻击，只让这条貌似昏沉了一下的大蛇，停顿了不到半秒。接着，那股升腾而起的怒火，就算还未落地的唐凌也能感觉到。黑暗中，它那条猩红的蛇信在不停地吞吐，发出了一种让人大脑感觉到烦躁的嘶鸣。

接着，唐凌看见它的双眼爆发了更深一层的愤怒，完全的愤怒！那一刻，唐凌有一种奇怪的错觉，它似乎感应到了自己干掉了它六个"子孙"。

窸窸窣窣的响声从四面八方响起，伴随着这些响声的是一声轻微的"噌"的金属碰撞声。那是脚踏上爬梯的声音，熟悉的落脚力度，唐凌在一片繁杂的计算中，也能知道是妹妹率先爬上了爬梯——夸克没有失约。这个声音仿佛带着巨大的温暖力量，一下安抚了唐凌的内心。他无比地冷静。冷静到看着愤怒的大蛇伸直了身体，甩动的尾部轻描淡写地砸碎了身下的砖石，接着它"站"了起来，完全超越了唐凌理解的"站"——仅仅用不到一米的尾部支撑着庞大的身体。烟尘碎石飞舞中，带着一种恐怖的碾压。

事实上有些滑稽。唐凌已经完全冷静下来，看着因直立而起，头部顶在地道顶端的大蛇，觉得它这样站起来其实挺费劲的。

就当唐凌的想法刚刚产生之后的瞬间，他毫不犹豫地再次扣动扳机。如此庞大的身体，对于从小就以捕猎为生并，并有着精准本能的唐凌来说，根本无须考虑是否能够准确射击的问题。他甚至闭上了双眼，凭借着本能抬手就是一枪。这是唐凌又一种无法解释的秘密，就是他在极度的紧迫与危险之中，反而是"关闭"了感觉，凭借本能发出的攻击会有出其不意的效果。这种本能时灵时不灵，但如此级别的战斗，除了相信自己，还有什么能够依靠呢？

　　这一枪开得异常果断，已有教训的唐凌记住了夸克的话，绷直了手腕。那股震荡的力量终于可以承受，但一个可怕的事实又颠覆了唐凌的认知。那条大蛇站起来，原来是要借助尾部的力量，朝着自己弹射过来。只是，自己那一枪恰好在弹射的一瞬间打在了它整个身体的发力点上，打断了它的"计划"。

　　难以想象，一个庞然大物朝着自己弹射的场景，若是没有这惊艳的攻击，唐凌可以肯定大蛇不用做什么，仅凭那巨大的撞击力就可以让自己成为一摊烂泥。

　　"砰"，落地声响起，鲜血从唐凌的鼻腔中几乎是用喷涌的方式形成了两道血线。高速的计算已经得到了结果，代价就是如此，昏沉要爆炸的大脑需要唐凌强咬舌尖才能保持清醒。没有任何的犹豫，唐凌的身体和大蛇呈二十九度角，再次发力，朝着后方荡去。

　　而大蛇准备充分的一次攻击竟然被这种难受的方式打断，它愤怒的情绪再次到了一个新的高点。弹射的发力点被攻击，它巨大的身体不可控地朝着右边的墙壁倾斜，如同一根柱子坍塌，在半秒之后，就狠狠撞上了墙体，发出一声沉闷的声响。鳞片因此破碎了十几片，因为这一次撞击的力量，本质上是它自己准备弹射的力量。

　　耳边呼啸风声，却并不影响唐凌听见第二声踏上爬梯的声音——是婆婆。唐凌的嘴角带着微笑，似是安心，却又有一丝对大蛇的嘲讽。自己何必为它之前的情绪而恐惧？战斗中愤怒的情绪比致命的伤口更加可怕！

　　果然，下一刻能够控制身体的大蛇没有再次选择弹射，而是在瞬间就朝着唐凌游动了过来。但按照它倒下的位置，和唐凌后退的方向，这样的游动姿势注定异常难受，它需要稍许的调整。庞大并不是任何时候都能形成优势，这轻微的调整，势必耽误更多的时间。又是一秒过去。

　　"妈的，来了一大群黑角紫纹蛇，你最好快一些。"一道光束亮起，一声清脆的响声，接着是最后一个人蹬上爬梯的声音，是夸克。

　　在这个时候，他把那个能够发光的家伙打开了，并扔在了地道里。唐凌心里泛起微微的感激，既然已经惊动了蛇群，有光亮自然对自己的战斗更有优势。

　　来不及分神，唐凌再一次在落地后选择了一个角度，用后跃的方式和大蛇拉开距离。并在适合的时候，再次闭着双眼开了一枪，这一枪打在游动的大蛇身体第二个弯曲的位置，让它的身体微微挪动了一小点。但就是这个位置，让它无法继续游动，只能再次稍许停顿，蛇头才能带领身体继续前行。

落地，调整角度，开枪……唐凌每一步都做得有条不紊。原本还泛着一丝冰凉的指尖不知何时已经完全地温热了起来。一股属于战斗才能沸腾的情绪开始在心中升腾。而唯一的麻烦只是，那一大群游动过来的黑角紫纹蛇……

第17章　生天

毫无疑问，它们会改变唐凌已经计算好的后退路线。这种极其不稳定的干扰因素，会带来致命的结果。

"滴答""滴答"，唐凌的鼻血开始滴落在冰冷的地面，发挥到极致的精准本能在计算着另外一种行动方案。

"面对凶猛的野兽时，你手里就算只有一根木棍，也其将其发挥到极致。相信我，那比赤手空拳要好。"这是张叔告诉唐凌的一句话，被唐凌深深记在了心里。如今，他的精准本能就是那根木棍，除了发挥到极致，没有别的办法可选。而有时，把一件事物发挥到极致，是要付出代价的。所以，唐凌在一瞬间忍受了巨大的痛苦，那一刻他眼中的一切几乎变为了黑白，如同死亡的降临。

这样不要命的计算，换来了另外一个方案。没有办法保持曾经的习惯，再做一次精密的预想和整理，唐凌最后一次落地之前，毫不犹豫地开了两枪。最后的两次攻击机会，被他一次性用掉，攻击到了大蛇同一个地方。

此时，唐凌距离爬梯还有不到十米的距离。大蛇只需要做最后的一次调整，便可以毫无阻碍地朝着唐凌游动而来。尽管做了拖延，他们之间的距离实际上是在拉近的，只有最后不到三十米。这一点距离，如果大蛇能够"舒服"地前行，只需要不到一秒。而借着光亮，大批的黑角紫纹蛇已经朝着唐凌拥来，距离最近的一条甚至不到二十米。

"哐当"一声，出口的铁盖被顶开，一道属于夜的朦胧紫光照进了地道。要命的寒冷的气息瞬间灌入，这意味着妹妹已经出去了。唐凌深感安慰，咬着已经打空了子弹的沙漠之鹰，借着光亮，一个俯身，朝着爬梯用最快的速度冲了过去。

　　在这个时候，他身体的每一块肌肉都被完美地调动。毕竟，这个看起来就像冲去撞墙的动作，没有强大的控制力，就会真的撞在墙上。何况，在中途他要躲掉一条按照计算会挡住他去路的黑角紫纹蛇，且不能放慢速度。

　　这是一次极限的考验。唐凌彻底放空了大脑，危险的大蛇也好，成群的黑角紫纹蛇也罢，都被他无视。他的眼中只有那堵越来越大的墙，十米的距离，以唐凌的速度，做极限冲刺，只需要零点六秒。

　　他跑过了七米的距离，脚步完美地跨过了那条挡路的、正准备攻击的黑角紫纹蛇。而在他要撞上墙的瞬间，冲击的速度借助双腿的蹬力，变为一股向上的力量。在这一刻，唐凌的肌肉与骨骼被他以几乎不能完成的控制力，控制到极限。

　　瞬间，他伸出了右手，猛地抓住了中间的爬梯。下一瞬，他的双脚踩在了下方的爬梯上，完美地卸掉了巨大的冲击力可能带来的身体晃动。再接着，他便可以不停歇地往上方爬去。

　　在他身下，那条被跨越而过的黑角紫纹蛇正昂起了头颅，朝着唐凌撕咬而来。但唐凌抓住爬梯的高度，注定它只能一口咬空。

　　第一次，夜色在唐凌的眼中如此美丽。尽管曾经，每一个暗夜都是充满危险和寒冷的"恶魔"。

　　在出口，月光照着三张脸。妹妹，婆婆，和夸克。

　　婆婆全是焦急与担忧，几乎半个身体都伏在了出口，夸克略微有些后缩，但到底还是喘着粗气看着下方的一切。

　　妹妹非常地平静，漂亮的大眼反射着紫月的光，有一种冰冷的空洞。在快速上爬的唐凌心莫名沉了一下，但下一刻他就看见妹妹朝着他伸出了双手。

　　她要拉他上来。

　　唐凌心中涌动着温暖，此时再有两步，他就能伸手抓住妹妹的手。接着，婆婆也伸出了手。

　　夸克有些犹豫地想要伸手，但下一秒他大叫了一声"天哪！"整个人竟不受控制地开始剧烈颤抖。

　　唐凌没有回头，几乎是看也不看地就单手拿下口中的沙漠之鹰，朝着身后重重地甩了出去。

　　一声沉闷的响声响起，唐凌腰部一个用力，几乎是伸直了身体，抓住了婆婆的手。不用怀疑这个时代老年女性的力量，唐凌的重量不会成为婆婆难以承受的负担。她几乎是用尽全身力气把唐凌朝外拉扯，妹妹也用尽全力抓住了唐凌的手腕。

短暂的时间，只够夸克伸出一只手，他扯住了唐凌的衣领，大喊了一声，身体一个翻滚，再配合着唐凌最后踩在爬梯上的力量，把唐凌扯出了出口。

冷冽的空气瞬间包围了唐凌，不遗余力的拉扯，让四个人都翻滚了起来。但还未停下，夸克就开始夸张地大叫。一个巨大的蛇头猛然从出口中蹿出，距唐凌冲出出口仅零点几秒。这是唐凌早已计算好的结果，所以在翻滚的过程中，一块有着尖角的石头就被唐凌抓在了手中。以爬梯的高度，这条大蛇一定会"站"起来，然后借助弹射的力量，杀死自己。

只是自己到底快了一些，甚至比计算的还快上一丝。因为其他三人的帮助。

实际上，唐凌根本就不紧张，他推测这大蛇就不敢爬出通道。否则，这些出口的"门"，哪里会是它的阻碍？唯一不确定的只是，自己把它惹到如此愤怒，它会不会铤而走险？

所以，唐凌抓住了一块石头。在翻滚平静下来后，他半蹲着望向了大蛇，身体有意无意地挡住了婆婆和妹妹。

在月光之下，大蛇的探出出口的巨大蛇头，表情写满了怨毒、不甘、愤怒、犹豫……唐凌与它对峙着，握着石头的手不知为何有些微微冒汗。他可以死，却承受不起让妹妹和婆婆冒险的代价。

一只略微有些冰冷的小手搭在了唐凌的肩膀上，还不等唐凌反应，脖子就被两只小小的手臂紧紧地搂住。温热的泪水和冷冽的空气一相遇，便成了冰冷的水珠，从唐凌的后脖颈滑过。

"姗姗，快……"极度消耗的唐凌，声音沙哑，本能地想让妹妹躲开。

可在这一瞬，他却看见那蛇头猩红的双眼闪过了一丝莫名的畏惧，缩了回去。

第18章　前路

危险，解除了吗？

唐凌原本还紧绷的身体，此时如同被抽去了最后一丝力量，几乎不受控制地仰面倒下。

姗姗小小的身体承受住了唐凌的重量，她支撑着，让唐凌轻轻地躺下，用腿垫着唐凌的头部。

夜晚，异常的寒冷。但妹妹的体温持续不断地传来，温暖着唐凌几乎已经无法思考的大脑。婆婆粗糙的手握住了唐凌无力的手。

"食……"大脑一片空白，能发出的只有这个声音，已经搞不懂自己想要表达什么，这只是本能。胸口那个存在，指挥着唐凌去表达的本能。

背上一直背着的包裹被婆婆解开，清甜的水从唐凌干渴的喉咙流入了他的胃部。四级饮用水。在那个家里，唐凌和婆婆只会留给姗姗。但此时只剩下模糊本能的唐凌，大口地吞咽他曾经根本不舍喝下的珍贵水。

一块肉被婆婆撕烂递到了唐凌的口中，迷乱中，唐凌无意识地看着夸克阻止了婆婆。

"试试这个吧。"夸克从随身的包里掏出一块用珍贵的纸包着的东西，打开一层又一层，里面有一块黑色的东西，粗糙得像一块小型砖头。夸克很轻易地掰碎了它，塞入了唐凌的口中，唐凌本能地去咀嚼，却发现口中的它很快融化，变成了一股带着苦涩和异样香甜的液体，流入了肚子里。一股热意升起，原本麻木的大脑竟然有了一丝丝安宁的感觉。

"这是17号安全区出品的高档货。只有紫月战士才能享用的，保命的食物。"夸克开始喋喋不休，但他并没有吝啬，一小块又一小块的黑色食物塞入了唐凌的口中。唐凌略感舒适了，能量得到源源不断的补充，大脑也恢复了一点点意识。

"其实前文明出产的更好。可惜能够阴差阳错保存下来的很少很少。我做梦都想搞到一块，知道吗？它叫巧克力。"一块小砖头并不多，夸克手中很快也只剩下最后一小块。

恢复了些许力气的唐凌费力地抓住了夸克的手，捏住了那块叫巧克力的东西。"冷，吃，甜的。"他抬起手，想要递给姗姗。

婆婆握着唐凌的手更紧了一些，又是一滴冰冷的水滴落在唐凌脸上，姗姗接过，无声吃下，蜷下身体，抱住哥哥的头。

"再给他吃肉吧。据我了解，有什么能力用了之后，补充是必要的。"夸克显得很是博学多闻。

夸克拿出一把小刀，把肉削成了易于入口的形状。显然，唐凌快速的恢复让婆婆信任夸克，她把肉递到了唐凌口中。唐凌大口地咀嚼着，吞咽着这些肉食。无污染的高级货，对能量的补充也是强悍的，虽然不如夸克的巧克力，但胜在量大。随着大块的肉下肚，唐凌开始快速地恢复，这导致他的进食速度越来越快，显然有些吓到了婆婆。

而夸克却是无所谓地叼着一根卷烟，在一旁说道："这消耗比我想象的大。"这句话清晰地传入了唐凌的耳中，也就是从这一瞬间开始，听觉视觉开始恢复。

杂乱的草丛，朦胧的紫月，冷冽的空气形成的微风，嘈杂的脚步声，人声以及不远处尸人的嘶吼……

尸人！

唐凌猛地睁大了眼睛，一个翻身从地上爬起。尽管大脑还有些涨痛，脸上糊着干涸的血壳有些狼狈，胸口传来的贪婪食欲还没有平息，但还身处在危险中这个事实让他无论如何也不能再安静地躺着，任由自己沉溺在进食的欲望之中。

"不过几分钟而已，你不必那么紧张。"夸克拍了拍唐凌的肩膀，接着用眼神望向了17号安全区的方向，"何况，这里是安全的。"

安全的？唐凌疑惑地打量起四周。附近还游荡着为数不少的尸人，最近的那一个离他们不过三四十米的距离，怎么能说安全？冷汗从唐凌的额头流下，但他很快发现那个距离最近的尸人伏在那里，不停地滴着唾沫，疯狂地嘶吼着，也不选择冲过来。

是发生了什么吗？

难以置信的一幕，让唐凌不由得站了起来。他望见，整个安全带还有不少逃命的人，从地下各个出口冒出，奔跑在夜色之中，分明兵荒马乱，危险丛生。但附近也有密密麻麻的人群，他们都拥挤着朝安全区走去，却显然不是在逃命。这让才稍许恢复的唐凌有些愣神。

夸克却直接地说道："难道还没有发现吗？从这里到那里，这个范围内是安全的，尸人不敢过来。"夸克的手臂比画了一下，清楚地画出了一个半圆形的安全地带。紧贴着17号安全区，不大，也就不到半平方公里的样子。能成功逃到这里的人明显不算多，尽管人群密集，但还不算拥挤。

这些让唐凌心中不由得产生了巨大的疑惑，一丝说不出的不安再次开始蔓延，还有些异样的感觉让唐凌又有些发冷。

"走吧，我们也该去碰碰运气了。你得相信我。"夸克耸了耸肩膀，显然他已经彻底地放松了下来。

唐凌点头，此时带出来的物资已经被他消耗完毕，原本就对出来以后要做什么略感迷茫的他，此时也只能跟着夸克。抱起了妹妹，拉着婆婆，唐凌随着夸克一起汇入人流，朝着17号安全区走去。他看不见最前方发生了什么，毕竟密集的人流挡住了视线。

"这一次选择你同行，是我这一生里最伟大的选择之一。"夸克搭着唐凌的肩膀，显然唐凌的表现赢得了他真正的重视和尊重，"所以，你的好日子要开始了。相信我，我一定会把你带入17号安全区。你知道的，我有这个本事，如果我愿意，早就可以住在里面了。"由于兴奋，夸克走得很快，唐凌三人努力地跟上他的步伐。

经历了一场生死，加上从前的交情，唐凌与夸克算是建立起了一些信任。他没有太过怀疑夸克的承诺，只是进入17号安全区生活，是否太梦幻了一些？会有那么容易吗？

第19章　紫墙

唐凌的心中依旧翻腾着不安，但这种不安只被他视作忐忑，和精准本能预测危险带来的不安到底有那么一些区别。接下来夸克依旧手舞足蹈，兴奋地说着，几人较快的步伐，让他们已经不知不觉走到了人群靠前的位置。

夜的冷冽，毫不留情。就算挤在人群之中，快步地走着，也依然无法阻挡那股入骨的冷意。

可老天似乎还嫌人们的苦难不够，阴沉的云不知从何处飘来，遮住了紫月。天色暗沉，冷风乍起。已经几个月没有下雨的17号安全区，竟然在这样的夜晚要迎来一场大雨。

会冻死人的。看着天色，唐凌微微皱眉，如果不能顺利进入安全区，是真的会冻死人的。

"嘿，小子，你知道最后那条蛇是什么吗？"唐凌的走神，让夸克有些不满，他决定说一个能引起唐凌兴趣的话题。

"什么？"唐凌果然来了兴趣，那条大蛇的能力超出了他所认知的一切野兽。太过厉害。而且，他们还不算正面搏斗，唐凌有理由相信大蛇还有更加厉害的能力。

"高级变异兽。"夸克伏在唐凌的耳边吐出了一个词语。

唐凌瞪大了眼睛，这是他第一次听闻这个名词，它代表了什么？

"嘿嘿，不用吃惊。你这十几年见识过什么？你活动的范围无非就是地下、安全带，还有次安全带那方圆十里被'清理'得比较干净的莽林，能有什么危险？"夸克眼中透着熟悉的得意，接着说道，"变异兽是……"

可这几个字还没有说完，阴沉的天空猛地划过一道巨大的闪电，如同一把撕开天幕的巨剑，下一刻暴雨伴随着一道炸雷倾盆而来。

夸克被吓得一缩脖子，唐凌眯起了眼睛，一直注意着前方的他看见了城墙之上一众紫月战士动了。前方的人脚步骤停，引得几人差点儿撞了上去。在闪电刺目的光亮之中，那些紫月战士从高墙之上一跃而下，轻松地落地。

比所了解的还要强大！第一滴冰冷的雨滴落在唐凌的脸上，他的心中却被震撼所包围——上百米的高墙，如果是他这样一跃而下，除了成为一摊"烂泥"，似乎不会有其他结局。

"咔""咔""咔"，一共跃下了三十名紫月战士，他们很快排成一列，踏着整齐的步伐，朝着人群走来。高高在上，如同神一般的地位，让原本拥向安全区的人们不敢再前行。

直到离人们还有五十米的时候，紫月战士们停下了脚步，组成了一道紫色的长墙。漂亮的制式紫色盔甲在雷雨中散发着冷冽的光芒，黑色的斗篷伴随着雨夜的大风猎猎飞舞，银色的制式长刀就背在后背，露出刀柄雕刻着的不知名的猛兽头颅，配合着柄头处兽爪状的圆环，给人以一种无形的压力。

这是唐凌第一次那么近距离地看见紫月战士，他以为有了希望。这一夜的乱象，终于值得他们出手了吗？毕竟聚居地如此多的人命是那么轻易能够放弃的吗？

无声的沉默。只伴随着风急雨大的声音。足足过了十几秒，在一声闷雷再次滚过之后，一个高大的，披着猩红色斗篷的紫月战士才不疾不徐地走了出来。探照灯在这一瞬间全部关闭，黑沉沉的夜让人看不清他的模样，高大的身形移动起来，像一棵巨树。只有猩红色的斗篷在夜色中有些刺眼，说明着他与普通紫月战士不同的地位。

"十五岁以下，五岁以上的男女可以入城，不能超过三百人。男女比例二比一，我们自有筛选的办法。其余人迅速离开，退后一公里。"在前行了十米以后，这个人开口说话了。声音低沉，语气却没有任何一丝感情色彩。冰冷，高傲且不容置疑。

退后一公里？只要后退不到五百米，就已经进入了尸人攻击的范围，这要求不是让人去死吗？

唐凌的心中升起一丝冰冷，瞬间就炸裂开来，让整颗心都冷了下来。那胸腔传来的饥饿感忽而升腾，好像比之前更饿了。人群沉默着，没有反应也不敢有任何的反应。难以接受保护神般的紫月战士让他们去死，更没有勇气去反抗。

"退后。"那男人的声音陡然变大，竟生生地压过了同时响起的雷声，翻滚在人群之中。如同带着一种奇异的魔力，让很多人不由得倒退了一步。"否则……"他再次向前了一步，口中吐出三个更加冰冷的字，"杀无赦！"

杀无赦！唐凌的耳中开始嗡嗡作响，之前为什么还会对这些紫月战士抱着希望？以为他们会拯救？雨中，唐凌的脸色变得有些苍白，不由得抱紧了怀中冻得如冰块一般的妹妹。

"我先过去。"夸克忽然说话了，似乎没有被这种氛围吓住，但出乎意料的是婆婆拉住了夸克，犹豫了一下，对夸克轻轻摇头。"没事，你们不知道我的底气。我夸克是说话算话的男人，不会抛弃你们的。"不容置疑的，夸克拉开了婆婆的手，挤出了沉默的人群。

如同看见什么好笑的事情，那披着红色斗篷的男人看着夸克从人群之中走出，除了冷笑一声，没有任何行动。

夸克高举着双手，大声地说道："我是第五营的夸克，这位大人不知道有没有听说过我？我这次想通了，我要入住安全区。"一边说着，夸克一边朝着男人靠近。

人群微微骚动了一下，又变为了沉默。尽管夸克常住聚居地第五营，但在整个聚居地都有着不小的名气，这样的人是有底气和紫月战士对话的。

而偏偏就在这时，夸克离这男人还有不到十米的距离时，一声冰冷的"站住"，打断了夸克前行的步伐。

夸克站住了，他也不敢挑衅紫月战士的威严。"我有秘密，我对安全区有价值。"夸克的声音不大，但并不影响站在靠前位置的唐凌听得清楚。说完这话，夸克又试着小心地移动了几步。

这一次，那男人没有阻止，直到夸克走到他的身边，小声地说起了什么。雨更大了，冷风卷着急雨让每个人都开始颤抖。再一道闪电划过，唐凌分明瞥见那披着红色斗篷的紫月战士，头盔下露出的嘴角勾起一丝冰冷的笑。

第20章　选择

唐凌的心"咯噔"了一下。

果不其然，不远处那男人慢慢地举起了右手。在他身后，一个紫月战士站了出来，用唐凌都看不清的速度，一下子就站在了那男人的身后。下一秒，夸克那稍许肥胖的身体，竟被他毫不费力地单手抓起，朝着后方安全区的大门急速而去。

"我呸，你这狗屎！老子一个字都不会说的。你以为老子会屈服吗？63527，63527！"夸克开始剧烈挣扎，口中也毫不畏惧地大声叫骂了起来。只是最后他骂出的一串儿数字，让所有人都莫名其妙。他是看着唐凌吼出的这几个数字。

毫无办法的唐凌只能眼睁睁地看着夸克被带走，但这几个他也不明意义的数字，被他牢牢记在了心里。他并不担心夸克会死，反倒是此时，被一股冰冷的绝望毁掉了最后的希望，婆婆该怎么办？妹妹又怎么办？唐凌之前还算温热的手在这一瞬间变得冰冷。

"哥哥……"妹妹无意识地开始小声呢喃，唐凌收紧了手臂，死死地搂住妹妹，却没有注意到不知何时婆婆的表情已经变得异常平静，透着一股坚定的决绝。

"符合条件的人站到这边来，我们会筛选。"那个身披红色斗篷的男人已经没入了"长墙"之后，而这时其他几个紫月战士已经站了出来，开始按照要求办事。

而很多人的表情都在这一瞬间变得绝望！但却僵硬着不肯离开，要往哪里走？难道去面对那些残忍嗜血的尸人吗？

　　唐凌也不肯离开，选择站在人群中沉默地等待，在这一夜他曾经的某种信仰已经开始破碎，明白蝼蚁在人眼中永远不可能重要。但唐凌还是要等待，他相信在生死边缘，平日里畏惧紫月战士的人们，不会沉默的。他们会反抗！唐凌在等着，等着人们反抗，只有彻底乱了起来，他才能趁乱寻到一些机会。

　　果然，有人站了出来。但并非反抗的人，而是一个符合年龄要求的女孩子。有了第一个，后面的事情就顺理成章，一个又一个符合要求的孩子都选择了服从。人群越聚越多，却都默默地看着这一场变化，毕竟只有这里安全，只要还没有被逼着后退，能站在这里也是好的。

　　有紫月战士无声地站出来，也不知道用什么办法开始对过去的孩子挑挑选选。总之，只一眼，便是天堂和地狱。选上的孩子们站在了那队紫月战士的身后，其余的被毫不留情地驱赶回人群。时间一分一秒地过去，很快三百人的名额就要满员。

　　"带着你妹妹过去。"婆婆忽然说话了。

　　唐凌摇头！他不可能放弃婆婆活命的机会。

　　婆婆似乎想起了什么，也并没有再坚持，但偏偏是这时，一连五人合格，三百人的名额齐了。有紫月战士带着他们走向了安全区的大门，那扇长年关闭的大门为这些人敞开了一道供平常出入的小门。而站在前方的红斗篷男人早已不知所踪，其余的紫月战士开始毫不留情地让所有人退后。最残酷的逼退开始了，剩下的人除了死亡别无选择！

　　人群中的抗争在这时也爆发了，再无希望的绝望，终于把人们逼到了绝路。何况，不少默默和唐凌一样等待的人，也看到了机会——安全区的门开了。一个隐藏在人群中的声音大声地响起："凭什么不让我们进入安全区？我们平日的收获大多都被你们安全区里的大人们拿去了。哪怕只让我们躲一夜也好啊。"

　　这个声音如同一颗炸弹，彻底引爆了人们的情绪，很多人开始怒吼，开始推搡，开始强行地朝着安全区的大门拥去。

　　"是啊，只躲一夜，为什么不让我们进去？"

　　"反正也是死，我们不如现在拼了！"

　　身后，那种属于尸人特有的咆哮声似乎近在耳边。听到这声音，人们彻底绝望，连神情也变得扭曲，一切都朝着彻底失控的方向行进着。在人群的冲击下，紫月战士组成的"长墙"整齐地朝着后方退了一步，和人群拉开了二十米左右的距离。

刚才那个男人宣布的规则失效了，人们不会愿意被安全区抛弃，而紫月战士此时的表现似乎是犹豫了，退缩了……

看见这一幕，唐凌的心中荡漾着一丝异样的激动，看来就算是来自于安全区的紫月战士也不敢犯下"众怒"，而自己的机会也许就在眼前。想到这里，唐凌握紧了婆婆的手，就要朝着前方迈进，在这之前他看了一眼身后，已经有十几个尸人冲了过来。尸人恪守的"规则"也失效了。

来不及想原因，唐凌只知道若再不抓紧机会，最多再有五分钟，尸人就会冲过来。

偏偏这个时候，一只手紧紧地拉住了唐凌，唐凌诧异地转头，迎上的是婆婆平静而坚定的眼神。

唐凌有一点儿吃惊，从来都是胆小谨慎的她，为什么在今夜这种绝境之中，反而如此平静坚定？似乎根本无所畏惧。唐凌莫名地心慌，他转头只想拉着婆婆走，就算拼掉了性命，只要能让婆婆和妹妹进入安全区就好了。

"走！"上一秒，还在让唐凌带着妹妹进入安全区的婆婆，这一刻又一次说出了一个坚定不移的"走"字。就如同不久前在聚居地一般。

"什么？"唐凌的喉头发紧，婆婆为何又要阻止？

眼前，风雨更烈，无数的人影从唐凌眼前掠过，朝着安全区的大门冲击而去，而尸人则朝着这边人群聚集的所在疯狂地奔来。

"婆婆……"唐凌想要说点儿什么，可是很快就被婆婆打断。

"我们这样的身份，进去了是毫无希望的地狱。但现在如果不走——会死！"婆婆的声音透着一股让人心惊的冰冷，而唐凌从来没有不相信婆婆。

第21章 杀，无赦

只是，进去了是毫无希望的地狱？唐凌喉头动了一下，为何婆婆从未说起过？

只不过，岁月并不是毫无一丝线索。对于进入安全区生活，婆婆从来都不置可否。对于他要参加预备营一事，婆婆强烈反对，到最终都没有表态。又想起了到最后，婆婆才犹豫着让他抱着妹妹去参加所谓的筛选……

婆婆应该知道一些什么吧？她似乎说过，她的父亲是亲眼看着17号安全区从无到有。但如果此刻会死，只能说明紫月战士最终会动手。可他们……真的会杀这些几乎手无寸铁的聚居地人吗？

似乎多年来建立起来的依赖、向往、崇拜还有最后的残存不肯消失，唐凌无法相信这种残酷。

"如果强闯，他们真的会杀人的。"婆婆的声音再次在唐凌的耳边响起。

而下一秒，唐凌一把把妹妹扛在肩上，拉起婆婆就朝着17号安全区——却稍稍偏南的方向疯狂地跑去。从小生活在这里，对这里的地形唐凌再熟悉不过，17号安全区一面靠着万丈深崖，另外三面则是高大城墙，安全带则呈一个半环型围绕着17号安全区。

但安全带的宽度却并不是一成不变的。就在南城墙的尽头，是安全带最窄的位置，只有不到五百米，便和次安全带外的莽林交接。得天独厚的地形，让很多聚居地的人在那里搭起棚子，作为去莽林捕猎的"中转站"，要知道并不是所有的捕猎都可以一天完成。唐凌要选择从那里冲向莽林。

第一，作为"中转站"，那里被清理得异常干净，没有什么危险的野兽。第二，就算有尸人游荡，那里密密麻麻的棚户，也能提供一些遮挡。尽管是深夜，尽管兽类从紫月升起就变得危险起来……

"但只要不深入莽林，就不会有太凶猛的野兽。而尸人……至少不会爬树吧。"这是唐凌在转身逃跑的瞬间唯一的想法。

整个世界在决定了方向以后，变得简单了起来。很快，唐凌就冲到了城墙之下。因为刚才的隔离，这时候这里还没有尸人，意味着唐凌获得了相对珍贵的安全时间。

唐凌的速度很快，但城墙却很长，整个计划听起来如此困难，但怕的只是连最艰难的选择都没有，唯有死路！活下来，只要婆婆和妹妹能够活下来……这是唐凌剩下的唯一信念。剧烈的奔跑，让呼啸的风声灌满了唐凌的双耳，又是一道雷声传来，声势浩大，仿佛震裂了整个天幕。

伴随着雷声，唐凌听见了一个浑厚的声音响起："准备！"是那个红斗篷男人的声音，他要准备什么？唐凌莫名地心惊，即便是在狂奔之中，也忍不住朝着混乱的方向回头。

这一回头，竟然让唐凌发现有十几道跟上他的身影，这让唐凌感觉到稍许安慰，看来还是有心思敏捷的人选择了另一种活命的可能。

可这安慰并没有持续多久，"唰——"一道整齐的声音，让唐凌的脸色霎时变得苍白。在那道紫色的人墙之中亮起了一道道亮白的银光。

"拔刀了……"唐凌的眼睛眯起，沉痛到麻木的心里只浮现出这样一个念头。

"呜呜呜……"一直麻木趴在唐凌肩上的妹妹开始莫名的哭泣。

唐凌搂紧了妹妹，口中开始胡乱低沉的呢喃："不要，不要，真的不要……"可是，能不要什么？能阻止什么？多么熟悉的制式佩刀，多么讽刺的制式佩刀！

"杀！"一个冰冷的字没有任何犹豫，没有任何感情地从喉中滚出。刺眼的，整齐的银色亮光刹那开始挥舞，带着一种残酷的美感，如同划过黑夜的一抹希望，快速地飞向人群，却带起了一片血色……

是鲜血吗？唐凌的双眼生疼，时间仿佛在这一刻静止。刺目的闪电，倾盆的大雨，癫狂的人群，嗜血的尸人，无情的"紫墙"，伴随着轰然的雷声，统统都定格在这一秒。

"退，否则杀无赦！"声音还是如此的冰冷，却堵得唐凌心头闷痛。它，那个胸口神秘的它要开始吃了自己吗？唐凌无法思考，只是一个莫名的念头开始在脑中翻滚。

这是一个什么样的时代？如果可以……好想生生地打碎它，只有破碎了，才能重新开始。这个念头让唐凌的手颤抖得厉害，混乱之中，这才想起要遮住妹妹的双眼。

事实上，今夜妹妹已经看过了太多残酷，但这最残酷的一幕，他不想让妹妹再看下去，他希望妹妹的心里还能残留一些美好。可是，妹妹很快就不哭了，反而是抓住了唐凌想要遮挡她双眼的手。

发生了什么？唐凌转头，发现妹妹又变成了之前那种麻木，大眼却越发的空洞，像幽黑的深潭。唐凌莫名地心惊。

"哥哥，我刚才看见了埃尔默……"妹妹的声音非常平静，带着一种不真实的缥缈。

埃尔默？唐凌的心被刺痛了一下，那是妹妹的玩伴，一个年仅七岁的男孩。他有一个强壮的爸爸，逃出来似乎也有可能，但……

"哥哥，我还看见了李家姐姐……也在。

"哥哥，萨姆尔也被杀了……"

……

一张张熟悉的脸庞从唐凌眼前掠过，肮脏混乱垃圾场一般的聚居地中原来还有那么多熟悉的人，那么多回忆啊。自己也是要死掉的吧？在这之前，得让婆婆和妹妹安全。

唐凌不想再听，可下一刻妹妹的声音还是在耳边响起。

"哥哥，我看见了……张叔……"

张叔！！"唔……"唐凌心中酸涩，在告诉张叔逃跑后，那最后的点头，竟真是永别！

第22章 冲

是自己把张叔劝入了地狱吗？流向胸口的血液猛地开始沸腾，带着一种异样的灼热，烫得先前还冰冷的唐凌全身颤抖。他闭起眼睛，猛地把妹妹的嘴捂在了自己的肩头，他不能再听下去。更没有了再回头看的勇气，而如此巨大的城墙，要跑到什么时候才是尽头？刚才低头时，流出的眼泪干了，在这样一个时代，他有什么哭泣的资格？

渐渐地，远处人群惨号的声音小了下去，都死干净了吗？但瞬间响起的尸人咆哮声，又将唐凌硬生生扯回现实，唐凌猛地回头，发现了一个残酷的事情——尸人到底是追来了！那些紫月战士似乎只愿杀人，却不愿清理这些尸人。

之前那隐约的阴谋感，在此时变得浓重了起来，一切的不合理都说明了问题。可不管是什么问题，被牺牲的只是他们这些蝼蚁。还能有什么选择？只能继续奔跑，直到死亡为止……唐凌咬紧了牙，贴着城墙加快了几分速度。

时间分秒地过去，也许跑了四十分钟？也许是五十分钟？而城墙好像永无尽头一般，到了这时才堪堪跑过了南墙的四分之三，就算唐凌体力惊人，此时也快到极限，每呼出一口气，就如同拉风箱的声音一般，刺得肺部生疼。

从身后断断续续传来的一声声绝望的呼号，刺得唐凌恨意汹涌！不用想，那是被尸人追上的难民留在世间最后的声音。

"放开我吧。"婆婆的步履越发踉跄，唐凌都支撑到了极限，又何况婆婆呢？

"不！"唐凌从唇间只说出了一个字，却代表着他不能放弃的坚持。

婆婆没有再争辩，只是任由着唐凌拉着继续前行。越来越近的属于尸人特有的不规则的脚步声，说明着就算这样跑下去，唐凌三人也迟早会被尸人追上。

"如果不在这之前，躲上……树！"又是一段距离，唐凌的喘息越发沉重，为了逼迫自己不慢下来，他咬紧的齿根都渗出了鲜血。

但这样的坚持并非白费，渐渐地，已经……看见中转站了。只要进入中转站后，就可以得到一些喘息吧。

尸人的速度比自己快，每隔一分钟可以接近自己十七米左右，如今最前方的尸人距离自己在二百米左右。而剩下的路程，若能保持如今的速度，只需五分半钟。看到了希望，唐凌精准本能在此刻已经开始计算，而结果似乎不错。

五分半的时间过去，唐凌顺利地冲入了中转站，然后，极快地窜到了一堵墙后喘息，以尸人的智商不可能很快找到他。在这里，空气中飘荡的呛人腥味儿更重，被火烧过的残破棚户连成一片，露出了屋子里的各种杂物。一个破烂的水盆，歪斜的桌子，没有被烧完的皮毯子，都代表着生活过的痕迹，如今一夜之间，却已万劫不复。

唐凌不敢伤悲，即便他想起了他和婆婆妹妹生活的帐篷，想起了帐篷里的每一件事物，承载的每一点温馨和过往。

但那又如何？一切终究再不复从前，而到底还需要怎么样的努力，才能换回从前的点滴？事实上，进入17号安全区已再无诱惑，有什么能比亲人守在一起相依为命更加珍贵？可惜，这个道理明白得太晚，让自己明白过来的代价也太过沉重！

休息了少许时间，唐凌的喘息渐缓，这里毕竟不安全，越来越多的游荡尸人开始朝着这边过来。剩下的路，必须小心再小心！

在沉默的呼吸中，唐凌在允许的范围内，稍许放慢了脚步，他选择了尽量贴紧中转站的围墙走，这样遇见尸人的概率会低上一些。

婆婆似乎已到了极限，几乎是被唐凌拖着走。可好运也终于眷顾了他们，五百米的距离，已经走完了一半多，没有遇见任何的尸人，而视野里也没有出现尸人的影子。

又是一百米。

唐凌感受到了希望的笼罩，尽管齿根的鲜血已经混合着唾液从嘴角流出，可又算得了什么？

还有不到两百米，那个稍显歪斜的南门已经看见了……唐凌一口吐掉了口中混杂着鲜血的唾沫！

最后的几十米！

唐凌欣喜得快要微笑了，他决定冲刺，用绝对的、最后的力量来冲刺，早点脱离吧！虽然暂时待在树上并不怎么舒服，但是安全。凝固在树叶上的，清晨的露水堪比三级饮用水，以前不少人争抢，但明早一定不会再出现这样的情况。饮用水不用焦虑了，树上有什么能吃的虫子唐凌太清楚了。如果能生火……一瞬间唐凌想了很多，而印在唐凌的眼眸之中的歪斜的南门越来越近。

"啊……继生！不……放开他。"可在这时，一个凄厉的女人呼喊打破了宁静，突兀地出现，让唐凌猛地心惊肉跳。

"跟她一起的男的，被尸人扑倒了，咬断了胳膊。"唐凌的冷汗瞬间就布满额头，一直很安静的妹妹却突然在唐凌耳边平静地说了一句。没有任何的情绪，如同一个冷漠的看客，就像在给唐凌解释为什么那个女人会哭。

"哗啦啦"，一阵残砾断瓦的声音在唐凌的左侧响起。

唐凌扭头，心瞬间就沉到了谷底——一只隐藏在残破建筑下的尸人站了起来，口中还叼着一只破烂的脚掌。不到两秒，就发生了这样的变故。

唐凌的脸上没有了任何的表情，只是低头，躬身，拉着婆婆猛地朝着眼前的南门冲去，不到二十米而已，不是吗？他已经无法去想，冲过了这二十米的距离，这只被惊动的尸人会不会依旧毫不犹豫地追上来……如若是这样，他怎么可能还有爬树的时间？何况是带着婆婆和妹妹！可是却无法责怪那个女人啊，她失去的也许是爱人，而且她的惨嚎声也跟着响起，不用想，她此刻已经葬身在了尸人的口中！

冲啊，冲吧……冲过去！唐凌的双眼都变得赤红！可惜的是，他的速度如何也比不过尸人。更可惜的是，尸人所在的残破建筑比唐凌更接近那道南门，不过十几米而已。

第23章　黑袍

如果没有被发现的话，还是有希望的吧？在距离莽林最后不到十米的距离时，唐凌只剩下这个想法，而尸人已经无情地跃了过来，那是它们最后一扑猎物时，惯用的动作。

撞过去，唐凌快要发疯了，也只有如此一搏。可此刻，他被猛然地拉住了，那熟悉的手爆发出难以置信的力量，是婆婆！

雨已经停了，不远处，四五双灰白残忍的眼眸出现，映照着紫月，分外的妖异。绝境！附近的尸人都聚集了过来！

唐凌终于发现自己是会绝望到底的，自恃的冷静再无用处。

妹妹依旧安静无声。

但婆婆却忽然用力挣脱了唐凌。下一瞬间，巨大的悲伤就淹没了唐凌……他看见婆婆用一种不可思议的速度，冲向了扑来的尸人。巨大的冲撞力一下子让跃在空中的尸人被撞开了，还没有挣扎着站起，婆婆又扑了上去。

"还不跑？"婆婆没有回头，只是这样说了一句，异常平静。

唐凌心口处的旋涡碎裂了，缓缓渗出的炙热血液烧灼着他，让他想狂呼，想发疯，让他如同身处在地狱……可唐凌还是跑了，用从未有过的力道，紧紧地搂着妹妹朝着莽林头也不回地跑去。妹妹……还要活着，而我也必须活着，她……还要慢慢地长大！

泪水滚烫得似乎要将皮肤都燃烧起来，唐凌全身颤抖得厉害。他挣扎到了如此地步，还是没有保住婆婆。他感觉自己像一只可笑的蝼蚁，所做的都是那些高高在上的人眼中的笑话吧？

眼泪被风吹起，唐凌的勇气如同被彻底地抽干，因为无法回头去看一眼婆婆，他怕看见婆婆被尸人撕裂的画面，会让他不顾一切地冲回去。肩头传来了阵阵的刺痛感，不知何时妹妹已经咬住了他的肩膀，却发泄不出此刻带着绝望的恨意。

"小凌……前文明真的存在，很美好……活着，就有希……"婆婆的声音从身后传来，接着，尸人兴奋的咆哮就已经淹没了这最后的声音，一声无情的骨裂声轻微却在唐凌耳中震耳欲聋。

"望。"唐凌轻声地开口，补完了婆婆要说的最后一个字，可一开口泪水便已经汹涌。

"婆婆……"妹妹松开了嘴，带着哽咽喊出两个字，声音缥缈又虚无。她似乎已经失去了完整说话的能力。可是，只要她能活着，她能长大。

莽林就在眼前了。

"有点儿意思。"一阵轻风，一个难辨男女的声音突兀地出现了。在没有任何预兆。

唐凌停下了脚步，粗重地喘息着，弯腰，搂紧了妹妹，像一只危险的野兽。他看见了，身前不到十米的距离，一个裹着黑袍的身影随着声音的落下，也就这样出现在了他的眼前。

黑袍人，是那个潜望镜里看见的黑袍人！

唐凌的瞳孔收缩了一下，尽管那黑袍身影面对着唐凌，在紫月的照耀下，唐凌也看不清楚他隐藏在帽兜下的脸，只能看见一缕长长的银发从裹紧的黑袍中飘荡而出，反射着妖异的光芒。

"一切，都是你吧。"唐凌从齿缝中挤出了这几个字，阴谋似乎浮出了水面。尽管复杂得让人一时理不清，但已经很明显了吧！

黑袍人并不回答唐凌的问题，而在他的身后，七八只游荡却不攻击他的尸人，更加证明了唐凌的猜测。

愤怒让唐凌心口的旋涡彻底炸开了，先前被吸入的血液，此时快速地流向了他身体的每一个部位，燃烧，膨胀……让唐凌的意识疯狂。唐凌强行克制着，却无法控制全身炸起的鸡皮疙瘩，如此深不见底的危险感，无论是那条大蛇，还是尸人群，都远不可及。从潜望镜里看见他第一眼就是如此了。

"厄难基因链，真的有？"黑袍人自言自语说着莫名其妙的话，根本无视全身防备的唐凌。

唐凌一听却全身紧绷，他不明白这话的意思，就算黑袍人说的每一个字都是他熟悉的语言。又是一阵轻风吹过，唐凌的眼睛微微一花，回荡在空旷的夜色中又是一句莫名其妙的话语："很好，惊喜很巨大。"

然后，唐凌感觉怀中空了——妹妹，不见了。一股巨大的绝望一下子从心底涌起，唐凌猛地抬头，看见的果然是妹妹被黑袍人抓在了手中。就连精准本能也没用了吗？否则，为什么黑袍人抢走妹妹的瞬间自己会没有任何的察觉？

绝望如同一把最尖锐的刺刀，割去了唐凌最后的恐惧，他瞬间握紧了拳头，毫不犹豫地冲向了黑袍人。死，在这种时候又有什么可怕？至少——在为妹妹拼命，不是吗？

"呵！"黑袍人单手拎着妹妹，仔细地打量着她，看也不看唐凌一眼，一声带着轻蔑的轻笑已经表明了他所有的态度。

愤怒，悲伤，不安……吞噬理智的情绪让唐凌彻底疯狂，他的眼前已经化为了一片血色，全身每一块肌肉，每一根骨头仿佛都在以和脉搏一样的频率跃动。那恼人的烧灼感再一次更加强烈地席卷而来，带着一种似乎要冲破皮肤的膨胀感。唐凌疯狂地嘶吼了一声，手臂扬起，一拳狠狠地砸向了黑袍人。

黑袍人并不在乎，轻描淡写地抬起了一只手，仿佛要用如此可笑的动作来阻止唐凌的拳头。但这样的动作却真的非常有效，唐凌一下子僵住了，他像撞在了一堵硬墙上，又像陷入了泥潭之中。

如此……怪异的力量！唐凌的脑子在这个时候几乎无法思考，他脖子青筋鼓胀，手臂的肌肉绷紧到了极限，脚后跟深陷在泥土之中，他只想冲破，只想把这一拳狠狠地砸在那黑袍人的鼻子上。这样，也很发泄啊……唐凌的双目红得吓人，眼前的血色越发地浓重。

黑袍人轻轻"咦"了一声，诧异地想要转头，却听到他的黑袍之下传来几声极有规律的震动。

第24章　破碎，苏耀

"真是麻烦啊。"黑袍人有些不耐烦的模样，转头打量了几眼唐凌，但最终又是一声轻蔑的哼声，不知道他想要表达什么。

可是，下一秒，黑袍人却做出了一个让唐凌发疯的动作——很随意地，他把手上的妹妹扔了出去，方向却是他身后的尸人群。七八个尸人一拥而上，其中一个尸人一把抓住了妹妹，唐凌亲眼看见尸人那尖锐的指甲在那一刻轻易地刺破了妹妹的衣袍，扎进了妹妹的皮肤，鲜血瞬间流出。而其他的尸人似乎受了这鲜血的刺激，带着那种进食的兴奋吼叫，围拢了过去。

"很好的猎物哦，你们温柔点儿。"黑袍人带着嗤笑的声音飘忽起来，下一刻唐凌就发现他诡异地消失了。只是远远地传来一句带着嫌弃厌恶的不散的余音："那个麻烦味道也应该不错，吃了他吧。"

这些话被唐凌听在了耳朵里，大脑却不受控制地出现三五秒的空白。到底三秒还是五秒，唐凌不明白自己为何会想这种莫名其妙的问题，因为身体好像被一个黑洞吞噬，每一秒都好难熬。吞噬的黑洞在哪里？似乎来自胸口的位置。

"哥……哥……"一声微弱的呼唤把唐凌猛地"惊醒"了，唐凌看见了妹妹，从三四个尸人的缝隙之中伸出了头来，发丝上有血在滴落，眼中是绝望，更多的竟然是留恋与依赖。

唐凌爆炸了！那一刻就是爆炸，他看着自己全身的肌肉怪异地大块大块地隆起，很快就撑破了自己的衣服，也快要撑破自己的皮肤，毛细血管中喷出了一小片一小片的鲜血，染红了破裂成条状的衣服。他感觉到自己的骨骼咔嚓作响，自己在快速地拔高，另外几个朝着自己跑来的尸人变得矮小了起来，直到只有自己的一半高……重要的是，唐凌被一股疯狂的意识所主宰，心中只剩下了疯狂的想要发泄的情绪……另外，就是力量，好多的力量，犹如异兽般的力量。

唐凌跨步冲了出去，他并不知道，自己的脚步沉重得像狂牛兽跨过大地，更不知道自己的速度快得像出膛的炮弹……"吼！"尸人根本不知畏惧，张开腥臭的嘴，露着尖牙也冲向了唐凌，却在接触的瞬间，被唐凌重重地撞得飞起……却又被唐凌一把抓住，毫不留情地撕裂成了两半。尸人黑色的血液在唐凌的身前溅射，淋了唐凌一头一脸，可唐凌却觉得发泄了的快感，就是要这样的血液才能稍微平息一点儿自己的身体里那折磨的炎热。

但是不够，根本不够……唐凌斜眼，盯上了旁边一个离他最近的尸人，一只手一下子就抓住了尸人的头盖骨，并不怎么吃力，五指一收便插了进去，一拉扯，那尸人的头盖骨竟然被唐凌一下子拔了起来。尸人发出了一声惨嚎，唐凌觉得非常刺耳，一把抓过了尸人，膝盖重重地撞了上去，尸人就这样扭曲成了九十度诡异的直角，脊椎骨发出了一声清脆的脆响……

不行，还差得远呢！唐凌继续冲出了一步，一脚踢穿了下一只尸人的胸口，然后把它重重地踩在了脚下，然后毫不留情地一抖脚，任由尸人那破碎的身体飞出了十几米……还有，似乎身后的聚居地里冲出来了好些尸人！

来吧，都来吧……可我好像忘记了什么重要的事情……唐凌陷入了什么也想不起的巨大痛苦和疯狂厮杀当中，如同一台精密高效的杀人机器，不知疲惫，只有眼中闪烁的红光在剧烈波动。他好像要把自己的生命燃烧殆尽，直至毁灭，去逃避失去了生命之中最重的痛苦。

远远的，一个强壮高大如山岳般的身影出现在了南城墙上，背负着一把巨大到诡异的长刀，似乎在搜寻着什么。他很快就发现了城墙下和尸人缠斗在一起的唐凌，低呼了一声，竟然就从百多米高的城墙上一跃而下。

五月的17号安全区，连续下了三天的暴雨。末世之前的人们很难想象，原本应该炎热的夏日，却是寒风卷着暴虐的雨点，冷若寒冬该是一幅怎样的场景？可这并不妨碍17号安全区人们的狂欢，够得上四级饮用水标准的雨水是珍贵的。放在往日，不要说三日的暴雨，就连一个小时的阵雨已经是上天的恩赐。如果，这不怎么完善的城市排水系统能更加强悍一些就好了。

“不过，我敢打赌。他们很幸福，泡着他们屋子的水可都是四级饮用水。”苏耀嘴角叼着一根卷烟，鼻子里冒出浓烟，和正在熬汤的厨娘开了一个玩笑，并顺手拍了一下她如同水蜜桃般丰满的臀部。

厨娘并不生气，而是娇嗔地看了苏耀一眼，在这末世，如此强壮的男人才是安全感的代表，她并不介意和这样的男人度过美妙的一晚。

“汤熬好了，直接送到706房间。里面的肉你可以留下那么一两块，看在这美妙的手感上。”可惜苏耀并不打算继续，有些贪婪地吸完了最后一口卷烟，他如此嘱咐道。

厨娘笑着答应，并对苏耀抛了好几个媚眼，真是一个慷慨的男人，随口就送了她一两块无污染的肉，更何况这肉汤中还有一块一级凶兽骨，如今已经快要熬化了。这些肉吸饱了肉汤，真是好东西。也不知道他懂不懂自己眼神的暗示。厨娘的整颗心都快滴出水来，心思变幻，而苏耀此时已经转身离去。

站在706房间的门口，苏耀的心情还是愉悦的，回味着刚才的手感，他在想晚上是不是要试着去敲敲那个俏厨娘的门。可是当门推开，看着那个站在窗前的瘦削少年身影，苏耀的脸色又阴沉了下来。他关上门，径直走入了房间，一把提起了那个站在窗前的少年，对着他苍白的脸，眯起了眼睛："你已经醒来快一整天了，就打算在这窗户面前永远站下去？永远对我的话没有任何反应？我的耐心已经快要用完了。"

第25章 仇

真是荒谬，唐凌定定地看着眼前的苏耀，心中只有这个想法。他无法描述内心的绝望，曾经多么努力地想要带着婆婆和妹妹住进安全区，却在一觉醒来后发现只有自己活着，还身处在安全区，对着一个只知道名为苏耀，却不知道身份的，如同公牛一般强壮的男人。要说什么？要给什么反应？心若死灰的唐凌并无任何的恐惧！失去了内心的支柱，他并不怕死。

"好吧。"在和眼神空洞的唐凌对视了快一分钟后，苏耀内心感觉到深深的挫败，一把把唐凌扔到了床上，"你就是这么对待你的救命恩人的。"苏耀有些气愤，但更多的是无奈，他窝在了沙发里，长而健壮的两条腿放在了小几上，发出了"咚"的一声闷响。再一次拿出了一根卷烟点上，苏耀觉得自己有必要下一剂猛药了。

而唐凌并无任何反应，苏耀把他扔在床上是什么姿势，他就保持着什么姿势，事实上唐凌已经无法动弹了，醒来后身体的那种虚弱比以前任何一次都要强烈。何况他还在窗前一动不动地站了几乎八个小时。那是唯一支撑他的信念，如果真的有地狱，到了那里，他至少可以告诉婆婆和妹妹17号安全区内是什么样子。

实际上，这里并不像天堂。泥泞的道路，密集的石屋层层叠叠，有的高大，有的矮小，但都如一个个蚂蚁盒子般，让人压抑。目光看不太远，而这种遮天蔽日般的拥挤，让很多地方甚至看不见光线，幽暗得如同傍晚。就算这只是17号安全区的一角，他们又能比聚居地的人幸福到哪儿去呢？

或许，是一份安全感？唐凌的心痛楚中泛着绝望的麻木，对此时屋外传来的敲门声也毫无感觉。倒是苏耀瞥了一眼在床上如同死狗般的唐凌，打开了门。

　　原来是厨娘风情万种地扭着腰，端着一锅散发着香气的肉汤走进了房间。她并不关心唐凌，把汤放在桌上以后，只是看着苏耀扭捏着不肯离去，却被苏耀一个不善的眼神打发掉，只得悻悻离开。

　　"喝掉。"苏耀把肉汤放在了唐凌面前，觉得自己的语气已经非常温和了。

　　实际上，这肉汤卖相非常不错，冒着腾腾的热气，熬煮了几乎一整天，乳白的汤汁上散发着油花儿，原本有些强韧的大块筋肉也已煮得松软，快要骨肉分离。翠绿的、珍贵的蔬菜大概是最后才放进去的，漂在乳白色的汤汁上。这样奢侈的肉汤，唐凌活了十五年，不要说见过，连听起来都无法想象。

　　可就算如此，唐凌连眼珠都没有转动。

　　"呵呵，身在这个时代，面对食物却连基本的虔诚都没有！看来在你恢复之后，就冲你这个态度，我就需要狠狠揍你几次。"苏耀却出奇的不再气恼，捏了捏拳头，发出了阵阵骨响。他很平静地没有再说话，只是走到了房间的角落，打开了柜子，拿出了一个背包，然后拎起唐凌扔到了背包面前。坚硬的地面发出一声闷响，但唐凌出奇地连身体的疼痛感都欠缺，苏耀却是不慌不忙地蹲了下来，扯开了背包。一条带血的裙子递到了唐凌的眼前。

　　唐凌猛地抬头，尽管这条裙子已经破烂得不成样子，可那熟悉的花纹还有补丁，他还是一眼能认出来。布料的裙子，姗姗最喜爱的也是最奢侈的一条裙子。就算逃难，她也特意把裙子穿在了内里。

　　几乎是一把抢过了裙子，唐凌紧紧地握在了手中，脸埋在裙子里，似乎还能闻到那熟悉的干百叶草香气。"姗姗……"唐凌的喉中发出了干涩难听的几个字，想哭却没有泪水，眼睛疼得厉害。

　　"很可惜，我只找到了这个。在这时代，你或许要习惯一个活生生的人，转眼渣都不剩。"苏耀的语气柔和了下来，看得出来他想安慰，可说出的话只能让人更加绝望。

　　唐凌没有搭腔，眼中却终于有了一丝感激，他不在意自己的性命，可感激眼前这个男人还能有心找到这条破烂的小裙。

　　"这，也给你。没有办法，身体只剩下很少，所以……"说话间，苏耀又从背包里掏出了一个很小的罐子放在了唐凌眼前。

　　唐凌不傻，明白苏耀在说什么，他一手拿过了那个陶土罐子，轻得难以置信。唐凌却因为太过用力，指关节都发白了。那也是他仅有的力气，能抓住的也只是眼前的破烂小裙还有装着婆婆骨灰的罐子。

"谢谢。"唐凌垂着头，艰难地说出了这两个字，眼神却越发的空洞。遗物，并不是安慰，而是最后一丝希望和幻想的破碎。

"谢谢这两个字有意义吗？我以为仇恨能支撑起你。"苏耀深深地吸了一口烟，再度眯起了眼睛。

唐凌却茫然，仇恨？是去找那些尸人吗？他渴望的生活是和妹妹、婆婆相依为命。找那些根本毫无意识的尸人有意义吗？唐凌没有任何的动力。

苏耀却并不着急，只是盘膝在了唐凌的跟前，吐出了一口浓烟，然后从怀中掏出了一件东西，递到了唐凌的眼前："你不会以为一切都是巧合的，对吗？来看看这个吧，任何事情都是冤有头，债有主的！如果你是个男人，就算再想死，是不是也该有个交代？"

"或许，17号安全区里这些蠢猪一般的高层也难辞其咎？"似乎嫌火烧得不够猛，苏耀又刻意补充了一句。

看着苏耀手中的事物，唐凌猛地瞪大了眼睛，他惊得想要站起来，虚弱又让他一下子跪在了地上。"哪，哪儿来的？"唐凌的呼吸变得无比急促，原本虚弱让说话已经艰难，如今问出这一句，更是用尽了力气，憋得脸都通红。

"战斗来的，很可惜，我没赢，算是捡回了一条命！但，在以后，你有不赢的理由？"苏耀轻描淡写。

唐凌抓过了苏耀手中的事物，那赫然是一缕银白色的头发。

第26章　第一预备营

"要怎么做？"唐凌空洞的眼神忽然活了起来，如同燃烧着火焰，却像是来自于地狱的烈火，充斥着仇恨和愤怒。他收紧了五指，抓紧了那一缕银白色的头发。

苏耀的嘴角扬起一丝笑意，很是轻松地站了起来，依旧叼着卷烟，却是把那一罐子肉汤递到了唐凌的面前："先吃光再说。知道这汤是什么熬制的吗？一级凶兽骨，一整块大骨！这从来都不是能浪费的。即便是我。"苏耀说的是实话，在这时代，危险程度最低的是野兽，接着是变异兽，如若遇到了凶兽，紫月战士也必须逃命。一级凶兽骨，即便是最低级的凶兽骨，也是珍贵无比的。反正就唐凌而言，他没有见过任何的凶兽。

面对着这珍贵的肉汤，唐凌没有说话，也顾不得烫，更不问苏耀为何给他如此珍贵的资源，直接伸手就先抓起了汤里的一块肉，塞入了口中，随便嚼了几下，便吞了下去。

不愧是一级的凶兽肉，一入腹，便有一股炙热的热流在冰冷的胃中炸开，一股股仿若能清晰感觉到的力量快速地流向身体的每一个角落。唐凌虚弱，这样的炙热让他的胃生疼，这样的力量让他的身体刺痛，但他并不在意。只是抓着汤中的肉食和蔬菜，没有丝毫浪费地塞入口中，有了一点儿力气，便抓起罐子大口地喝汤。吃得像一只小小的幼凶兽。

苏耀却并不觉得这样的吃相如何，男人不就该如此吗？他反而很是欣赏。在他这里并没有什么饿久了的人应该温食慢补的概念，在这残酷的时代，人没有那么矜贵。

"咚"的一声，唐凌将空了的罐子放在了苏耀面前，昏迷了两天，饿了一天，猛地吃了那么多，这让唐凌非常的不适，但也并非不能忍受。甚至，在身体内攒动，爆炸般的热流让他很是享受，力量渐渐充盈的感觉到底是让人迷恋的。

唐凌又有了力气。他支撑着，有些摇摇欲坠地站起来："我要怎么做？"唐凌终于在苏耀面前站得笔直，这也是他第一次认真打量眼前这个男人。

"怎么做？"苏耀将剩下半截的卷烟塞入了唐凌口中，吊儿郎当地从背包里再扔出了几件事物，然后正色地说道，"先进第一预备营吧。"

第一预备营？！唐凌的呼吸再次急促了起来，不由自主吸入的烟气让他开始剧烈咳嗽，嘴角的卷烟也掉在了地上。

苏耀很是无所谓地捡起了卷烟，继续叼在口中，眯着眼睛看着唐凌。在这个时代，一盒劣质的香烟也需要用二十斤上好的兽肉去换，不能浪费任何一点儿物资，永远是这个时代的首要生存法则。

唐凌却无心去想那所谓卷烟的价值，他的脑中全是"第一预备营"这五个震撼的大字。曾几何时，这第一预备营也是他仰望的所在，因为要成为紫月战士，必须取得预备营战士的资格。而预备营战士共分为五个营，第一预备营便是其中最顶尖的存在。在聚居地流传着一个说法，只要能够活着从第一预备营走出来，便百分之百能够成为紫月战士。唐凌不敢奢望，他的愿望何其渺小。

哪怕只是成为第五预备营的预备战士就已经足够取得安全区的居住资格了。

只是如今，这一切早在唐凌心中破碎，倒是那一夜染血的刀光刻印在了灵魂深处……他再也不想进入什么预备营，哪怕是第一预备营！

伴随着急促的呼吸，唐凌又有一种热血聚往胸口的灼热，双眼变得通红起来。刚才喝下的大骨肉汤如今正发挥着作用，比起之前，唐凌第一次感觉那热血中有着强大的力量，而自己的心脏所在处形成了一个旋涡，正在疯狂地吞噬。一种叫作理智的东西正渐渐地消失。这情况，不陌生！

苏耀双手抱在胸前，平静地看着唐凌，嘴角勾起一丝意味深长的笑意，直到唐凌的眼底泛起了清晰的红色，他才淡淡地上前，一只厚重的大手拍在了唐凌的背上。并不见得如何用力，却拍散了聚往唐凌心脏的能量，涌往心脏的血液也如潮水般退去，一切变得平常起来。"男人，要懂得克制。"苏耀转身，一弹指，那已经抽到了尽头的烟蒂准确无比地飞出了窗外。

唐凌并未看见苏耀眼底的那一丝伤感。

"而如果要寻获力量，手段什么的不重要，只要内心还有底线。"再次转身面对唐凌时，苏耀又恢复了那无所谓的模样，眼神却再次严肃了起来，"所以，第一预备营算什么？只要在那里，你可以获得力量，还有知识！对吗，小子？"

唐凌的呼吸已经变得平静，通红的双眼热度在渐渐地退去，不知为何，他很认同苏耀的说法。但同时，经过刚才微妙的变化，原本有些模糊的记忆变得无比清晰。他想起了自己在最后一刻的变化，那让人震惊的体型，遒劲的肌肉，杀戮的疯狂……力量，自己的身体里隐藏着可怕的力量！"那是什么？"唐凌指着自己的胸口，他知道苏耀绝对知情，否则不会有那样的动作来阻止自己再次爆发。

苏耀再次懒懒地将身体舒服地窝进沙发，看着唐凌，嘴角还是那丝淡笑："我听说，自己摸索出来的谜底，才比较有趣。如果我是你，我会试着了解它，然后再控制它。"

唐凌深深地看着苏耀，没有愚蠢地再追问，苏耀的态度明显是不打算说的。从突变开始，唐凌原本贫瘠又平静的生活交织出了一个个的谜题，如果暂时无法探索，那么只有适应它们的存在。而残酷的生活，早就教会了唐凌这些。

在沉默了数秒后，唐凌的目光移向了苏耀从背包中拿出的事物——一套崭新的黑色制服，在袖口绣着一道紫色的纹路。一双锃亮的皮靴。一块铜制的勋章，上面浮雕着一轮弯月。

预备营制服！

第27章　梦（一）

这套东西，唐凌并不陌生，只有取得了预备营战士资格的人才能拥有，曾经聚居地就有过强力的少年人骄傲地穿着它回来。

"有了它，意味着你已经通过了预备营战士的初试。至少可以去那烂到没底的第五预备营混日子。可是，不要忘记你的目标是第一预备营，那是五个营的精英才有资格进入的。

"如果，你想在第五预备营混日子，我也并不反对。但是，从此以后，你会失去让我引导你的资格。而且，我要是再从你口中听到什么报仇啊，想要力量之类的话，我不介意打掉你满口的牙。

"三天以后，便是预备营复试的日子。到底能进入哪个训练营，我期待你的表现。"苏耀又眯起了眼睛，同时从沙发上站了起来，强壮的身体带出的影子，如同小山丘般笼罩了唐凌。

"我会去。"唐凌从地上捡起了苏耀给他的东西，根本没问苏耀是如何让他莫名其妙就通过了初试，也没有承诺他一定会进到第一预备营。规则，原本就是给强力的人来打破的。至于承诺，从口中说出最不可靠，可信的只有行动。他会用尽百分之一百的努力。

"好吧，小子。我很喜欢你这样的眼神。至于，进入第一预备营需要些什么，自己摸索。没有任何人有为你详细讲解的义务。"苏耀说完这话，伸了一个懒腰，朝着门边走去。

看着他的背影，唐凌尽管几度克制，还是开口了："你是谁？"是啊，这个男人是谁？虽然口中说着无比残酷现实的话语，却对自己一再地施与大恩，在这个时代天上会掉馅儿饼吗？唐凌的心从那一夜后，已有些冰冷。

听闻了唐凌的问题，苏耀停住了脚步，他慢慢地转身看着唐凌，嘴角又勾起了意味深长的笑容："你以为你现在有资格知道？"

唐凌抿紧了嘴角，深吸了一口气，再一次道："谢谢，我很感激你。"

苏耀转过头去，天光的阴影下更是看不清表情："你的感激不值钱。但是……"

唐凌抬头。

"我觉得你是一个会做梦的人。"

做梦？唐凌不解，他从来不是一个爱幻想的人，为什么苏耀会如此说？

苏耀却忽然猛地回头，看着唐凌的眼神无比复杂，语气很轻："小心你的梦，也许它就要来了。"

这句话实在太过莫名其妙，唐凌根本不解其意，可不知为何。在苏耀说出这句话后，唐凌的心跳似乎漏跳了一拍，整个背脊都有一股发冷的感觉。空荡的房间回荡着苏耀关门的声音，显然生活又给了唐凌一个疑问，却并不想给唐凌答案。

窗外的雨仍旧不知疲惫地下着，唐凌沉默地站在房中不停地深呼吸，只是力求平静。什么疑问都想得到解答显然是奢侈的，唐凌明白这个道理，可来自胸口的痛却并不是那么好压制的，抓着婆婆的骨灰罐，抱着妹妹的残破小裙，唐凌缓缓走到了床边，呆呆地看着窗外。在这冰冷又残酷的时代失去生命也没有失去温暖可怕。他不敢再想起婆婆和妹妹，却无力控制自己的记忆。大脑似乎在这一刻变得迟钝，意识却又无比清醒，回忆如刀，点点滴滴温暖又残酷地划过心房。再坚强的人也需要时间来平复。

沉默中，雨，不知什么时候就停了。一抹红霞从开着木窗后的栅栏折入房间，落在唐凌的眼底。唐凌猛地起身，复又坐下，晚霞代表着归家。他已经不记得有多少个这样的黄昏，是这样的晚霞照耀在自己肩膀上，陪伴着他走在归家的路。闭上眼，仿佛还能闻见那带着青草气味和一丝丝热意的风。只要顺着这风走下去，回到聚居地，便能看见婆婆慈爱的笑容，还能抱住扑入自己怀中妹妹温暖的身体。好像再次闻见了千百叶草的淡淡香气……

这样似乎虚幻的气味，让唐凌猛地睁开了双眼，他胸口在猛的一阵闷痛以后，一股陌生的冲动再也压抑不住！他想要回到聚居地！想要在曾经生活过的地方，对已经"远去"的婆婆妹妹说一说，这梦想中的天堂——安全区究竟是什么样子。

这个想法非常不理智，甚至疯狂，没有任何的性价比，显得毫无意义。但唐凌不知为何，就是再也坐不住，他焦躁地在房中走动，喘息如同野兽，好几次手握住了门把手又收回。

天光一下子变得模糊又暗淡，却又透着一股刺目的清晰。雨停后，街上蹚水的脚步声无比清晰，好像有很多小孩子也开始玩闹，其中夹杂着一个小女孩的声音，在呼唤着她的哥哥。

"哥哥，哥哥……"

唐凌咬紧了牙。

"哥哥，哥哥……"

唐凌猛地站起，再也没有任何犹豫，猛地开了门，冲出了这舒服却陌生的房间。他开始奔跑起来，穿过走廊，越过阶梯。街道上冰冷的水花溅起，耳边呼啸着风声。唐凌其实并不知道路，全凭本能根据那红霞的方向快速地奔跑，可他也并不需要知道路，晚霞西落，只要朝着那个方向，定然会跑到安全区的南门。

一切似乎非常顺利，仅仅只是片刻后，唐凌又站在了那个熟悉却已陌生的安全带。

大火过后，安全带一片萧索。就算平日里也只有矮矮的灌木丛，还被各种或明显或隐藏的聚居地弄得坑坑洼洼，但好歹还充斥着生机。

唐凌的心涨满了悲哀。抬脚，却没有朝着聚居地第五营的方向走去，而是走向了中转站。在那里，可以找到婆婆和妹妹！

天色暗沉，无数的黑云被风包裹着涌动，层层交错，浓厚得就如同快要压向大地。被烧过的土地，时不时会出现蛇虫的尸体，被烧成了僵硬的焦炭。

唐凌麻木地走着，整个心神却陷入了一种说不清的迷幻状态。不必担心这些尸体会"尸变"，除了人类，传说中只有极少的物种会出现这种变化。不担心"尸变"，是他脑中少有的清醒意识，但也仅此而已。

第28章　梦（二）

孤独地行走在安全带，呼号的风似乎也变得更加狂暴了一些。黑云翻涌，聚散，最终被狂风席卷着裹挟到了远方，露出苍白的天空。没有阳光，亦无阴郁。只是那白晃晃的光，刺着双眼。

悲伤是一种"强悍"的力量，让唐凌感觉不到寒冷，感觉不到距离，甚至感觉不到时间。也许过了很久，也许只是一瞬。

唐凌终究是站在了那个中转站的边缘。看着满眼的残垣断壁，没有什么变化的天色，除了天光似乎更加刺眼了一些，却完全没有黑下来的意思。而刚经历过大火不久的中转站到处还飘动着蒙蒙的青烟，空气中全是刺鼻焦煳还带着血腥的味道，一如那惊变之夜。

唐凌喉头滚动，强忍着巨大的沉痛，缓缓地朝着其中走去。而原本就泥泞不堪的路被残破的瓦砾和碎屑铺满，变得无比刺脚。可唐凌已经无心感觉这些，他的眼神带着一种空洞的迷茫，心中更是有一种说不清的麻木感。似乎有一种力量推动着他，让他忽视一切只管前行，甚至唐凌都忘记了，自己是怎么从安全区出来的？又如何穿过防备森严的大门？可此时的唐凌根本无法思考，只剩下婆婆和妹妹遇害的瞬间在他的记忆中盘旋，惶恐又悲伤的他似乎抓住了唯一的安慰。仿佛只要走到遇害的地点，自己就能再遇见她们！

"哗啦啦——"瓦砾碎裂的声音出现在唐凌脚下，在这无比安静的死地分外刺耳。但还不待唐凌深入中转站，周围似乎对他的脚步声产生了回应一般，响起了各种细碎的声音。

"哗啦啦……"

"噼啪……"

"砰！"

唐凌陡然停下了脚步，身体本能地弓起，下意识地喊出了"谁？！"

随着声音回荡在安全带，唐凌的呼吸一下子急促了起来，一股清晰的意识忽然从他心底涌起，蹿入了他那有些迟钝麻木的大脑——自己怎么会到这里来？为何会产生如此莫名的冲动？似乎合理又无比突兀！自己一路走来的记忆似乎也充满了疑点，看似连贯却又回忆不起细节，有一种违和的断裂感。

可惜，已经没有时间留给唐凌思考了。随着他的话音落下，天地安静了不到一秒，便如同爆发一般，四周那隐秘而细碎的声音再无遮掩，变成了铺天盖地的杂声。一个个扭曲的人影从地上摇摇摆摆地站起，在不远的一处废墟中，一双皮色焦煳血肉翻卷的手臂拨开了覆盖其上的碎屑，带着低沉的嘶吼，就在离唐凌不到十米的地方也爬了出来。

"张叔？"唐凌的心中浮现出一个熟悉的名字，和眼前的身影重合。他死在紫月战士的刀下，难道是游荡到了这里吗？

唐凌脑中回荡中一种酸麻的刺痛，但在此时，一股带着腐朽气味的风从唐凌的脸上吹过，唐凌猛地一个后仰，避开了那抓向他脸庞的灰色爪子！野兽般的速度，冰冷的灰色眸子，带着腐朽的尸臭，和疯狂的进食欲望。这是张叔吗？眼前的分明就是尸人！任何人类的尸体，如果不及时火化成灰，就会变为尸人。这是时代的铁则，没有人可以打破。

看着不远处层层叠叠包围而来的身影，唐凌几乎不用思考，就已明白自己陷入了尸人的包围。"张叔"的出现，不过是死亡乐章的开始。瞬间就陷入了绝望的深渊，但唐凌已经无法再继续思考这莫名的一切。天生的精准本能，让他第一时间就判断出了此时的全部情况。

翻滚中，唐凌就已经抓了一块棱角锋锐的石头在手中，然后借着一根残柱，让翻滚的身体停下。来不及有任何的喘息，唐凌一个翻身靠着柱子站了起来。而新鲜的血肉对尸人的吸引是致命的，一击不中，那尸人再次扑向了唐凌。在这样的情况下，唐凌只是向左横跨了一步，几乎是不加思考地就猛然一个跳跃转身。唐凌的及时躲闪，让尸人扑了个空，巨大的惯性却又让它来不及停止，撞向了柱子。唐凌也在这一瞬落地，精确无比地落在尸人的身后！

尸人扭头，发出了愤怒的嘶吼，已经失去了思考能力的大脑只是本能地愤怒——弱小的猎物怎么就逃脱了？而唐凌抿着嘴，也只是凭借本能就从后勒住了尸人的脖子。尖锐的石头高高地扬起，尸人的爪子收回，抓向了唐凌的手臂。如若抓破，唐凌的结果也只有一个，那便是——也变成尸人。

没有时间给唐凌犹豫，那块石头重重地落在了尸人的后脑，瞬间就炸开了黑色的血浆。那尸人的身体猛地一僵，然后软倒在唐凌的手臂之中。其实并不怎么困难，在坚硬石头的敲击下，砸破一个尸人的脑袋和砸破一个野果区别也不大。利落的击杀！但唐凌并不为自己的身手变得敏捷、力量变得强大、第一次能够和精准本能完全契合而欣喜。尽管曾几何时，他有一个奢望便是身体能跟上他的判断。

"啪"，扔掉了手中的石块，唐凌脸上露出了一丝痛苦又诡异的微笑，砸下的那一瞬他和尸人四目相对，尽管那灰色又贪婪的眼眸是如此陌生，可那张脸却是熟悉的。这种痛苦很快蔓延开来，伴随着一种叫作回忆的东西让唐凌瞬间进入"炼狱"。

张叔，他似乎还在前方站着，挥舞着一根端头尖锐的利棍，插入了身前一只利牙兔的身体。

"知道吗，利牙兔蹦起来的一瞬，会露出柔软的肚子，动作要快。"他好像又腼腆亲切地笑了，悄悄地塞了一小块干粮在自己的手中。不大的一块，却救了饿了两天的一家人的性命。

抿紧嘴角，唐凌没有眼泪。他沉默地从旁边的废墟中捡起了一根带着锈迹的、支撑帐篷用的铁杆。深吸了一口气，选择了一个尸人较少的方向，朝着次安全带——莽林，坚定地前行。

第29章　梦（三）

铁杆不错，即便已经折断，但断口尖锐。没有比它更加合适的武器了，唐凌毫不犹豫地将它握紧。经历了杀戮，大脑似乎更加清晰了一些，唐凌知道如今这样的情况，根本不要指望回到安全区去，莽林才是相对安全的。而心中那一股执念，也带动着他，他必须还要再回去一次，找不到婆婆，也要找到妹妹。

至于之后呢？17号安全区总不会一直放任这些尸人游荡的，聚居地的环境只要能维持相对安全，总有新的什么人让这里再"繁华"起来。

唐凌的思路是如此清晰，心中滚动的却是他自己也无法表述的痛苦和愤怒。他飞快地奔跑着，尸人也从四面八方朝着唐凌汇集而来，它们对新鲜血肉的追寻能力，就如同海中的鲨鱼对鲜血的敏感。有了第一次清醒杀戮尸人的经验，对战斗有着极强学习能力的唐凌再杀第二个并不算太困难，何况还有了称手的"武器"。于是，逃亡的一路，第二个，第三个……越来越多的尸人死在了唐凌的手中。

如果说一开始还带着笨拙，到了杀死第七个尸人的时候，唐凌已经驾轻就熟。直接的攻击，直面尸人的弱点，从双眼中穿透而过，就在尸人扑击的那一瞬。这简直就是一种精准的"艺术"，可惜空旷无人的安全带并没有一个人能欣赏到这个少年惊人的战斗天赋。

"噗"的一声，拔出了尸人脑中的铁杆，唐凌已经气喘吁吁，这里的尸人多得不计其数，他的精准本能也不能化作无尽的体力来拯救他。但唐凌还是麻木地跑着，在失去了婆婆和妹妹之后，生死其实变得很轻，他却不甘心就这样死去。况且，心中的愤怒烧灼着他，那熟悉的热流已经爆裂在了四肢百骸，开始朝着心脏汇集。

唐凌知道，那诡异的状态快开始了，只需要再多一点愤怒，他就会变成那一晚的杀戮机器。

事实上，这一路分明就是老天爷在耍弄他吧。他杀死的尸人全是曾经带着善意对待他们一家人的人。如何能够不愤怒？又如何能够不悲伤？

"还会……"唐凌没有表情，眼中却越来越冰冷，"再来一个吗？"离树林的边缘就只有不到两百米，按照尸人现在的密集程度，唐凌已经杀不出重围了。精确的本能告诉他，只要他沿着这个方向再跑不到二十米，就将被五个以上的尸人从各个方向包围。变身，是如今唯一的希望。可笑的是，自己到底是要期待着这希望，还是就干脆死掉解脱？

冰冷的铁杆滑腻腻的，全是尸人的血，老天也很快给了唐凌选择，一个带着兴奋吼叫的尸人追上了唐凌。几乎是下意识地转身，唐凌扬起了手中的铁杆，手却不由自主地开始微微颤抖。眼前的这个尸人似乎很是"幸运"，死前应该没有受到太大的痛苦。所以它的衣服还算干净，腐化的痕迹也不算太重，除了右肩那处致命伤。

看着它，唐凌的脑子如同爆炸，可这个尸人除了寻到血食的兴奋，没有任何的情绪波动，它伏低了身子，毫不犹豫地扑向了唐凌……带着腥腐味儿的风再次吹拂而来，也吹来了一段段不可磨灭的记忆碎片。

在唐凌的记忆中。整个时代是灰色的，但和婆婆妹妹在一起的时光是暖黄色的，如同清晨温柔的阳光。而唯一带着旖旎朦胧色的时光，却维系在了眼前的尸人上。

"怎么脸会那么脏？哎呀，这里破了……"干净的手帕，拂过脸上，软软的手轻轻地放在伤口处。她的呼吸带着甜味儿，笑容就像开在郊野的蓝蝶花，眼中真挚的心疼和怜惜如同一汪清透的湖水，瞬间就淹没了唐凌。

十三岁时的傍晚，唐凌第一次心跳得厉害。小叶，这个简单至极的名字从此烙印在了心底。后来……

思绪只是一瞬，尸人已经距离唐凌不到五米的距离，少年梦中那熟悉的双眼，却再也没有那湖水般的眼神，花儿般的笑容。只有灰白色无情的双眸，和疯狂贪婪的神情。唐凌扬起了手中的铁杆，炙热的汗水滚入眼中，灼痛了双眼，也模糊了视线。

"我明天就到聚居地的第七营去了。"气喘吁吁中，唐凌无助地站在门前，看着小叶一件件收拾着她自己的东西。

"为什么要走？"

"因为女孩子长大了要依附伴侣，我从明天起就是第七营胡克的……"她抬眼，大眼睛依旧明亮，看不出是平静还是忧伤。

唐凌抓破了门框，木刺刺入手中浑然不觉。胡克吗？那个在聚居地，有着发放饮用水权力的恶霸。

小叶站了起来，走近了唐凌。柔软的唇落在了唐凌的额头。一瞬便又离开，只是转身留给了唐凌最后一个笑容。

"噗"的一声，尖锐的铁杆从尸人的眼中刺入，只是短暂的战斗，这样的精准已经变成了唐凌的本能。即便，视线是如此的模糊。

拔出铁杆，一滴说不清是汗还是眼泪的液体从唐凌的右眼角滑落，一股悲伤从指间开始蔓延。"呼，呼……"唐凌的喘息声如同野兽，他并不是累到如此的程度，他只是觉得无法呼吸，残酷而冰冷的时代让他第一次觉得如此压抑。连回忆都无处安放。

"你去了第七营，我就再也没去过那边。虽然，偶尔，我会想你。"对尸人述说并无任何意义，可唐凌就是想说。如果说出来，无处安放的回忆，少年的心事至少有存在过的痕迹吧！

幸好这样如同巨浪般的悲伤只是一瞬，下一刻心脏爆裂开的热流一下淹没了唐凌。那个神秘的状态再次出现了。

第30章　欢迎，梦境世界（上）

唐凌很难形容自己如今的状态，他只知道自己变为了一台合格又高效的杀戮机器。尸人什么的，面对如今的唐凌再也称不上威胁，即便它们一拥而上，在唐凌精准有力的拳脚之下，也难以支撑太久。

"啪"的一声，最后一个尸人飞扑而来，还未落地，便被唐凌巨大的手掌捏住了头颅，收紧的五指只是略微用力，便被轻易地捏爆，就如同捏碎一颗柔软的野果。

唐凌却并不在乎这个，而是停下了脚步，略微喘息。这就是力量的感觉吗？即便，还是比不过任何一个紫月战士。但在这样的时代，意味着他已经有了真正生存下去的资格。可惜的是，这资格来得太晚……

甩掉手上黑色的血液，变身后的唐凌通红的双眼之中竟流露出一丝带着悲伤的发泄快意。这就是第二次变身之后最大的不同，唐凌是完全清醒的，却又被一种愤怒的杀戮本能所支配。结合起来，就是理智又冷血，在愤怒之中夹杂着的是无法压抑的暴戾。这样的力量和速度配合着唐凌天生的精准本能，不是杀戮机器又是什么？

不知何时，黑云又翻涌而来，压抑的天地阴云密闭，丝丝冷风包裹着炸裂开的血腥气吹过这片荒芜残破的土地。终于，通往莽林的路只剩下唐凌自己了，在他周围躺倒了三十几个尸人，一切似乎已经结束。可危险并没有过去，经过了那夜的杀戮，难以预料还有多少尸人，而自己的状态却又不知道还能维持多久。如果想要活下去，唯一的生机还是在莽林。

唐凌的呼吸平静了下来，开始大步地朝着莽林走去，一丝难以抑制的疲惫已从身体中传来，他很想安静地睡去。而在这之前，他必须要找到一个相对安全的地方。他忘记了先前的"执念"，甚至搞不清楚自己为何而来。他大步地踏入了莽林，而这里安静得连虫鸣声都没有，有的只是风吹树叶"哗啦啦"的声音以及唐凌踩在杂草上的脚步声。或许是因为这里遍布着尸人，没有野兽不怕这种贪婪的会吃光一切的怪物。唐凌似乎丢掉了谨慎和小心，毫不在意地走着。这样的环境寂寞又孤独，可也意味着安全！唐凌一边想着，一边打量着不远处的一棵大树，忽然汹涌的困意让他的意识都有些模糊。但对于这种倦意，唐凌却没有半分感觉到奇怪或者突兀。在他内心，有一丝说不清的明悟，这倦意应该和自己如今的身体状态有着千丝万缕的关系。就如第一次爆发出这种状态后，他就立刻陷入了昏迷。"所以，希望还能支撑住，爬上那一棵大树……"这是唐凌唯一的想法。

只是在爬上那棵树以前，还有一个小小的麻烦要解决。在那树下有一个尸人！尽管它隐藏得很好，只是在树下半人高的杂草丛中佝偻着，不知道在做什么，但透过草丛的微微晃动，唐凌还是敏锐地发现了它。

强忍着困意，唐凌小心地接近，在距离大树不到十米的时候，猛地加速，伸手，一把就把那个尸人从杂草丛中拽了出来。

可让唐凌没有想到的是，这隐藏在树下的尸人竟不是一只完整的尸人，而是只剩下了半截躯干，不知是怎样顽强的生命力支撑它活着。当唐凌拽它出来的时候，它背对着唐凌开始剧烈地挣扎，唯一剩下的那只手上还抓着一只被啃噬了三分之一的钢牙地鼠。除了微微吃惊尸人的生命力，唐凌下意识地握紧了拳头，准备一拳结束掉这只丑陋尸人的性命。但偏偏在这时，挣扎中的尸人忽然扭过了头，冰冷而贪婪地看着唐凌，显然没有畏惧感的尸人并没有对此时的处境感觉到害怕，反而是因为唐凌这个"食物"的自投罗网，兴奋了起来。它挥舞着爪牙，那模样分明就想吞噬唐凌。

可唐凌在这一刻却听见了心碎的声音，时间仿若静止，瞳孔中印出的只有眼前尸人那一张还沾着钢牙地鼠血污的脸。

呼呼的风声刮过，不知为何在瞬间就变得剧烈。

唐凌松开了紧握的拳头。

"哗——哗——"卷起的枯黄落叶一下子就开始大团大团地飞舞。

"滴答"，一滴泪几乎没有任何酝酿的过程，便从唐凌的眼角滴落。他的手开始发抖，他听见了自己心碎的声音，之前疯狂、嗜血、冷漠的情绪就如同残破的盔甲开始一片片脱落。留下最柔软疼痛的破碎心脏，在滴落着鲜血。

"婆婆……"唐凌口中发出的声音是如此含糊不清，只是在喉头滚动，便已哽咽在口中。

那一瞬，太多的念头在脑中爆炸，模糊中记得婆婆不是烧成了骨灰？可万千的念头却也抵不过眼前真实的这一张脸，眼前的尸人就是婆婆。

只是是婆婆又如何？此时的唐凌流泪也好，心痛也罢，再也换不回婆婆一丝慈爱的眼神，反倒是发现食物的兴奋，刺激得它开始剧烈地扭动，发出了"呜呜呜"嗜血又兴奋的嘶吼。这嘶吼带着一种特殊的尖锐鸣音，震得唐凌耳膜都发疼。与此同时，游荡在方圆十里的尸人似乎都听见了这尖啸之音，开始快速地朝着唐凌所在的地方疯狂地聚集而来。

如此大的动静，唐凌立刻就发觉了，何况在变身的状态下，他的五感似乎都比正常状态还要强上三分。听着那些纷至沓来的脚步，一个个尸人似乎是在回应婆婆的低吼，唐凌不得不去接受这个事实——婆婆成了尸人，而且并非一般的尸人，它的叫声特殊，对其余的普通尸人有一种指挥作用。

"杀了它！"是眼前最好的选择，唐凌颤抖地举起了手……

第31章 欢迎，梦境世界（下）

眼前的尸人婆婆却不觉这种危险，一时间抓不到唐凌，又贪婪地将剩下的钢牙地鼠囫囵地往嘴里塞。

"别吃了！"唐凌怒吼，扬起的手终究没有变成拳头，打碎眼前的尸人，反倒看着婆婆连皮带毛地往嘴里塞着生鼠肉，心酸至极，一把抢过了它手中的钢牙地鼠扔到了一旁。

"呜……"被唐凌夺走了食物，尸人婆婆更加愤怒，发出了更为刺耳的嘶吼，而聚集过来的尸人速度陡然加快了三分。

"婆婆……"唐凌看着眼前脸上满是血污的婆婆，很想痛哭一场，一声低沉又委屈的呼唤，再也叫不回来眼前的亲人。可他做不到所谓最理智的做法，那就是杀了眼前这个尸人。他甚至只想紧紧地把它抱住，擦去它嘴角的鲜血，整理它那凌乱肮脏的衣裳……终于，唐凌只是扔开了它，在那一瞬间，还不忘用自己的手快速地擦了一下它满是血污的脸，然后转身便跑。

除了逃开，唐凌已经没有任何办法，他无法让婆婆不"活着"。即便它只是尸人。

但可怕的是，唐凌根本没有办法甩开这尸人。发现了活人的它岂能轻易放弃眼前的食物？或许是因为失去了一半的身体，它的速度竟然不落后于变身后的唐凌。

唐凌发疯般地奔跑，完全深入郊野的莽林，那里有数不清的、比尸人更可怕的危险。

"让我死了吧，发生一件合理的事情让我死去吧。这样，我也就不再恨自己没有办法报仇。"在凌乱的痛苦之中，唐凌的脑中只剩下这样一个念头。无数被撞倒的树、被踩烂的荆棘丛在他身上留下了细密的伤口，他也浑然不觉。

可是，绝望这种事情是有尽头的吗？唐凌停下了。他费力地看着眼前的一群人突兀地出现在莽林之中。他们衣衫褴褛，个个身上都有伤痕，眼中却充满了异样的兴奋和希望。走在最前方的是几个小孩子。当唐凌这样一个充满了肌肉，身高和体型完全超出了正常人范畴，身上还带着大片黑色血迹的"怪物"突兀地出现在这群人眼前，他们害怕又震惊地停下了脚步。

"流浪者"，唐凌完全没有想到会在这种时候遇见他们！

其实对于"流浪者"，唐凌毫不陌生，在聚居地还存在的时候，每年大概都会接收几百个这样的人。在唐凌对这个世界有限的认知里，如果还有什么人比聚居地的人更惨，无疑就是这些居无定所，只能抱团生活在充满危险的郊野的"流浪者"。这些人最大的愿望就是有一个安全区周围的聚居地能够接收他们，而这样的愿望也常常难以实现。

眼前这些"流浪者"如此兴奋，无疑是因为终于靠近了17号安全区。可他们哪里知道，17号安全区外的聚居地早已变成了地狱！

唐凌还来不及多想，身后又传来了尸人的嘶吼。是婆婆！唐凌下意识一个闪身，便躲过了它的扑击。

当唐凌从地上爬起时，这群人也同时发现了尸人，相对的，"婆婆"看见如此多的食物，几乎没有半分犹豫就冲向了人群。

"是尸人！大家准备战斗！"

"女人小孩，站到中间来。"

"把前面的孩子拉回来。"

流浪者们第一时间就进入了战备状态，面对尸人这种存在，只要是活人就无法轻松地应对，即便只有一个。

可"婆婆"的速度远超其他的尸人，在这群流浪者还没来得及准备好时，转眼就飞奔到了离他们不到十米的距离。原本在前方的几个小孩子似乎有些蒙了，想要将他们拉回来的大人速度显然比不过"婆婆"。按照唐凌精准本能的判断，在他们抓住孩子以前，"婆婆"有足够的时间咬到至少一个孩子。

"哥哥。"在这个时候，一个有着褐色头发，长着小雀斑显得有些脏兮兮的小女孩，紧张又害怕地拽了一下身旁的小男孩。那男孩子似乎因为这声哥哥爆发出了无穷的勇气，一下子站在了小女孩的身前，张开了双手。

"不！"人群中一个妇人发出了绝望的喊声。

　　唐凌动了，伴随着一声痛苦的嘶吼，他挡在了这对小兄妹的身前，一把抓住了"婆婆"，然后用力地将它推开。"婆婆"跌倒在不远的一处草丛中，奋力地想要爬起，残破的身躯却显得不是那么灵活。

　　"打死这个尸人。"

　　"快点，说不定附近还有更多的尸人。"

　　人们来不及计较眼前的"怪人"为什么会帮他们，最大的危机过去，自然是要杀掉这个尸人。

　　"住手！"唐凌突然回头，冷漠地看着眼前这群流浪者，没人知道他内心的痛苦，就连此刻他还忍不住想要扶起婆婆。因为眼前的，是从小将他抚养长大的婆婆啊。

　　举着粗糙武器的人们突然被唐凌的声音和模样镇住，呆呆地停下了动作。

　　"我来。"唐凌的声音冰冷，神色平静。这一切需要结束，只有唐凌清楚眼前的危机并不是"婆婆"，而是朝着这边快速聚集而来的尸人群。他人的生命是否该背负在自己身上，唐凌并不知晓，他只是无法看着身后那对小兄妹就这样死去。因为，在他们身上，唐凌仿若看见了自己和妹妹。那小小的身体就在他的身后，拉着他的衣角。

　　"哥哥，走太远了，会不会有危险？"

　　"你害怕吗？"

　　"不怕，因为哥哥会保护我的。"

　　是的，保护她，就像刚才那个小哥哥。只是……绝望的仇恨在唐凌内心翻腾，他想起来了！在尸人的包围下，那双无助的眼睛，那最后一声"哥……哥……"

　　唐凌握紧了拳头，朝着还在挣扎着要起身的"婆婆"走去。一步，两步……聚散倘若无常，终归无形，又何苦在心间留下痕迹？难道只能在仇恨的黑焰中得到彻底的重生吗？

第32章　醒，惊

窸窸窣窣的缝补声音在耳边响起，昏暗的灯光下是婆婆在为他缝衣服的身影。疲惫了一天，她不停地揉着已经通红的双眼……唐凌的双眼模糊了。

而尸人婆婆用仅有的一只手支撑起了身体，它要站起来了。

唐凌任由泪水滚落，继续前行。眼前看见了婆婆粗糙的双手，把自己小小的双手握在手心。

"小凌，冷不冷，婆婆给你搓搓。"

"小凌，乖，不哭。你看这是什么？是肉干，婆婆这就煮给你吃。"

"小凌，婆婆今天在垃圾堆下找到一件衣服，还很新呢。我改改，小凌有新衣服穿了。"

"小凌啊……"

"呜……"唐凌开始崩溃痛哭，可他丝毫不想掩饰。

"婆婆"兴奋地看着向自己走来的食物，终于扭曲着站了起来，朝着唐凌飞奔。

"婆……呜呜……"唐凌胡乱地抹着眼泪，从那一夜以后，他其实一直都很难过，太伤心。伤心得就像已经度过了无数的年月，却无法解脱。

"婆婆"飞扑向了唐凌，而唐凌根本没看一眼，只是下意识地一伸手就抓住了婆婆的脖子。

"那个怪人为什么哭得那么伤心？"小女孩好奇的声音从身后传来。

唐凌根本无法理会，他全身颤抖着，眼泪和鼻涕一起流下，止也止不住，只是抓着"婆婆"脖子的指尖不停地在收紧。

"哇哇哇！"尸人婆婆似乎意识到了真正的危险，开始拼命地嘶吼，刺耳的叫声传出了很远，丛林中集结的尸人速度再次变快。

流浪者们也终于发现，在慌乱中开始逃命。

唐凌恍若未觉，只是感受着手中尸人的挣扎开始变得无力，然后渐渐地僵硬下去。

"婆婆……"唐凌止不住地哭泣，眼中却翻滚着冰冷刺骨的仇恨。是谁将婆婆变成了这个样子？如若是这个时代，那他将不惜让这个时代彻底地埋葬。

这个疯狂的念头刚刚升起，整个莽林忽然开始狂风大作，瞬间以极快的速度开始坍塌。狂奔而来的尸人变成了碎片……

那些夺路而逃的慌乱流浪者化为了虚影……一阵刺目的白光将唐凌包裹，一个冰冷的声音突兀地在唐凌耳边炸响："你已获得资格，欢迎加入梦境世界。"

下了三天的雨终于停了。17号安全区迎来了一个难得的黄昏。雨后柔和的风，温软的淡红色夕阳，带着青草泥土气息的湿漉漉空气。

如此美好的时刻，唐凌却猛地从床上挣扎坐起，怀中还抱着婆婆的骨灰罐，和妹妹的小裙子。冷汗不知何时已流了一背，即便是刚刚从睡梦中清醒，他还是忍不住疲惫地大口喘息。

梦吗？刚才的一切都是梦？！

那个"欢迎加入梦境世界"的声音还盘旋在脑中，唐凌的眼睛却落在了房间内摆着的沙漏上。无法判断出准确的时间，但从流沙涌出的数量，提醒唐凌最多过去了十分钟。也就是说从苏耀离开到现在，分明只过了十分钟。而他却经历了一个冗长却残酷的梦境。

"真的只是梦吧。"稍微冷静下来的唐凌，擦了一把额头上的汗，终于还是接受了这个事实。

不管那个梦境如何真实，其实仔细一想便破绽百出。比如自己是如何顺利地跑出有严格门禁的安全区？又如安全区的高层怎么会那么没有常识，不及时处理尸体，任由它们变为尸人……

唐凌从床上翻身而起，他还忘记不了当梦境破碎时，传入自己耳中的那些话。他无法认为这个梦只是一个普通的梦境。

这个念头刚起，唐凌便忍不住"嘶"了一声，吸了一口凉气，原来刚刚站起的动作太大，扯得他全身的伤口都在发痛！伤口？哪里来的伤口？唐凌带着疑惑，脱下了自己的衣衫。

在他右手的手臂上有着一道明显的伤口，虽已不再淌血，但裂着口的样子还是略显狰狞。他现实里并没有受过这样的伤，至少苏耀离开他的房间以前，他是完好的。可在经历了一场无比真实的梦境以后，这伤口便突兀地出现在了他的手臂。

唐凌的记忆力很好，他能记得在梦中遇见"婆婆"后，在焦灼的狂奔中，一棵很是坚硬的荆铁树在他手臂上留下了这道最大的伤口。

其实，并不仅如此。这只是最明显的伤口罢了，在梦中他所受的一切伤害，在梦醒后都真实地出现在了他的身体之上。哪怕一道最细小的划痕。

唐凌非常震惊，但也仅此而已。只因他想起了那个给他喝肉汤的男人，他离开前说起过"小心你的梦"。对的，是他，他已经暗示过了自己，可是怎么可能想到是这样匪夷所思的梦境，而这样的梦境又到底意味着什么？

唐凌的内心无法再平静，他如此地渴望答案，但他根本不知道在哪里去寻找苏耀，对于17号安全区他一点都不熟悉。

这种烦闷让唐凌难以再安坐，他来回地在房间踱步，直到再次站在了木窗前。事实上，在这里站了八个小时，以他惊人的记忆力，窗外的景象他已经烂熟于心，实在不知还有什么好看的。

深吸了一口气，唐凌懒得再想自己的动机。目光落在窗下，那条幽暗的，不长的小巷之中。这里的道路泥泞而狭窄，大雨过后，凹凸不平的路面上还有大片大片的水洼。住在巷子两旁的人们，忙着清理被水泡过的屋子，一盆盆肮脏的雨水被倒入了门口的大缸。沉淀几天，便是上好的四级饮用水。很幸运的一场雨，只可惜婆婆和妹妹都没有遇见这样的好事。

唐凌带着一丝悲伤胡乱地想着，显然经历了梦中的遭遇，内心不能那么快平息。直到——他的目光，透过幽暗巷中的浑浊光线，落到了巷尾。"这是……"唐凌愣住了！

第33章　昆

一栋木屋。

许是有些岁月了，用原木柱子构筑的木墙上，尽是斑驳的苔痕。屋顶是青灰色的，铺满了一片一片如同鱼鳞般的"石片"，不知是否刚才大雨的缘故，滴滴答答的水滴从屋顶的边缘落下。傍晚的风吹过，带起门前悬挂的蓝色布帘，如同一只挥舞的手，一下一下勾动着唐凌的心。

是记忆出了差错吗？唐凌喉头滚动，看着与周围黑色石屋格格不入的这栋木屋，心中涌动的是无法言说的奇异情绪。他竟有去到那里一探究竟的冲动。说不清是为了证明自己是真的忽略了这栋木屋，还是奇怪来去匆匆的人们似乎对它视而不见。

片刻后，唐凌站在了这条小巷之中，他实在没有办法克制内心最真实的冲动——他必须去到这木屋。

双手插兜，唐凌信步朝着那栋建筑走了过去，双脚踩过还有大量积水的巷子，发出了"噼啪"的声音，却随着他越接近那栋建筑，声音变得小了下去，渐渐微不可闻。像是慢慢走入了另一个空间。周围没有人注意这个略显瘦弱的黑发清秀少年，如果有人此时不经意地一瞥，会看见他走到了巷子的尽头，走过拐角，然后消失不见。

唐凌停住了脚步，呼吸也略微有些急促。他并不累，只是注意到，当他靠近木屋时，周围便再无一人。就连旁边熟悉的街景也如此不真实，如同隔了一层看不见的屏障，说不清楚是真实，还是幻觉。但木屋依旧矗立在眼前，仿佛只有它是最真实的存在。

"或许，这又是一个梦？"略微平复了一下心情，唐凌抬头，看见的却是一块挂在门上的木牌。没有刻意的雕琢，非常原始的形态，在上面却刻画着四个方块图案。充斥着力度，一眼望去有一种奇异的美感。

"神秘商铺……"唐凌喃喃自语，竟然认出了这个四个图案所表达的意思。这种方块兴许是一种文字。唐凌心中突然浮现出这样的想法。可奇怪的是，唐凌并不觉得震惊，从突变那一夜开始到现在，已经没有任何事，会让他感觉不合理了。何况，这是梦吧？梦里的一切需要解释吗？

带着这样的想法，唐凌一把掀开了还在舞动的蓝色布帘，跨入了屋中。入眼一片黑暗，只有一股奇异的香气充斥整个空间。这是一种唐凌从未闻过的气息，只觉得有木头的清新，又夹杂着果香，入了鼻腔，又似百花盛开时糅合在一起的奇异花香。让人内心安宁，头脑清晰。下意识地，唐凌想要掩住口鼻，在这个时代，一切看似无害的细节最后都会成为丢掉性命的缘由。何况已经经历过的梦境告知他，一切会映射到现实。"也不知，是否还来得及？"唐凌有些忐忑。

但在这时，一道昏暗的亮光突兀地出现，原本黑暗的屋子左右两处都跟随着亮起了昏暗的光线。

"龙涎香。上品。"与此同时，屋中传来了一个懒洋洋的声音，平静之中带着一丝漠然，就如同在唐凌的耳边说话。

冷汗，刹那就布满了唐凌的额头，一直依赖的精准本能竟然没有任何作用，就连黑暗之中藏着一个人也未察觉？

防备地后退了一步，唐凌看清了眼前的一切——乌褐色的厚重木柜上放着一个黄铜色的图腾雕刻，火焰跳跃在图腾像的腹中，发出昏黄摇曳的光芒。在这图腾雕刻之旁，摆着一个金属的，看起来非常精巧的炉子，青翠色的烟雾从炉盖处升起，袅袅娜娜，凝而不散，香气升腾。一只洁白而修长的手此时慢慢地拿起了炉盖，放到了一旁。接着从旁边莹白剔透的石碟上，捻起了一小块白色的事物，投入了炉中，再盖上，香气越发浓郁。

唐凌暗暗握紧了拳头。

而手的主人此时终于抬头。他藏在幽暗中的身影立刻清晰了起来。他坐着，却也能看出他很高，似乎并不强壮，却莫名透着一种不可战胜的危险感。这只是一种纯粹的感觉，唐凌的精准本能全面失效，对这坐在木柜后的男人根本没有任何的感应。

"上品天然的龙涎香，很难得。毕竟需要在海水中浸泡上百年。关系到时间的东西，总是异常珍贵些。但紫月出现了，不是吗？所以龙涎香也平常了。"相比于唐凌的紧张，这个男人却很平静，他说着似乎关于屋里这香气的事情，但唐凌根本听得懵懵懂懂。

唯独那一句紫月出现了，惹得唐凌心头一跳，下意识地追问了一句："为什么？"

也许是没有想到唐凌会反问，这男人眼中流露出了一丝"有趣"的神情，但还是答道："很简单，一切都在改变，抹香鲸不也会改变吗？龙涎香，产自抹香鲸。"

解释很简单，但唐凌却搞不清楚这一切与紫月有什么关系。他只是很奇怪，为什么现在能看清这男人的模样了？同他一样的黑发，整齐地梳向后方，归拢在耳后。同他一样的黑眸，却幽深得像深潭，凝视间，若有光芒闪动，如同倒映着星空。好看到已经莫辨男女的五官。整个人透着慵懒，但那种慵懒是不把一切看在眼里，甚觉无聊的不在意而已。如此让人一眼难忘的人，之前也是坐在这里没有动，自己为何会看不清？

唐凌沉默地站在原地，脑中却是充斥着各种问题。但那男人似乎已不愿啰唆，忽然望着唐凌，眯起眼睛，流露出一丝公式化的笑容："欢迎来到神秘商铺，0233号梦种。"

0233号梦种？唐凌的心猛然收紧，他像是抓住了什么。

可不等他发问，这个男人已经站起，身上的黑色长袍映着昏暗的光线，光芒流动，如同黑色的流水："对了，忘记介绍，我是神秘商铺的主人。你可以叫我——昆。"

第34章　神秘商铺

昆？0233号梦种？商铺？昆透露的信息实在不多，但联合起神秘商铺出现的时间点，唐凌已经隐隐快把事情串联起来了。

看着唐凌变幻不断的神色，昆也不说话，反倒是闲适地坐下，又恢复了懒洋洋的模样。

"这里，是不是做了梦才会看见？"唐凌不笨，尽管他见识少得可怜，但其中的关键终究被他抓住。

"有趣。"昆伸了一个懒腰，目光透着难以捉摸的情绪，接着又恢复了平静，直接开口说道，"确切地说，这里是只有梦种才能来买东西的地方。你每次入梦，都会收获一种货币，就是这个。"说话间，昆扬起了右手，而在他的右手出现了一点如同星光的金色光点，难以分辨这究竟是实质，还是一点光芒，"这叫梦币。只要你有梦币，便可以购买这里的一切。"解释完毕，昆右手一握，梦币便化作点点光芒，消失在他的指缝。

随后，他一挥黑色长袍的大袖，唐凌左右两边的昏黄光芒陡然变得无比明亮。借着这明亮的光芒，唐凌看见了昆身后那片混沌的黑暗中，出现了一排排望不到尽头的木柜。每一个木柜上都有很多的小抽屉，也不知抽屉中装着什么。

　　"我没有梦币。"望着那一排排木柜，唐凌的心没有任何波动，只是如此回答了一句。实际上，这些木柜里有什么，对于不知情的唐凌没有半分吸引力。在他的生命里，唯一有过的货币无非就是17号安全区的信用点，那也只能用来换取必要的生活用品给婆婆和妹妹。想起亲人，唐凌的心开始抽痛，对这里的一切更不在意。

　　唐凌的走神，似乎在昆的意料之中，他嘴角露出一抹冰冷的笑意，只是一挥手，离他最近的木柜便无声地开了一个抽屉，一根十五厘米左右的角便出现在了他的手中。

　　唐凌诧异地看着那根角，灰白色，中间却有一条火红的线，那条线如同活物，仔细看去似乎在扭动，像是燃烧着的火焰。

　　"垃圾。"昆有些意兴阑珊，右手把玩了一下那根角，才随意地说道，"十三梦币，五级凶兽——烈火犀角。"说完这句，昆再无多余的解释，一挥手，那根角便消失，那个开着的抽屉也自动地关上了。

　　而唐凌的心跳却加快了，眼神中也流露出了一丝渴望。尽管他从始到终从未接触过凶兽，只接触过一只高级变异兽——黑角紫纹蛇，但那变异兽的强大还是深深刻印在了他的脑中。后来，则是喝下了苏耀给他的汤，按照苏耀的说法，那汤中加入了凶兽骨。

　　喝下之后，立刻被弥补的虚弱，充盈的力量感，唐凌如何能忘记？从这些点点滴滴，从小就捕猎的他不难猜测关于凶兽的一切都很宝贵。兽肉、兽血、兽皮、兽骨、兽牙……总之，聚居地中上等武器的来源都出自野兽的骨、牙、爪……其强悍程度早已超过了他们所能找到的金属。那么这根凶兽角呢？它只要所谓的十三梦币！被仇恨烧灼的唐凌眼神越发炙热——是不是有了一把趁手的武器，在那一夜妹妹便不再会……

　　看着唐凌，昆似乎觉得很是有趣，嘴角冰冷的笑容又扩大了一些，再次挥手，这一次一块银白色金属大盘子样的东西，出现在了昆的身后。它的直径有一米，厚度四十厘米，上面间插着蓝色的条纹，仔细看去还能看见密布着组合的纹路，看样子是由很多块不规则的金属组合在一起形成的。"又是垃圾。"昆很不满意，撇撇嘴角，淡淡地说道，"Ⅱ型飞盾，防御时可抵御最多三次万公斤级拳力，也可做移动工具。价值三十梦币。"

　　唐凌瞪大了眼睛。拥有精准本能的他，天生就习惯用数字来衡量一切，万公斤级的拳力对于唐凌来说一点儿都不难理解。可这是真的吗？次安全带之中力量最大的铜皮犀，全力一撞之下也不过就五千公斤的力量。他当时躲在树上，曾经感受过这力量有多么可怕。抵御三次万公斤级的力量？就这样一块盾牌？

可还容不得唐凌多问，昆打了一个响指，这盾牌就旋转着来到了唐凌的面前。"不要挣扎。"昆只是简单说了一句，手轻轻一扬，唐凌便感觉到一股力量包围了自己，然后柔和地托着自己慢慢浮空，而盾牌此时则来到了唐凌的脚下。这是……什么力量？唐凌喉中不由得发出了一声不受控制的低鸣，心中被一种荒谬的情绪所占领。

昆却根本就不在意，单手托腮，懒洋洋地用左手轻轻敲着柜面。这盾牌却伸出两个环扣，扣紧了唐凌的双脚，以极快的速度开始在这空间内移动起来。只是短短十五秒，唐凌便体会了一次踩在盾牌上凌空飞行的感觉。还不待他用精准本能计算，昆已经开口说道："承重三百公斤，最高可离地十米，速度一百八十千米每小时。实际上，这种移动速度连鸡肋都算不上。"

站在原地，唐凌感觉无话可说也是一种很可怕的感觉，因为一开口只能凸显自己的无知和可笑。各种凌乱的想法几乎塞满了他的大脑，到了口中却也只能重复地说道："我没有梦币。"

同样的一句话，说出的心情却是毫不相同。第一次唐凌根本不在意在这里所谓的买卖。第二次唐凌却是如此渴望梦币！如若拥有了那火犀角，如若拥有了这Ⅱ型飞盾，再加上自己怪异的能力，是否就可以和那银发人一战呢？只要……四十三个梦币，那就可以……

"呵。"面对唐凌同样的说法，昆淡淡地笑了，他似乎非常愉悦，眼睛又眯了起来，弯弯的就像紫月牙儿，"你不可能有梦币。因为你还没有真正地入梦。"

"可是……"唐凌想起了自己之前的梦境，那不算入梦吗？还是自己在梦中做错，所以没有资格得到梦币？

"那只是一个考验。懂吗？入门测试一样的东西。"昆收起了笑容，伸了个懒腰，神色恢复了淡然，"不过，你通过了。今天，你能来到这里。只是领取通过的奖励罢了。"

奖励？！

第35章 烙印

在见识了神秘商铺的"垃圾"以后，"奖励"这两字确实刺激到了唐凌，他不由自主地开始渴盼，眼中的炙热也难以掩饰。

"让我想想，给你一些什么垃圾才好呢？最近，好多垃圾都被我找借口清理了。"昆轻轻地敲着桌子，手中不知何时多了一个洁白的半透明杯子，隐约能见杯中有碧绿的液体，正散发着丝丝缕缕清新无比的香气。他抿了一口那液体，唐凌则呼吸急促，他一点儿都不介意昆口中的说法，最好之前那两件垃圾就给他吧。

"别做梦。就算刚才那些垃圾，我摆着嫌占地方，也不会是你的奖励。"昆放下了手中的杯子，淡淡地说道，好像已经洞悉了唐凌的想法。

唐凌无语。生存了十五年，他是第一次见识到一个人的话语也可以如此"犀利"——不着痕迹地就嘲讽了自己一番，还如此理所当然。只不过，这发生在昆身上，感觉并不怪异。实际上，在唐凌心中，昆很多地方都让人诧异，比如分明是男人，却给人一种模糊了性别的感觉……唐凌只祈祷昆此时不要洞悉他的想法。

"那就这个吧。"好在昆根本没有在意唐凌，反倒是在踌躇一番后有了决定。但他也没有打开身后木柜的任何一个抽屉，只是用嫌弃的表情从身前的柜台下拿出了一件东西，扔给了唐凌。力道控制得刚好，唐凌轻松地就接在了手中。

东西不大，只有巴掌大小，可入手却有接近三斤的重量。精准本能在这时算是发挥了作用，唐凌也看清了手中的东西。暗红色，泛着金属的光泽，布满了灰白的筋，却没有丝毫的脂肪——这是一块肉！看起来就能猜到，很难吃的肉。

"三级凶兽肉。"昆双手捧着杯子，又轻轻喝了一口杯中的绿色液体。

唐凌一下子就握紧了这肉！很好，已经很好了。即便如今的他还不知道凶兽具体应该怎么划分，但他从苏耀的口中知道，那给他熬汤的凶兽骨只是最低级的凶兽骨——一级凶兽骨。三级很强了吧？还足有三斤。唐凌并不贪婪，他珍惜且感恩每一分获得。

可是昆就如有意一般，忽然喃喃说了一句："真是对不起小乖，把它的零食给了你。"

"小乖？"唐凌皱眉。

"哦，就是它啊。"昆从柜台下拿出了一只只有半个巴掌大的乌龟。

唐凌沉默，一口气哽在了喉头。奖励已经拿到，还是尽快告别，离开吧。希望下次，自己再出现在这里时，能有梦币。

但昆收起了他的小乌龟，有意无意地指了指自己的胸口，淡淡地说道："现在的奖励什么的，实在不必在意。它才很有趣，真正地有趣。"说完，昆望向了唐凌，平静脸庞上的目光让人猜测不透。

唐凌却感觉全身的血液都在往上涌，他明白！他知道！昆说的是自己心脏里存在的那个它，那个苏耀现在不肯告知唐凌的秘密。

"有得必有失，它醒了。也注定你之后会很辛苦。"昆这样评价了一句，忽然拿出了一个银色的，只有指尖大小的东西，不等唐凌反应，就扔向了唐凌。那指尖大小的东西落在了唐凌的左臂之上，只是一秒便消失了。下一刻，唐凌的左臂传来了微微的刺痛感，接着又是一丝冰凉，如同有什么冰冷的东西钻入了他的皮肤。这让唐凌感觉到巨大的不安，几乎是下意识地，唐凌掀起了自己的衣袖，发现左臂上多了一个银色的文身。

"这是梦种特有的标记，任何人都看不见。只有梦种相互之间才能看见。至于它的作用，发挥之时，你便能明白。"

唐凌点头，但目光依旧落在那银色的文身上。其实，那文身的式样非常简单，就是由两个方块图案组成。这让唐凌想起了进入神秘商铺前，悬挂在门上的牌匾，此时再见到这样的方块图案，唐凌心中翻腾着莫名的熟悉感，脑中也传来了阵阵刺痛。这种刺痛并不陌生，关系到他空白的记忆，如果受到什么刺激，似乎要想起什么时，大脑就会传来或轻或重的这种感觉。早已不是第一次发生。

但唐凌的反应却让昆莫名地在意了起来，他收起了懒洋洋的神态，开始探究唐凌："大脑的记忆区域，用特殊的办法，利用大脑自身的保护机制，造成了选择性失忆吗？呵呵，有趣。"

唐凌抬头，目光中尽是茫然："你说什么？"

"没有。送你一些小礼物。"昆的语气随意，但目光却罕有地透出一丝认真。

接着，他也不知道拿出了一个什么东西，随手一搠，一道蓝色的细电流就击中了唐凌。唐凌发出了一声痛呼，下意识地抱住了自己的脑袋，却感觉电流过去，自己的脑中像是有什么东西碎裂了一角，然后涌出了一些信息，瞬间涨痛到了极致。

"呵，下手倒是果断，办法也巧妙。算了，不关我事，搞点儿小破坏就够了。"昆不管唐凌，只是自言自语地收好了手中的东西。

唐凌并没有注意到这些，大脑那种几乎炸裂的感觉整整过了快十分钟，才渐渐地恢复平静。当他重新站起时，身上的衣衫都几乎被汗水湿透。

"再看看你的手臂。"昆恢复了慵懒，平静地说道。

唐凌下意识的一看，口中就念出了文身上的方块图案——昆亚！接着，他便非常清晰地知道，这根本不是什么方块图案，这是文字，是一种传承悠久、极具美感的文字——华夏文。他，认识这些文字。除此之外，他还认识另外的几种文字，但华夏文是他最早学习，并认知为母语的文字。

这莫名的记忆是……唐凌从心底感觉到了一丝凉意和恐惧。源于未知的恐惧。

但昆似乎并不打算解释，只是说道："比没有力量更可怕的是，对知识的一无所知。学会阅读，才能吸取知识。就算身为梦种，一无所知也根本无法成长啊。"

第36章　鲁莽

当唐凌离开神秘商铺时，17号安全区依旧停留在傍晚时光。小巷中幽暗的天色，吹过的风似乎都和他来之前没有任何的区别。回头，那栋格格不入的木屋已经消失，在外人看来唐凌只是一个站在巷尾有些茫然的少年。

"真正的梦境，生死只在一线。希望还能看见你光临。"这是昆对唐凌说的最后一句话，说完以后，便不容唐凌反抗，用一股柔和的力量将他推出了神秘商铺。

那么，真正的梦境是什么？有多残酷？唐凌迈动脚步，朝着临时居住的房间走去，双眼却透着空洞。他无法极快地消化那么多信息，更无法去在意下一次入梦的残酷。在他脑中反复盘旋的只有两个字——时代。

是的，这是一个什么样的时代？聚居地中最粗糙简陋，仅仅比野兽好一些的生活。夸克手中的炸药、沙漠之鹰，揭示的前文明。神秘商铺之中，夸张的一切，又远远超出了夸克所掌握的文明力量。分明只是小小的木屋，它有着多大的空间？那十五秒的移动，那望不到尽头的木柜……都让人有种颠覆的错觉。它怎么出现的？它又怎么会不被旁人所发觉？

很多的问题，一深想唐凌便有一种强烈的撕裂感，被时代撕裂的感觉，就如同站在底端的人和站在高处的人，相差的不是距离，而是千万年的时光，无法突破。

所以，这是一个怎样的时代啊？唐凌有些麻木地进屋，属于傍晚的天光逐渐暗去，窗外出现了紫月，幽幽的月光笼罩在唐凌身上，在窗前映照出黑色的沉重剪影，如同一个巨大的问号。

孤独会让人更加的无助迷茫，思念便会在此时又钻入脑海。再度想起婆婆和妹妹时，唐凌才从这种撕裂般的思考中回神，勉强压抑着痛苦，站了起来。

事实上，从那一夜的悲剧开始，唐凌便不停地被颠覆，在他认为他已经能接受一切，不再震撼的时候，更震撼的事情就会再度出现。

"所以，还需要知道得更多吧。"唐凌站了起来，当发现自己渺小时，就越发觉得面对时代的无力。而报仇，是否也如自己想象般的轻易？

洗了一把脸，唐凌的目光终于落在了那块被他放在床头的三级凶兽肉上。这是他的奖励，在梦中承受了巨大的精神压力和条条伤疤才换来的奖励。它珍贵，但只有化作力量，才能让自己成长。

唐凌不能忘记苏耀的那一锅肉汤喝下之后的感觉！让虚弱的自己变得充盈，力量丝丝地流过，然后灼热的身体急剧地恢复，甚至超越了曾经的巅峰。否则，自己不可能顺利地渡过梦境。如若梦境会折射到现实，那么现实也会真实地反映在梦境中。这种认知，唐凌异常笃定，只有人过梦的人才会知晓这种微妙。

想到这里，唐凌已经冷静地拿起了肉块，费力地从上面撕下了非常小的一块肉条。但想了想喝肉汤时的刺痛，唐凌又谨慎地从肉条上再撕下了一根细细的肉丝，这才放入了口中，连滋味也没有尝出便吞了下去。

虽然是几乎可以忽略不计的分量，但刚一入腹，唐凌就感到一团热源在小腹迅速形成，瞬间就爆裂开来，如同燃烧的火焰以极快的速度，刹那就充斥全身，在四肢百骸剧烈地开始流动。

"唔！"一股巨大的痛苦带着炙热和撕裂的气息包裹了唐凌。即便有一些心理准备，唐凌也忍不住低呼出声，整个人蜷缩在地上，皮肤发红，如同一只熟透的虾米。要知道，即使是吃下苏耀带来的一大锅肉汤，痛苦的剧烈程度也远远及不上此时的十分之一。唐凌唯有咬牙承受……自己还是太唐突了一些吗？

温度仍在快速攀升，能量流动的速度也越发快了，那感觉就像烧得炙热的刀子在一丝丝地割裂肌肉，然后又拼命地钻入骨髓，疼得唐凌几乎晕厥过去。但唐凌凭借自己的精准本能能感觉到，在这种非人能忍受的痛苦中，自己的实力在得到提升——骨骼变得更加坚韧，肌肉变得更加有力又充满弹性，就连血液也变得厚重起来，潺潺流动的声音如同金属液体……

"那就忍！"唐凌一拳锤在地上，"啊……"捏紧拳头，又是一拳，"那就给我忍住。"唐凌嘶吼，汗湿的头发贴在额头，双眼恶狠狠的如同狼犊子。他要力量，他要报仇！！

时间，缓慢地流逝着，不知过了多久，高温终于开始慢慢地消退，急剧流动的力量也开始变得平缓。唐凌长舒了一口气，仍躺在地上，刚才的对抗让他疲惫得一根指头都不想动。

而在心里，他也没有任何一丝喜悦："为什么自己只能吸收掉那些能量中的小部分？"精准本能让他清晰地感觉到，其实大部分的能量随着毛孔被排出了体外，消散在了空气中。"一定是有什么办法能够完全不浪费吧？那是什么办法呢？"唐凌出神地思考着，而流逝的体力也一点点地开始恢复。

也就在这时，传来了开门的声音，和毫不掩饰的脚步声。

"吱呀"一声，门被大剌剌地推开了，来人正是叼着卷烟的苏耀。

唐凌略微吃力地从地上爬了起来，心中有许多疑问，想要对苏耀诉说，尽管这个男人对他而言还很陌生。但点滴的感激，已让唐凌对苏耀有了些许的信任。况且，唐凌已无人可诉说，偏偏苏耀却像知道很多。

苏耀没有理会唐凌，而是随手拿起了放在桌上的三级凶兽肉掂了掂放下："三级凶兽肉，小子，收获不错，我一年也就能得到那么几块。"这话苏耀说得很随意，甚至都没有回头看唐凌，就直接仰靠在沙发上，沉默地吞吐着烟雾。

　　夜色浓重，屋中也未点亮任何光源，在安静之中，两个男人的身影如同被紫黑的夜色吞没。

第37章　认可

　　几分钟后，彻底恢复的唐凌站了起来，在虚弱和疲惫后，三级凶兽肉所带来的好处，在此刻便体现得淋漓尽致。力量，充盈的力量，再一次超越了唐凌的极限。

　　苏耀点亮了屋里的油灯，侧影在油灯明灭不定的光线之中跳跃，让人看清了他的表情。

　　"你，不吃惊？"苏耀出现在这里理所当然，但对三级凶兽肉没有丝毫询问，则让唐凌微微好奇。唐凌并不清楚三级凶兽肉具体是什么样的概念，但其中澎湃的力量让唐凌清楚它一定珍贵。

　　面对唐凌的询问，苏耀咧开了大嘴，呵呵一笑，刚才那种如山般沉重的情绪随着他的笑容消失无踪。他咬着烟嘴，目光中带着戏谑，却并不直接回答唐凌的问题："生吞三级凶兽肉的感觉如何？一定爽死你了吧？"

　　唐凌没有回答，实际上他额头汗湿的头发已经说明了一切。

　　"幸运的是你没被撑死，不幸的是大部分力量怕是被你浪费了。"苏耀随意地下了结论，但却是铁一般的事实。

　　"是……浪费了很多。"唐凌也无须掩饰，"但一定有什么办法不浪费吧？"唐凌看向苏耀，继续说出了下一句话。他的神情透着一点依赖，求助。就像一个真正的少年，面对自己的亲人长辈。

　　这种神情倒是让苏耀微微愣了一下，这小狼犊子一般的家伙，根本不好走近，即便是虚弱不堪的时候，也是全身带刺。如若不是……往事有些纷纷扰扰，苏耀眼中戏谑的目光淡去，脸上如刀刻一般的线条也莫名变得柔软了几分……

　　这刹那的变化，苏耀无意让唐凌发觉，但却也不再嘲讽唐凌，反倒是直接答道："当然是有办法，等你进入第一预备营，你就明白力量在身体内须有精准的运行轨迹，才能得到完全的吸收和运用。"

运行轨迹？唐凌想要询问，但觉得这非常愚蠢，如果真的能够进入第一预备营，一切不就揭开了吗？

可苏耀下一秒却进入了暴怒模式，他站了起来，长腿跨了两步便到了唐凌跟前，他一把抓起唐凌，低沉地说道："记得那锅肉汤吗？你能够顺利地吸收，是因为有特殊的配方，即便用的是最低级的处理方式，浪费了许多，但至少不会搞出人命。我费力地救回你，难道是为了看你愚蠢地死在我面前吗？"

唐凌被苏耀这般粗暴地对待，心里却没有分毫的怒意，反倒有了非常微小的温暖感。事实上，苏耀的模样让人畏惧，泛着青光、只留着极短发楂的脑袋，配合着泛青的下巴与两腮，全都透着凶悍。加上粗线条的五官，棱角分明的脸粗犷中带着威严。而他的眼角有一道深深的伤疤，一直延伸到了嘴角，不论是他笑，还是怒，都充斥着一种可怕又危险的感觉。但唐凌因为这莫名生出的温暖，反倒对苏耀有了点儿亲切感。所以他很直接，也很真诚："我错了，下次不会。"

这又让苏耀吃了一惊，但又如想起了什么，快速地放下唐凌，似乎为了掩饰尴尬和一些莫名的情绪，转身咳嗽了一声才刻意"凶狠"地说道："看在你认错的份儿上，我就不揍你了！不过小子，我提醒你，配方需要的东西不是那么好搞，我如今身上也没有了，何况这还是三级凶兽肉，需要的配方又不同。在进入训练营之前，不要再动这块三级凶兽肉了。在这个时代浪费就是死罪。我不会杀了你，但不介意把你全身的骨头拆了。"说完，苏耀再次转身，龇牙咧嘴，挥舞着拳头威胁了一番唐凌。

"好。"唐凌答得直接。

苏耀第三次愣住，妈的，这小子从狼犊子变成了西伯利亚犬吗？

唐凌却没有注意到苏耀这些情绪，他只是望着苏耀，用依然求知的神情："梦，是怎么回事？苏，苏耀……叔，请你告诉我，好吗？"

这声苏耀叔喊得有些别扭，但对唐凌来说，这是理所当然的。当伤痛暂时被压制，当情绪开始慢慢恢复，苏耀所做一切的恩情，他如何不知？

"咳咳咳……"苏耀被烟雾呛到，几乎咳出了眼泪，仰头，望着天花板沉默了很久。

难道苏耀不知道？唐凌疑惑。神秘商铺的一切给了他极大的震撼，不用思考也知道是他今后变强的重要之路。但梦境是生死一线的存在，自己能了解的越多越好。昆，定然是不会多说的。唐凌以为苏耀是知情的，否则不会在自己入梦以前就提醒自己，更不会对于一块三级凶兽肉的来源无动于衷，他似乎还知道梦境之后是有奖励的。

终究，苏耀似乎平息了咳嗽，扔掉烟头，开口了："抱歉，对于这诡异的梦境，我知道的实在不多。只知道在这世上能入梦的人只有极少数。也就是说，即便是紫月战士，大部分也是没有入梦资格的。我，也没有资格。所以，关于那种梦境，我不能给你提供帮助。唯一能从，嗯，能从一些我听闻过的告诉你。每一次梦境都需全力以对，我是指你能用上的所有资源，所有帮助，尽量保持巅峰状态。一切都只为了求生存。"

说到这里，苏耀怕唐凌不能理解，补充了一句，"现实是影响梦境的，你经历过一次，应该明白。也就是说，你如若现实里，握着一把刀，梦境里你也是握着一把刀的。"

听到这一句，唐凌微微有些激动。苏耀所说的确不多，但重要性对生死一线的梦境不言而喻。至少，自己在之后入梦，知道要利用什么了。但苏耀并没有提起梦币，反而只是提起了生存问题。这梦境的难度，唐凌似乎又认识到了一些。他想起了昆，看来那个神秘男人给出的诱惑根本不是轻易能拿到手中的。

第38章　墙

苏耀看着唐凌思考，也不打断他，而是拍了拍他的肩膀，信步走到了窗前，又点上了一根卷烟："我其实吃惊，你会那么快入梦，甚至还顺利地经历了一次梦境，受伤看起来也并不严重。我很……"

苏耀的语气柔和了起来，听起来似乎带着一丝后怕，又有一丝欣慰。但他背对着唐凌，唐凌也看不清他的表情，只是心底难免浮现出一丝奇怪，向来说话刚硬的苏耀叔为何会如此说话？就像对自己有着一份和婆婆类似的情感，是错觉吗？

但苏耀似乎不想继续再说下去，而是一个转身，望着唐凌的神色变得严肃起来："总之，小子你记住。梦境虽然危险，但在这个时代的男人，如若退缩，便只能苟活。你会甘心苟活吗？"

"不，那绝不可能。"唐凌的神色也变得严肃起来。

"那么，即便人梦是会死去，也请你绝不退缩。"说话间，苏耀又咧开嘴，露出了他的招牌笑容。

会死？唐凌虽有猜测，但从苏耀口中得到了肯定的答案后，还是心跳快了两分。果然如此啊，不仅仅是受伤，在梦中死亡一样会映照到现实。

"怕了吗？"苏耀用嘲弄的语气问了唐凌一句。

"不，我只是告诉自己不能死，无论如何也不能死。"唐凌的语气很平淡，但话语中的坚定却不容撼动。

"好，很好。在这个时代，不管是为什么，能有勇气活下去，就是最大的勇敢。"苏耀鼻腔里冒出两条浓浓的烟雾，说话间，他站了起来，用一个手势示意唐凌等着，便径直走出了房间。

不到三分钟，苏耀便再次回到了屋中，这一次他手上拿着一个背包："小子，不要说我吝啬，这些就是你以后三年的衣服了。我想一个男孩子不用那么讲究。换上，跟我出去。"苏耀的语气不容置疑。

唐凌接过背包，心理感受复杂，从有记忆开始，衣物这种事情一向都是婆婆为他操劳。

打开背包，里面有大概三套衣服，还有几件贴身衣物，从薄到厚，不多，但对唐凌来说绝对够用。

拿起衣服穿戴，布料贴着皮肤柔软的质感，是唐凌有生以来第一次感受。这是奢侈的。而这些奢侈也贴心的东西，竟然是苏耀这个五大三粗的男人为他想到的——在安全区，穿着聚居地的草茎衣物，毕竟很是显眼。唐凌不擅表达，只是无意间又将苏耀在心中的地位提升了一些。

17号安全区此时已经入夜。但与聚居地不同的是，因为高墙挡住了肆虐的寒风，夜晚的冰冷也就不再那么难以接受。所以也并不能限制人们的活动。

星星点点黄色的灯光亮起，同天上的紫月一同为安全区带来了光明。人们三三两两走在略有些凹凸不平的街道上，似乎很是快乐。他们有不少的去处，或是饭馆，或是酒肆，甚至还有一些苏耀不愿意告诉唐凌是干什么的地方……

总之，这样的夜晚带给唐凌的感觉是震撼——原来，在安全区内的夜晚不仅是安全，还有更多别的新鲜东西，入夜后才是愉悦的开始。

"事实上，这只是个烂地方。"苏耀颇为不屑，吐了一口唾沫，斜眼看了一眼在旁边羡慕地盯着他嘴边卷烟的男人。那男人咽了一口唾沫，灰溜溜地跑了。毕竟苏耀霸道的肌肉，巨无霸般的体型可不是他能挑衅的。

唐凌莫名地觉得这一切很生动，至少安全区内资源也是如此的不平等。

苏耀当然不知唐凌的想法，而是拉过唐凌的肩膀，一把把他扯入了一条相对干净又安静的街道。这街道是如此的与众不同，道路的两旁再无那黑色岩石砌成的或高或矮的建筑。没有拥挤的人群，只有穿着蓝色制服安静站在两旁的战士和修剪整齐的树木。这里非常明亮，因为每隔十米就安着路灯，以至于唐凌一踏入这条街就远远地看到了又一堵高大的墙。它没有17号安全区的城墙那么厚重，高大。但整堵墙泛着奇异的金属光泽，给人一种坚不可破的感觉，透过这堵墙，唐凌看见了熟悉的通天塔塔尖，还有一些高大建筑的轮廓。和在小丘坡看见的并没有什么不同，只是距离近了许多。

这一切显然让唐凌疑惑，墙中墙，代表的是什么？苏耀显然没有解释的兴趣，只是带着唐凌大跨步地前行，两旁的士兵却丝毫没有上前询问的意思。

"拿好它，这玩意儿费了老子不少信用点。你以后得还我。"苏耀不知从何处拿出了一个椭圆形的徽章，递给了唐凌。

唐凌接过，这徽章是灰白色的，看起来并不通透，还有杂质的样子，但在徽章的正中心则刻着一个字母——I。

在神秘商铺恢复了少许记忆的唐凌对这个字母并不陌生，从发音到它蕴含的意思。甚至联想到了一种语言中的一个单词——inner，内部的？那又代表了什么？

思索间，苏耀已经拉着唐凌来到了那堵金属质感的高墙前，在这里同样有一扇巨大的金属门，比整个城墙的光泽更甚。唐凌的精准本能下意识地就开始运算，却得不出任何答案，需要多少力量才能打破它。毕竟，精准本能对于陌生的元素也有着极大的局限。

"身份证明。"一个漠然的声音打断了唐凌的思绪。抬头，紫色盔甲，制式战刀，让唐凌的心猛地收紧，然后泛起一阵带着冰凉的怒意——是紫月战士。如今的他们早已不是唐凌的偶像，而是冰冷的刽子手。可这也并不意味着唐凌会流露出任何的情绪，在聚居地不会克制的家伙，早就死在了野兽的腹中。

"我需要吗？"苏耀眯起了眼睛，那自然流露的气势让那紫月战士也情不自禁退了一步。但苏耀似乎并不想为难那个紫月战士，对唐凌抬了一下下巴："你的，给他。"

唐凌没有说话，而是顺从地交上了那块椭圆形的徽章。

苏耀咧嘴一笑，似乎在赞赏唐凌的机灵，而那紫月战士接过徽章，走到大门的一侧，在一台闪烁着红光的机器上划拉了一下。那扇金属大门之上，就自动洞开了一扇可容一个成年人通过的入口。拿回唐凌的徽章，苏耀拉着唐凌径直走入了门内。

在唐凌看到门后呆滞的瞬间，苏耀吐了一口烟，徐徐地说道："这个时代很奇怪，它有时让我感觉接近了宇宙，有时却又像回归了野蛮。"

第39章　内城

苏耀的话回响在唐凌的耳边，却变成了无意义的嗡嗡声。因为唐凌太过震撼的大脑已经无法接收苏耀话里的意义。门后，那耀眼的灯光如同最晴朗的夜里闪烁的群星，挟裹着一股嘈杂热闹又充满着另类生机的气息，包裹了唐凌。

身后的小门无声地关闭。苏耀带着似笑非笑的神情，又点上了一支香烟，斜倚在门旁，静静地看着震撼的唐凌。眯起的双眼也像想起了什么遥远的往事，他开口："曾经，我和……"刚说了短短的四个字他便闭口不说，只是任由烟雾模糊了他的脸。

这种细节，唐凌已经注意不到。整整十几秒过去，唐凌还是难以相信眼前的"真实"。

曾经在婆婆拾荒而来的图片之中看过的，所谓前文明的高大精美建筑，竟然真的存在，在17号安全区的这堵墙内得到了最好的保留。除此以外，还有一些从未见过的奇异建筑夹杂其中。夜，似乎给了这些建筑最好的"狂欢"理由，所以它们被万千的闪烁灯光装饰，人群也变得密集。

如果说在墙外的17号安全区的人们，衣衫还有些沉闷，黑灰蓝三种重复的色调就几乎代表了所有。在这里，却让唐凌第一次意识到，衣衫这种东西还有装点的作用，让走在这墙内的神色悠闲的人们，显得是那样的骄傲又高贵。还有各种无法形容的奇妙声音，混杂在一起，有的吵闹，有的优美，汇聚成了一首动人的夜之歌。

"第一次看见这样的地方，没人能够平静。"苏耀叼着烟，有些慈和地摸了摸唐凌的头。

唐凌这才回过神来，想对苏耀说一些什么，所有话语却都堵在喉头。只有精准本能告知了唐凌最精确的距离，从聚居地最接近安全区城墙的地方走到17号安全区的最中心，如果是直线的话，不过五千一百二十七米。却由两堵墙，形成了三个截然不同的偌大生活圈。圈外无法想象圈内的生活，圈内却能踩踏着圈外的一切。直线距离不能说明什么，他只是第一次明白了，冰冷的数字背后也有数不清的嘲讽。

"走吧。"苏耀扔了卷烟，拍了拍唐凌的背。唐凌无言地点头。

十几分钟以后，苏耀带着唐凌来到了一栋奇异的建筑前。这栋建筑不大，却有上百米高，只由几条白色的弯曲柱子就构成了其呈菱形的主体，通体反光却不透明的材料覆盖了它的外墙，颇具神秘的感觉。

"Training Base（训练基地）。"唐凌念出了建筑物大门前的字，也就明白了这栋建筑是做什么的。

"进去吧。"苏耀对于唐凌莫名会一种前文明的文字，丝毫没有表露惊奇，只是平静地说了一句，便拉着唐凌走入了建筑。

而唐凌却注意到那直入云霄的通天塔就矗立在这训练基地的左前方，相距不过二十多米。第一次如此靠近它，唐凌内心感觉到了一股奇异的震动，震颤着全身的每一丝血液，加快了它们的流动。

"过来。"苏耀沉声唤了一声还在发愣的唐凌。

回过神的唐凌则终于看清了这建筑的内部。柔和的白光照亮了每一个角落，却找不到光源所在。他和苏耀所站的位置，是一个六边形的空旷大厅，厅内除了一个由不知名金属柜子组成的圆形吧台，便空无一物。而大厅的六面，由走廊相连在一起，走廊之后，是一道道六边形的门。中间的门数量最多，最低处和最高处的门巨大，却只有寥寥几道。看起来有点儿类似蜂巢。

"我要一间基础训练室。"苏耀此时就站在吧台前，对站在柜台后的美貌女子随意说了一句。

女子带着没有任何笑意的笑容，冷漠地说了一句："五百信用点。"

这个数字让唐凌震惊不已，他活到现在，也没有赚到过如此多的信用点。信用点是17号安全区的通用货币，样式是一种小小的金属圆片，不能仿造。一个圆片一个信用点。一般聚居地的信用点，都是17号安全区统一放出的。看苏耀只是裹着一件黑色的毛皮大氅，敞着胸膛，他能把五百个圆片放在哪里？

苏耀似乎看穿了唐凌的心思，颇有些可恶地勾起一丝得意的笑容，然后拿出了一个水晶徽章，和入内墙之前给唐凌的那个差不多，只是通透许多。

女子接过了苏耀的徽章，在金属柜台的某一处贴了一下，一声清脆的"滴"声过后，女子已经把徽章连同一张金属卡片递给了苏耀。"6F-019室。"女子这样说了一句。

苏耀接过东西，带着唐凌转身就走，尽管按捺了无数次，唐凌还是忍不住问了一声苏耀："苏耀叔，你是给她钱了吗？"

"哈哈哈。"苏耀爆发出一阵得意的大笑，然后使劲地揉了两把唐凌的脑袋，"怎么说呢？你觉得我应该背一个大包，装着零零碎碎的金属片吗？在安全区内，信用点都储存在身份徽章内。就是我给你的那个。我在里面给你存入了一千信用点。总之，关于身份徽章的事情，你以后就会明白。"苏耀一向不会过多地解释，说话间，他已经带着唐凌进入了一道巨大的六边形门内。门内依旧充盈着柔和的白光，却空无一物，空间也只容得下三五个人而已。

而唐凌不在意这些，他连呼吸都变得急促起来——一千信用点？！这个数字就像滚烫的火焰，烫得他连任何细节都懒得注意了，只是紧紧地握住了裤兜内的身份徽章。他不会和苏耀客气，对待恩情，唐凌有唐凌的方式。

一阵轻微的震动，才进入的那道巨大六边形大门竟然再次打开了。再出来，他们已经身处标志为6F的走廊处了。

第40章　激动

对于这一切，唐凌已经懒得感觉好奇了。在他心中似乎有个坚定的念头，总有一天，他会熟悉这个世界的一切，尽管这些并不是他内心所渴望和追求的。

019室基础训练室，唐凌和苏耀站在房内。空旷的房间足足有几十平方米，可在目力所及的范围内却没有任何的事物。

这是要怎么训练？唐凌颇有些好奇，却也没有询问，只是静静地等待。他明白，从进入这堵墙以后，很多东西已经超出了他的理解范围。

"事实上，以你现在的实力，根本用不上这里的训练设备。我只是想探究一下你的底子。"苏耀不疾不徐地开口了。

说话间，他走到了房间的左边角落，用手上的金属卡片在墙面上一刷，墙上就洞开了一个小口，内里有人头颅大小的空间，摆放着十几个红色的，胶囊装的药丸一般的东西。

"或许是要吃药？"唐凌不明就里，但他见识过这种叫作药丸的东西，在聚居地是珍贵的资源，据说是前文明的遗留。

苏耀挑挑拣拣，拿出了其中一个红色胶囊，随意地说道："这个就够了。你要明白，你如今的实力，在这世界上存在着都是浪费资源。你吃了一丝三级凶兽肉，我必须看看你的成长性。这个非常重要。"说完这句话，苏耀转身看着唐凌，神色异常严肃，没有半分开玩笑的意思。

接着，苏耀捏着红色胶囊的手指略微用力，那胶囊竟化为了无数紫红色的晶体状微小颗粒，兀自悬浮在半空并急剧膨胀。它们就如有意识一般，开始快速地按照某种规律排列组合，片刻之后，一台通体紫晶色的精致机器便出现在房间里，流畅的线条如同一件艺术品，有一种超文明的不真实感。

尽管已经有了十足的心理准备。唐凌还是再一次震惊了！他第一个念头便联想起了神秘商铺，莫非这些东西是神秘商铺之中流传出来的？17号安全区内，还有别的梦种？

可苏耀一句不屑的话打消了他的念头："华而不实的东西，不值得你如此震惊。你以为这里就不是垃圾一样的地方？"

又是垃圾一样的地方？之前在这墙外，苏耀叔就说过这样一句话，唐凌自以为他指的是墙内和墙外的区别。但没想到，这墙内依旧是垃圾一般的地方。那不垃圾的地方是什么样子？唐凌心中开始蔓延起对这个世界的极度好奇。

可苏耀明显不是来这里讲故事的。面对着这台紫晶色的仪器，他直接说道："你之前的力量，我大概估算在200公斤之间内。训练营的最低标准是200公斤。当然我指的是最差的第五训练营。这是量子测力器，它能承受10吨的打击力度，会得出相对精确的结果。现在，用尽全力朝着靶心猛击一拳。"

　　凭借自己曾经在外出生入死锻炼出来的能力，竟然只能进入最差的第五训练营？唐凌失落之余，又有些吃惊。既然如此，苏耀叔为什么要让自己参加第一预备营的考核？凭借的是什么？如果没有记错，训练营的复试还有两天时间就会开始。自己又要如何提升？

　　"快点儿，用尽全力的一拳。结果会显示在屏幕上。"唐凌迟迟未动，苏耀已有些略显不耐烦，不由得催促了一句。

　　唐凌深吸了一口气，站到了仪器之前，微低着头："200公斤？我之前就有211公斤，在吸收了小块三级凶兽肉后，应该会达到……"自语间，已经摆好了姿势。

　　"等等，你之前测量过？"苏耀神色微变，但很快就掩饰过去。他忽然想起了一个熟悉的老友，想起了某一种可能，心跳开始加快，一丝伤感也压抑不住地从心中升腾。

　　"没有。"唐凌回答得非常直接。下一刻，他低头思考了一秒，才略微有些犹豫地开口，"我，我只是从小就对力量、速度、时间，甚至环境的一些细微变化等特别敏感，我能察觉到这些变化，甚至可以在脑中得到精准的数字。"

　　唐凌对苏耀没有任何隐瞒，虽然这几乎是他最大的秘密。他只是想尽量精确地对苏耀描述他的能力，所以才思考了一秒，但感觉也描述得不尽然。"然而，最近……"唐凌想说的是，最近他发现自己的这个能力似乎得到了更进一步的提升，具体的他也说不太清楚，但他觉得有必要告诉苏耀，也许苏耀对这种能力有了解也不一定。可话说到一半，唐凌却愣住了。因为此时的苏耀竟然有些失神，听着他的诉说没有任何反应，而是从裤兜里摸出了一个小小的铁皮壶，拧开盖子后，狠狠地喝了一大口。那一瞬，唐凌感觉到苏耀有些伤感，可下一刻苏耀却夸张地喊了一句："好酒。"这让唐凌有些不肯定，自己刚才是不是看错了。

　　"那现在你力量是多少？"苏耀语速罕见地加快了一些。

　　"280公斤，这是粗略的，我可以精确到小数点后三位，但需要先出拳。"不知不觉间，唐凌对苏耀已经有了些微的亲切，极大的信任，这一点连唐凌自己都未察觉。

　　"试试，待会儿别看显示屏，告诉我答案。"似乎要留给唐凌足够的空间，苏耀再次后退一步。

　　唐凌点头，深吸一口气，跨腿、扭腰、轻声低喝，一记后手直拳精确击打在仪器的靶心。

"多少？"苏耀的眼睛眯了起来，盯着显示屏。

"280.374公斤。"唐凌笃定地说，他没有回头看答案，却疑惑地看着苏耀。这能力从小就伴随着他，虽然特殊，但对自己帮助似乎没那么明显，不知道为何苏耀却那么想要证明它？

而在这时，苏耀也已经站到了仪器之前，屏幕上赫然显示着最精确的数字——280.37435公斤！

第41章　前文明

这个数字让唐凌略微有一些遗憾。原来在强大的仪器面前，自己的精准本能到底差了一些。可是苏耀却神情怪异，他带着又是激动又是沉重又是缅怀的复杂神色，粗糙的大手如同抚过最珍贵的宝物一般，抚过那个显示着数字的屏幕。唐凌分明看见，苏耀的手指略微有些颤抖。

"再来一次。"苏耀的声音明显有些变调。

唐凌没有磨蹭，直接地重复了一次。而结果依旧没有变化，他能精确地估算出自己的力量，当然还是比不过眼前的仪器。

"再……来……"犹豫了一秒，苏耀又提出了重复的要求，只是声音已经完全不受他控制，像是在喉间被挤出来一般。

唐凌当然照做。

再一次得出相同的结果后，苏耀彻底愣住了。他眯起的双眼有些微红，嘴角颤动，时而会微微上扬，显得兴奋开心，时而又会抿紧，像是有些悲伤。

唐凌无比诧异，只得小心地询问了一句："苏耀叔，还，还需要再试一次吗？"

苏耀猛地回神，却没有回答唐凌的任何问题，而是大踏步地走到唐凌跟前，一把把唐凌紧紧地搂住。苏耀的力气极大，激动之下，更是如此。唐凌被苏耀搂住，感觉胸腔的空气都快被挤出，忍不住连声咳嗽。面对这种如同凶兽一般的男人，他深刻地感觉到，自己没有一丝反抗的余地。

或许是唐凌的咳嗽声提醒了苏耀自己的失态。他终于放开了唐凌，但还是忍不住使劲拍了两下唐凌的肩膀，差点把唐凌拍入地里。"很好，这能力很好。"他如是说道。

但怪异的感觉还是在唐凌心中挥之不去，这在自己眼中算不得太过神奇的能力，至于让苏耀叔那么激动？他想问，但苏耀已经深呼吸了两次，平静了情绪。

"你的成长性马马虎虎，但也不必懊恼，会变强的。"

自己的成长性只是马马虎虎？这让唐凌很是在意，已经忘记了刚才的怪异感。事实上，唐凌并不知道成长性究竟是什么。但苏耀如此在意，还特意带他来这里测试，一定是比基础数值，即现在的力量速度等更加重要的东西。自己并不强？

"不要失去信心，我说了，你会变强。只要能够安全地成长，你会——很强。"可相比于唐凌，苏耀却没有半点儿失望，反倒是那信心十足的样子，让他显得异常飞扬。

"可……"唐凌的内心憋得快要爆炸，一个又一个莫名其妙，却没有答案的谜题在他的生活之中展开，难道要一直如此下去吗？

"没有可是！"苏耀的神色忽然变得异常郑重，他只是开口对唐凌说了一句话，"保密！我是说关于你的能力！"

唐凌沉默了。看来这种笼罩在迷雾之中的生活，还是要这样过下去了。

经过了连绵几日的大雨，17号安全区在三天前的下午放晴以后，阳光就如同报复一般，肆意洒落得分外强烈。而夏季本就该如此炎热。

所以，这套属于预备营战士的制服，只是穿上，就让唐凌有一种难以喘息的感觉。虽然，这还是清晨，连天光都未彻底亮起。

"就这样去考试吗？"唐凌最后整理了一遍行李，背上了背包。他并没有什么多余的东西，除了婆婆和妹妹的遗物，苏耀送给他的衣衫，就只剩下曾经在聚居地穿过的衣服。他没有舍得丢弃，那也是回忆。而之所以这样整理，是因为唐凌并不安心，他想要等着苏耀，看他最后会不会出现。

事实是令人失望的。门外并没有响起脚步声，门也并没有被打开，苏耀没有出现。

他失踪了。确切地说，他从带唐凌去那个所谓的训练基地之后，就再也不见踪影。之后的一切，都是这个小小旅馆的厨娘负责帮唐凌打理。除了唐凌的一日三餐，厨娘告诉他有关17号安全区的一些基础介绍，和今日考试的具体地点和时间。

最重要的是，这个厨娘交给了唐凌一张权限极高的图书卡，有了它，唐凌就可以进入那墙后的内城图书馆，没有时间和数量限制地尽情阅读。当然，是在图书卡权限内可以借阅的书籍。

就算是这样，唐凌仍然有一种时间太匆忙的感觉。三天时间，除了吃饭和昨夜不到六个小时的睡眠，他都泡在图书馆内。浩瀚如海的书籍是如此有趣，他那有着精准本能的强悍大脑，哪怕用最快的速度阅读，也只是堪堪阅读了图书馆内一小部分图书。

虽然只是如此，可唐凌第一次感觉自己对这个世界多了一分接近。

首先他知道了真正的前文明。原来它不仅存在，而且文明已经发展到了极高的程度。他们探索太空，甚至登上了"紫月"。他们有各类功能不同的建筑，水平极高，发展了建筑学。他们有着神奇的交通工具，叫作——汽车、飞机、轮船……他们还有丰富的精神世界——电影、阅读、电视……

还有就是——武器！让人眼热的存在啊！难以想象的威力啊！如果有了这些武器，在这个时代的生存还会有问题吗？

唐凌思考着，同时也想起了夸克的炸药和沙漠之鹰，现在他已经了解这两样东西是什么了。原来在前文明，这两样东西不算什么。

可唐凌的思考没有头绪，答案也是让人迷茫的。只因在前文明，人类是征服者，任何的动物，只要人类愿意，都可以轻易地灭绝它们。虽然两相对比，前文明即使最凶猛的野兽，在如今的时代也像个笑话。

但这能成为前文明灭绝的理由吗？唐凌并不认为那可怕的核武器，还有各种战斗机等，不能和动物对抗，即便是所谓的变异兽和凶兽。唐凌想起了地下通道中的那条黑角紫纹蛇。如果是这样，那前文明是如何灭绝的？唐凌百思不得其解。

更让他难以理解的是，前文明几乎是陡然覆灭的，让措手不及的人类文明断代，那如今的文明又是怎样建立起来的？

它是如此矛盾，就像苏耀叔所说的那句话——"这个时代很奇怪，它有时让我感觉接近了宇宙，有时却又像回归了野蛮。"

第42章　盛大之晨

是的，这个时代就是如此。

聚居地的人们过着最原始的生活，只是为了生存而活着。文明断代，陡然变得恶劣的自然环境下，这应该是最合理的结果。但事实上，人类的新文明发展出了安全区，在安全区内还有着超越前文明的科技！

对的，科技！前文明最大的文明成果，原本已经发展到了一个新的瓶颈，但被这废墟之上建立的现代文明给轻易突破了。甚至，有些还颠覆了前文明的科学理论。

既然如此，人类怎么还如此地可怜，龟缩在安全区，不像是在征服世界，却像是在逃避世界？

那些超科技的东西，看样子也没有大量运用。根本不像前文明，任何科技的出现，最后都会改变人们的生活，终究连普通人也能享用它。

这些疑问，让唐凌心如猫抓，却也毫无头绪。这张图书卡的权限，能阅读的书里也没有关于这些，哪怕任何一丝的描述。

"如果有办法的话……"唐凌摩挲着图书卡，他从厨娘口中得知，这是苏耀的心意，他感激之余，更多了对信息和知识的贪婪。也不可避免地想起了这个时代真正的神秘——神秘商铺，那个挥手间让他拥有了几种文字阅读能力的男人，昆！否则，就算面对宝贵的财富——书籍，他也只有擦肩而过。

"小伙子，你还在磨蹭什么呢？我已经为你叫好了去内城的铁鳞马车。光靠走路，你可是要迟到了。"就在唐凌失神思考的时候，厨娘的声音传到了唐凌的耳中。

这位叫作罗娜的厨娘，看得出来非常喜欢苏耀叔，也是个好人，就是啰唆了一些。

"嗯，我就出发。"对于照顾过自己的人，唐凌都有感恩的心。在这个时代，无所求的善意是最宝贵的东西。

"哟哟哟，小伙子真不错。这身衣衫，啧啧啧……"罗娜拉过唐凌，小心翼翼地抚过唐凌的制服，眼中流露出由衷的羡慕和喜爱。

这可是很高级的衣料。即便唐凌相对同龄人显得瘦弱，略微矮小，但清秀的脸和挺拔的姿态，配上制服也显得如此英挺，像个贵族呢。就连那纯黑色的头发和眼眸，也充满了一种异样的深沉和神秘。毕竟这代表了前文明的东升州血统，在17号安全区并不多见，听闻他们聚集在一个强大且神秘的安全地带。而唐凌的取名方式，又是东升州华夏国的典型方式，那纯粹的华夏国血统在17号安全区更是凤毛麟角。因为对苏耀的喜爱，罗娜已经爱屋及乌地喜爱上了这种血统的男人。

面对罗娜的亲密，还是少年的唐凌略微有些羞涩，他不动声色地躲开了罗娜的手，但与此同时，手中却被罗娜塞入了两个拳头大的蛋。温热，散发着香气。

"铁棘鸟蛋，路上吃。考试不能饿肚子。"罗娜这样说道。

唐凌心中流过一丝感激，知道这是罗娜的心意，苏耀叔不会那么细心。而铁棘鸟蛋并不便宜，它是补充体能的宝贝。在聚居地捕猎时，唐凌就知道一只成年的铁棘鸟可以轻易地踢烂十个成年男人的肚子，更别提它那尖锐的喙和变态的奔跑速度。况且，它产卵不多，有了卵后，性情更加暴烈。

"谢谢。"唐凌说得十分小声，说话间已经背上了他不多的行李，如果考试顺利，他会入驻第一预备营。即便不顺，他也会待在某个训练营，不会再住在这里了。

"重要的是，考出一个好成绩。"罗娜的眼中流露出一丝不舍，这个沉默寡言，仿佛有着无数悲伤的少年，其实让人别样地心疼。重要的是，他走了，苏耀还会出现在这里吗？

罗娜不舍中又有忐忑与不安，唐凌却停下了脚步，第一次对罗娜羞涩微笑："罗娜婶婶，我，以后会来看你的。"

此时，清晨的阳光终于出现，彻底照亮了这间小屋。

铁鳞马车有些摇摇晃晃，因为负责拉车的车夫需要不时地鞭笞它们，提醒它们收起偶尔冒出的爆烈脾气。

唐凌全不在意，低头大口地吃着铁棘鸟蛋，喝着清水，为即将到来的考试做着最后的体力补充。

唐凌并不知道考试会具体考一些什么，但总归不是太容易的事情，而曾经花两个信用点从夸克那里买来的消息，他并未遗忘——成为紫月战士的关键，要经过一项神秘的测试。既然第一预备营出来的预备营战士，有着极高的概率成为紫月战士，那么这考试包含着那神秘的测试吗？

想这种东西是没有结果的，何况这拥堵的道路，也让唐凌有些烦乱。人们太兴奋了。就因为今天是复试的日子，会选拔出第一预备营的精英，没有一个人愿意错过这样的盛大场面。毕竟，17号安全区的生活也是压抑的啊。

唐凌喝了一口清水，已经了解了许多的他当然知道，为了留住居住在安全区的资格，这里的人们同样无时无刻不在付出各种劳动。相比聚居地，他们的自由更少，因为17号安全区那扇巨大的城门，挡住了外来的人，同样也锁住了城内的他们。普通人没有资格，更没有资本出城。在这样的生活中，每一次紫月战士的诞生就是最盛大的节日，而每一次第一预备营被灌入"新血"，就是第二盛大的节日。每诞生一个强者，不就多了一分所谓的安全感吗？

尽管不想带着恶意，唐凌的眼中还是不可避免地出现了一丝嘲讽，那一夜的刀光，屠戮无辜弱者的冷漠，希望不会发生在安全区的人们身上。而那一夜瞬间冒出的模糊想法，也难以避免地出现——这是一个什么样的时代？好想……如果可以……好想生生地打碎它……

"尊敬的少爷，已经到了。"车夫的声音传来，打断了唐凌冒起的一丝疯狂。

原来，已经到了苏耀叔曾带他来过的那条街，如无许可，外城的人连踏足这条街的资格也没有。但在今晨，这条街却显得有了一些人气，只因为来参加复试的预备营战士很多已经在街上等待，连同他们的亲人也被允许踏上这条街，甚至进入内城，亲眼观看这重要又盛大的考试。

第43章　粉墨登场（上）

无疑，这些亲人是骄傲的——不管是能够进入内城的荣耀，还是孩子得到复试的资格，都是他们一生中的高光时刻。

这样生动的热切眼神，让唐凌微微有些伤感。如果今天，婆婆和姗姗也在，她们又会是怎么样的神情？

此时，欢呼声响起，原来巨大的屏幕已经在内城城墙上缓缓升起，通过这块巨大的屏幕，加上外城其他七处观影点，几乎所有17号安全区的人都可以实时见证这场重要的考核。

实况转播？前文明的影子还是无处不在，并未消失。这给唐凌带来了一丝莫名的安全感，尽管他也解释不出原因。

不过，对还未诞生的"准强者"就抱有这样的热切和尊重，足可见时代的飘摇。人们的欢呼声还在持续，真是一场盛大的欢愉，可惜唐凌无法融入，他沉默地朝着内城走去，背影有些孤单。

夏日的狂风说来就来。卷起一阵阵混杂着泥土树叶气息的气流，狂放地拂过每一个人的衣衫。

"又会下雨吗？"唐凌略微有些失神，看着有些暗沉的晨空，却没有看见乌云累积。经历了那一夜，他畏惧雨的声音，却又从风中闻到了属于聚居地那片土地的味道。

"作为一位教官，我讨厌所有心不在焉的人。"缓慢的踱步声在唐凌耳边响起，接着一片阴影覆盖了唐凌。

唐凌回神，抬眼。看见的是一个穿着蓝色制服的高大男人，尽管远远比不上苏耀那压迫性的身躯，但相比瘦弱的唐凌，他已算庞大。

嘴角勾起一丝带着残忍的微笑，这个高大男人俯身，贴近了唐凌的耳边，小声说道："我是指任何时候。"话音刚落，唐凌的腹部便感觉到一阵剧烈的疼痛，如同被大锤锤过，不由自主地弯下了腰。晨间，罗娜给的铁棘鸟蛋开始在胃间翻涌，伴随着一股带着酸味的甜腥，就要涌出唐凌的喉头。

周围，响起了一阵议论的声音。尽管，复试的地点——内城荣耀广场被围得水泄不通，但依旧没阻碍所有人看到这一幕。因为，17号安全区最大的转播屏幕就在荣耀广场中的荣耀大殿前。

"安静。"一个冷酷的声音响起，分明没有呐喊，却响彻了整个荣耀广场。人们不敢再议论，因为开口的是他——拉尔夫，紫月战队第一分队的队长。今日，负责维护秩序的便是他们。

瞥了一眼那个披着猩红色斗篷喊话的男人，唐凌用尽了全身的力气，沉默地咽下了喉中翻滚的物体。在这个时代，浪费是可耻的——这是苏耀告诉唐凌的道理。所以，吃下去的食物不能再吐出来，何况这还是罗娜的心意呢。至于那个披着猩红色斗篷的男人，不是那一夜指挥的那个紫月战士。不过，从人们的议论声中，唐凌已经清楚，能披上这种斗篷的，都是紫月战士的队长。

费力地，唐凌重新站直了身体，轻轻擦拭了嘴角流出的一丝淡淡鲜血，仿佛没有发生过刚才的事情。

似乎很满意唐凌的表现，自称为教官的男人甩了甩刚才揍过唐凌的拳头，阴沉地笑了一声，便转身离去。

整个荣耀广场恢复了安静。只要等到九点，复试便正式开始。而参加复试的有四十五位预备营战士，如今只到了四十三位。

是谁那么嚣张，快要到考试时间了，人却还不到呢？很多站得笔直的学员多少有些疑问。

却在这时，广场上响起了一阵闷雷般的脚步声，震动得整个广场都微微有些颤抖。人群无声，只是畏惧地自动让开了一条道路。

接着，在道路的尽头，出现了一头庞大巨兽的身影。沧纹巨犀！此起彼伏的深呼吸声顿时回响在预备营战士的队伍中，几乎是下意识地，唐凌就绷紧了身体。

在去图书馆之前，唐凌就听过沧纹巨犀的赫赫声名。曾经，17号安全区爆发过一次小型的兽潮，虽被紫月战士成功地阻挡在安全带以外。但其中最厉害的沧纹巨犀还是带走了上百名聚居地人的性命。它是王野兽，唐凌唯一亲眼见过的王野兽。

相对于这些稚嫩的预备营战士，紫月战士显然淡定得多，看见沧纹巨犀出现在荣耀广场，脸上的表情也没有半点儿波动。

随着沧纹巨犀一步步地接近荣耀广场的中心，唐凌似乎都能感受到其压迫性的气场。

"从脚步声判断，这头沧纹巨犀如果冲撞起来，大概会产生5500公斤的冲击力。"下意识地，精准本能就开始计算这头巨兽的战斗力，而结果让唐凌心惊。

"到晚了，但我想应该没有人会责备我吧？"就在唐凌暗自心惊的时候，一个随意的、粗犷的声音居高临下地传入了众人耳中。

循声望去，原来那头沧纹巨犀上还坐着一个少年，此时发声的就是他。

尽管已经尽力忍耐，预备营学员中还是有人发出了惊叹的声音，是什么人可以骑着一头王野兽来参加考试？

而面对这些细碎的声音，那揍了唐凌的教官却视而不见，只是神色阴鸷地站在队伍的前方。

"刚才那一拳，可对你接下来的考核不利啊。"趁着队伍嘈杂，站在唐凌身边的一个小个子，忽然对唐凌说了一句。

唐凌友好地冲他点点头，便恢复了平静。他不知道复试会考核什么，但这并不意味着别人不知道。可即便如此，事情已经发生，他不想过多地猜测抱怨，就比如说——被针对了。有什么道理会被针对呢？

此时，一阵轻风拂过，那坐在沧纹巨犀上的少年已经跳了下来。不同于他人整齐地穿着黑色制服，这个少年的制服只是随意地扣了三颗扣子，露出了整个结实的胸膛。在他的胸膛上，文着一轮黑色的太阳，显得无比的肆意张扬，就如同他整个人的气质一般。他有些吊儿郎当地走入了队伍，一把就推开了站在队伍排头的人，然后自己站了进去。在一群准备考试的少年中，他的个子显得无比高大，一站进队伍，就如鹤立鸡群。

"我在排头，有人不服吗？"他转身挑衅地望向了所有人，掏出了一个红彤彤的苹果，"咔嚓"一声，咬下了一大块。

第44章　粉墨登场（下）

夸张的咀嚼声，在队伍中响起。唐凌身边的小个子不由得咽了一口唾沫。是苹果！就算贵族也不是那么容易吃到的东西。不知道要花费多少心力，才能种出一株和前文明相差不多的苹果树。

唐凌对此没有任何感觉，只是看了一眼那站在排头，金发直立着，五官立体却莫名带着一丝邪气的少年。精准本能无法感知他的战斗力，这才是让唐凌在意的地方。

"奥斯顿，排头的位置。"就在这骑着沧纹巨犀的少年以为震慑住了所有人，正得意时，一个异常冷淡平静的声音突兀地出现了。这个声音的主人说话似乎十分费力，简短的几个字几乎是从唇齿间一个一个蹦出来的。

　　没有人发现说话的人在哪里。直到人群微动，一个略显矮小瘦弱的身影从人群中走出，大家才恍然大悟，这恐怕就是说话的那个人，也就是今天参加复试的最后一位预备营战士。

　　不同于巨犀少年的张扬，这人给人的感觉很淡，淡到就如同不存在，像一道阳光下的阴影。可没有人敢忽视他，因为他身上散发着阵阵浓重的血腥味，黑色的预备营战士制服也早已破烂不堪。淡棕色的长发，发尾有干涸的血迹，黑色的皮靴上除了泥土，还沾着一片不知道是什么生物的碎肉。

　　"排头的位置，不是……你的。"走到了队伍前，这阴影少年低着头，再次开口了。

　　说话间，他单手放下了背上一直挂着的背包。

　　背包的拉链半开，隐隐可以看见一对巨大无比的兽爪，血迹斑斑。

　　唐凌不知道那是什么生物的爪子，这个少年却陡然抬头，如尖刀一般锐利，眼角略微上扬的双眼发出一道淡漠凶狠的光芒。如狼！

　　"奥斯顿，让开。"他如是说道。

　　此时，站在排头叫作奥斯顿的少年也认真了，他的五指收紧，"啪"的一声，苹果在他手中炸开。作为少年人的骄傲，他自然不会轻易地让开："昱，你未免太嚣张了吧？你，觉得我会让？"

　　"那么，便打过再说吧。"被叫作昱的长发少年没有半分在意，但说到"打"字的时候，眼中却流过一道兴奋的光芒。

　　"昱，站排头。小奥斯顿，从实力而言，你还没有让我们相信你比昱强大。"眼看一场复试就要变成昱和奥斯顿的决斗，拉尔夫却在这时走了过来。

　　不同于刚才的冷厉，拉尔夫的脸上此时带着温和的笑容，就像在面对自己的晚辈。当然，作为紫月战士的队长，他的话显然有巨大的公信力。

　　尽管奥斯顿非常不服，但还是不情愿地让开了一个位置，让昱站在了排头。"阶层，无处不在。"在唐凌身边的小个子似乎有些话多，他小声地，自言自语地低头嘀咕了一句。

　　唐凌自然听到了这话，尽管腹部还隐隐作痛，心中却无半分波动。那个雨夜，荒谬的三个圈形成的三个世界，点点滴滴的一切让唐凌早就看清了现实。

　　一场风波就此平息。

　　那位阴鸷的教官终于如同回过神般，重新审视起这些等待考试的预备营战士："两分钟后，复试便开始。小家伙们，如果你们顺利，之后我便会是你们的武技教练。但在这之前，你们千万不要兴奋。考核可不是儿戏，我是说这一场考核，我不能确保每一个人……"说到这里，这教官似乎有些开心，停顿了一下，阴沉的笑容又出现在了他的脸上。直到扫过每一位预备营战士的脸，他才接着说道，"每一个人都能活着考核完毕。"

考核还有生命危险？队伍中有的人脸色顿时变得苍白，在唐凌身边的小个子也微微有些发抖，却紧紧地握住了自己的拳头。

倒是昱和奥斯顿毫无波动。他们，应该知道考核的内容。唐凌心中了然，但他也没有任何波动。关于生死，他还见得少吗？

"那么现在，我给你们第一次机会，可以选择退出。"显然，有些人怯懦的表现，让这个教官觉得非常有趣，他的语气带着戏弄。

此时，没人甘愿退出。

"很好。"那教官缓缓踱步，然后喊了一声，"清场，准备。"

随着他的话音落下，从广场的四面八方出现了好几队战士。他们有条不紊，很快把挤得水泄不通的荣耀广场清理出了一大片空地。接着，又有一队战士扛着许多铁条来到了此地，开始忙碌地拼装起这些粗大的铁条。

叮叮当当的声音不绝于耳，围观的人群再也忍不住好奇，开始低声议论。这次考核的形式，似乎不同以往。

这一次，拉尔夫却没有理会人群的议论，反而是饶有兴趣地看着那些组装铁条的战士忙碌。

仅仅只是一分半钟，一个巨大的铁笼便出现在了荣耀广场的正中，就矗立在荣耀广场巨大的城主石雕之前。

只有拼装好了，大家才看见，整个铁笼带着丝丝道道沉重的暗红色，如同一条条的血痕。

"在17号安全区伟大的城主——沃夫·安道尔大人雕像前考核，是你们应该感觉到荣耀的事情。而你们知道城主最伟岸的事迹吗？三级凶兽白头奔雷鹰攻击17号安全区，城主以一人之力，一枪毙之。所以，我们的考核必须要跟随城主伟大的脚步。整个时代的变化，已经容不得你们退缩了。"当铁笼出现，蓝衣教官似乎已经彻底兴奋了起来，眼神中闪烁着异样的光芒。

他的话音刚落。从荣耀大殿的背后出现了一队队的苦力劳工，他们费力地推着几十个完全封闭的铁笼朝着广场中心徐徐走来。从铁笼传来的各种兽吼，响天震地，围观的人群开始不安。傻子都知道这些封闭的铁笼里究竟关着什么。

这些铁笼被卸下，放在了那个巨大的铁笼之前。教官脸上的笑容越发阴沉："很好，现在给你们最后一次机会，有人要退出吗？"

唐凌看着教官脸上的笑容，眯起了眼睛，他现在知道为什么身旁的小个子会说，他接下来的考核不会顺利了。

第45章　血腥铁笼

是被针对了吗？这一个念头再度浮现在唐凌的脑海，没有用尽全力的一拳，恰到好处地打在腹部，造成了内脏震荡呕血。这样的小伤，在这样的时代，就算聚居地的普通人休养个半天也会无碍。大大小小搏杀无数的唐凌更不会在乎。但恰恰发生在考核前呢？唐凌看了一眼教官那陌生的脸，把这个念头暂且放在了心里。

而接连不断的兽吼声伴随着压抑的气氛，让准备考核的少年们脸色更加难看了一些。终于，还是有人犹犹豫豫地站了出来。没有人想为一场考试付出生命的代价，就算进不了第一预备营，其他的训练营并非也没有前途。

有了第一个，后面的便接二连三。不到两分钟，便有七个准备参加复试的少年退出了考核。

"还有吗？"教官似乎早有预料，带着嘲讽的表情再次询问了一遍。

没有人再退出。

"看，垃圾总是上不了台面的。但明哲保身显然也并非最愚蠢的选择，至少有自知之明也是一件好事。"毫不留情的话语，像一把刀子，但对于胆怯逃避之人，在这个时代就算再过分一些也无可厚非。这教官似乎充满了恶趣味，自然不会放过这个践踏这些退出的少年的机会。只是他说到最后，目光似是无意扫过了唐凌。

唐凌则视而不见。自知之明是什么？在聚居地每一日面对的都是没有食物就是死亡的生活，哪有明哲保身一说？

"滚吧，你们已经没有资格待在这里了。"可能觉得有些无趣，教官打发走了这几个选择退出的少年。接着简单地一挥手，守着封闭铁笼的战士把第一个封闭铁笼抬入了巨大铁笼。小心地放出了第一头野兽。

银尾铁齿狼。

残忍、冷酷的"杀手"，虽然不以力量见长，但敏捷的速度和少见的狡猾，即便最强悍的猎人遇见它，也会避着走。因为即便不饥饿，银尾铁齿狼也会杀死见到的所有弱小生物，它是紫月战士巡逻时首要的驱逐对象。所以次安全带的莽林之中很少见到它的身影，碰到这样的野兽，除了分出生死，没有更好的办法。

参加考核的少年们开始控制不住地剧烈喘息，明知要面对野兽，却不想面对的是如此危险的野兽。

教官却冷冷地看了一眼银尾铁齿狼，夸张地"啧啧"了两声，用极度不以为意的语气说道："哟，等下让我看看是谁的运气那么好，只需要面对那么弱小的家伙？"

弱小？好几个人吞了一口唾沫，教官是在开玩笑？

教官没有改口的意思，而是走到了队伍前，直接地说道："这一次考核的规则非常简单。那便是在铁笼里能生存十分钟的人便可通过。当然，你们若能杀死里面的那些家伙，也算通过考核。但我并没有抱着这样的希望。最后，出于17号安全区的仁慈，若是坚持不下去，可以中途退出。不过……开笼救人需要时间，我希望你们足够幸运——对此规则，你们还有疑问吗？"

"教官。"这一次，是奥斯顿站了出来，或许因为身份的不寻常，他对这冷酷的教官可没有半点儿畏惧。

"说。"

"考试的顺序是什么？按照我们队伍的排列吗？那每个人遇见的野兽都是银尾铁齿狼吗？"奥斯顿那表情分明就是觉得银尾铁齿狼有些无聊了。

"呵呵。"教官冷笑了一声，说道，"不要指望我记住你们的名字，所以你们队伍排列的顺序，就是你们的编号。到时候，我会随意地抽取编号，念到编号的就进入铁笼。至于银尾铁齿狼？我说了，这是很弱小的家伙，有些家伙可能会强悍一些，但总归都在野兽的范畴内。不过遇见什么，全凭运气。运气也是实力的一种，不是吗？这简直是一场相当公平的考核。"说完这些，教官看着奥斯顿，"你还有问题吗？"对奥斯顿，他还是保持了基本的耐心。

"没有了。"显然，这样随机的规则，引发了他的一些兴趣。同样，站在排头，显得有些懒洋洋的昱也稍微精神了一点儿。

可惜，除了他们两人，其他的少年就连握紧的拳头都冷汗淋淋。这样也算是规则？为什么这次考核会如此残酷？

唐凌低着头，但呼吸始终平稳，他不了解曾经的考核，但也察觉到这次考核有些非同寻常。

教官则不管这些少年到底是什么想法，直接宣布考试开始。与此同时，在旁的考核助手则已经准备好了一叠写好编号的韧草纸。教官接过，随意地洗了两遍，便念出了第一个编号"12"。

预备营战士的队伍安静了片刻，那12号少年才慢慢地走出，尽管已经努力想要保持镇定，但苍白的脸色、颤抖的嘴唇还是出卖了他。

几乎用了两分钟的时间，他才走到了铁笼前。教官倒也没有催促，而是搬过了一张凳子，点了一支卷烟，神色玩味地看着。

"没有过滤嘴，比不上苏耀叔的香烟。"唐凌注意着莫名其妙的细节，直到在铁笼门前守着的战士大声不耐烦地询问12号："准备好了吗？"才打断了唐凌的"走神"。

"好……好了，开门吧。"几乎是用尽了所有的勇气，12号终于点头示意开门了。

兴许是嫌气氛不够热烈，那教官深深地吸了一口卷烟，在吐出烟雾的同时喊了一声："忘了告诉你们，为了让你们好好的考试，这些家伙都特意饿了五天，它们会非常的热情。"

听到这句话，那好不容易鼓足了勇气的12号身体下意识地往后退，但不幸的是，在门前守着的战士已经毫不犹豫地把他推进了铁笼，并快速关上了门。

而那回荡的"哐当"关门声，让12号绝望得几乎要闭上双眼。可是他不敢，因为在笼中距离不足他二十米的银尾铁齿狼，正在冷漠地看着他。

第46章　首战

12号无法正视银尾铁齿狼的双眼。那种审视的，漠然的，带着狼特有凶狠的，残酷眼神。他低头，几乎快要哭泣。没有主动进攻的勇气，也不敢轻举妄动。这是一个没直面过野兽的普通人，在如此狭小的空间和野兽对峙时，绝对正常的反应。

但站在铁笼外的唐凌，看到这一幕，却微微叹息了一声。两秒的表现可以判定很多，12号应该无法撑过五分钟。只因为他输给了狼性。

是的。成年的银尾铁齿公狼，体重七十五公斤。属于几十种狼类之中体型较大的一种。在力量上，就算是成年男子也不可能占据优势，何况它被称呼为铁齿，可见咬合力惊人。唐凌没有接触过这种狼，但他知晓面对狼这种生物，绝对不能表现出一丝畏惧。它们的谨慎会让它们先观察陌生的对手。它们的狡猾会让它们"嗅"到对手的恐惧，从而决定下一步的行动。所以，面对它，正确的方式应该是毫不畏惧地和它对视，表现得比它还要凶狠。甚至，主动靠近，做出进攻的模样。这样，才不会输给狼性，能够在铁笼中拖延一两分钟。

笼中。十三秒后。银尾铁齿狼动了，它开始环绕着12号缓慢地踱步，并不急于进攻。它在拉近与12号的距离。

12号少年如此慌张，可也意识到这可怕的家伙在靠近他。他开始后退，一步步地朝着铁笼的西北角后退，有好几次他握紧了拳头，似乎想要给这头狼一拳，但终究没有行动。毕竟，考核的要求是成功地生存十分钟，而不是杀了笼中的野兽，只要这狼不进攻，时间总是分秒在流逝的。12号并不敢主动挑衅眼前的银尾铁齿狼。

唐凌静静地看着，这是狼要进攻的典型节奏，它在选取一个最好的角度，好进行扑击，顺便也在计算着对手会逃跑的路线。面对这种情况，最正确的做法无非是时刻保持着和狼正面相对，而不是被它逼到角落，自断后路。

"西北角，来得及呼救出笼吗？"唐凌微微摇头，观察战斗，衡量这些少年的实力，才能让他更好地应对自己将要面对的考核。就算12号表现得如此稚嫩，唐凌也不认为自己强于这些少年，他们如果慌张，顶多输在经验不足。唐凌很清楚，他的考核资格来得并不光明正大。

或许是银尾铁齿狼"佛性"的表现，让笼中少了许多血腥味。一进一退之间，就这样过了半分钟。铁笼外等待考核的少年们开始感觉到了一丝放松。但唐凌看见银尾铁齿狼弓起了背，心跳却陡然快了一拍。

一切发生得无声无息，银尾铁齿狼动了。强壮的后腿，完美的发力，刁钻的角度，如风一般地扑向了12号。

"啊！"人群中响起了惊呼的声音。

而12号在要命的紧张中，慌乱地朝着左边避开，险险地躲开了银尾铁齿狼利齿的撕咬。

"唰——"狼爪撕裂制服的声音清晰可闻，就算狼狈地避开了撕咬，狼爪也在12号身上留下了三道清晰的血印，几滴溅出的鲜血落在了铁杆之上，为它本身暗沉的红色上增添了一抹艳红。

12号选择了逃跑。

"银尾铁齿狼的速度大概在每秒25米，12号的速度是每秒13.6米。逃跑……是最烂的选择。"唐凌的精准本能开始快速地发挥作用，而精准本能的最终作用并非得出数字，那是要化作一种叫作战斗意识的本能，以判断出两者战斗极大概率正确的结果。

事实证明，唐凌的判断没有半点错误。逃跑让杀戮正式拉开了序幕。银尾铁齿狼选择了消耗最小的战斗方式——它根本没有用尽全力奔跑，而是逼赶着"猎物"跑到角落，在猎物不得不转身时，封死道路给予最精准的打击，然后一击必胜，而自身则不会有任何的损耗和危险。这种野兽才会有的优秀"战术"，给所有在笼外的少年上演了生动的一课。

一爪又一爪的挥击。

一下又一下的撕咬。

淋漓的鲜血肆意横流，只是不到两分钟，12号就成了一个血人，在一次又一次被银尾铁齿狼逼到铁笼边时，给铁笼留下了一道道血痕。

"我放弃，我放弃。"

"我要……放弃！"12号开始声嘶力竭地呼喊，疼痛恐惧终于把他逼到了崩溃的边缘，他无法有再坚持的勇气。

"或许，也不是必须要放弃。"唐凌观察着整个战斗，在心中至少已经得出了五种以上的战斗方式。他很难不把自己代入12号，所以如果是他在笼中，这时唯一拖延，甚至杀死银尾铁齿狼的办法就是主动靠近，以伤换伤。只因狼类的弱点非常多——鼻子，双眼，腹部，甚至是腿。若是在这个时候，抓住银尾铁齿狼撕咬的机会，不再和它拉开距离，拼着被咬到重伤的危险，弄瞎它的双眼难道不可以做到？打烂它的鼻子也并非难事。甚至，可以折断它的腿。12号的力量并不弱，有几次他也撞开了扑击而来的狼，那撞击力显然强过唐凌，甚至速度也快过唐凌。这让唐凌有些失落，在聚居地长大的少年，就算经历了再多的残酷，终究在成长上输给了这些17号安全区内长大、营养补给相对丰富的少年。

唐凌无法告诉12号这些战术，而在铁笼中12号唯一剩下的事情便是接近铁笼的大门。

或许是见惯了厮杀的血腥，在12号呼喊以后，守着大门的战士却并不着急。而是寻常地摸出钥匙，然后淡定开门。

这时，12号距离大门大概有三十米的距离。看到了逃出这场折磨的希望，12号再也顾不得许多，头也不回地朝着大门跑去。

"唔。"唐凌的心一下子提了起来，为什么要把后背留给银尾铁齿狼？难道12号以为之前银尾铁齿狼追击的速度，就是它真实的速度吗？

果然，到手的猎物就要逃跑，银尾铁齿狼如何甘心？它猛地一冲，再也顾不得什么损耗，直接用最快的爆发速度追上了12号。借着冲击的力量，从背后扑倒了12号，张开了嘴，朝着12号的脖子猛地咬去……

第47章　退出，无资格

"吱呀"，铁笼的大门被守在门外的战士懒洋洋地拉开了。

银尾铁齿狼腥臭的嘴已经对准了12号的脖子，锋利的牙齿只是接触到脖子的皮肤，便已渗出了刺目的鲜血。这个时候，只需零点几秒，银尾铁齿狼的一个撕咬，12号便再无生存的可能。

"只是第一场，就要死人了吗？"唐凌的后背也冒出了热汗，面对生命终究无法完全地漠然。

一道紫光似乎在笼中闪烁了一下。

下一刻，人们听到的并非12号最后的惨呼，而是银尾铁齿狼发出的哀鸣。

到唐凌可以看清楚时，眼中的画面已经是一个紫月战士站在了笼中。他单手拎着已经断气的银尾铁齿狼，然后如同扔掉一件垃圾般把狼尸甩了出去。只是随手一扔，狼尸落地时就变成了一摊烂泥般的血花，溅开在地上。

"这是……什么样的速度和力量？"唐凌的呼吸几乎快要停止，他从来都只听过紫月战士如何厉害的传说，今天第一次见到紫月战士出手，还是让他震撼得无以复加。他无法忘记那一夜冰冷的刀光，也曾想过有一日要把这些没有感情的杀戮机器狠狠踩在脚下。可这种绝对的差距，在亲眼看见时，让他的心如此绝望。因为，他比别人还看得清楚一些，那头银尾铁齿狼是死于颅骨碎裂。就这么零点几秒的时间，冲进铁笼，不用蓄力，就打爆头颅，然而狼的全身最坚硬的就是头……铜头铁骨并不仅是一句猎人的俚语。

"算是这小子运气好，跑到了紫月战士瞬步的范围内。"在这时，那教官似乎有些意犹未尽，又带着不满地说了一句。

唐凌深吸了一口气，只记得了"瞬步"这个词语，是指一瞬间爆发的步伐吗？尽管不愿承认，唐凌也不得不说，他对于进入第一预备营，成为紫月战士越发地渴望了。

只是轻描淡写地出手了一次，紫月战士便退出了铁笼，继续站在了铁笼外十米的地方，负手而立。笼中，已经有人进去打扫银尾铁齿狼留下的破烂血肉。

而12号则被几人抬出了铁笼，尽管紫月战士及时出手，但狼齿也咬破了他的脖子，从他起伏的胸膛还能看出他并没有死。但是被撕咬到何种程度，是否还能及时救治，便不能保证了。在这个时代，最奢侈的行为是——治疗。那不是一般人能够享用的。

"但愿他是内城的人。"唐凌唯有这样想，毕竟对方也只是一个满怀希望的少年，为一场考核付出生命实在无辜。

可教官在这时，叼着还剩下一小截的卷烟，又为这场残酷的考核增添了一丝沉重："是不是觉得这场考核还好？有紫月战士会出手？不要愚蠢了。紫月战士的这一次出手，是为了让你们看见他们的强大。也是告知你们，只要进入第一预备营，你们就有绝大的希望，成为这样强大的人。而下一次，紫月战士会不会出手，实在要看他们的心情了。"说完这话，教官珍惜地抽了最后一口卷烟，才恋恋不舍地把卷烟扔在了地上，然后很是无所谓地念出了下一个号码——7号。

一个全新的封闭铁笼被抬入了场中，一只饥饿烦躁的云影豹被放了出来。它比银尾铁齿狼强大，这一点毋庸置疑。

"这才有点儿意思。"教官比较满意的样子。

"我想退出。"7号走出队伍，语气毫不犹豫。刚才的那一场战斗，结束得虽然快，可沉重的阴影却挥之不去。

"不入铁笼，没有退出的资格。要我让人强行绑着你进去吗？"教官很是干脆地拒绝了。放弃的机会在之前才会有，这个时候说放弃绝无可能。

7号沉默了，认命一般地朝着铁笼走去，可刚踏入铁笼，便直接大喊了一声："我放弃！"

"呵呵。"教官眯起眼睛冷笑了一声，而门外的战士则是毫无表情地锁上了门。接着等待了几秒，才慢慢地掏出钥匙开门。

人群中响起了各种唏嘘，惊呼的喊声，夹杂着女人忍不住的哭泣声——云影豹可不是狼，它暴烈无比，饥饿更是让它丧失了所有的耐心，当7号一入笼，刚喊出"我放弃"的时候，它已经朝着7号扑了过去。毫无准备的7号就这样被扑倒在了云影豹的身下，在门外战士掏出钥匙的瞬间，一大块血肉已经被云影豹叼在了口中，满足地咽下。

门打开时，几位战士驱赶了云影豹，紫月战士果然没再出手。

而7号呢？伴随着人们惊恐的声音，剩下的只是一具残躯。死亡，只是主菜，那被撕咬干净的一条大腿和破裂的腹部像是主菜旁血色的配菜。

等待的少年们，没人能发出一点儿声音，连吞咽唾沫的力气都失去了。

只有昱和奥斯顿显得相对轻松。

"哟哟哟！动作慢了点儿啊。"教官遗憾地摇头。然后眼神陡然变得凌厉起来，几乎嘶吼地说道："你们当中有尊贵身份的人，我才可以保证救助的及时。如果没有的，就别想着玩弄什么小心机。知道我最讨厌什么人吗？不会审时度势，却又贪婪地渴望着机会，妄想着试一试无妨，结果还以为能凭着自以为是的聪明逃脱的人。这样的人，放到战场上，就是一颗炸弹！不如早死了好……我保证，在我监考的考核中不会放过任何一个这样的人。"说完，教官做出很委屈的模样，气呼呼地坐下，像是在平复心情。

唐凌沉默着，这话听来似乎有些道理。可真是这样吗？这个7号还不是战士，铁笼也并非战场，莫非时代残酷，就可以剥夺人的选择吗？当然，若是做出了选择，承担后果就是必然。

7号的死没有掀起再多的波澜，人们尽管看到了残酷的一幕，悲痛的恐怕也是兔死狐悲。至少没有任何一人站出来说反对这场血腥的考试。考生的亲人一定在其中，但依旧是沉默的。

"28号。"教官念出了下一个考生的号码。又一名脸色苍白的少年走了出来，开始面对未知的命运。

第48章　聚居地的少年（上）

考核就在这样的高压下，一场又一场地进行。

十分钟，就像是一个只在传说中才会达到的时间，一直到考核进行到第十七场，还没有人能够越过这道"天堑"。

不是没有表现惊艳的少年，生生在浑身带伤的情况下，挺过了七分钟。但，就算九分五十九秒也不是十分钟，何况差了三分钟。

原来第一预备营的考核如此严苛，怪不得号称进入了其中，几乎百分之百能够成为紫月战士。也怪不得连同聚居地，拥有上百万人口的17号安全区，紫月战士只有不到两百人，比万分之一的概率还要小。

唐凌安心地等待着，也在仔细地感受着自己的腹部。他没有必然的把握一定能通过考核，因为还要看他面对什么样的野兽。但这无妄之灾的影响绝对要降到最小。

也是到了这时，等待考核的少年们快有些麻木了。十七场考核，三人死亡，剩下的全部受伤，没人通过，这样残酷又血腥的刺激，唯有靠麻木才能形成心理保护。

"真是让人失望。这仅仅只是野兽，并非变异兽，难道你们成长到十五岁，得到的考核资格是混来的吗？当然，你们可以找理由，说这是一场无望的考核。他妈的，第一预备营就那么无聊，让你们来斗兽的吗？既然摆出了这样的考核，一定就有通过的可能。我想，这只是我运气不好，遇见了一堆垃圾。"一连沉默了很多场的教官，也终于在这个时候爆发了。只是当他眼神落在昱和奥斯顿身上时，才略微感到安慰，有这两个家伙在，这场考核还不至于"颗粒无收"。

对于教官这一次的咆哮，唐凌则是认可的。一连观察了十七场考核，他已经清楚这考核真正的目的在于对勇气、战斗意识和能力的运用。至少，没有一场考核是完全的绝路，否则聚居地那些猎人也不用生存了。而这些少年强过聚居地的大多数猎人。在唐凌心中，紫月战士的"种子"应该经历这些残酷战斗。

"41号。"教官没好气地念出了下一个考生的编号。

笼中则被放入了一条绿甲黑环蟒，不算考核的野兽中太强的存在，但也绝对不是最弱的。近十米长的身躯可以轻易绞杀许多猎物，绿甲提供了强大的防御，最重要的是它的牙齿有毒，虽不是剧毒，但被划伤也会对考核产生影响。

"前文明的蟒几乎都是无毒的。到底发生了什么，才让生物发生了如此剧变？"唐凌看着铁笼中游荡的绿甲黑环蟒，不由得又想起了这几天困扰他的问题。他感慨如果是他遇见绿甲黑环蟒，或者心理上的优势会巨大。因为在地下通道之中，他干掉了许多比这蟒厉害的黑角紫纹蛇，虽然借助了武器和地形。

这时，被念到编号的少年毫不犹豫地从队伍中走出了。相比于前十七场考核的少年，41号的步伐比任何人都果断，不但没有半分紧张犹疑，反而带了一丝期待。

这奇怪的事，让唐凌不由得多瞥了一眼41号。结果看见的是一张粗糙黑黄的脸，同他一样瘦削，却显得紧实的身体。个子不高，还略微有些弯腰。

唐凌的呼吸有些急促了，他熟悉这个姿态，在莽林中求生的聚居地猎人游荡在莽林时就会下意识保持这个姿态，便于防御，攻击发力，还有躲藏。这个少年是聚居地的人！

在那个雨夜后，聚居地应该是被覆灭了，很难去猜测能有多少人生还。唐凌万万没有想到，在这一场考核中，还有聚居地的少年。一丝天然的亲切感不由得从唐凌心中浮起。他第一次有些紧张地观察一场战斗，至少他希望41号能活下去。

开笼，进入。41号少年从始至终都沉默得要命，低着头也看不清他的任何表情。

也许被饿了五天的蟒，根本称不上饥饿。这会导致身为冷血动物的它攻击性不是太强。可考核绝对不会出现这种纰漏，这条绿甲黑环蟒显得非常饥饿，在41号进入笼中的一瞬，就已经昂扬起了身体，这显然是攻击的前奏。

而随着攻击前奏的"响起"，一场战斗很快拉开了序幕。人们惯性地等待着这个看起来并不怎么起眼的41号失败。

但结果出现了逆转——41号在铁笼中并不惊慌，反而展现了一个经验丰富的猎人应有的沉稳和经验。他显然很熟悉蟒类的特点，顺利地拖延着时间。果断又有些狠厉的作风，让他懂得在战斗中取舍算计，大家都没有想到，就是这样，时间竟被这个不起眼的少年拖过了五分钟。荣耀广场，人们再一次开始惊呼。

如果仅仅是像老猎人一般的表现还不足以掀起这样的气氛，关键是在于这个少年就在刚才表现出了惊人的一幕——

极限躲避！超越人类极限的躲避！

那是惊险的一幕，绿甲黑环蟒一次最快、角度最刁钻的攻击。这个聚居地的少年被逼到了角落，可以腾挪躲闪的空间太少。即便在唐凌的精准本能计算里，能躲过的概率也是零。

可这少年却躲过了。在蛇头要撕咬到他的瞬间，他朝着左边稍微挪动了0.2米不到的距离，然后用自己的头狠狠地朝着绿甲黑环蟒的蛇头撞去，生生把它撞开了。整个过程不到1秒！

这是什么？这绝对超越了人体极限的速度和反应能力。唐凌原本紧张的心变为了震惊，他太清楚一个普通人就算依靠肌肉记忆也绝对达不到这种速度。这不是极限躲避，不，应该是超极限躲避还是什么？这样未经过训练的人，展示出了这样的能力是巧合吗？

没人告诉唐凌答案。考核仍在继续，广场上对这少年抱有期待的人开始越来越多，惊呼声不断，就连原本心不在焉的紫月战士也开始颇有兴趣地观看起这场比赛。只因为，刚才那样的极限躲避又出现了，不是一次而是两次。这充分证明了这一切都不是巧合，而是铁笼中的这位少年真的有超越常人的天赋。

可这天赋是什么？！

第49章　聚居地的少年（下）

唐凌不清楚这一切。可不代表旁人不清楚，41号是考核开始以来表现最为惊艳，也最有希望的一位。站在唐凌身旁不远处的战士开始小声地议论。

其中一位战士说道："这个41号多半有紫月战士的潜力，超出极限的爆发，是意味着基因链潜力啊……"

"再看吧，如果能有第二次倒是可以确定一些什么了。就算没有坚持十分钟，他也必定会被第一预备营录取。毕竟，在十五岁就能看出基因链潜力的，非常难得。"另外一位战士显得平静许多，不过言语之中也多少有些隐藏不住的期待，甚至是羡慕。

基因链潜力？唐凌听到了这个异常陌生的词语，不由得微微一愣，他这些天极限阅读，囫囵吞枣地知晓了许多概念性的知识，但从未听过这样陌生的词汇。

倒是站在前排的奥斯顿也听见了这几句议论，无所谓地嗤笑了一声，吐了一口唾沫，眼中全是不可一世的高傲。明显在表示，就算是真的，这也不算什么。

时间一分一秒地过去。41号凭借着面对野兽的经验，和各种敢于拼命的冒险和极限躲避，竟硬生生在笼中挨过了九分半钟。

但最后的半分钟，41号显然已经到了极限，奔跑躲闪的速度都慢了很多。幸运的是蟒类本身就是冷血动物，它不以耐力见长。将近十分钟的捕猎，它的动作也慢了许多，明显开始焦躁。可是饥饿的烧灼，让它不肯放弃眼前的猎物，所以这场捕食依旧在进行，剩下的也许是意志力的比拼。

二十五秒。

十五秒。

整个铁笼中，甚至整个17号安全区回荡的都是41号剧烈的喘息声，转播的大屏完美地记录了每一点细小的声音。

"快要胜利了，这一次应该还是能躲过吧？"时间还剩下不到十秒。41号又一次被逼到了躲闪的极限，无路可退。绿甲黑环蟒发起了最后一次进攻。因为已经出现了三次极限躲避，大家理所当然地这样认为。

可出乎意料的是，绿甲黑环蟒的执着终于得到了回报，它咬住了41号，整个蛇身趁着这一刻，快速地开始缠绕而上。

整个荣耀广场一片哗然，这神奇的41号也失败了？

可唐凌绝不那么认为。他知道41号赢了，41号虽然没有做出极限闪避，但在被缠绕的瞬间，他做出了一个堪比极限闪避的快动作——趁着绿甲黑环蟒缠绕，收缩蛇身的瞬间，一个弓身，用尽全力，抓住了它的尾巴。

果然，不到三秒的时间，绿甲黑环蟒就已经完全地缠绕住了41号。下一秒，蛇身膨胀，41号就会被绞碎。

而41号，则在这时艰难地伸出了大拇指，狠狠地朝着蛇尾的某一个地方，把大拇指插了进去。

"我去！"奥斯顿不知何时，又掏出了一个苹果在啃着，看见这一幕，忍不住喝骂了一声，几块苹果渣跟着喷了出来。在唐凌身边的小个子则又悄悄吞了几口口水。

"咚"的一声，震天的铜钟响声回荡在整个荣耀广场，当有人坚持过十分钟时，会有专人敲响城主雕像前的大钟，以示胜利。与此同时，缠绕着41号的绿甲黑环蟒竟莫名地松开了41号，掉落于地，发出了一声闷响。

人群再次哗然，难道那绿甲黑环蟒也知道41号坚持到了十分钟，打算放弃？

这是意料当中的事情，唐凌毫不吃惊。蟒类处于爬行类的食物链顶端，几乎没有什么致命的弱点。它唯一的弱点就在肛门，当被异物侵入时，肌肉会不自觉地松懈，然后再无力继续缠绕。41号抓住蛇尾就是这个目的，他在最后依然使出了极限速度，为的就是这一刻。

"开门吧。"教官开口，虽然危机暂时解除了，他也不希望41号这个"希望之星"受伤。

守门的战士无比迅速地开门，刚进入其中，41号却猛地扑到了绿甲黑环蟒的身上，伏在绿甲黑环蟒的背上，勒住了它的脖子。

还要做什么？众人不解，连唐凌也不解。

可41号没有做任何解释，从身边的战士腰间一把扯下了挂着的T形棍，握紧在手中后，开始朝着蛇头猛砸而去。绿甲黑环蟒开始剧烈地挣扎，显然不是41号能够匹敌的。

"帮他。"教官嘴角带着欣赏的笑意，平静地吩咐着。

进入的两个战士自然听命，死死地控制住了绿甲黑环蟒。41号就如同一个嗜血的疯子，也不拒绝战士的帮忙，就这样丝毫不留手地一次又一次，一下又一下，直到把蛇头砸个稀烂，这才站起来，把T形棍擦拭干净，显得有些畏惧害羞地还给了一旁的战士。

所有人都愣住了，包括嚼着苹果的奥斯顿也停了下来，看41号的眼神有了一丝忌惮。

"为什么要这样做？难道你以为安全区捕捉这些野兽是一件很容易的事情吗？"教官走入了铁笼之中，语气听不出喜怒。

41号依旧低着头，因为砸蛇头而被溅到头脸的鲜血，还在滴滴滴落。

"抬起头，回答我。"教官的语气忽然严厉。

41号抬起了头，这是所有人第一次那么清晰地看到他的样子，黑发黑眸，但五官深邃，面色因为营养不良而黑黄，可是眸中的冷厉，让他显得并不像弱者。"要活下去，就不能对敌人仁慈。真正的战斗，必然分出生死。"41号的声音不大，说完话竟有些脸红，赶紧又低下了头。

可他的话，显然得到了所有人的认可，人群中不时发出赞同的声音，这个时代本就是如此。17号安全区能安然地存在到现在，难道还是建立在仁慈之上？

"很好。"教官欣赏地点头，然后问了一句，"你的名字？"

"阿米尔。"41号回答了一声，这是阿族人的典型名字，他们的足迹在前文明时，曾遍布西东升洲，北酋部洲。看长相，阿米尔倒也符合阿族人的特征。

实际上在17号安全区，几乎融合了前文明所有大洲的人种，很难想象当年的人们到底经历了什么，才这样融合在一起，建立起了这样的安全区。

唐凌又想得有些远了，关于这个时代如何出现的谜题已经扎根在他心中难以抹去。可无论如何，第一个考核通过者出现了，不是吗？

第50章　通过

荣耀大殿。整个17号安全区的执政中心。这栋建筑保留了典型的欧海洲建筑特色，融合了欧海洲很多国家的特点。哥特式的尖顶，繁复的雕刻，巨大的立柱，看起来有一种视觉上的震撼。

荣耀大殿顶层。一扇雕刻着欧海洲巨龙图腾的巨大金属门后，便是17号安全区紫月战队的总部。

这间代表着17号安全区最强战斗力的办公室，并没有想象中华丽的布置。灰色的墙，偌大的地图，粗犷的石桌原木椅，还有各色栩栩如生的兽类标本反倒让一切充满了一种肃杀原始的味道。除了南面的一整面墙，确切地说应该是一整面嵌入式屏幕，让这间原本粗糙的办公室有了一丝违和的科技感。

此时的屏幕定格在41号，三次闪避的动作被分割为了三个均等大小的画面，而站在屏幕前的五个人正无言地看着。这五个人，其中四个穿着紫色的制服，另外一个则披着黑色紫边的华丽长袍。

沉默了几秒后，一位穿着紫色制服的男人，从几根原木打造的酒架上倒了几杯红酒端了过来。

长袍的男人首先拿起了红酒，抿了一口，然后摇晃着水晶红酒杯，慢慢地说道："飞龙，身为紫月战队的总队长，你对这个阿米尔是何看法？"

这时，四个穿紫色制服中，最矮小的那个男人也拿过了一杯红酒，一饮而尽，平静地说道："可以确定至少三星资质，基础方向如果不是反应神经，便是速度。"

"这不是显而易见吗？"长袍男人微微皱眉。

"副议长大人，没得到更多的信息以前，我看法只是如此。虽然相比于力量，这两项基础方向无疑更加出色一些，但也仅此而已。"飞龙不急不躁，把空杯子递给了身旁人，身旁人又为他斟满了一杯红酒。

"可我的意思是他是聚居地出身。"长袍男人眼中闪过一丝期待。

"那不能证明什么？虽然聚居地的人没有条件做基因链的初始开发。可副议长大人，你难道不觉得环境有时是最佳的进化剂吗？"飞龙看着长袍副议长，神情变得玩味起来。

"我明白你的意思。可议会不会通过你的决定！所谓的残酷成长方案，并不适用于内城，你知道那会有多大的阻力。"副议长流露出一丝不耐烦的神色，紫月战队中的这些家伙都是疯子。他们怎么不想想，内城里的贵族会同意自己的子孙后代，特别是最出色的那一批去冒险吗？辛苦地爬到了17号安全区的高位，可不是为了让后代艰苦。

"呵，安逸会磨掉野心。如果资源的浪费议会看着不心疼，我也无所谓。倒是城主大人……"飞龙撇了撇嘴。

"城主大人更不会在乎。他的突破，比选出一百个天才更有意义。"副议长打断了飞龙的话，显然已有些不高兴。

"那随便吧。反正聚居地还不是被愚蠢地出卖了……"飞龙又一次一饮而尽，但坚硬的水晶杯不知何时有了几道裂痕。

"飞龙！"副议长的语气严厉了起来。

而在这时，或许为了缓和气氛，在飞龙身边站着的一个男人站了出来，他带着黑色的面罩，只露出了双眼，指着其中一幅画面的一角，说道："且不论这阿米尔，我们是不是该注意下他？"

那一角的画面比较模糊，副议长伸手虚摁了一下，一个由虚拟光线组成的操作台便凭空出现。轻点了几下操作台，那一角的画面立刻清晰了起来。

而画面中，一个瘦削清秀、黑发黑眸的少年正在凝神思考。

"他？"副议长眼中流露出一丝茫然，显然并不知道这少年是谁。"苏耀带来的少年。似乎并非17号安全区的人，而是苏耀从别的地方带回的。"面罩男人解释了一句。说话间，他也轻点了几下操作台，少年的身份资料立刻被识别出来。

唐凌，十五岁，身高体重……

"没有什么特点。这力量和速度，也就进入第四第五训练营的水平。"飞龙扬眉，干脆提过了整瓶红酒，灌了一口，当酒液入喉以后，他才说道，"不过，苏耀带来的人……"

"我该适当照顾吗？毕竟这次第一预备营，该轮到我负责了。"面罩男子询问了一句。

"这种小事，随意吧。虽然苏耀实力出色，但他并没有同意加入紫月战队。"副议长瞥过唐凌的资料，便不再关注。

"亚伦，第一预备营不收废物。无论如何，一切以考核为准。"飞龙皱眉，然后拍拍叫作亚伦的面罩男肩膀，又安慰了一句，"虽然我知道，你曾经和苏耀是朋友。"

唐凌还在等待着。不过他根本不可能知道，他的一切资料已经被几个17号安全区的大人物看了一遍。

考核已经快进行到了尾声。连续三十五场的战斗，从清晨，持续到了下午。死亡依旧在发生，到现在为止又有四人死在了铁笼当中。但庆幸的是，后面的考核质量显然高了许多，竟然有五人成功入选，还包括两个女孩，她们在铁笼中的表现比起男孩毫不逊色。等待的只剩下昱、奥斯顿和唐凌三人。让唐凌没有想到的是，在他身边那个小个子也通过了考核，原来他除了馋苹果以外，还有速度上的天赋。

"事实上，超普通人数据的情况发生得很频繁。虽然都没有阿米尔的数据那么惊人，但是否可以理解为有基因链潜力的人，便可爆发出超出合理范围的数据呢？"唐凌在思考着。同时，有些沮丧地发现，自己无论在何种情况下，也不可能超数据。如果，如果那奇异的状态算是的话。可是，能算吗？唐凌下意识地瞄了一眼自己的胸口，没有任何异常的感觉传来。而他也绝对不可能暴露自己这个秘密。

苏耀叔在消失之前，曾经意味深长地警告过唐凌："秘密是什么？就是不能暴露于人前之事。你要记得，争取和低调有时候并不矛盾。我是说，一场考核不值得你暴露任何事情。"出于对苏耀的信任，唐凌有理由相信暴露之后等待他的也许并非幸运。

"2号。"教官的话打断了唐凌的沉思。

在这时，已经等待得颇不耐烦的奥斯顿终于被教官点名了。在铁笼中，一头快要发狂的公雷花狂牛也同时被放了出来，狂躁地在铁笼之中踱步。

"好好干。"奥斯顿经过教官身旁时，教官拍了拍奥斯顿的肩膀。

奥斯顿不屑地一笑："教官，这样的家伙，需要好好干吗？"

教官不置可否，只是说了一句："无论如何，考核内容就是如此。你尽力发挥就好。"

第51章　奥斯顿的表演

奥斯顿有些不满，但还是满脸无所谓地走向了铁笼。他倒是第一个嫌弃自己面对的野兽不够强大的家伙。

但雷花狂牛很弱吗？唐凌绝对不会这样认为，虽然它的名字如此不起眼，除了一个狂字，竟然还带着"花"。可在这个时代，唐凌也听冒险的猎人说过花朵也并非全部都意味着美好。何况，雷花二字只是说，这牛身上的斑纹如同雷电炸开形成的花朵。它不仅不弱，而且是进化成凶兽概率最高的族群之一。普通状态的时候，无论力量、速度还是防御就已经远超一般的野牛类，和它战斗，最好是在没有激怒它的情况下，快速地决出生死。否则，它狂化起来，各方面的机能会提升三分之一，随着怒气越甚，提升越多。甚至，和最弱的王野兽持平。次安全带的莽林中虽然偶尔会出现雷花狂牛，但是被激怒后的雷花狂牛可没有出现过一次。

那奥斯顿到底有多强？唐凌一直好奇奥斯顿和昱的实力，他们所表现出的一切实在是超出了同龄人太多。

吹着口哨，奥斯顿已经进入了铁笼之中。第一次守卫的战士在关门时有些犹豫，却被奥斯顿狠狠地瞪了一眼。

雷花狂牛在铁笼的北角焦躁地顶着铁笼，一时间还没有注意奥斯顿，却被奥斯顿一声轻浮的口哨声吸引了注意。回头，便看见一个吊儿郎当的家伙，双手插袋歪着脑袋打量着自己。那目光显然就是鄙视。雷花狂牛虽然有着狂躁的基因，但也有一些智慧，奥斯顿所表达的意思，它还是有着模糊的领悟。几乎没有任何犹豫，雷花狂牛一个低头，便朝着奥斯顿冲了过去。

铁笼中带起了一阵狂风。雷花狂牛最可怕的就是这冲击的速度，全力爆发之下可以超过正常的成年男子三倍。配合那堪比合金般坚硬的犄角，和野牛类天生的力量优势，它冲击的可怕就不难想象了。

面对这样的冲刺，奥斯顿只是打了个哈欠，但嘴还没有合拢的瞬间，他的人就忽然动了，几乎是一晃而过地挪动了两米距离，便避开了雷花狂牛的冲击。

唐凌微微瞪大了眼睛——不是极限闪避，只是……常规的速度。常规就有这样的神经反应速度和身体移动速度吗？这绝对是远超普通人的极限！

精准本能在这个时候，得出了一个可怕的数字："速度每秒六十七米。"这几乎是唐凌速度的四倍还多。甚至超过了阿米尔的极限闪避速度。

当唐凌还在震惊的时候，奥斯顿已经一个转身，一脚踢向了因为惯性还没有及时停住的雷花狂牛："嘿，哥们儿，你就这点儿出息吗？"他骂骂咧咧，并没有因为刚才的闪避而有半分吃力的样子。

雷花狂牛的眼睛红了一丝。转身，直接朝着奥斯顿顶了过去。

无效！又被奥斯顿闪避开了，而且屁股上再次挨了一脚，接着便是对它孜孜不倦的嘲讽。

雷花狂牛的双眼更红了，再次朝着和自己拉开距离的奥斯顿冲了过去。而奥斯顿就如同戏要着雷花狂牛一般，闪避，无关痛痒地打击，然后侮辱嘲讽。在这时，只要是明眼人都可以看出，奥斯顿根本没有认真战斗，他在激怒雷花狂牛。不是普通的激怒！而是要激怒到极限。

显然，奥斯顿做得非常成功。渐渐地，雷花狂牛的双眼已经快要全部变红了。稍有常识的人都知道，雷花狂牛越怒，眼睛便会越红。双眼快要接近全红的雷花狂牛，怒气已经提升到了一个可怕的地步。

奥斯顿的闪避变得有些吃力了起来。甚至有好几次，雷花狂牛的犄角都已经快要擦到他，在他的制服上留下了道道裂痕。

奥斯顿兀自不满意雷花狂牛的愤怒程度，想要更加激怒于它，但这个状态的雷花狂牛显然已经不是能任由奥斯顿戏耍了。似乎奥斯顿也到极限了。

"好吧。"奥斯顿吐了一口唾沫，虽有遗憾，但也不得不接受。

趁着雷花狂牛刨地，鼻间喘着粗气，准备再一次冲刺的时候，奥斯顿一把扯掉了自己的上衣，露出了肌肉虬结的上半身。

"来吧。"奥斯顿狂吼了一声。

雷花狂牛再次受到挑衅，双眼再红了一丝，已经和赤红快要没有区别，它如奥斯顿所愿地冲了过来。

而这一次，奥斯顿没有躲避。在众人震惊的目光中，他伸出了双臂，大吼了一声，原地不动地等待着雷花狂牛冲来。

"会发生什么？"在唐凌的计算中，这样的情况几乎无解。

可在雷花狂牛的一声怒吼中，唐凌却看见了惊人的一幕，奥斯顿竟抓住了雷花狂牛的双角，用自身的力量拦住了雷花狂牛。

"和雷花狂牛角力？"唐凌屏住了呼吸，他看着奥斯顿双臂的肌肉鼓胀到了一个极限，原本就粗壮得如同一般少年大腿的臂围，此刻更是膨胀如一株小树。

这让唐凌想起了自己的奇异状态，不知道自己在那个状态下是否和奥斯顿此刻的力量接近？毕竟，两次那个状态的时候，唐凌的大脑都不是完全的清醒，而是被一股冲动的嗜血情绪所控制，所以也无法运用精准本能。

"如果梦中的那次也算。"唐凌在心中暗自补充了一句，抬头看见奥斯顿和雷花狂牛角力了大概半分钟后，全身的肌肉已经开始微微地颤抖。这是到耐力的极限了吗？

现场响起了很多女性癫狂的呼声，毕竟完全充血的肌肉，汗水划过的有着黑色太阳文身的胸膛，都让奥斯顿像极了充满雄性荷尔蒙的英雄。

"那游戏就到此为止吧。"似乎很享受这样的呼声，奥斯顿咧嘴一笑，单手放开了雷花狂牛的一只犄角，然后握拳朝着雷花狂牛的脑袋猛击而去。

"哞——"雷花狂牛彻底发狂了，开始剧烈地挣扎，想要杀死这个体型看起来如此弱小的家伙。

奥斯顿显然无法单手控制住雷花狂牛了。下一秒，他干脆以雷花狂牛的犄角为支点，一个翻身跃上了牛背。在雷花狂牛疯狂的甩动中，奥斯顿昂扬着身体，双腿夹紧了牛身，拳头如同暴风雨般落下。

一拳，十拳，二十几拳……直到雷花狂牛发出了最后一声惨嚎，轰然倒地，奥斯顿才翻身落地，拣起了笼中破烂的衣服，对着在场的女性做出了一个飞吻。接着，他望向了昱，朝下比了一个大拇指："看见没有？这是相当于王野兽的雷花狂牛。如果下一场不是那个弱鸡上场，我倒想看看，昱，你要怎么赢我？"

弱鸡？唐凌连呼吸都没有一丝变化。

第52章 昱

奥斯顿的一场比赛把17号安全区带入了兴奋的高潮。原本这场狂欢的意义就是为了发现天才，给17号安全区带来新的希望。在震耳欲聋的欢呼之中，人们对昱的出场更加渴盼了，能被奥斯顿视为大敌的少年，会是什么样的天才？

至于唐凌，自然被人忽视了。弱鸡的考核值得关注吗？人们迫不及待地想看昱的表现。

教官也处于兴奋之中，当然他不会忘记了自己的职责——抽出下一个考核的人。

这一次似乎很如人们的愿，抽到的是1号——昱。

当这个号码被念出的时候，人们快乐的情绪如火添油，呼号中给予了最大的期待。

在全场高喊着"昱"时，昱似乎没受什么影响，沉默地朝着铁笼走去，更无视奥斯顿挑衅的目光。

"我在最后吗？"唐凌有意无意地看了一眼教官，并非他想要怀疑，事情的确有些巧合。

被揍，最后一个考核。好像都是一些不利的因素，毕竟站整整四个小时，对体力也是一种消耗。

至于奥斯顿和昱，显然已经超出了一般少年的衡量标尺，教官不会认为等待对他们有多大影响。他们的出手像是一场高潮的表演，是压箱底，压轴。

那自己呢？唐凌微微闭目，深吸了一口气，在一片凌乱没有方向之际，最好的办法是清楚自己要做什么。所以，不管教官如何，自己只是想要通过考核，就那么简单。

再睁眼，昱已经站在了铁笼之前。第一次，在铁笼中负责放出野兽的战士带上了几分小心。一声虎啸震撼全场。考核中最强的野兽终于出现——上古剑虎。

而这也就是货真价实的王野兽——所有野兽虎之中，最强的虎类，据说出现了返祖现象，才长出了一对如剑般的獠牙。不仅如此，它身上脊背处还长出了一排如剑的外骨骼，算是一个小小的进化元素，却又没有彻底进化到凶兽的程度。

知识量已经丰富了的唐凌，现在当然知晓，曾经在聚居地内，认为最强大的王野兽，是介于野兽和凶兽之间，特殊的一阶。包括奥斯顿的"坐骑"，就属于这个范畴。不过，没有进化为凶兽，到底还是野兽，考核里出现了上古剑虎也是合理的。

但它的出现这一次给人们带来的不是惊惶，而是更多的期待。因为对于昱这种天才少年，太弱的"对手"有什么看头？

昱的表现也符合大家的期待，当看见上古剑虎的刹那，他连眉头都没有抬一下，古井无波地走入了笼中，和上古剑虎相对而站。

"哼。"奥斯顿用鼻腔发出了一声不满：为什么他的对手不是上古剑虎？当然，狂化的雷花狂牛也不弱于上古剑虎，但风头上……这事情全凭运气，奥斯顿也没处发作。

但他正眼准备认真看比赛的时候，诧异地发现昱和上古剑虎已经一个交错，互相换了位置。

"躲闪得不错嘛。"奥斯顿暗暗地想着，毕竟上古剑虎扑击的速度可以用恐怖来形容，昱能如此轻松地躲掉，也是该有的表现。

这个时候，时间不过过去了两秒。但昱根本不看身后的上古剑虎一眼，只是冷漠地走到铁笼门前："开门。"

奥斯顿愣住了，人们也哑然了。昱要放弃考核？

现场还能保持冷静的只有紫月战士和教官。

当然，还有唐凌，不，他并非冷静，他的心跳非常快，但他并不认为昱要放弃考核，而是昱已经赢了，他斩杀了上古剑虎。

唐凌的判断没有错，精准本能带给了他一双无比灵敏的双眼，比普通人更能捕捉快速的动作与细节。所以，下一秒，伴随着战士开门的声音，人们看见站立着的上古剑虎从胸腔到腹部忽然喷出了大量的鲜血，如同一朵盛放的红色礼花。肠子流了出来，明显已经破碎。而昱已经走出了铁笼，很是无意地甩了甩手，几缕鲜血落地，但那只看起来略纤细的手依旧有着斑驳的血迹。

"怎么做到的？"

"昱，他作弊……不可能，第一预备营的考核不能作弊的。"

"噢，昱已经强大了这种地步吗？我真是倾慕他。"

"莫非昱已经是紫月战士？"

与此同时，荣耀大殿紫月战士总部。那一整面的屏幕正在播放着昱考核的慢动作——饥饿的上古剑虎首先攻击，作为大型的哺乳类野兽，面对体型明显小于自己的猎物，首选的动作绝对是扑击。就在这个时候，昱动了。他助跑了两步，整个人忽然跪下仰倒，借用助跑的力量，在上古剑虎要扑倒他的瞬间，从上古剑虎的下方瞬间穿过。也就是在这个瞬间，他伸出了右手，一只略显纤细、细看却有着钢铁般坚硬质感的右手直接插入了上古剑虎的胸腔。借助穿梭的速度，这只手如同最锋利的剑，从上古剑虎的胸腔直接破到了柔软的腹部。

这就是整个过程。快，且绝不拖泥带水。

"战斗反应一流，战术无比正确。重要的是，他的右手……"这一段短短的重播，被在场的所有人看了两遍以后，蒙面的亚伦才终于开口评价了一句。

"嗯，他开始有意识地淬炼自己的右手了。说明他对精神力的掌控已经入门了。他，算是真正的天才。"副议长很是满意。

飞龙对昱也有着欣赏，但他并没有那么兴奋，只是简单地说道："别忘记了昱的家族，他能提前知晓一些东西，初步掌控精神力是应该的。况且，他的双手不藏着奥秘，才愧对了他的家族。我想，真正的天才还是应该经历原始的磨砺。"

"飞龙。"副议长的语气略微严肃了起来，显然对飞龙再次不满，咳嗽了一声，他才接着说道，"你可以说其他人都是温室里的花朵，唯独昱，他是吗？"

飞龙撇撇嘴，显然不置可否。昱在次安全带的莽林中，甚至莽林之外都有历练，这是不争的事实。但，那种受到暗中保护的历练，并非真正的生死战场。

不过，这样做也并非完全无用，昱所表现出来的战斗意识强于考核的所有人。至少，能无视躯干骨的保护，正确地插入上古剑虎的胸腔，就是一种证明。

第53章　唐凌，登场

"奥斯顿，也不错。在最近五年的第一预备营战士中，也算是天分出众。"或许是因为副议长和飞龙之间的尴尬气氛，亚伦再次硬着头皮，负责调节。

于此，飞龙和副议长都没有异议，奥斯顿那张扬的小子能有如此表现，算是惊喜。

到了这时，飞龙懒洋洋地伸了一个懒腰，然后转身朝着大门走去："接下来也没什么意思了，我走了。克丽丝还等着我呢。"

听到克丽丝的名字，副议长的眼中流露出一丝带着嫉妒的羡慕，作为内城最大的娱乐场银色皇宫的头牌姑娘，不知道多少人想要一亲芳泽。但是没有人敢，因为她是飞龙的禁脔。

"飞龙，还有一个小子，你不看吗？"亚伦叫住了飞龙。

"没有兴趣。"飞龙拉开了大门。

"可他是苏耀推荐的。"亚伦随口说了一句，然后嘀咕，"也罢，其实我兴趣也不大。"

这个时候，飞龙倒是停下了脚步，略微思考了一下，还是回到了屏幕前。说实话，他还是那个观点，苏耀推荐的又如何？不过，看完估计也耽误不了多久，他其实想知道苏耀这个没规矩又刺儿头的家伙，在他推荐的小子没通过考核时，又会做出什么惊人的举动。

荣耀广场的大屏，反复地放着昱与上古剑虎战斗的慢动作。知道了真相的人们，陷入了比之前更加狂热的兴奋当中。"昱"这个名字显然成了一种口号，反复在荣耀广场回荡着。

教官允许这种狂欢，以至于他根本不着急让最后一个考核者——唐凌上场。唐凌根本就被遗忘了。

"昱，你的战斗我承认很精彩。但，也并不说明你比我强。"奥斯顿堵在了昱的必经之路上，不服气地说了一句。

昱的表情依然没有变化，甚至连话都懒得说一句，径直绕开了奥斯顿朝着前方走去。

"昱！你的家族没有教导你礼节吗？"奥斯顿显然怒了。

昱停下了脚步，微微转头："奥斯顿，我想你显然搞错了一件事情。"

"什么？"奥斯顿扬眉。

昱的眼神忽然兴奋了起来，然后一字一句地说道："我的对手从来都不是你，而是亨克。"

亨克的名字如同有一种神奇的魔力，伴随着昱那说话吃力的独特语调，让奥斯顿愣住，想说的话语只是辗转喉间。脑中爆炸的只有一个想法——昱疯了？他把亨克当对手？这个想法让奥斯顿脸涨得通红，当他抬头时，昱已经走远。"疯子，但你的对手是不是我，显然不是你一个人能决定的。"昱的狂妄刺激了奥斯顿。

"45号。"在人们狂欢的浪潮稍显平静时，教官终于念出了最后一个参考人——唐凌的编号。这一次唐凌的出场没有引起任何人的注意，人们满脑子只有他们的少年天才——昱。

"倒霉的家伙。"奥斯顿斜倚在墙边，也是漫不经心，编号暗喻着实力排名，能排在45号是有多弱鸡？巧的是，编号最后，也是最后参考，仿佛是要为这一场考核来一个并不完美的结尾。但无论如何，能在那里站四个小时，而且在看完他和昱的战斗后，还愿意入场的家伙心理能力都是不错的吧？

想到这里，奥斯顿抬头看了一眼唐凌。他想看看这个家伙的脸色是不是一脸沮丧。但他发现唐凌的脸让他有些讨厌，这小子怎么和昱一样，平静得连任何表情都欠奉啊？

是的，唐凌不仅神色平静，连步伐都透着一种从容，每步迈出的距离精准得相差不到一厘米。没人注意到这些细节。

倒是唐凌注意到教官在念完他的编号以后，随手把书写编号的韧草纸揉烂，扔在了一旁。

"如果是一张没有任何编号的韧草纸，自己被安排在最后倒是非常合理。"因为前面念到的编号根本不会出现他。事实上，奥斯顿和昱能安排在前后参考，已经说明了这一切可操作。

但为什么？唐凌想着这个疑问时，人已经走到了铁笼边，属于他的对手在整整四个战士的合力下，才在这时被小心翼翼地抬入了铁笼。

唐凌心中有不好的预感。

封闭铁笼放下，四个战士保持了一定的距离后，才快速地打开了它。没有任何的咆哮声，甚至唐凌的对手在第一时间都没有从笼中出现。直到两秒后，仿佛是从一片阴影中出现了一道亮光，一抹银色先映入了唐凌的眼中。唐凌的指尖有些发冷，该不会是？

这个大家伙步子迈得不快，可当它完整地从笼中走出时，四个战士已经快速地抬着封闭铁笼跑了出来，并及时锁上了门。

沉浸在昱光辉中的人们并没有及时地给出什么反应，直到有人无意间瞥到铁笼中的家伙时，才忍不住"嗷"了一声。

"这个是不是超出了考核范围？"

"最后一个预备营战士是谁？要面对这家伙？"

"不，不是刻意准备的，你没听说吗？一切全凭运气。"

"怎么会有这家伙出现？我已经不忍心看这场比赛了。"

"是的，我打赌他不会有尸体留下，哪怕一根手指头。"

铁笼中放出的野兽，显然有着和昱一样的吸引力，让人们开始纷纷注意到了这场比赛。原本，很多人已经打算离去，但为了出场的野兽是它，也都纷纷留下。比赛第一次发生了颠倒，人们好像并不是为了看唐凌如何表现，而是为了看那头野兽如何逞凶。

时代的悲哀，对强大的崇拜显然战胜了同情心。虽然也有人觉得这超出了考核范围，但没有一个人肯为唐凌叫一声不公。反而因为它——莱斯特银背巨熊而兴奋起来。

"我记得你，走神的家伙。怎么？你不想进去吗？"教官踱步到铁笼前，喊话唐凌。

唐凌平静地看着他："我不逃避任何一件我认定要做的事情。即便，这事情没有那么公平。"

第54章 莱斯特银背巨熊

　　唐凌一语既出，人群中倒是有了一点儿小小的骚动。没人去相信完全公平这件事情，但第一预备营的考核关系到太多，比如说未来安全区的支撑者，又比如说普通人的上升渠道。所以，人们还是在意它的相对公平性。之前不说，是因为没人敢当"出头鸟"，但考生自己发出了质疑，人们倒是有了胆量疑问。

　　面对人群的骚动，教官没有丝毫慌张的意思，而是淡淡地说道："没有什么不公平的，之前我就说过运气也是一种实力。就好比挥舞的刀子，偶尔会砍中苍蝇。那就是那苍蝇运气不好。我只负责保证一切在规则内，而这一次的考核规则就是面对顶级的野兽存活十分钟。"说到这里，教官面对唐凌露出了一个狡黠的笑容，"即便是莱斯特银背巨熊，你又敢说它不是野兽吗？"

　　唐凌没有再言语。他不是鲁莽的人，刚才那句不公也只是确定了教官针对他，那便不用再刻意隐忍。毕竟，有时候隐忍是变本加厉的导火索。但，面对无可改变，也没有证据能确定的事情，多说无益。于是，人群在教官的解释后，也停止了骚动。在一片沉默中，只有战士开锁的声音，就像为唐凌奏响的最后送葬曲。

　　"苏耀这个家伙会发疯的。"飞龙盯着屏幕，没想到唐凌会遇见这群考核野兽里最凶残的莱斯特银背巨熊。

　　亚伦没有说话，作为苏耀相熟之人，他似乎没有立场在这个时候发表评论，那有干涉考核的嫌疑。

　　"只要人们没有异议就好。但我认为，如果苏耀非常在意这个小子，还是不要让他死的好。17号安全区需要苏耀。"副议长沉默了一秒，吩咐了一句。这一次，罕有的，飞龙没有顶撞，而是直接吩咐其中一个紫月战士传达意见。

　　铁笼的门打开了。唐凌深吸了一口气，沉稳地迈步走入了笼中。莱斯特银背巨熊的一些资料也在此刻浮现于他的脑海 ——

王野兽。成年巨熊体重达到一千五百公斤以上，银背便是其成熟的标志。这种体重在野兽之中算是最上层的一批，而谁都知道重量意味着在防御力和力量上的碾压。更何况，莱斯特银背巨熊还有一显著特征——全身肌肉化的程度极高。和其他熊类相比，远远没有肥胖的感觉，而是筋肉虬结，像一个壮汉。这又是力量的加成。一掌拍死野牛，这绝对不是玩笑话。力量，无弱点。

速度呢？也绝对不是它的弱点，虽然比不上虎豹一类的野兽，但也远远快过人类，这便够了。

至于防御，它的皮毛和肌肉都很厚实，普通野兽的撕咬相当于对它挠痒，更何况那一身肌肉在收缩之下，更是坚固的"盾牌"。

而它的咬合力呢？更别提了，就算在王野兽之中也是最厉害的，有猎人曾经说过莱斯特银背巨熊嚼起人的脑袋，就和人类吃脆皮坚果没有区别。

可这些还不构成莱斯特银背巨熊的可怕。它的可怕在于智慧和残暴。在17号安全区，莱斯特银背巨熊之所以那么出名，就是因为它覆灭了一处叫作莱斯特之家的流浪者营地。

那可不是什么普通流浪者的营地，而是一个由上千人构成的流浪者营地。更让人在意的是，那个营地中的成年男子，包括大部分女子都是经验丰富的猎人。他们的武器也不错，其中一些强者虽然不能和紫月战士相比，但绝对能和17号安全区最精英的战士一战。

这莱斯特之家原本是准备投靠17号安全区的。可是，他们在接近次安全带莽林时，消失了。惨剧就是由两头莱斯特银背巨熊造成的，传说那时整个营地没有一个人逃脱。

17号安全区震怒了。毕竟这样有实力的流浪者队伍，他们也是看重的。于是，派出了两队精英战士去剿灭这两头银背巨熊。结果，这两支队伍共一百人，逃回来了四十几人，任务不言而喻，失败了。最后，是紫月战士出手，才斩杀了这两头银背巨熊。

在中间或者有许多具体的隐秘，17号安全区的高层并未公开，但当人们知道始作俑者竟然是两头连变异兽都不算的王野兽后，哗然了。于是，这种第一次出现在人们视线里的银背巨熊有了一个新名字——莱斯特银背巨熊。也是它打破了人们脑中固有的一些定义，就比如说野兽弱于变异兽，变异兽弱于凶兽。万事皆有例外，不是吗？这也就是人们对这场考核，忽然又充满了兴趣的原因。毕竟，都想看看这与众不同的王野兽到底是有多妖异。

这就是关于莱斯特银背巨熊，唐凌所知道的一切，事实上这些资料的用处根本不算大。如果能凭借智慧与冷血残暴覆灭一个厉害的流浪者营地，它最大的"武器"便不是身为野兽的身体素质本身。

但没人会告诉唐凌真相。唐凌走入了笼中，静静地看着莱斯特银背巨熊。这带着些微恐怖色彩的巨熊，的确和一般的野兽相比，有些与众不同。它似乎对唐凌没有多大的兴趣，而是懒洋洋地趴在铁笼中的一角，双眼半睁半闭地看着广场上的人们，眼中透出的光芒有一些思考的意味。如果是这样，熬过十分钟根本不算什么难事。就连唐凌自己也微微有些诧异。

"真不知道是运气好，还是差。"奥斯顿双手抱胸，淡淡地评价了一句，实际上他很在意，换成自己和莱斯特银背巨熊战斗是否有必胜的把握。

而昱眼中却罕有地闪烁着兴奋的光芒，双眼不停地在莱斯特银背巨熊身上扫视。显然这头野兽才激起了骄傲的他的战斗热情。

面对这种诡异的情况，教官却没有半点儿不爽，他勾了勾手指，一位战士给他搬了一张椅子放在铁笼前。他就隔着铁笼坐在离莱斯特银背巨熊不到十米的地方，嘴上却说着："自由多好，如果向往自由，你得卖力。至少你看看人们，他们不希望看到一件无聊的事情，更不希望有人在某件事情上钻了漏洞。"

第55章　精准的表演（一）

这话语教官说得十分小声。或许是在刻意的安排下，就连直播的大屏也没有播放出这一段话。唯一听见的就是周围几个战士以及唐凌。

讲条件？和莱斯特银背巨熊讲条件？一个荒谬的想法压制不住地浮现在唐凌的脑中。

他面对过真正的变异兽——那条大蛇。可他不认为那条已经进化到高级变异兽的大蛇（或许它已经不能叫作黑角紫纹蛇了），能听懂这由复杂言语构成的条件。

莱斯特银背巨熊没有任何的反应，而是懒洋洋地打了一个哈欠，然后转了个身，背对着教官，正对着唐凌。

它的这一动静，惹得人们惊呼了一阵。可是，人们随即看见，这头熊又懒洋洋地趴下了。

教官嘴角带着微笑，低头，点燃卷烟，眯着眼睛盯着笼中。

唐凌深吸了一口气，躬身，全身的肌肉绷紧。

莱斯特银背巨熊扬扬头，开始抓痒。

唐凌的目光一直锁死着这头巨熊。

巨熊晃晃爪子，开始伸懒腰。

唐凌脑中划过了一个念头，生出了两种选择，只是零点几秒，他便做出了决定。慢慢地呼吸，然后放松。这头巨熊没有敌意，他用不着那么紧张。所以，他直起了身体，试探着开始后退。

一步，两步……

巨熊连看唐凌一眼的兴趣都缺乏。

唐凌更加轻松了一些，他有意无意地瞥了瞥荣耀广场的大钟，想要知道时间过去了多久？

很遗憾，半分钟都不到。这让他有些心不在焉，继续后退，也许是因为紧张还未消除，小腿显得有些紧绷。

人群中有人无聊地打起了哈欠，难道面对最恐怖的莱斯特银背巨熊，这个少年能够轻松蒙混过关？奥斯顿兴趣缺缺，一转头，目光看向了站在过关处角落的昱，又充满了挑衅。昱的手指在微微颤抖，眼中的兴奋犹若化作实质，自始至终都无视了奥斯特。荣耀大殿有战士匆忙地赶往考核之地。教官从口中吹出了一口浓烟，升腾的烟雾包裹着他的脸，看不清表情。莱斯特银背巨熊还在伸懒腰，屁股高高地撅起，身体伏低。唐凌有些东张西望，看样子想把距离拉得越远越好。

笼中。空气，开始搅动。

在这一瞬间。

伸了一半懒腰的莱斯特银背巨熊毫无征兆地开始冲刺。实际上，这个屁股撅起的动作非常适合后腿发力，如同弹射而出。

唐凌和它拉开的堪堪二十几米距离，在它冲出的一瞬间，就缩短了一半。剩下的距离，银背巨熊没有丝毫的留手，更没有任何多余的动作——比如在冲击的时候，就直起身体，用巨大的熊掌一击结果唐凌。那绝对没有必要，因为它体重和速度带来的冲击力，只要命中，就可以直接要了唐凌的小命。

这个时候，人群之中打哈欠的人还没有合拢嘴。奥斯顿还未收回看向昱的挑衅目光。昱颤抖的手指有两根陡然停住，其余三根显然还未来得及静止。从荣耀大殿赶往考场的战士走出了三步。包裹着教官头部的烟雾还未散去。

"完了。"亚伦的脸色似乎有些难看。

副议长叹息了一声，心中的想法只是要怎么去安抚苏耀。

只有飞龙眼睛亮了一下。

只因为，唐凌绷紧的小腿发力了，他原地高高地跃起，同时伸出了左手，一把抓住了就在他身旁的铁笼栏杆。然后以左手为支点，整个身体猛地一扬，让身体和地面平行。

飞龙用大家几乎看不见的速度，快速地截停了好几幅画面。被截图的几个画面自动落到了屏幕的一角，分别是唐凌起跳，抓住栏杆，以及身体与地面呈现平行的瞬间。在画面之中，唐凌的表情带着一种笃定，但上下唇微微分离，分明就是念念有词的模样。

他在念什么？飞龙皱眉，他很平静，根本不担心苏耀的情绪，因为唐凌这一次不会死。就算在莱斯特银背巨熊的故意"设计"下，也不会死。

飞龙的判断没有任何的错误，莱斯特银背巨熊全力冲刺而来，不过一秒左右的时间。在这一秒唐凌完成了起跳，抓栏杆，身体上扬的一系列动作。当他的身体与地面平行时，莱斯特银背巨熊堪堪冲到唐凌身体的下方，也就是他刚才站立的位置。

这一切说起来很是平淡无奇，唐凌无论是起跳的高度，还是完成动作的速度都是在绝对合理的范围内。

唯一不合理的地方则在于——他几乎与莱斯特银背巨熊同时动作，就如同预知一切。

"哗——"人群中终于响起了惊呼的声音，打哈欠的家伙因为太过惊奇，下巴差点被卡住。喧闹中，奥斯顿回头。昱的手指停止摆动，然后握成了拳，眼中的目光不再是兴奋，而是惊奇中带着思索。教官眼前的烟雾刚刚散去，露出了带着愤怒和不甘的眼神，当然还有那么一些震惊。

没有人想到唐凌能够避过这一击，就包括莱斯特银背巨熊，它完美的控制力，让它在冲了个空之后，生生地停住了身体。熊眼中竟透出了一丝难以置信——为何它的动作和唐凌的动作有一种奇妙的一致感？就像事先安排好的——它如果这样做，唐凌就照要求那样做，然后形成一个完美的躲避场景。这种思考让它停顿了大概三分之一秒。

在这个时候，唐凌只做了一件事情，松开了抓紧栏杆的手，整个人用扑的方式，一跃而下。

"难道他不是要爬杆吗？"反应快的人心中陡然生出了这样的疑惑。避开之后，爬上栏杆？或许是个不错的选择。

但这种选择，对于参加过"血腥铁笼"的少年们来说，是绝对荒谬的。考核不会留下漏洞，这些暗红色的铁杆，全部都是滑溜溜的。像唐凌这样，猛地发力，抓住栏杆借力或许现实，但是想爬上栏杆，挂在杆上避开野兽，完全就是笑话。

但唐凌一跃而下之后，又能做什么？这是所有看见这一幕的人共同的想法。所幸的是，他们并不用疑惑太久，下一刻唐凌就落在了熊背上，这到底是有意为之，还是无法控制的结果？

第56章　精准的表演（二）

但无论是有意为之，还是无法控制，落在了莱斯特银背巨熊的背上，都是一件糟糕的事情。没有人会幼稚地以为趴在熊背上，就能以此躲过攻击。事实上，不要说充满了智慧的莱斯特银背巨熊，就算是普通的野兽，也不会任由人骑在背上，它们会挣扎，想尽办法甩落骑在背上的讨厌家伙。所以，应该想个办法赶紧下来吧？

但唐凌又一次颠覆了人们理所当然的认知，他紧紧地贴在了熊背上，双腿用力夹紧了熊身，而手也使劲抓住了巨熊背上的银色毛发。

"糟糕的选择。"奥斯顿有些可惜地摇头，他为唐凌刚才能够避过莱斯特银背巨熊的冲击而惊艳。自问换作是自己没有准备的情况下，也不可能避开，只能选择硬扛。但没有想到的是，唐凌接下来的选择如此愚蠢。哪怕重复之前的闪避呢？想到这里奥斯顿又摇摇头，那个巧合性太强，外加双方的距离才制造了时间缓冲。

昱眼中思索的神色消失了，他又一次兴趣索然。

倒是教官在这时冷哼了一声，似乎觉得这才是合情合理的事情，而且他更加期待莱斯特银背巨熊的反应。以教官对莱斯特银背巨熊的了解，这家伙可是异常的骄傲。

果然在唐凌执意趴在它背上的那一刻，它就彻底愤怒了，发出了一声震耳欲聋的吼叫。

可是，它是"妖熊"，它并没有选择像其他野兽一样奋力地挣扎、摇摆，那样会平白消耗自己的体力，而在第一时间就站了起来，然后身体重重地朝后倒去。显然唐凌的体重根本没有给它带来任何的负担。又是一记必杀。

以莱斯特银背巨熊的体重，加上刻意为之的用力，唐凌就算不是必死，内脏也定然受伤。

可是，奇迹再一次发生了。就在莱斯特巨熊站起、仰倒的那一瞬间，唐凌的身体一个扬起，右腿用力地在熊腰上一蹬，借助这点儿反作用力，他的身体朝着左边歪斜，他的手也松开了巨熊背上长长的银色毛发，趁着身体歪斜的瞬间，抓住了巨熊胸口的长毛，用力地拉扯，然后顺着这股拉扯之力，在巨熊接触地面的刹那，整个人一下子从巨熊的背上到了巨熊的胸前。看起来，就像依偎在巨熊怀里的"小熊崽"。

这算什么？所有人还未见过如此奇异的躲避方式，但中间完美又怪异的契合感，越发让人觉得像是唐凌和巨熊在配合着一起表演。

而这表演还没有结束的意思。

聪明的莱斯特银背巨熊发现讨厌的唐凌跑到了自己的胸口，连翻身起来都顾不上，下一个动作便是双爪狠狠地抓向了唐凌。

其实这一下不用抓住他，按照莱斯特银背巨熊的力量，只要拍到了唐凌，哪怕没有拍严实，唐凌也不可能活下来。

可滑稽的一幕又发生了。在熊爪落下之前，唐凌只做了一个简单的动作，那就是扬起了上半身。

"砰！"银背巨熊的爪子狠狠落在了自己的胸口，发出了一声沉闷的响声。爪过之处，竟然在自己胸口留下了几道浅浅的血痕。

这简直是荒谬的事情——被自己所"攻击"。又完美地回答了前文明所留下的一个谜题——最锋利的矛攻击最牢固的盾是什么结果？毕竟莱斯特银背巨熊的力量和防御都是如此出色。它伤了自己，然后还像个人一样剧烈地咳嗽了两声。

"哈哈！"终究是有人忍不住笑了。

可是在场的强者，包括所有的紫月战士却没人有笑出来的心思，这一切太不可思议。所有的动作几乎都是提前预判，怎么可能？如果银背巨熊要破局，根本上只有超越唐凌的身体速度。

这一切，在场的强者能够想到，妖异又如同战斗机器的银背巨熊怎么可能想不到？况且，人们的嗤笑声加重了它的愤怒，它已经不想再用谨慎的方式来面对这个小爬虫，而是要直接碾压它。于是，银背巨熊开始疯狂地挣扎。各种腾挪，甩动，甚至撞击铁笼。

但是，对于唐凌来说，这一切似乎都无用，他总是能找到最好的攀附点，甚至借助银背巨熊本身的力量，去挪移，去避开腾挪和甩动震动最剧烈的点，避开撞击所带来的冲击力。

可是这一点，能看懂的人几乎没有。人们只是看见银背巨熊如何折腾，都不能将唐凌甩下来而已，那些精确的着力点，不可能在银背巨熊如此快速的动作下，还能够分辨出来。

就连飞龙也看不出来。作为紫月战士，战斗力才能说明一切，他根本不知道有精准本能这种东西，也根本不知道何谓计算下的战斗。更不可能精细地知道各种力量在发力之后，最薄弱的点会是在哪里。除了唐凌出色的判断力以外，他唯有两个猜测：

第一，是莱斯特银背巨熊那一身长毛帮助了唐凌，加上身体巨大，给了唐凌能够轻松借力的点和腾挪的空间。

第二，则是唐凌选择和巨熊贴身，实际上是限制了巨熊的很多攻击方式，而且腾挪的距离小，身体也能跟上预判的速度。

但说起来，飞龙也不会对唐凌的判断力太过吃惊，只因为对危险的感知就会形成提前预判，这种能力兽类一向更为强悍，这个时代的人类却出现了更加强悍的家伙。莫非这小子就是有这种能力，然后才被苏耀看中？飞龙皱眉，心中总是隐隐觉得解释得不算完美，可他也无法去注意唐凌每一次躲闪的精准，甚至不浪费一丝力量，更不会有任何多余的动作。巨熊的胡乱挣扎，也掩盖了这些。

所以，时间一分一秒地过去，人们看到铁笼的战斗依然是如此——发狂的莱斯特银背巨熊，与死也甩不掉"赖"在巨熊身上的唐凌。很多人都开始相信，如果不出意外，这场考核会这样持续下去。他们被这种独特的战斗方式所吸引，甚至快忘记这个被视作"弱鸡"的少年，在最凶狠的莱斯特银背巨熊面前，已经坚持了七分钟。

第57章　精准的表演（三）

可是，任何的战斗都不可能没有消耗。莱斯特银背巨熊在剧烈地挣扎了七分钟后，动作明显慢了下来，它似乎有些累了。但造成这一切的并不是唐凌，而是它自己。因为，唐凌自始至终没有和它正面战斗过。

反观唐凌，也不轻松，要维持这个状态，身体的负担巨大。他喘息得厉害。两道血流从他的鼻腔流出，过度地使用精准本能所带来的必然负担就是如此。

"还能坚持三分钟吗？"唐凌不敢让自己的动作有丝毫变慢，或者变形。在这一场看似"滑稽"的对峙当中，他其实已经充分地体验到了莱斯特银背巨熊的智慧。

事实上，从一开始就是如此。这巨熊懂得掩饰自己的目的，当教官对它说出条件时，它的双眼分明睁大了一下，却偏偏要在唐凌面前装作听不懂，不在意。

所以，唐凌才在那个时候就已经进入了战斗姿态。因为唐凌的警惕，外加对眼前的猎物不了解，狡猾的莱斯特巨熊没有立刻行动。

就是在那时，唐凌脑中才出现了两个选择。第一，是借着莱斯特银背巨熊的谨慎，再拖延一些时间。第二，则是立刻行动，但行动却要用麻痹莱斯特银背巨熊的方式，而不是鲁莽地让它直接进攻。所以，唐凌对着这只王野兽演了一场自己已经放松警惕的戏码。

这实在有些荒谬，但事实就是如此。

那接着那些看起来滑稽的闪避呢？在人们如同嚼了"蓝锯卡塔"般兴奋的嗤笑中，只有唐凌才知道这其中的细节有多惊险和让人恐惧。这巨熊在暴怒之中，展现的都是强大的智慧，它的一切动作都非常类人性化，像是经过思考的结果，根本不是乱来。

就比如其中一次，它让自己站在了笼中的角落，紧紧地贴着笼壁。这样，唐凌就无法躲在它的后背，剩下胸前的空间决定了唐凌根本不可能完美地避开它的抓咬。它只给唐凌剩下了一个选择，就是站在它的头上。但它的双臂并非够不着自己的脑袋，只要唐凌稍微躲闪不力，双脚就会被抓住，哪怕抓住一只也是它赢了。

另外，唐凌也不能长期地抓住滑溜溜的铁杠，去让自己腾空。甚至，它还可以直接走掉，彻底地摆脱唐凌。这几乎是最好的选择，若非强大的智慧，一般的野兽怎么会做出如此的判断？这也对唐凌的精准本能造成了巨大的挑战，什么时候挪脚，什么时候腾空，什么时候得在它走掉的瞬间，继续缠住它。

所以，唐凌也快到极限了。这是精准本能变得稍许强大了以后，又一次到极限的情况，甚至比面对那变异兽大蛇还要疲累。

可是，战斗到底是不能放弃的啊。剩下的，是比拼意志。一人一熊还在继续着这个甩开与缠绕的游戏。但唐凌明白，在这个时候他需要做些什么了。

勉强控制住急剧的呼吸，唐凌开始断断续续地说话，声音控制在银背巨熊能听见，而观看直播的人们最多只能断断续续地听见一点儿。实际上，唐凌还有更多的打算，一切都只是为了防着那个教官。木秀于林，风必摧之。何况，自己被盯上了。

"哥们儿，你那么辛苦地和我玩闹，真的能得到自由吗？你了解人类吗？你觉得他们是言出必行的吗？看看，你身为银背巨熊的尊严，今天被嘲弄了。我知道我在耍赖，要不要我配合你，让你显得不是那么无能。"几句简单的话，唐凌在躲闪和喘息之间，几乎用了一分钟的时间。他没有必然的把握银背巨熊聪明到能听懂，更没有必然的把握能够说服银背巨熊。毕竟这太荒谬了。他也只是想银背巨熊不用那么卖力，大家糊弄糊弄把剩下的时间混过去算了。

当说完配合那句话后，唐凌故意让自己的动作慢了一些，预判显得不是那么精确了。所以，银背巨熊的爪子稍微地触碰了他一下，其中一根锋利的指甲划破了唐凌的小腿。这是唐凌给银背巨熊展现自己的"诚信"。

另外，他绝对不能暴露精准本能，再继续"完美"下去，恐怕会引起巨大的怀疑。就算预判也没有自己这样毫无出错率的。

而唐凌的这一系列考虑，显然还是有些作用的。银背巨熊因为对唐凌的恼恨，显然并没有被唐凌所说服，但它的疑心被唐凌挑起了，它有些分心，开始时不时地望向教官，甚至偶尔会低吼一声。

"我去！"教官咬着牙从牙缝里蹦出两个字，任谁面对一头熊的"质问"，都不会心情很好。况且这小子是否看出了什么？他好像一直在对那巨熊低声地说话，可是根本听不清楚。想到这里，教官的心情忽然有些凝重，唐凌表现得有些"妖异"了，妖异的不在于他的实力，而是那种战斗智慧。

同样的想法，副议长，飞龙，亚伦，甚至好些紫月战士都有。不管实力如何，包含着战斗意识，战斗本能和战术安排的战斗智慧都是无比珍贵的。

所以，当看见唐凌受伤了，大家不知为何有一种松口气的感觉。17号安全区自然喜欢天才，但这种一定程度上反映智商的战斗智慧，却并不是那么讨喜。

太聪明的人，容易控制吗？所以，唐凌也在弥补。从第一次受伤开始，他开始接连不断地受伤，出错。虽然这些都并不致命，可是也说明了他借助所谓的预判取巧的成分较多。像个普通天才，不要像妖孽，这样就好。

当然，这也是因为十分钟的时间快到了，唐凌才做出了如此的选择。若然不是面对莱斯特银背巨熊这种"变态"，他何至于把自己暴露到这种程度？

于是，在后期开始表现狼狈的唐凌，"勉强"地煎熬着每一秒，银背巨熊偶尔的分心给了他稍微喘息的空间。

可精准本能的负担依然很重，因为他并非真的出错，假装出错实际上更累。所幸的是十分钟时间到了。

第58章　逼迫

荣耀广场的大钟传闻从不会出错。所以，当它精确地指向了三点五十。也就是意味着唐凌完成了这一场考核。

但，奇怪的是每当考核成功，那意味着胜利的铜钟声却没有响起，似乎是敲钟人忘记了为唐凌庆贺。所以，教官就阴沉着脸，理所当然地坐着，他并没有让守门的战士开门的意思。而守门的战士有些弄不清状况，当他求助地看向教官时，得到的是微微摇头的否定。

"奇怪，时间到了啊。"奥斯顿站直了身体，他迈出了一步，却又退了回来。因为他看见了教官，莱诺教官安静的样子，继而想起了昂斯家族，于是他决定看看情况再说。

"唔。"昱发出了一声意义不明的低唔，然后从身上掏出了一个小巧的东西，躲在了更深处的阴影之中，偶尔能听见他在对着这个小东西说话。

"尊敬的莱诺教官，副议长的意思是这个预备营战士需要活着。"一个战士附在莱诺的耳边小声地说了一句。

莱诺微微扬眉，然后掏了掏耳朵，非常诧异地望着那位战士："我根本没有听见你在说什么，可能是上午祖父大人教训我的声音太大，让我耳鸣了吧。"

这个无辜的战士愣在了当场。莱诺教官绝对不会没有听见他的话，可他提起了考克莱恩·昂斯，也就是莱诺教官的祖父，昂斯家族的族长，莫非要如此对一位预备营战士，是昂斯族长的意思？

想到这一点，这个小战士有些慌乱。他无法承受昂斯家族的怒火，也无法承受副议长的怒火，唯一剩下的选择便是把情况如实地报告给副议长。所以，这个小战士再次转身匆忙地离去了。

伴随着他离去的步伐，是人们奇怪的议论声。

"是我看错了吗？时间分明到了啊。"

"虽然不如奥斯顿和昱，这个少年也用自己的方式坚持了十分钟，为什么还没有结束？"

"是因为太过取巧，要延长时间吗？"

对于这些议论，莱诺的神色变得更加阴沉，但依旧岿然不动，充耳不闻。就算任性又如何？谁敢为了一个预备营战士和他计较？副议长，不，甚至议长也不能。

除非城主。但这根本不可能。

"莱诺要做什么？"紫月战士总部，亚伦终于第一次皱起了眉头，脸色并不是很好看。

"他竟然敢公开挑衅我。"副议长"啪"的一声，手拍在了沙发靠背上，他此刻非常愤怒，但并不是因为唐凌的死活，而是因为莱诺的抗命。

其实，副议长也很疑惑。他和昂斯家族说不上交好，但也并无私怨，为何莱诺会选择这种方式落他的面子？

只有飞龙，双手抱胸，冷笑了一声："蠢货，竟然因为私怨，毁坏安全区的信誉。"说话间，飞龙就朝着大门走去，心中叹息了一声，但愿来得及。这唐凌的情况并不是很好，接连的受伤让他看起来随时都会被杀。

"什么私怨？"副议长看着飞龙的背影，非常在意地追问了一句。他怀疑是不是自己不小心得罪了昂斯家族而不自知。

"莱诺和苏耀的私怨。他这样是正常的，毕竟不大气。"飞龙一边打开门，一边大步地走了出去。为了安全区的信誉，他必须阻止莱诺。

实际上，如果不是怕行为太过让人议论猜测，他想直接从荣耀大殿顶层跳下去赶时间。紫月战士能够轻松地做到。但，这样莱诺会说他偏袒，谁知道呢？真是想不通一点点私怨，莱诺至于把苏耀得罪到这个地步？而且，真的只是因为私怨吗？

飞龙心中还是溢满了疑惑，可除此之外并无解释。

唐凌知道人的阴暗，也知道人有时会被阴暗控制从而无耻。但却从未想到，一个人可以无耻到如此的地步。在众目睽睽之下，不顾身份，摆明了要让自己去死。

实际上，自己对他威胁大吗？唐凌想不明白！至少，从现在来看，自己只是一个小小的预备营战士，却被他如此针对。这种针对，分明是不给活命的机会。腹部的内伤，并非没有拖累唐凌，等待几个小时，也并非没有消耗体力。

以不完美的状态来对付最妖异的巨熊，唐凌已经是竭尽全力了。

因为信任规则。他选择了损耗自身来保全秘密，如今被直接判定成了愚蠢的行为。多处伤口，就算不致命，光是流血也能耗死他。这也就意味着，再凭借之前的方式已经不可行了，身体跟不上精准本能，那精准本能还有意义吗？

何况，精准本能也到了极限。在如此绝境下，救星在哪里？唐凌抿紧了嘴角，心中升腾的悲凉一下子包裹住了他。有那么一瞬间，他想松手，然后放弃。可是，他的人生在那一个雷雨夜，就已经彻底地被颠覆，他是一个连放弃都没有资格的人。

婆婆松开的手。妹妹最后的无助眼神，那一声"哥哥"还在耳边回荡。痛苦如同一把尖锐的锥子，直接刺入了唐凌的心脏，血淋淋的刺激让他把悲凉一下子压在了心底的深处。

他，必须自救，救星唯有自己。所以，暴露一些什么也无所谓吧？在愤怒的刺激下，他的胸口再度传来了饥饿的感觉。"它"出现了！

唐凌并不知道怎么去唤醒它，控制它，唯一的线索也无非是剧烈的刺激下，它会出现。那么……

唐凌一个仰头，避开了挥舞而来的熊爪。手腕轻轻地一抖，一块巴掌大的三级凶兽肉出现在了掌中。这是他最珍贵的财产，怎么可能不随身携带？又怎么可能放心地放入背包里？

实际上，在进入考核场地的时候，他的背包就被暂时没收了，他当时还庆幸把凶兽肉分别藏在了身上的几个地方，两个袖口里就藏着两块。而当时的他，更没有想到如今这凶兽肉成了唯一救命的依托。既然如此，那就这样做吧。时间不容许唐凌再犹豫，他冒着危险伸出了拿着三级凶兽肉的左手，然后扬起了它……

第59章　算，计

一块干枯的肉。布满了交错的肉筋，没有丝毫的脂肪，代表着难以入口的柴硬口感。可它散布着能量的芬芳，是最诱人的美味。

莱斯特银背巨熊陶醉了，有着强大智慧的它不由自主地开始耸动着鼻尖。继而变得贪婪而又疯狂。什么眼前的战斗，什么自由……统统都被它抛到了一边。多么精纯的能量啊！动物的原始本能开始驱动它，它，只想要唐凌手中的那块肉。可，这并不是一件容易的事情，眼前这讨厌的"小爬虫"什么都不值一提，但偏偏滑溜得让熊绝望。他分明就是想躲过自己，找到机会吃下那块芬芳的肉。怎么可能让他得逞？这块溢满了能量的肉应该是高贵的自己的。

一人一熊因为唐凌亮出了凶兽肉，搏斗又再度变得激烈起来。可已经支撑了太久的唐凌显然不是强势的一方。他的行动变得更加吃力起来，他所受的伤又多了几分。他像是下一秒就要倒下，只是凭借着意志在强撑。

人们不知道发生了什么，让莱斯特银背巨熊如此疯狂，毕竟唐凌把肉扣在手掌当中，除了莱斯特银背巨熊能够感知，暂时还没人能敏锐地发现这一点。

莱诺脸色依旧阴沉，像是愤恨着唐凌还不倒下，让他在这里接受着"道德"的审判，但同样也没有人注意到他眼中闪动的贪婪光芒。

又是半分钟过去。唐凌的闪躲终于出现了巨大的失误，在人们的惊呼声中，他的右手被莱斯特银背巨熊咬住了。

"啊！"优雅的妇人用手绢捂住了嘴。

"唔！"衣冠楚楚的绅士，脸上也流露出了不忍。

右手被咬住，还有什么机会挣脱？接下来，这瘦弱的小子被撕碎是理所当然的事情吧？他的表现不错，毕竟他还承受了不公平的待遇。有人在思考，是否在考核完毕以后，给敬爱的城主大人写一封揭露此次考核不公的信件。

但唐凌的幸运超出了人们的想象，他竟然挣脱了。尽管右手被莱斯特银背巨熊尖锐的牙齿划得鲜血淋淋，他还是从熊口中扯出了他的右手，然后狼狈地松手，继而一个翻滚，趴在了距离莱斯特银背巨熊不到十米的地方大口喘息。

"游戏还是结束了。"有紫月战士如是想道。

看明白这场战斗的内行自然明白，只有和莱斯特银背巨熊贴身，才有一丝生存的机会。拉开距离无疑是能力到了极限的体现。悲剧只是延迟几秒发生，没人相信结局会因此改变。

事已至此，最希望唐凌去死的莱诺反倒没有表现出任何兴奋，而是皱着眉头，肉疼地再次拿出一根卷烟点上。

反观唐凌趴在地上，剧烈地喘息中，漆黑的眼眸中却没有一丝慌乱，嘴角倒带着一丝冷笑。

一秒。

两秒。

十秒。

意外再次出现了，莱斯特银背巨熊根本就没有攻击唐凌，而是带着一种异常类人的，难言的舒爽表情，懒洋洋地趴下了。

发生了什么？口上捂着手绢的贵妇不由得放下了手绢。绅士们也面露疑惑。

可是没有人会解答，人们只是眼睁睁地看着之前还在喘息的唐凌，慢慢地，稍许有些吃力地站了起来。他的神色很平静，他撕扯下了一截衣袖，慢条斯理地包扎着右手，一面盯着莱斯特银背巨熊，那俯视的眼神，如同在这血腥铁笼中，他才是狩猎者，莱斯特银背巨熊只是可怜的猎物。

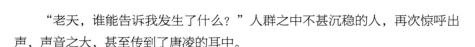

"老天，谁能告诉我发生了什么？"人群之中不甚沉稳的人，再次惊呼出声，声音之大，甚至传到了唐凌的耳中。

唐凌转头，忽然微微一笑，然后食指放在唇上，"嘘"了一声。

这神奇的小子想要表达什么？是的，有人已经忍不住给唐凌身上冠上了"神奇"二字。

的确，很是神奇。因为，在下一秒，莱斯特银背巨熊忽然狂吼了一声，整头熊陷入了一种无序的癫狂状态。

"天，谁能告诉我？这头熊为什么会精神分裂？"目睹了一切的人们，脑中大多数浮现的都是这样一个想法。

只有在原地不停地挣扎、翻滚的莱斯特银背巨熊才是真正的有苦难言。没有熊能够拒绝那一块能量肉食。谁都不会知道，在吞下它的前十几秒会有多的舒爽。饥饿已久，火辣辣的胃像是被泡入了温泉之中，整个身体如同吞了甜蜜醉人的发酵野果一般放松，酥软。什么都不想做，只想趴下来静静地享受。

但这样天堂般的体验只有十几秒。下一刻，这些聚集在胃里的热量就像讨厌的噬齿蚁，一只两只没人在乎，可是越来越多时，就会越发的危险。所以，温和的热量开始烧灼起来，开始刺痛。到了某一个点，这些热量便到了可以质变的地步——它们陡然爆炸了。瞬间就充斥在身体的每一个角落，如同千万根多比牛蜂的毒刺不停地在蜇，就连骨髓也没有放过。没有体验过的人，如何能明白这种痛苦每延长一秒，都是怎么样的折磨！

可是，在场都是没有体验过的人吗？显然，唐凌体验过。他甚至还精确地计算过，他的体重是67公斤，莱斯特银背巨熊1617公斤。他曾经吞下的凶兽肉丝重量是1.47克，莱斯特银背巨熊吞下的这一块足足有206.53克。体重相差只有不到二十五倍，可吞下的凶兽肉相差却有一百多倍。就算有什么不确定因素，比如莱斯特银背巨熊的耐受能力比人类强大，但这个比值也应该能保证事情结果的确定性了。

是的，唐凌那一块三级凶兽肉，自始至终都没有自己吃掉的打算，那是给莱斯特银背巨熊准备的。就是因为体验过，才知道那能量爆炸的时刻，会让人陷入多么无助又无力的境地。莱斯特银背巨熊比自己的意志力强大？不存在的。它会修炼引导能量？不存在的。

第60章 颠覆

唐凌绝对不会认为自己是一个阴谋家。他只是依靠智慧而已——莱斯特银背巨熊多智狡猾又多疑。不可能如同某些贪嘴又愚蠢的野兽，乖乖地吃下唐凌喂下的肉食。唯一的办法，就是表演，暗示这头熊，这块肉不是给它的，是自己想要吃的。

真是人生如戏，全靠演技，不是吗？唐凌的嘴角挂着淡漠的笑容，双手插兜，时而走上两步，时而原地不动，看着莱斯特银背巨熊在铁笼中嘶吼，翻滚，疯狂地跑两步，接着撞击铁笼。这个庞然大物搞出了巨大的动静，让整个血腥铁笼都震颤不止，但没有威胁了，就是没有威胁了，唐凌唯一要做的就是偶尔躲闪一下，免得这只神经熊撞到了自己，如同闲庭信步。

他的目光一刻都没有离开过莱诺教官，没有愤怒，也没有祈求，但就是这样平静的目光让莱诺差点儿捏碎了手中珍惜的卷烟，这小子找死吗？

人们目瞪口呆地看着笼中发生的一切。知识丰富的学者甚至想到了前文明传说中的一种职业——巫师。这唐凌莫非对这头熊施展了巫术？

"五。

"四。"

唐凌根本不在乎任何人的想法，他还在本能地计算着，可惜数到"一"的时候，莱斯特银背巨熊没有倒下，反倒是延缓了三秒，这头熊才不甘地最后嘶吼了一声，沉重地趴下了，扬起一阵烟尘。

唐凌微微皱眉。他有些不满意，根据几个绝对的数据，最后还是没有计算出莱斯特银背巨熊脱力的精确时间。再接再厉好了。此时的唐凌半点儿不想耽误时间，他深吸了一口气，甩了甩包扎好的右手，大步地朝着趴下的莱斯特银背巨熊走去。

吃下凶兽肉后的反应大概可以分为三个阶段。舒爽——痛苦——完全的虚弱。无论哪一个阶段，都会让人失去战斗力。

唐凌吃下凶兽肉，貌似没有舒爽，而事实只有他才知道，才吞下去的一瞬间，那种能量逸散开来的温暖感，让人感觉就像醉酒。可惜，持续的时间太短罢了。不过，不管莱斯特银背巨熊和他有多大的不同，但最后的完全虚弱阶段，才是唐凌彻底反转的时机。

他很快就站在了莱斯特银背巨熊的身旁，居高临下地打量着虚弱的银背巨熊。或许是本能地感觉到了危险，银背巨熊挣扎着想要站起来，却连这个简单的动作也无法做到。不存在什么心慈手软，也无所谓犹豫。

浑身满是血迹的唐凌只是对莱诺微笑了一下，问了一句："你期待吗？"接着，他扯下了胸前的徽章，夹在了两指之间，朝着莱斯特银背巨熊的眼睛，狠狠地刺了进去……

这是没有办法的选择。皮坚肉厚的莱斯特银背巨熊即便在完全虚弱的阶段，也不是唐凌能够轻易杀死的。只能选择最直接的方式，破坏大脑！

巨大的熊尸，伏卧在铁笼之中，如若不是眼睛还在潺潺流血，它就像只是睡着了一般。浑身染血的少年，神色平静地站在笼中，鲜红的手指，血滴滴落的徽章，证明了他的荣耀。

这一幅画面，深深地刻印在了在场每一个人的脑海之中，即便十年以后再想起，依旧鲜活。只是，广场上没有任何的欢呼声，惊叹声……

如果只是一场辉煌的胜利，那一定有掌声相伴，但如果是一场神奇的胜利呢？此起彼伏的呼吸声中，诡异的安宁之中……

奥斯顿靠墙双手抱胸的笑容，昱低头沉默的思考，飞龙的讶异，莱诺的阴沉都似乎凝固在了这一刻……

结果已出。未必没有人看出唐凌的战斗是怎么赢的，就比如飞龙。但结果就是结果，就算莱诺把唐凌再关下去也没有任何意义。

"开门。"唐凌没有骄狂，只是看着莱诺，低声说了一句。

莱诺抽完了最后一口烟，缓缓地站了起来。是人都认为，到了这个地步，莱诺需要认输，需要低头。可是，莱诺并没有这个打算，他扔掉了手中的卷烟，用鞋狠狠地碾过，然后高声宣布道："45号考生的成绩作废！"

话音刚落，全场哗然。聪明人自然能看出莱诺从始到终针对着唐凌，但公然如此真的没有问题？

"考核可不是儿戏。"飞龙的声音明显已透着不满。

但莱诺没有任何的慌张，只是看了一眼飞龙，再面向着人群，大声地说道："我，莱诺·昂斯，作为昂斯家族之人，充满着公正之心。绝对不会拿17号安全区最为神圣的考核当作儿戏。请允许给我一点小小的时间，让我证明45号考生的成绩为何会作废。让我为我之前的行为，有一次辩解的机会。"莱诺的眼神带着笃定，嘴角依旧是那抹嘲讽的笑容。

面对莱诺如此的言辞，人们的情绪稍微平静了一些，不管如何想看"热闹"，但对神圣的考核公然如此，还是超出了17号安全区人们容忍的底线。

飞龙没有说话，尽管他的神色已经非常难看，也猜测到了莱诺的目的，但莱诺搬出了昂斯家族，自己如若强硬地阻止他，连所谓辩解的机会都不给他，恐怕……比起墙外的威胁，墙内乱起来才是最可怕的事情。飞龙犹豫之后，选择了哑忍。

带着些许的得意，莱诺慢慢地踱步来到了铁笼的门前。

所有人都带着复杂猜测的心情看着事情的进一步发展，唯有唐凌平静地望着站在门前的莱诺。他已经想到了莱诺接下来会如何。所有的事情并非全无破绽，既然选择了暴露三级凶兽肉，就必须承担这结果。只不过，承担的方式有很多种，逆来顺受并非唯一的选择……

平静的神色下，唐凌的心脏在剧烈地跳动。

"咚""咚""咚"，如同擂鼓般的每一声快速吞噬着一切的情绪——不安、无助、悲伤……但自始至终没有恐惧。

伴随着这样剧烈的心跳声，莱诺的每一个动作在唐凌的眼中已经变得毫无意义。

第61章　丑角

莱诺得意地进入了铁笼，嚣张地顺手锁上了大门。接着，莱诺开始大声地指责着唐凌作弊，而证据就在熊腹之中。

非常地滑稽啊，就像一个丑角。唐凌安静地站着，有些嫌弃，却又置身事外。他只是松开了拳头，手指再次无意识地划过胸口……"它"出现了，挟裹着铺天盖地的愤怒，带着比以往任何一次都要强烈的饥饿感，就要吞没自己。第一次，唐凌没有任何的惶恐，没有下意识地压制，不再安静地等待，反而推波助澜地燃烧着自己的愤怒，另一只紧握的拳头下，大拇指就要把手心抠破。

只是不知道那样的自己，面对和莱诺的战斗，会否有一丝胜利的希望。即便如此，唐凌心中也没有丝毫的畏惧，反而是跃动着一种异样的兴奋，诚实地折射在了他的双眼之中。压迫无处不在，如若避无可避，那便鱼死网破。

"他，要做什么？"昱用几乎只有自己可以听见的声音，小声地自言自语了一句。

莱诺还在陈诉唐凌的"卑鄙"——用了考核绝不允许的手段，取巧战胜了莱斯特银背巨熊。唐凌似乎默认了一切，从始至终沉默不语。

只有昱注意到了唐凌的眼神。那种情绪，昱很熟悉，就如照镜子般看见了自己对于战斗的渴望——没有畏惧，抛却生死，唯有挑战带来的刺激。不，比自己还要疯狂无畏！

看着唐凌的眼神，对唐凌已经有了一些了解的昱第一次对这个少年充满了强烈的兴趣，他有些不希望唐凌就此被莱诺踩在脚下，再无出头之日。"那么，需要家族出手吗？"昱在考虑这件事情的可能性。

同样的，奥斯顿也默契地在考虑着同一件事情，他并非对唐凌有多少同情，只是好奇，好奇这样一个少年在之后的第一预备营能否成为他的对手。天才是需要对手的。奥斯顿同样赞同这句话。

"其实，要证明我的说法，非常简单。"莱诺已经陈述完了唐凌的"罪状"，大义凛然的神色似乎让他达到了人生的演技巅峰，"现在，解剖这头莱斯特银背巨熊，大家会亲自看见答案。"莱诺如是说道，恰到好处的愤怒说明了他是多么不耻唐凌的行为。说话间，他已经拿出了一把锋利的匕首，一脚踢翻了莱斯特银背巨熊趴着的尸体，亮出了它的肚子。匕首过处，还带着热气的鲜血翻涌。

唐凌的双目一片血色。整个世界只整下"咚""咚"剧烈的心跳声淹没了一切。它，就要来了。

一把锋利的合金匕首，在莱诺的指间跳动，熊尸行云流水般地被剖开，而莱诺的手只沾染了少量的血迹。玩匕首的高手！那把合金匕首也不错，绝对是前文明的精品，在这个时代想要拥有一把这样的武器并不是一件容易的事情。

因为即便掌握了冶炼技术，也没有能力去制造。人们在等待证据的时候，也惊叹着莱诺的手法，没人会忘记，莱诺也是一位货真价实的紫月战士。

莱诺的动作很快，巨大的熊尸在他的手下，就像一件易碎的玩具，轻易地被完美分解。胃被剖开。一块还没有完全被消化的凶兽肉，就躺在莱斯特银背巨熊空空的胃袋之中。

莱诺的眼中闪动着兴奋，一把就把凶兽肉抓在了手中，高喊道："看见没有，这就是证据。"是的，这就是证据，铁一般的证据。

在场很多人一头雾水，但也不乏有识之士能够认出这块肉是什么，吃下去以后，没有配套的吐纳方式，会带来怎么样的后果。

飞龙叹息了一声。严格地说来，唐凌不算作弊，他绝对是凭借着一己之力坚持了十分钟，而且对手是莱斯特银背巨熊。可是，有了这样的证据，要钉死唐凌也异常容易，就比如——莱诺完全可以说，他一早就发现唐凌带了凶兽肉进入铁笼之中，是有预谋的。他的针对是有原因的。

"你，还有什么可说的？"莱诺不动声色地将三级凶兽肉放了胸前的口袋。即便是他，也为了这样一份资源，兴奋得微微颤抖。

出于某些原因，他自然想要钉死唐凌，但他更想要这一块凶兽肉，当他发现并确定唐凌拿出了这东西的时候。

一直密切地注意着唐凌，原来还有这样的好处啊——原本以为可能是一块二级凶兽肉，没有想到是一块三级凶兽肉。莱诺想笑，他隐忍到现在，没有阻止唐凌，为的就是这一幕，为的就是他第一个发现凶兽肉，出于17号安全区内的规则，没人可以抢夺他的战利品。

人声开始嘈杂，有许多人忍不住开始指责唐凌，怒不可遏。考核的公平怎能被破坏？可也不是所有人都糊涂，至少唐凌靠自己支撑过十分钟，是没有争议的。但在证据面前，这部分人选择了闭嘴。

"那么……"莱诺盯着唐凌，残忍地笑着。

唐凌抬头，双眼已经泛起一丝不易让人察觉的血丝，嘴角也泛起了一抹残酷的笑容："那么……"那么，便要暴力反抗吗？

所有人都震惊了，唐凌的笑容和回答算怎么回事？他没有辩解，更无所谓慌乱，如此嚣张坦荡的模样，除了暴力反抗还有别的答案吗？

"真是，嚣张啊。"奥斯顿给予了唐凌最高赞美，这是他能做的最后一件事情。在证据面前，他无法求助家族了。按照安全区一贯的特性，这场争端会被和稀泥一样地平复下来，唐凌和昂斯家族，安全区的选择是什么，傻子都清楚。

同样地，昱和飞龙也做不了什么了。一切，都因为证据。刹那的犹豫，意味着他们保不住唐凌了。虽然遗憾，但也并不用太在意，死去的唐凌没有任何意义，时代就是那么现实。

"但，如果早一点儿出手也就好了。"只是不可避免地，三人脑中同时升腾起了这样一个念头。

第62章 巨神

血液在沸腾。它们如同溪流汇聚到了心脏。再一点点，只需要再一点点的刺激，它们便会爆裂开来，变为力量，涌向四肢百骸，充盈在身体的每一处。接着，便战斗吧！唐凌兴奋地舔了一下嘴角，淋漓尽致地战，毫无畏惧地死，对他来说何尝不是解脱？这不是他的选择，是环境的逼迫，他没有负担。他可以在亡者的世界，安然地面对婆婆和妹妹。

莱诺不是第一次恼怒唐凌的眼神，特别是唐凌的笑容带着一丝让他都颤抖的血腥味道时。他上前了一步，高声地喊道："那么……我也是紫月战士，我想我有处死你的权利。"说话间，一股美妙的感觉，已经荡漾在莱诺的心间。一切终于结束了。看，他得到了什么？一块三级凶兽肉，以及……

可偏偏就是在这美妙的巅峰。一个粗犷、浑厚如闷雷的声音，压过了人们愤怒的嘈杂声，清晰地传入了莱诺的耳中："你说，你要处死谁？"

听见这个声音，莱诺猛地颤抖了起来，几乎不用思考，恐慌的情绪就包裹了他。

"糟了。"飞龙皱眉，那个杀神来了！此时他不是应该在悲鸣大裂谷中，继续和那头难缠的凶兽纠缠吗？事情好像变得更加不可控制了啊。飞龙有些头疼，但眼中哪有半分担心的意思。仿佛这个人出现才是飞龙盼望的。

倒是莱诺，身体僵硬着，艰难勉强地转头。到底还是看见了他此时最不愿意见到的一个人。

人群之前，高大如山岳般的身影。敞开的黑色大氅在风中飞舞，门板一般的巨剑背负在他的背上，手中轻松地抓着一个半人大小的蜥蜴类头颅。那头颅上的眼睛还半睁着，能够读出畏惧与惶恐。莱诺仿佛看见了自己的双眼。

苏耀！他这一辈子无力反抗的梦魇——苏耀，在这个时候出现了。

无数次在梦中，他想要反抗苏耀。但也是无数地梦见，苏耀最终会打碎他的鼻子，然后带着恶魔一般的笑容，无所谓地说道："鼻子既然已经塌了，何不更彻底一些？"接着，莱诺能听见自己的惨嚎，而苏耀则完全没有波动，只是用两指夹住他的鼻子，掰扯，揉捏，直至它碎成骨渣。疼痛已是让人如此记忆深刻，更难忘记的是这个男人的张狂、冷漠与高高在上。

第一次，莱诺感觉自己像是一只爬虫，生死只在这个男人的一念间。说白了，什么昂斯家族，什么资深紫月战士的身份，在这个男人眼中都是狗屁，这个男人——无所畏惧！

无畏的人就是疯子，谁不怕疯子？

"不。"莱诺的喉间艰难地挤出了一个字，他比谁都清楚，这一切根本不是梦境，而是真实。这是他平生最大的恐怖，即便他后来付出了极大的代价，换来了细胞复原药剂让鼻子修复如初，但心上的伤口却毫无办法，以至于一次次地让他午夜梦醒，难逃心魔。

"啪！"就在莱诺呆滞之时，苏耀松手，那个巨大的头颅被他扔在了地上。"唰——"背上的那把巨剑被他拔出，单手而持，嘴角的不屑，眼中的冷漠平静，让他像远古的巨神。苏耀朝前跨了一步，下一瞬，就出现在了铁笼之旁，比刚才紫月战士的瞬步更快。

"刺啦啦——"刺耳的金属切割声让人牙酸，人们却只看见了苏耀挥剑的动作。下一秒，就见苏耀伸出了大脚，一脚狠狠地朝着血腥铁笼踢了过去。

血腥铁笼的上半部分被踢飞了。在空中翻滚了三十几米，才"咣当"一声落在了人群的面前，让人群在惊呼之中倒退了好几步。鸡蛋粗的栏杆，剩下了一半，切口处泛着冰冷的银光。

苏耀眯起了眼睛，慢条斯理地点上了一根香烟，反手扣上了巨剑，一步一步踱步到了铁笼之中。在莱诺面前站定。一口烟气毫无顾忌地吐在莱诺脸上，然后叼着烟，平静地再次问道："刚才，你说，你要处死谁？"

莱诺无法回答，如果可以，他甚至想要痛快地尿一场来发泄自己的恐惧。

无视颤抖的莱诺，苏耀伸出了大手，轻轻地拍在了唐凌的背上，就如同之前那一次，一股柔和的力量进入了唐凌的身体，粉碎了唐凌汇聚在心头的热血。

已经陷入了血腥杀意中的唐凌瞬间清醒，抬眼，看见的是苏耀有些别扭的笑容。"小子，做得不错。"苏耀语气温和。

唐凌有些嫌弃，他情愿苏耀不要温和地笑，看起来像是一个目的不纯的变态，会吓哭女孩子的吧？

似乎看透了唐凌的心思，苏耀忽然狠狠一巴掌又拍在了唐凌的背上，一股积在内里的淤血被拍了出来，还未待唐凌抹掉它，便看见苏耀凶狠地瞪着自己："你，太不稳重了。"

没人明白苏耀在说什么。可唐凌明白，苏耀是指什么。如果他未及时出现，自己今日必然会暴露出最大的秘密——变身！可唐凌却无半分悔意，按照苏耀叔的性格，只怕会比自己更加激进。

但到底还是感激的啊，唐凌伸手擦掉了嘴角的鲜血，明白苏耀这一巴掌拍出他的淤血，让他的内伤不至于会变得更加严重。支撑了那么久的战斗，还挨了莱诺一拳，怎么会没有内伤呢？唐凌很是安心，甚至有点儿想就在这里睡一觉好了。也不知道这是不是就是父亲的感觉，苏耀一出现，整个人便安然又温暖。

不再和唐凌废话，苏耀再次望向了莱诺，面对这个连逃跑都没有勇气的家伙，苏耀语气嘲讽："来，让我猜猜，你想要处死我的侄儿，是要用右手呢，还是左手？"

莱诺的冷汗大滴大滴地流下，他终于想起了逃跑。可是，有机会吗？

用快得不可思议的速度，苏耀一把抓住了莱诺的右手："按照习惯，人们比较习惯用右手，不是吗？"接着，在众目睽睽之下，苏耀的大拇指轻轻一弹，就如同弹出一颗弹珠一般轻描淡写地弹向了莱诺的一根手指。

第63章　疯拘

"啊！"莱诺发出了一声低吼。

通过还在直播的大屏幕，人们清楚地看见莱诺的大拇指已经朝后呈诡异的九十度角，被折断了。

吐了一口烟，苏耀并未有多余的废话，大拇指接连弹出，伴随着莱诺不停的痛呼，只是不到一秒，就见到莱诺的五根指头都呈九十度角倒向了后方。异常整齐。

"很好，这样，即便你是紫月战士，也无法捏死我的人了吧？"苏耀满意地点点头。然后一把将莱诺拉到了眼前，声音陡然变大："所以我说，你是紫月战士又如何？你是昂斯家族的人，又如何？你看看你的手，现在还能捏死谁？"

莱诺被苏耀的声音震得脑袋发胀，七窍流血。他终于忍不住开始颤抖，他知道恶魔如此饶有兴趣地问话，证明他还没有感觉索然无味，他还要继续折磨他。

"苏耀，够了。放开莱诺吧。"叹息了一声，飞龙终于选择在恰当的时候开口了。即便飞龙也不想承认，苏耀的行为让他内心翻滚着一股子痛快。但17号安全区的内部需要和平与团结，事情不能再扩大。说完这话，飞龙又转向了旁边，吩咐了一句："考核结束，停止直播。"

"嗤！"苏耀忽然冷笑了一声，朝着飞龙望向的方向吼了一声，"谁要是在此时掐断直播，我就要谁的命，这句话绝对不是玩笑。"此话刚落音，苏耀直直地瞪向了飞龙，"难道欺负了我的人，不该让所有人看见是什么下场吗？"

飞龙是一个很低调的人。虽然他偶尔看起来浪荡不羁，言辞犀利。但这不妨碍他是一个低调的人，低调到就连17号安全区的紫月战士都并不是全都认识他，只知道他就是紫月战队的最高首领。可那又如何？低调不等于实力弱小，整个17号安全区除了苏耀，恐怕没有人敢这样对飞龙说话。

所以，当苏耀充满怒意地质问飞龙时，飞龙愣住了。这苏耀发起狂来，是也要与他一战吗？

直播扔在继续，看来苏耀的威胁比他的命令还要有用。

苦笑了一声，瞥了一眼被苏耀扔在地上的大地亚蜥的头颅，飞龙决定不管这件麻烦的事情了。单打独斗，苏耀绝不会是自己的对手，但苏耀是一个疯子，而且是一个对17号安全区有用的疯子。那么，他便有资格倾泻怒火，只要事情不要闹得太大。想到这里，飞龙不再言语，转身朝着荣耀大殿走去，接下来的事情交给最高议会那些家伙头疼吧。

飞龙的离去，让莱诺彻底绝望。他的双目失去了神采，陷入了一种麻木的状态。只期望苏耀的怒火倾泻完毕之后，他还能活着。

而苏耀依旧淡然。尽管在这一天，他用一种不可思议的方式，成了17号安全区人们心中的——魔神。他需要人们看完这场凌虐，人们便只能看着。

于是，一场折磨果断地开始了。莱诺被折断了十指。莱诺被捏碎了手掌。莱诺的腕骨破碎，接着就是手臂……

尽管很多人不忿莱诺的作风，但苏耀的残酷更加让人畏惧。他是要把莱诺整个人都捏碎吗？

唐凌似乎对这样的复仇无心观赏，他倚在铁笼的栏杆上，半坐着睡了。晚风吹动着他的黑发，闭着双眼的清秀脸庞，透着一股安谧。与苏耀的残暴形成了有趣又冰冷的对比。很多人喜欢这个"神奇少年"，包括飞龙。

"你不应该让苏耀如此放肆的。"副议长的神色有些阴沉了，苏耀半点儿没有结束的意思。

"有什么关系，昂斯家族的人就快出现了。苏耀，很聪明，他做的事情在底线之上。"飞龙懒洋洋的，目光却停留在唐凌的身上，如果这小子的成长能顺利，腐朽又无趣的17号安全区应该会出现一位有趣的紫月战士。

"住手吧。"似乎是在印证飞龙的说法，这一场凌虐终究有人出来阻止了。来人是一名高贵的青年，金发耀眼，风度迷人。干净的，带着前文明17世纪风采的白色衬衫，映照着夕阳的光芒，显得英俊又温柔。面对苏耀的残暴，他也只是微微皱眉，并没有任何的怒气，甚至还能温和地笑。尽管他是昂斯家族的人——艾伯·昂斯。

"你来得有点儿晚。"苏耀看着艾伯，手上的动作没有再继续。

莱诺是个卑鄙的废柴。但艾伯则是昂斯家族最耀眼的天才，十年前第一预备营最耀眼的星辰。强者，要给予应有的尊重。苏耀并没有破坏规矩的意思。

面对苏耀的质问，艾伯停下了脚步，他温和地回答："但，我还是来了。"

"他对我的侄儿做了卑鄙的事情。"苏耀甩开了莱诺，尽管只是双手被废，莱诺也已经没有站起来的勇气。他如同死狗一样躺在地上，即便艾伯出现，也没让他恢复一丝勇气。这并不是什么良好的影响，因为莱诺是紫月战士。如此颠覆的形象，动摇着17号安全区普通民众的心防——紫月战士也……

"他已经付出了代价。"艾伯也有些不满，但不知道是因为莱诺，还是苏耀，他皱起了眉头。

"那么，这件事情就算了结？"苏耀眯起双眼，眼中闪动着危险的光芒。艾伯沉默了几秒，然后回答："就这件事情而言。"

苏耀冷笑一声："那么，我侄儿的考核成绩？"

"合格的。"艾伯很真诚，事实上唐凌的表现他也看见了，他不吝啬承认一个人的实力。

"那接下来的考核？"

"那不是昂斯家族所能插手的，一切自有规矩，第一场考核合格了，参加第二场是理所当然。"艾伯淡淡地说道，话里的暗示已很明白。

"很好。"苏耀恢复了淡漠的神色。

艾伯示意，人群中走出几人，想要带走莱诺。

苏耀却咧嘴一笑，直面镜头抓起了死狗一般的莱诺，大声地说道："记住，他现在的样子。所以，也记住唐凌是我罩的。他可以被训诫，可以吃尽苦头，甚至可以战死……但没人可以给他不公平！因为，他的公平是我苏耀给的。我苏耀不是很强大，但我是一条会咬人的疯狗。"

是的，会咬人的疯狗，所有人都记住了这句话，但没有人认为苏耀不强大。艾伯的眼中闪过一丝阴沉，但到底还是带着优雅的笑容，转身离去。

第64章　最重要的考核

一场考核，搅动了整个17号安全区。压抑的生活下，这场跌宕起伏的剧目，会成为人们很长久的谈资。而此时，剧目里的主角——唐凌和苏耀却走在一条偏僻又黑暗的小巷。

紫月升起，夜就会寒冷起来。这样的巷子几乎不会有人出现。

"给你树敌了。"几乎安静地走了一路，在一栋普通的石屋前，苏耀忽而停下了脚步，望着唐凌说道。艾伯并不是什么宽容的人，他沉稳也精于算计，比莱诺危险十倍不止。

"比起这个，我更在意你为什么说自己是疯狗？"唐凌笑得很轻松。树敌？无所谓的。他甚至连莱诺为什么针对他都懒得问。弱小，就不要询问缘由。同样，强大也无须询问缘由。唐凌只想要变强。

面对唐凌的回答，苏耀一愣，然后一脚踢向了唐凌的屁股："臭小子，你装睡？"

石屋中，干柴在壁炉里"噼里啪啦"烧得正旺，散发着紫针松特有的香味。原色粗犷的木桌上，摆放着热气腾腾的黄粟谷饭，一大盆新鲜的肉，一碟子分量不多的绿色菜。简单却又奢侈。

苏耀和唐凌相对而坐，都大口地扒着饭，吃着肉，那一碟子唐凌都不认识的绿菜，则被苏耀塞了一大半在唐凌的碗里。

罗娜就这样满足地看着这一大一小两个男人吃饭，感觉像野兽抢食一般，却让人看得发呆。

苏耀含糊不清地说着，这里就是他们的临时落脚点。不怎么好的地方，偏僻杂乱的巷子，远离方便繁华又有乐子的娱乐之地。但唐凌很满足，更不询问苏耀为什么不住内城。

两人非常安静，倒是罗娜看了半天以后，忽然惊呼了一句"该回旅馆做事了"就脸红着匆忙离去。

苏耀似乎有些不好意思，讪讪地说了句："男人总会需要女人，她做饭不错。"

"嗯。"唐凌其实根本就不懂，但他认可罗娜，这就够了。

"还是让她在旅馆做事吧。其实一份普通的工作，能支撑平静的日子。"望着窗外的夜色，苏耀忽然说了一句。唐凌还是不懂，只是想起了在聚居地的生活，如今看来未尝不好。

放下碗，苏耀认真地看着唐凌："你有什么要问我的？"

"我想问，有什么理由，让你对我那么好？"这个问题，唐凌也不知道从何时开始认真地思考起来。也许，是当悲伤被压抑的时候。又也许，是苏耀消失的几天，他会牵挂。可是，见过了太多飘摇，一份无缘无故的好，会让人温暖，更会让人不安。唐凌不能免俗。

面对唐凌的问题，苏耀沉默了，站在窗边的背影，被一股苍凉而沉重的气场所包裹。

之前，唐凌问过苏耀是谁。苏耀回答唐凌没有资格知道。如今，还是没有资格吗？唐凌有些失落。只因，曾经是防备。现在，则是在乎。他不会忘记在迷迷糊糊的睡眠中，眼前这个男人震耳欲聋的宣告——唐凌，是我苏耀罩的。以后要有机会，他也想罩着苏耀叔啊。但没有缘由的情分，总难心安，也总觉还是会告别。

"有理由，也更有故事。"苏耀浑厚的声音传来，打破了唐凌的失落，他转头望着唐凌，"但重要的是两点。第一，你信任我就对了。"

"嗯。"唐凌忽而心安，只要信任的话，是一件很简单的事情。

"第二，老子现在不想说故事，更不想总结原因。你想挨揍吗？"

唐凌撇嘴，使用暴力有意思吗？当然，如果以后，自己变强大了，能够揍赢苏耀叔了，倒也不介意。

"睡觉去。"苏耀不耐烦了，一脚踢翻了唐凌的凳子。这点儿速度，唐凌倒是很完美地避开了。

"明天的考核，很重要。"苏耀想了一下，忽然对唐凌说了一句。

事实上，这第二场考核应该在第一场考核完毕后，就接着进行的。但谁也没有料到，这次的考核会如此"精彩"，耽误了那么久的时间，所以第二场考核只能排在第二天了。

"会像今天一样累？"唐凌有些担心，实际上他透支了，如果还是残酷的战斗，他估计难以应付了。

"一点儿都不累，但规则是绝望的铁壁。"苏耀大概给唐凌形容了一下。

但唐凌很难想象。可不能避免的，他想起了夸克曾经神秘兮兮地对他说过一个消息——成为紫月战士要经历神秘的考核，达成某个隐秘的条件。莫非就和明天的考核有关？毕竟只要顺利从第一预备营毕业，几乎能够百分之百地成为紫月战士。价值两个信用点的信息啊，夸克应该没有瞎说。只是，被抓进17号安全区的夸克，如今又在哪里呢？

唐凌有些走神，被在一旁说着"不过，我对你信心十足"一类话的苏耀发现了，又是狠狠一巴掌。和暴力的男人相处，并不是一件容易的事情。

第二日，晨。这一天的人们没有了头一天的兴奋，因为大戏已经完毕，按照规则第二场考核从来都是神秘的，并不会对普通人公开。不过，这也不妨碍人们早早地聚集在内城的城墙下，等待消息。一旦有人通过了第二场考核，17号安全区会响起巨大的钟声。而由紫月战士在内城城墙上宣布幸运儿的名字。

这一天，苏耀亲自护送着唐凌进入内城。沿途，他们收获了各种复杂又畏惧的目光。昨天那场大戏岂是一种心情能形容的？况且，苏耀打破了紫月战士的神话，经过一夜，反而激发了人们的反感。毕竟，在很多时候，心里的信仰被动摇并不是一件愉快的事情。打破他人执着的信仰，无论对错，都是可恶的。

苏耀是一个可恶的人，但却不能招惹，所以他一路顺利地将唐凌送到了荣耀广场。

今晨的荣耀广场，早已不像昨日聚满了围观的人群，是由17号安全区的精英战士进行了清场，空无一人。在晨间的薄雾下，显得肃穆而沉寂。一切，似乎都在预示着第二场考核的"神圣性"。

第65章 再见

"只能送你到这里了。"荣耀广场被清场，继而封锁，苏耀并不打算破坏规矩，所以他在荣耀广场前停下了脚步。他是狂，但不傻，更不莽撞。

"嗯。"唐凌低头啃着手中的肉骨，回答得含糊不清。胸口的"它"从昨日一战后，变得有些不正常。一阵一阵发作的饥饿让唐凌承受了巨大的折磨，昨天夜里就起来好几次，只为进食。

罗娜做的一大盆肉早被吃光。苏耀被唐凌叫醒，火气冲天地给唐凌煮了一大盆肉，据说是半只钢鬃猪。很神奇的手艺，部分半生不熟，部分老到嚼得牙疼。

"估计是水没有加足。"唐凌如此判断。但他不在意，很捧场地也全部吃光了，如今手上这根肉骨就是最后一块。饥饿感稍微消停了一会儿。他满足地用苏耀的衣襟擦了擦手，在苏耀目瞪口呆的神情下，又顺便擦了擦嘴。

苏耀在路上告诉他，男子汉大丈夫就是要放荡粗犷。说这话的时候，路边有一个成熟艳丽的棕色皮肤女人，苏耀说得很大声。唐凌觉得这应该是很重要的品质，所以他现学现用了。

"妈的，你想揍揍吗？"苏耀额头青筋跳动，他的黑色大氅是顶级的变异兽皮做的，唐凌用来擦手擦嘴？

"'它'是什么？"距离考核还有一些时间，唐凌不急着进场，他无视苏耀的愤怒，再度提起了这个问题。

"这场考核非常重要，按照规矩监考人会是紫月战士的首领。"面对唐凌的问题，苏耀果然忘记了发火，顾左右而言他。

"有些不安呢。其实应该是那一夜变故之后，'它'的发作就频繁了很多。昨天以后，'它'的饥饿就从来没有解除过。"唐凌没指望苏耀现在就能告诉他答案，只是低声地自言自语，忽而抬头，异常认真，"苏耀叔，饭钱什么的……"

"嗯？"苏耀兀自没反应过来，什么饭钱？

唐凌有些激动："我没钱，先欠着吧。"唐凌的确有些忧郁，昨天就吃了半只钢鬃猪啊。

原来绕了半天，是想白吃白喝。苏耀没忍住，一脚把唐凌踢了好几米远。不过，看着唐凌念念叨叨爬起来的身影，苏耀还是不为人察地皱了一下眉头。唐凌的进食确实是一个问题，很大的问题。当年的他，决定真的是对的吗？想起那个人，苏耀又有些恍惚，就连唐凌回来了也没有察觉。

"苏耀叔，我进去了。"好不容易等到苏耀回神，唐凌招呼了一声，心中也没底，苏耀叔会不会问他要饭钱。

"嗯，好。"苏耀有些意兴阑珊，但犹豫了一下，看着唐凌就要走入荣耀广场的身影，还是叫住了唐凌，"你，如果通过了考核，进入了第一预备营。我就会找个时间告诉你'它'是什么。"这种事情到底是无法隐瞒的，唐凌终究要面对。

"好。"唐凌很开心地笑了，这个秘密困扰了他多年，终于能有解答了！是这个笑容发自内心，灿烂得像清晨的初阳。

那熟悉的感觉刺得苏耀内心沉重又悲伤，望着唐凌的背影，不知为何，苏耀叹息了一声："这小子，到底还是个孩子。"

的确，唐凌只有十五岁。严格地说来是个少年，还不能叫作男人，没有成熟就终究是个孩子。

不过，此时，在荣耀广场，昨日集合之地，不到十个十五岁的少男少女已经笔直地站在了这里，等待着进入第一预备营的第二场考核。通过之后，他们便会正式成为预备营战士，同样会面对残酷，没人因为他们是孩子就会怜悯。这个时代，就像一个巨大的蛊盎，厮杀出的强大者，才能存活，才有往上的资格。

通过昨日的考核，彼此之间已经不是陌生面孔。昱，奥斯顿，同样来自聚居地的阿米尔，站在唐凌身边的小个子和一个陌生的男孩子，另外还有两个女孩子，加上唐凌，总共八人。

第一场考核的淘汰率如此之高。第二场考核之后又会剩下几人？出于本能，唐凌首先望向了阿米尔，目光友善。

但阿米尔恍若未见，依旧低着头，不知道在想些什么。倒是那个小个子男生，对唐凌友好地一笑。唐凌只来得及点头，便听见奥斯顿的声音："唐凌？来，你站在这里。"说话间，奥斯顿毫不客气地把原本站在第三位的阿米尔推到了一旁，让唐凌站过去。

就在这一瞬，阿米尔猛地抬头望了一眼奥斯顿，但又像害羞一般地赶紧低下了头。他似乎也瞥了一眼唐凌，但额前凌乱的头发挡住了他的眼睛，看不清他的眼神。

唐凌摇头拒绝了奥斯顿，默默地站在了队伍的末尾，一如昨日。

奥斯顿有些不满，嚷嚷道："实力就是一切，如果你不尊重实力带来的荣耀，实力也不会眷顾你。"

唐凌没有回应，同样搞不懂奥斯顿为何要如此在意他站在哪里。

唐凌身旁的小个子依旧话多又胆小，用几乎微不可闻的声音提醒唐凌："你站过去吧，不要得罪他。"

唐凌吁了一口气，这个早晨这么热闹的吗？

好在这时，一个身披猩红色斗篷的紫月战士走了过来。即便是在17号安全区的内城，他也穿着紫色的盔甲。随着他一步步走近，整个等待的队伍安静了下来，而唐凌背负在后的双手却颤抖得厉害，以至于他要用左手死死地捏住右手，用尽力气，才能勉强控制住这颤抖。紫月战士非常敏锐，就算双手藏在身后，他们依然能够察觉这种不正常的颤抖吧？

唐凌的牙咬得很紧，心跳很快，愤怒的烈焰熊熊，胸口又传来了饥饿感。但表面上，他呼吸很平静，神情也很淡然。没有人能看出唐凌的异常。事实上，能有多大的事情呢？唐凌这样告诉自己。眼前站定在队伍前的男人，只不过在大概十天前的雷雨夜里，下了一个简单的命令——杀！

第66章　暗房

一个"杀"字，喊出来用不了半秒的时间，却把一群人彻底打入了绝望的深渊，也是妹妹和婆婆断送生命的开始。

但这真的不算多大的事情。因为，对一个紫月战士的高层来说，蝼蚁的生命算什么？在野外走上一百米，说不定就踩死了十几只。所以，唐凌也不会把它看成多大的事情，因为他也必然会将这个紫月战士的性命当作蝼蚁，踩死蝼蚁真没有多大的事，只等到自己强大那一天。

唐凌的喉头泛着血腥味，神情却越发地平静。平静到这个紫月战士根本看不出任何的异常，他只是在队伍面前站定，简单地扫视了一眼这群少年，便开口道："跟我走。"他的目光中少了一些居高临下的意味。只因为，通过了第二场考核，这些少年们就是半个紫月战士了，即便他身为紫月战士的高层，也实在没有必要居高临下。

而昨日的考核，有史以来最残酷！虽然不知道高层为何会决定举行这样一场考核，但能通过考核的，也从侧面证明了其具有的基因链潜力。所以，这些少年们通过第二场考核的概率极大。"说不定，还会有惊喜。"走在前方，他如是想道。

而唐凌则下意识地再看了一眼阿米尔，不知道同样出生在聚居地，他是否亲眼看见了那一夜的绝望？如果是，他又是否认出了眼前这个紫月战士？他会是什么样的心情？但阿米尔依旧低着头，至少从外表上看不出有任何异样。唐凌没有再过多地去想，毕竟他自己也没有流露出任何的异样。

荣耀大殿的内部比想象中的要大。同外形的风格一致，内部也能处处感受到属于前文明欧海洲的风格。繁复，华丽，充满了艺术气息。

不过，跨过大厅以后，交错的巷道、楼梯和多不胜数的房间，又让这里像一个迷宫。如果不是前方的紫月战士带路，迷路的概率很大。

足足走了十分钟，红色斗篷的紫月战士带着这群少年们到了荣耀大殿的最高层。房间数量在这里陡然变得稀少，只有五间。其中四间都有装饰着花纹繁复的巨大金属门，看起来像是什么大人物办公的地方。只有那间装着不知材质的黑色大门的房间显得很是特别，那显然就是他们的目的地。

紫月战士一到门前，那扇黑色大门就洞开了，飞龙从中走出，神情平静地对他点头示意："亚罕，辛苦了。"

那被叫作亚罕的紫月战士似乎很高兴得到飞龙的慰问，恭敬地弯腰表示问候以后，才带着崇敬的神情转身离去。

"呵。"心中冷笑了一声，唐凌转头，偷偷看了一眼亚罕的背影。他已经深深地记住了这个名字，和那张有着阴沉深眼、鹰钩鼻的瘦削脸庞。

"进来吧。"飞龙斜靠在门前，望着一个个探头想要探寻门内的少年，随意地说了一句。今日的他穿着便服，不知情的人也猜测不出他的身份，只不过昨日考核的最后，飞龙出现过，还和苏耀争执了两句才离去。有些紧张的少年们看见"熟人"，加上飞龙随意的模样、还算和蔼的态度，多少放松了一些。

"那小家伙，有些心不在焉呢。是不是苏耀已经悄悄测试过他的潜质？"少年们鱼贯而入，飞龙则一直悄悄观察着唐凌。他很喜欢且期待这个少年。不过唐凌又是回头，又是不甚关心的模样显然让飞龙误会了什么。

事实上，唐凌根本没有测过什么潜质。苏耀连第二场考核的内容都没有告诉他。他对眼前要做什么一无所知，只是奇怪为何这房间一片黑暗，走入其中后，如同陷入了深潭。那感觉就像光线完全被吸收，连近在咫尺的人都无法看见。只能凭着呼吸声和脚步声，才不至于彼此撞到。

"不好意思，忘记了开灯。"在这时，房间里传来了一个有些嘶哑慵懒的男声。

伴随着这个声音，房间终于亮起了柔和的白光。一个穿着白色长褂的男人突兀地从一台巨大的仪器后走出，抓着乱糟糟的头发，虽然说着不好意思，但语气神色哪有半分歉意。

黑色的大门此时已经关上，飞龙看着这个男人，没好气地说了一句："仰空，我仅仅去接这些小家伙进来，不到半分钟，你也能睡着？"

半分钟也要抓紧时间睡？原来一直在打量着这房间的唐凌，不禁又多看了一眼这个叫仰空的男人。黑白交杂的乱发，污迹斑斑的白色长褂，凌乱的胡楂，戴着一副前文明的产品——黑色眼镜，即便长得顺眼，也给人一种乱七八糟的脏乱感。

"我很忙，睡觉看心情。"仰空随意地回了飞龙一句，说话的风格感觉也乱七八糟，逻辑混乱。

莫非这个男人就是紫月战士的首领？唐凌猜测着，毕竟苏耀告诉过他，监考的会是紫月战士的首领。

但这时，飞龙已经走到了这些少年面前，直接说道："第二场考核就在这里进行。如果你们能通过考核，并且顺利地从第一预备营毕业，就将成为我手下的紫月战士。而他——仰空，则是你们在第一预备营最重要的理论导师。"

飞龙的话刚落音，除了昱、奥斯顿和唐凌，其他的少年们立刻就变得崇敬起来。原来，这个随意亲切的男人是紫月战士的首领，也就是最强紫月战士。而导师，还是最重要的导师，也是之后的人生非常重要的一位人物。

原来首领是他？唐凌虽无什么崇敬，但是想起这个飞龙昨日和苏耀叔的"交锋"，以及之后离开的态度，心里感觉也很怪异。

至少这个飞龙没有那么冰冷、无情、高高在上……

飞龙自然不知唐凌所想，而是直接又宣布了第二场考核的内容："第二场考核很简单，你们什么也不用做。但是是否合格，必须通过它。"飞龙的手指向了房间内那台巨大的仪器。

第67章　基因链测算仪

事实上，从进入房间以后，唐凌就注意到了这台巨大的仪器，因为整个房间除了这台仪器，和一张凌乱的床外，就再无他物了。所以，也就很容易推测出，第二场考核和这台仪器有关。

这是一台什么样的仪器呢？唐凌皱着眉，也无法想象。它和前文明那些机械有着完全不一样的感觉，也和苏耀叔带他去测试力量时，那个房间提供的仪器不太相同。它充斥着一种超前感。

部件完美地构筑成一个整体，组成了一个不甚规则的长方体，在长方体的下方有可供一人进入的洞口。上方则是一块完全透明的物体，既不像玻璃，也不像水晶，是一种有着比玻璃更加透明，比水晶更有质感的材料。仔细看去，这块透明材料上有着复杂，又具有天然美感的纹路，这些纹路一直延伸，覆盖了整个紫红色的机身。若说这些纹路像什么，唐凌想起了一种叫作CPU的东西，在显微镜下看到的集成电路。但相比起来，这些纹路的浑然天成感，可不是CPU上的集成电路能有的。

"但没有那么精巧？"唐凌心里还有着疑惑，他对前文明的电脑非常感兴趣，所以对CPU也就多了解了一些。

在前文明的巅峰，CPU已是"纳米"级的科技产物，可以理解为上面的集成电路极其微小，必须要用到一种叫作"光刻机"的机器，大致是利用曝光的原理，才能在空白的芯片上刻蚀这些复杂的集成电路。光刻机的波长越短，那光刻刀也就越发的"锋利"，精确度也就越高。这是前文明的核心科技，即便是前文明的巅峰时期，这种技术也只有少数几个国家掌握，并由此控制着许多核心产业的源头。毕竟，要用到芯片的地方太多。

眼前，这台机器的纹路有小拇指粗细，唐凌的确是疑惑这种有着超前感的仪器为何不如CPU？但是，再仔细地看去，目力极佳的唐凌才发现，原来这小拇指粗细的纹路根本不是一条简单的线条，它是由无数细细密密的更小的线条所组成。因为太过密集，仅凭唐凌的肉眼又如何能看清？他能发现这一点已经是观察力变态了。前文明从未有过这种技术！这的确是一台超越前文明的仪器。

唐凌越发地笃定这个时代拥有超科技的事实，他无法知道超科技的来源，只是不由自主地想到，CPU就是运算逻辑部件。简而言之，就是运算、分析、处理、控制各种数据。这么大型的仪器如若类似CPU，它要分析运算的是什么？难道就是……

唐凌想得入神，在这边仰空已经打了一个哈欠，懒洋洋地指着队伍里最后一位，一个叫作克里斯蒂娜的女孩，说道："时间宝贵，你先来。"

来什么？等待测试的少男少女们面面相觑。

飞龙郁闷地瞪了一眼仰空，咳嗽了一声，这才解释道："第二轮考核，简单地说就是测试你们的天赋。"

"在你们的眼前，就是17号安全区唯一的一台——基因天赋测算仪。如果不是异常特殊的情况，这台测算仪的准确率是百分之百。你们只需……"

飞龙话还没有说完，奥斯顿就非常自信地问了一句："那要是异常特殊的情况呢？"

"呵呵。"仰空不屑地笑了一声。

飞龙也似笑非笑，踱步过去，伸手拍了拍奥斯顿的脸颊，说道："戈丁家族的小家伙，你是有多期待与众不同？"

"就凭你？"仰空翻了个白眼。

奥斯顿气结，他可不敢惹飞龙，但对于"学术狂人"——目空一切的仰空，他也是无可奈何。

"白痴。"昱小声地说了一句。

奥斯顿立刻火冒三丈地转向昱，飞龙则打断了奥斯顿，示意他闭嘴。接着，他平静地说道："大家都不用考虑特殊情况，这种事情的概率有千万分之一？我不确定，但概率只可能更小。如果真的出现了特殊情况，测算仪就算得不出具体的答案，也会有异常提醒。除非……"飞龙还想说一些什么，仰空不耐烦地说道："没有除非，根据统计概率学，如果概率小到了一定程度的数据，没有太多的实际意义。"

飞龙再次不满地瞪了一眼仰空，但想到那种实际上根本没法论证的特殊情况，还是没有再说下去。只是给眼前的小家伙们说了一下如何考核，便不再多言。

"那么，便开始吧。"仰空罕有地严肃起来。

而第一个被点到名字的克里斯蒂娜，则有些紧张地由那个可供一人通过的洞口，进入了那台叫作测算仪的机器。她进入后，一道透明的门就封闭了洞口，而在那透明的门上，有九个明显的光晕，散发着柔和的白光。

"坐下，记得刚才飞龙告诉你们的要领。否则由于自身的原因，导致运算结果出错，也不会有第二次机会再测。我们只会断定测试人没有天赋。"仰空吩咐了一句。

"的确，就算有基因链天赋，而精神力在测算仪的刺激下，都不能感受自身的人，也算是废材。"飞龙也没有半分开玩笑的意思。

两人的一唱一和，显然让克里斯蒂娜更加紧张，但她也没有别的更好的办法，只有战战兢兢地，按照飞龙之前教导的，盘膝坐下，脚心手心都朝着天空的方向。

仰空见状，微微点头，走到仪器后方，伸手点出了一个透明的屏幕，在屏幕上操作了一番。

随着"滴"的一声，整台紫红色的测算仪亮起了蒙蒙的白光，整间屋子再次暗了下来。一如唐凌他们才进屋时的样子，伸手不见五指。只剩下一团白蒙蒙的测算仪，像处在完全黑暗的虚空中。

"轰隆隆——"沉闷的移动声，从房间的顶部传来，唐凌下意识地抬头，看见整间屋的屋顶，正缓慢地朝着两侧退去，露出了透明的顶部。

这里是顶楼。如果房顶是透明，那么现在看见的是17号安全区的天空。但显然，唐凌他们看见的并不是这理所当然的场景。

"仰望吧，如果常常凝视它，你们才会明白连绝望都湮灭，是什么感觉。"仰空忽然开口说话，语气沉静中带着一丝神经质的癫狂。

第68章 狂想

"说什么疯话？！"飞龙喝止了仰空，从语气来听，这一次他是真的生气了。

仰空闭口不言，只是嘴角留着一丝不屑的冷笑。

而唐凌确实真的呆滞了。他第一次，真实地望见了夜空。不，不再是他熟悉的夜空，在此时应该叫作——宇宙。这屋顶绝对不是透明，而是有一层看不见的"镜头"？唐凌不确定，他只是抬头间，看见眼前的景象在急剧地变化，夜空在他眼中快速地放大。星球，星球之间的虚空，太阳系，接着太阳系也急剧缩小……

然后唐凌看见了那一条巨大的分支旋臂，那是太阳系所处的位置——银河系的分支旋臂猎户臂。如此宏大的存在，此时落在眼里，竟有一种不真实的缥缈感，虚幻的光芒轻若柔羽，却又动人心魄。

最终，银河系出现了。立体地，全面地出现在近在咫尺的屋顶之上。一个旋涡，立体的旋涡，如同一根棍子在水杯中搅动起的水纹，被固定在了夜空当中。

这种急剧变幻的画面，映照出的是人存在着的渺小。而当意识到自己的存在是如此渺小，甚至连砂砾都不如的时候，的确就会连绝望的感觉都湮灭。每个人都受到了这种震撼，而仰空如果常常在这里凝视它，就难怪他会说出这样的话语。

可是唐凌的心中没有绝望，他的双眼闪烁着光芒，那是银河星的璀璨落在眼中，所映射出的光。在他的身体里，身体流动的血液中，血液中不停分裂又湮灭的细胞里，在细胞中所携带的遗传物质中，都有一个声音在告诉他："眼中能映照着银河系的光芒，就是一件伟大的事情。因为，我发现它，看见它，思考它。"这难道不伟大？这伟大指向着生命的出现、存在、进化与繁衍。每一个巧合构筑出的奇迹！而大与小的比对，永远不是数据值的大小。那具体是什么呢？唐凌没有答案，他只知道面对宏大的银河系乃至宇宙，他只有向往没有绝望。这是一种什么感觉？唐凌一下子就迷茫了。因为，他只是恶补了一些最基础的理论知识，来自前文明的智慧结晶。否则，他连太阳系、银河系的概念都没有。可他真的听见了内心的声音，冥冥中的指引，与真实的心灵的激动，这些又是什么？那似乎是刻在灵魂中的东西。第一次，唐凌感觉思考是真的会让人"发疯"的事情，恰在这时，周围的惊呼声打断了唐凌的疯狂思绪。

因为，大家看见了星光的流动。对的，银河系的星光在流动，穿越了遥远的距离与时间，朝着此处涌动而来。无所谓快，更无所谓慢，是一种无法形容又理所当然的速度，点点落在了透明的屋顶之上。在这过程中，星光消散了很多，最后只有极其微小的部分汇聚起来，朝着眼前的测算仪射来。测算仪上的纹路亮了，如同夜空一般似黑还紫的颜色，盘坐在其中的克里斯蒂娜低呼了一声。

"凝视它，在心里构筑它。"飞龙低喝了一声。

克里斯蒂娜一听，眼神立刻凝聚起来，望向了前方，整个人进入了一种肉眼可见的微妙状态——清醒的冥想。就如前方真的有个什么东西让克里斯蒂娜看见，她在凝视着它，思考着它，心里描绘着它。

可是，在唐凌一众人的眼中，克里斯蒂娜的前方除了那道有着九个光晕的门，一无所有。周围变得安静，每个人都处于震撼当中。除了飞龙，他可能已经司空见惯。

而仰空一直带着让人看不懂的神经质笑容，低沉地自言自语："那不是星光，那是宇宙中神秘的能量。可太绝望了，我甚至无法分析那是什么。前文明已经很璀璨，但基础理论已经瓶颈了很久。所以才出现了这个该死的时代，以及这无法解释的一切吗？真是让人痛苦！太痛苦了！"仰空拉扯着自己的头发。

飞龙叹息了一声，默默地走到了仰空身旁，伸手拍了拍他的肩膀。奥斯顿非常直接地用一种同情的，看神经病的眼神看着仰空。但唐凌却莫名地理解仰空。就像他第一次接触炸药，接触沙漠之鹰，就有这种感觉——我在使用着它，可它到底是什么？是用什么样的方式产生的这种结果？唐凌幸运地得到了答案，知道了炸药和枪。但仰空呢？再延伸到这个时代，出现了超越前文明的事物，却无法解释，你还要生存在其中的话，就更加痛苦吧？唐凌发现他今天想得有些多，第二场考核远不如第一场惊心动魄，而唐凌的心灵却刮起了一场风暴。

"滴"，在这个时候，测算仪发出了一声提示。在场所有人的注意力立刻转向了测算仪。确切地说，应该是测算仪上的那道透明门。门上的一个黄色光晕已经变成了柔和的银白色，就像银河系的光芒。而按照飞龙的说法，这一次合格的标准是——门上的九道光晕，其中有三个变成银白色，那就是天赋合格。

莫非克里斯蒂娜没有通过？唐凌扬眉。但这时的克里斯蒂娜已经闭上了眼睛，丝毫没有要醒来的模样，似乎还沉浸在某种状态当中。

这样的等待持续了不到三秒。测算仪又"滴"地响了一声，第二道光晕亮起。五秒后，第三道光晕亮起。克里斯蒂娜合格！

但她依旧没有醒来，不过这一次，等待了大概半分钟，都没有新的光晕亮起。最后，测算仪响起了另外一种短促的"呜"声，第四道光晕颇为费劲地闪烁起来，似乎要被点亮，但到底只是闪了五下，最终还是暗淡了下去。

"克里斯蒂娜合格，基因链天赋三星半。"仰空淡然的声音在屋中响起。

第69章　天才

随着仰空的话刚落音，克里斯蒂娜也跟随着清醒了过来。她的神情带着思索，微微的迷茫，但更多的是紧张。不过，当听到仰空宣布了她的基因链天赋三星半，合格的时候，这个女孩露出了笑容。

封闭的透明门打开了。克里斯蒂娜迫不及待地从测算仪中小跑了出来，高兴地挽着她的伙伴——另外一个女孩薇安的手臂，一迭声："我合格了，我合格了！"而她的金发也随着她雀跃的动作而飞扬着，感染着在场的每个人。

"不管如何，还是很小的年纪。"飞龙在一旁，也懒洋洋地笑着，只是但愿训练结束，成为紫月战士后，还能记得这时的纯粹。只是但愿如此，飞龙的笑容渐渐收敛。

反观薇安，是诚挚地想为克里斯蒂娜而高兴，只是望着那测算仪又流露出不安。"你会顺利的。"克里斯蒂娜安慰着好朋友。

第二场考核也不会因为某个人的通过而被打乱节奏，接下来的一名少年紧张地走入了测算仪。

同样的场景再经历第二次，就不会那么震撼了。大家反而都开始安心地等待结果，可是幸运不会总是降临，这位少年最后只亮起了两盏灯光。

"基因链天赋二星，淘汰，建议进入第二预备营。"仰空的声音依旧淡然，和宣布克里斯蒂娜的成绩时并无区别。

少年有些失落，握紧的拳头代表着不甘。这样的考核就如苏耀所说，规则是绝望的铁壁，甚至不存在什么努力和拼命的假设。没有这样的机会！你什么也做不了。

"没事，第二预备营依旧可以成为紫月战士。"飞龙站出来安慰了这位少年。他没有说谎，第二预备营，二星天赋的确还是可以成为紫月战士，但紫月战士和紫月战士之间是有区别的，很大的区别！

"嗯。"这少年重新燃起了斗志。飞龙的话虽然简单，但充满着希望，而且作为紫月战士的首领，这话也充满了权威性。

"真是体贴的人。"奥斯顿嘀咕了一句，毕竟高高在上的首领能去安慰一个考核落败的家伙，的确非常体贴了。

这话让唐凌心底又泛起了怪异的感觉，忍不住想那一夜，如若是飞龙，聚居地的人命运是否会改变？这答案不能细想。

一直话颇多，又胆小的小个子作为第三个考核之人，已经进入了测算仪。

"但愿他能通过。"唐凌记得小个子友善的提醒与笑容，也在内心真诚地祝福了一句。

不到五分钟，小个子的结果出来了，他亮起了三盏灯光，但比较异常的是，他亮起的灯光不是纯粹的银白色，而是隐隐带着一丝青色。

这点变化，让飞龙面有喜意，一直淡然的仰空也轻轻地"唔"了一声。

唐凌微微有些疑惑，但显然飞龙和仰空都没有任何解释的意思，只是直接宣布了"安迪"通过。

通过后的安迪脸上带着颇为怯生生的笑容，看样子他也想要像克里斯蒂娜那样"放肆"一把，但却不敢。

倒是唐凌在这个时候，冲着安迪点了点头，说了一句："你很厉害。"

听闻唐凌的肯定，安迪眼中流露出了一丝激动与感动，有些结结巴巴地对唐凌说道："你，你更厉害。"

"俩傻子，相互吹捧什么呢？"奥斯顿有些嫌弃地说了一句。

安迪吓得一低头，赶紧又站回了队伍。至于唐凌，直接无视了奥斯顿。

接下来，是薇安。又一个顺利通过的人，天赋和克里斯蒂娜竟然相同，是三星半。两个少女，似乎因为这个，显得更加亲密了一些。

仰空继续点名，这一次轮到了同是来自聚居地的阿米尔。

"希望你，幸运。"似乎犹豫了一下，飞龙罕有地在阿米尔进入测算仪以前，祝福了一句，表情有些复杂。

这种复杂被唐凌看在了眼里，接着就是沉默。聚居地人们的命运飞龙一定知道，这算是一种同情吧？可是，并无意义。

唐凌对飞龙终究还是停留在了冷冰的距离上，倒是阿米尔听见飞龙的祝福，有些激动又颤抖地说了一句："谢谢首领。"

飞龙点头，微笑着示意阿米尔进入测算仪。说起来，这个少年在第一场考核的表现也算惊艳，很明显地表现出了基因链潜力，通过应该没有多大的问题。这，也算聚居地没有彻底湮灭吧？想起这个，飞龙多少有些烦躁，双手抱胸地靠在了墙上，闭着双眼显得有些疲惫。

仰空看了一眼飞龙，心中却是不屑又着急："心软的紫月战士首领也算是讽刺吧？这样下去，以他的心境能够突破吗？"

闭着眼睛的飞龙，既不知道仰空的担忧眼神，也不知道仰空心中所想。他只知道，在仅仅一分钟后，阿米尔为这第二场考核带来了巨大的惊喜。

整整五盏灯被点亮，而这亮起的灯光中带着非常非常微少，但的确存在的黑色丝线。况且，一分钟就得出结果，这意味着阿米尔还有着强大的精神力。

飞龙的眼中闪烁着从未有过的激动，脸上懒洋洋的神情也彻底地消失了，可他还没有来得及表示什么，仰空已经表达了他的激动："五星天赋！天才，第一预备营又有天才出现了。"尽管语气还是那么淡然，但声音明显大了不少。

如果在场的少年之前并不明白五星天赋意味着什么，那么仰空一句天才的评价已经说明了一切。

五星天赋就是天才？又或者跟那黑丝有关？唐凌还在想着这个问题，但接下来飞龙就已经给出了答案。

"很好，五星天赋！我希望你们之中还会有这样的天才。因为五星天赋在整个17号安全区也找不出几个，包括已经成为紫月战士的人。"

那阿米尔真的很厉害啊。唐凌由衷地想到，既然聚居地能走出阿米尔这样的天才，那么这些安全区的"大人"们，会因为覆灭了整个聚居地而遗憾吗？

但在场没人会有和唐凌一样的想法，在短暂的激动以后，仰空已经念出了下一个考核者的名字："下一个，唐凌。"

第70章 众人

当唐凌的名字被念出后，之前还关注着阿米尔的所有人不由得转移了注意力。因为唐凌的第一场考核太过耀眼，对于他在第二场考核之中展现出怎么样的天赋，所有人都是好奇的。毕竟，对于眼前的少年们来说，五星天赋这个概念，不是飞龙和仰空介绍一下就能很直观地理解的。

奥斯顿和昱除外。不过奥斯顿一副"老子是六星天赋"的模样，至于昱，天知道他在想什么？总之，他并不震撼。

对于这结果，阿米尔有些始料未及。原本已经抬起的头又迅速地低下，继而再微微抬头，看了一眼飞龙。

当唐凌的名字被念到的时候，飞龙明显非常关注。他丝毫不掩饰对这个少年的喜爱，于是并没有注意到阿米尔的目光。所以，阿米尔低着头默默地走回了队伍。

"恭喜你。"唐凌站了出来，准备考核，但在犹豫了一下后，他还是恭贺了阿米尔。依旧没有回应。

唐凌也并不在意，他只是想祝贺一句，犹豫不过是因为看出阿米尔心防很重，甚至反感与人接触的模样。聚居地的人，心上总有伤口。唐凌总觉得自己明白。

"唐凌，你回去，最后一个考核。"也是在这时，飞龙不知道怎么想的，阻止了唐凌。

倒是在这个时候，阿米尔忽然抬头看了一眼唐凌，眼中尽是震惊，但随后头低得更快，更低了，看不出他所想。

昱也有些震惊，奥斯顿直接哼了一声："飞龙首领，不是按实力顺序考核吗？难道你觉得唐凌这小子比我和昱厉害？"

"没有。"飞龙眼中尽是狭促，接着说道，"他在第一场考核弄出不少麻烦，烦死我了。所以，第二场考核就老实地等到最后吧，免得再惹麻烦。"

这算什么理由？明显就是托词。全场之中，显然就奥斯顿相信了，还幸灾乐祸地嘲笑了唐凌一声，接着也不用仰空点名，直接大喇喇地走入了测算仪。

对于奥斯顿，大家虽觉他狂妄，但还是承认他的实力，到他考核，关注度明显又提升了一些。就算一直表现不屑奥斯顿的昱也明显收起了心不在焉。

不到两分钟，奥斯顿的天赋也测算了出来，四星半。

飞龙和仰空流露出了满意的神情，但奥斯顿听到仰空宣布结果时，却转身一脚踢向了基因链测算仪。

"奥斯顿，即便你是戈丁家族的人，破坏测算仪的后果你也承担不起。"仰空的语气异常严厉。

倒是飞龙嘴角带着笑，早预料到这小子会有这样的表现。

"什么破坏？！这测算仪是坏的。"奥斯顿非常不服，然后指着阿米尔大声说道，"我会不如他？"

"测算仪是精确的。你如果不满意结果，叫你爷爷拿出一百万信用点，我不介意给你重新测算一次。"飞龙轻描淡写地说了一句，但一晃身，人已经来到了奥斯顿的面前，揽住他的后背说道，"你也不必如此，这个结果已经证明，你是戈丁家族几十年来，最出色的一个了。"

"真的？"在飞龙说出"爷爷"两个字时，奥斯顿的气势已经弱了下去，而当飞龙说出他在家族中最出色时，奥斯顿已经有了一丝笑容。

"你可以问你爷爷。"飞龙漫不经心地说着，接着他望向所有的人，第一次严肃地说道，"天赋非常重要，但并非决定性的因素。有时自我的意志和际遇会改变很多东西，我并没有说谎。"

的确，飞龙在这一次还是没有说谎，就比如三星天赋，有成为三星紫月战士的潜质。但能不能成为三星紫月战士，中间还有很多别的因素，有潜质不意味着能达到。可若是没有三星的潜质，聚集了所有有利条件，也不可能突破三星。这种残酷的事实，不必说出，也实在没有说出的必要。因为就算成了紫月战士，每一步也都很艰难。人，就不必只想着最好的结果，在现实中，很多事都只能得到中庸的结果，甚至是最差的结果。

显然这样的话，安抚了每一个人的心，薇安直接眼放光芒地看着飞龙，不由自主地说道："首领是个多么温柔的人啊。"

"嗤——"仰空转头嘲讽地嗤笑了一声，他温柔？

说完这番话，飞龙再次拍拍奥斯顿的背："别忘了你的五哥。加油吧，小子。"

而提起奥斯顿的五哥，就像为奥斯顿注入了无穷的力量，他重重地点头，大踏步地走到了阿米尔面前："看着吧，我奥斯顿一定会比你强大，就算你是五十星天赋，结果都是一样。"

阿米尔慌乱地连连倒退了三步，不敢与奥斯顿对视。

"五十星天赋？那是什么鬼？"唐凌淡淡地说了一句，奥斯顿恼羞成怒地吼道："那是形容，你是不是傻？"

"昱，准备考核。"仰空揉着眉心，实在懒得听下去，直接打断了奥斯顿和唐凌。通过昨日的考核，谁不知道这两人是刺儿头，仰空可不想他们在这里打起来，碰坏了他的仪器。

终于轮到昱考核，这个沉默的家伙显然比奥斯顿更加令人关注。所以，唐凌和奥斯顿也消停了下来，等待着昱的考核结果。

令人吃惊的是，一分钟以后，昱的结果依旧没有超越阿米尔。尽管，属于昱的第五盏灯闪烁了好多次，有几下明显要亮起，但终究熄灭了。值得一提的是，昱的灯光也出现了不一样的地方，有一圈明显的金色。

"唔，这不能算作四星半的天赋，已经无限接近五星天赋了。应该叫作准五星天赋，比较特别的一种情况。合格。"对于昱的考核结果，仰空显然给出了最合理的解释。

对于这个结果，昱的神色依旧平静，没有流露出什么情绪，只是他的目光在阿米尔的身上停留了一下。

阿米尔似乎十分敏感，在昱看他的瞬间，他明显颤抖了两下。

唐凌在这个时候安静地走出了队伍，望向了飞龙。

"别把我当莱诺，你去考核吧。"飞龙读出了唐凌眼中冰冷的距离感，他认为这是莱诺留给唐凌的阴影，必要地解释了一句。

唐凌没有言语，径直走入了测算仪。

而飞龙看着唐凌的背影，显然比谁都期待唐凌的考核结果。

第71章　观想

在考核之前，飞龙基本上已经把所有的事情交代得非常清楚。基因测算仪一开始会刺激人的精神力。当精神力活跃到一定的地步时，测算仪便会给出考核者一幅合理的"观想图"。

关于观想图，只是一种称呼。实际上，那是根据每个人不同的精神特质和别的一些特质，构筑出的一幅适合人进入一种沉静状态的图像。只有在那个状态下，人才能最真实地感受自我。而也就是在人感受到自我的情况下，测算仪会捕捉到脑波的波动，分析得到最真实结果。相当于是在一瞬间，直接得到了人脑中的信息，并加以最精确的解读。

"毕竟，人总会在解读时，掺杂主观意志，甚至无法分析解析未知信息。但测算仪是精确的。"飞龙如是解释了一下原理，感觉像不可思议的读心术，又莫名的有些道理。

但唐凌在想，如果是藏在基因链中的信息，难道不能像前文明一般用显微手段去看吗？为什么又是观想图，又是脑波分析的？

倒是仰空在补充解释中，无意中提到了一句，基因链天赋非常神秘，如果没有基因测算仪，根本不是前文明的任何技术能够观测到的。仰空只是凸显基因测算仪的精确与神秘，却无意中解答了唐凌的疑惑。

走入测算仪，唐凌平静地盘膝坐下。屋顶之上，星空再现，宇宙能量再次汇聚而来，测算仪又一次开始流动着神秘的光彩。

透明门封闭后，内部空间无比的安静，就是这样瑰丽中带着神秘的氛围，让唐凌也忍不住微微紧张起来。

苏耀对他有信心，唐凌何尝对于自己没有信心？他只是不知道，自己会得到一张怎么样的"观想图"。而飞龙说这是每个人都不同的东西，也是每个人的秘密，没有必要对别人说出自己的观想图。为何会这样？飞龙没有解释，只说这是时代的铁则，探寻或者强行逼问他人观想图，是会让人拼命的事情，特别是紫月战士。

"那会是什么呢？"唐凌带着疑问的刹那，便就感受到测算仪内部产生了一种能量。这种能量像书中描述的电流一般，让人感觉到发麻，甚至不由自主地颤抖，但又有些许的不同。

唐凌还没有感受到具体哪里不同，那发麻的感觉便重点汇聚在了脑部。"就算是电流，也不会是强电流。"唐凌如是想道。强电流会要人命的，但这种能量带来的麻木感，却让大脑无比的舒服，还夹杂着一阵一阵的清凉。大脑从未如此活跃，就连精准本能也开始不用集中精神，就自动地运转了起来："内部空间宽1.4241米，长3.1673米……"这种仿若本能的测算，让唐凌迅速地安宁了下来。

接着，舒适的感觉让他陷入了一种似睡非睡的微妙状态中。此时的他，感觉自我根本不是坐在狭小的内部空间中，而是飘荡在了屋顶那片瑰丽的宇宙中。隔着一定的距离，静静地看着整个"棒旋"形态的银河系。

双眼迷蒙了，银河系遥远了，人渐渐地飘荡向了一处绝对静谧的地方，空间的概念变得虚无，因为所在之处没有大小，就像刚好契合自己盘坐的状态而已。

也就在这时，一副画面渐渐地朝着唐凌展开。那是一片空白。不，确切地说比空白更加空白，只是一眼就给人一种荒凉的虚无感。

接着，在画面中出现了一个小小的黑点，原本是如此的不起眼，但只是凝望一眼，便给人一种惊心动魄的感觉。黑点旋转，膨胀，收缩，每一次律动如同心跳，又带着毁天灭地般的力量感。

尽管如此，唐凌的目光没有办法从那黑点之上移开，因为整个虚无之中只有它，它是希望，是生机，是一切之始。如果没有它，目光之中只有一片虚无，虚无的安静，虚无的空洞，虚无的绝望，无止境无尽头……唐凌没法形容这是什么。难道这就是属于他的观想图？一片虚无外加一个黑点？

而在测算仪之外，飞龙淡然的笑容中流露出一丝满意——三秒，仅仅三秒，这个小子就具现了"观想图"？那是多强大的精神力？真是好奇他的观想图会是什么？有多大的格局？

　　事实上，观想图是每一个有着基因链天赋点的新人类绝对的秘密，是构建一切的基础，代表的是发展空间。观想图无法完整地描绘其意境，就算有人愿意口述，也只能意会不能言传。所以，在这个时代，可以参考的他人观想图极少，至少17号安全区就仅仅收藏了三幅。花费了极大的代价，意境完整率只有百分之七十的三幅。但不管观想图是多么的神秘，人们还是总结出了一点规律，那便是观想图的意境所表现的格局越大，其发展越大，基因链天赋就越好。

　　"三秒。"仰空也同时淡淡地评价了一句。因为就精神力而言，这小子的天赋已经是17号安全区的巅峰。只不过相较于基因链天赋，精神力天赋就像是一盘主菜旁的配菜，配菜再怎么出色，主菜好坏还是要看本质。不过，有精神力天赋也不错，如此强大的精神力天赋，当他的灯盏亮起时，会是什么颜色？

　　其他的人不知道飞龙所想，也不知道仰空忽然说了一句三秒是什么意思，都只是在静静等待着唐凌的结果。

　　而唐凌此时在测算仪之中的时间却变得分外难过。只因为那个黑点！它带给了唐凌无尽的压迫感，目光停留其上，就感觉整个人都要被其拉扯而去。

　　时间这个概念，在唐凌的观想图之中变得毫无意义，因为就唐凌的精准本能也无法感知其流动的速度。到底是过去了多久？一瞬，还是永恒？在目光之中，只有那个黑点的律动，在变快，在变强。然后，在无尽的虚无中，陡然爆炸……

第72章　浓雾

　　"呼""呼""呼"。就在这个黑点爆炸的瞬间，唐凌呼吸也开始变得艰难。

　　拉扯风箱般的声音从他的喉间传出，要用力地挤压，才能让肺部保持着呼吸的节奏。鼻腔中，口中，齿缝中满是咸腥的味道。

　　可是，唐凌顾不得这些，他只是疯狂地转动着眼珠，想要记住这一瞬的绚烂。无数的光线，凌乱地划过虚无。然后大片的云团出现，云团之间的黑暗开始吸收光线。莫名的力量出现。莫名的物质出现，飘荡。它们旋转，聚合，有些东西在成形，在聚集……这是一场宏大之始，这是一个巨大的舞台拉开了帷幕，似乎有个声音在唐凌的耳边用平缓的声音开始讲述。

唐凌的心间洋溢着激动，也溢满了疑惑，观想图不是让人会进入一种微妙的沉静之中吗？为何？为何他只感觉每一个细胞都在沸腾？！但下一刻，这一场瑰丽就陡然消失。唐凌视角开始急剧地变化，他的目光透过了皮肤，穿透了血肉，随着潺潺的血液，围绕着如同通天之塔般高大无尽头的脊柱欢快地环绕，捕捉到了灵动充斥着生机的细胞……

接着，应该是……能看见自己的天赋了吧？

唐凌本能地、理所当然地、笃定地想道，但他却吃惊地发现自己进入了一片迷雾当中。雾气！浓重的雾气掩盖了一切，只隐隐约约地看见了螺旋般的道路交错在脚下。唐凌想要探索，冥冥之中他有强烈的感觉，雾气之中有他想要追寻的真实。

"不错。"飞龙的手指摩挲过泛青的，略微有些刺手的下巴。他清楚地看见，只是一秒过后，唐凌便已经通过观想图进入了发掘真我的沉静状态之中。这惹得好几个人不解，别人的基因链天赋再出色，也没见飞龙如此关注。唐凌不错在哪里？

可是，也就在这时，测算仪之中传来了刺耳的呼吸声，尽管隔着透明门，在这房间中听来也是如此的刺耳。大家下意识地寻找声音的来源，却发现是唐凌的呼吸声。如此的沉重又急促？

"什么鬼？吓到了吗？"奥斯顿没好气地说道。他不会想太多，只是觉得此时盘坐在测算仪当中的唐凌，涨红着脸，身体都微微颤抖，吃力的样子就像在面对什么洪荒巨兽一般。

但除了奥斯顿以外，所有人都感到异常吃惊。因为，都参加过了考核，虽然不能说出观想图，可是每个人都有一样的感觉，当观想图出现时，明明是让人愉悦又安宁，唐凌这表现是什么意思？

不止这些少年们，仰空也站了起来，飞龙干脆直接走到了测算仪的透明门前，蹲了下来，想要看看发生了什么。

可让人没有料到的是，就在飞龙蹲下来的那一刹那，唐凌的口鼻都溢出了鲜血。

"基因链测算仪出问题了？"飞龙陡然站起，看向仰空，语气变得非常严肃。

而不用飞龙发问，仰空已经在快速地检测起基因链测算仪，他眼前的透明屏幕，不停地闪过一行行的代码，手指在快速地敲打键盘。

"没有问题。"不到十秒，仰空就已经得出了结论，至少基因链测算仪是完好的。

飞龙略微松了一口气，基因链测算仪作为17号安全区最重要的"财产"没有出现任何问题，事情就不算严重。确定了这一点之后，他的目光又望向了唐凌。尽管他在测算仪中表现得如此"激烈"，但整个人的状态还是没有差错的，双目紧闭，至少比起之前是要平静了不少，呼吸也渐渐平稳了下来。

"不然先观察吧。按照他三秒就能出现观想图的精神力，结果可能很快就出来了。"仰空不知何时走到了飞龙面前。

"以前，出现过这种情况吗？"飞龙微微皱眉，他作为紫月战士的首领不过三年，监考的次数有限，唐凌这种情况他无解。

仰空摇头："至少在感受自身的时候，没有。据我手中掌握的资料来看，也没有记载过这种情况。不过……"

"不过什么？"飞龙回头望着仰空。

仰空推了推眼镜，这才说道："不过，对于这个时代的秘密，人类的探索何其浅薄，更勿论17号安全区了。以前的考核中偶尔也会出现一些比较与众不同的现象，我并不认为这值得大惊小怪。我只是忽然也有些期待，这小子的测算结果会是什么？"

仰空一口气说完，飞龙沉默了少顷，点头说道："那就等着吧。"

对于外界发生的一切，自己的表现，唐凌都一无所知。他此时陷入一片迷雾当中，只是想努力地拨开眼前的迷雾。这似乎很难，需要很大的力量。因为这些雾气充满了黏稠的感觉，每前行一步都需要耗尽心力。但心底的渴望是如此强烈，唐凌无法抗拒，只能探寻。

时间在无声之中，不知过了多久。唐凌像一把插入了某种坚韧物质中的小刀，凭着一股不屈，沿着螺旋形的道路艰难地向上前行。直到他看见了巨大的黑色锁链。它是如此巨大，缠绕住了前方所能看见的所有道路，而上方还有无尽的雾气，黑色锁链的巨大躯体也在雾气之中若隐若现。唐凌不知道这是什么。心底却感觉只要能看见它，便能接近自己所想要知道的答案。于是，他继续前行，不知疲惫地前行。

接着，他终于看见了在黑色锁链上挂着的巨大黑锁。黑锁之下是更加浓重的雾气。在这里的雾气似乎已经变成了实质，如水一般流动，唐凌加快了前行的速度。他感觉，这是他第一个要抵达的地方，他必须要看清楚，在这如水的雾气之下到底隐藏着什么？

第73章　旋涡

一个死掉的旋涡。唐凌绞尽脑汁想出的一个词语。当来到了黑色的巨锁之下，拨开了迷雾后，看见的便是这样一个东西。它原本应该就像水中的旋涡，甚至像旋转的银河系，应该充满了生机和力量。可它偏偏就静止着，像如此僵硬了千万年一般。除了死掉的旋涡，唐凌还真想不出再合适的形容了。

"它和我有什么重要的联系吗？它就是我要追寻的真相吗？"唐凌静静地看着眼前这个奇怪东西。接着，他又抬头看了一眼悬挂在它顶端的巨大黑锁。唐凌感觉，如果打破了这把黑锁，也许眼前的这个旋涡就能活过来。

可是，没有办法。这黑锁看起来是如此的坚硬，不可撼动。要打破它，甚至需要把之前看见的黑色锁链全部打碎。唐凌不知道自己为何就有如此的想法，更像本能。

"好吧，我以后会打破它的。"唐凌如是对自己说了一句，没有去尝试着做不可能的事，他选择了继续前行。这个旋涡也许就是想要追寻的真相，但这并不是全部。只有前行，才能揭开一切吧。

接着，他看见了第二把黑锁，在那把黑锁之下，依旧是同之前一样，是一个死掉的旋涡。

再次前行，第三把黑锁出现。还是那个旋涡，没有任何改变。

唐凌感觉累了。事实上，在迷雾中前行的每一步，都像在运转精准本能，耗费着心力。如果不是心底的那股渴望如此强烈，唐凌感觉自己甚至支撑不到看见第二把黑锁。可是，迷雾依旧没有尽头，黑色锁链也望不见尽头。那要就此放弃吗？唐凌没有答案，他在原地飘荡着，已经到了极限的自己连前行一步的力量都不再有。

　　飞龙紧缩着眉头。仰空有些迷惑，但总体的神情还算平静。奥斯顿无聊地打了个哈欠。昱已经神游天外，不知道在想些什么，反正看模样不再关注唐凌的结果。其他的考生也只是出于规则等待着，只有小个子安迪时不时看着在测算仪里依旧闭着双眼的唐凌，神情偶尔会流露出一丝关心，又偶尔会表现出同情或是期待。

　　"飞龙头儿……"奥斯顿大大咧咧地叫了一声。

　　仰空转头看着奥斯顿，冷冷地说了一句："不要没规矩，叫首领。"

　　"好吧，飞龙首领。不然我们叫醒这小子吧，这都半个小时了。还能有什么变化？"奥斯顿嘀嘀咕咕地说道。

　　"这不合规矩。"飞龙拒绝了奥斯顿，没有任何的婉转。他的心情不怎么好，他根本没有料到唐凌的检测会是这样的结果。三秒出"观想图"。一秒"入定"。可是，第一盏灯亮起整整用了五分钟。第二盏灯用了八分钟。第三盏灯用了十三分钟。然后，便是像现在这样，继续入定着，也许二十几分钟后，会亮起第四盏灯？

　　这个想法，连飞龙自己都觉得好笑。不可能的，没有任何人一次入定能超过四十分钟，就连成为了紫月战士的人都承受不起。主要是大脑承受不起这种精神极度集中的观想。

　　再者，按照规律，天赋越是出色，显现的就越是明显，根本不用耗费那么久的时间。

　　唐凌的情况太怪异了。按照一般的解释，出现这种天赋合格，但用时很久的情况，是精神力差的表现，所以对自身的感应差。不然就是天赋奇差，表现形式朦胧，那么精神力就算再强大，也要耗费许多时间来探寻。

　　总之，现在看来，哪种解释都解释不了唐凌，虽然飞龙倾向于第二种。可，三星天赋算差吗？

　　绝对不算出色，在第一预备营是垫底的存在，可放眼整个17号安全区，能进入第一预备营的也是天之骄子了。

　　矛盾，极度矛盾。

　　而且，唐凌的精神力是什么鬼？要是按照第一种来解释，他之前的三秒惊艳又算什么？错觉？！

　　"有一种情况，是这样。"仰空在这个时候并没有闲着，而是大量地查阅着资料。在得出了一个大概合理的解释后，他叫过了飞龙，用只有他们俩能听见的声音，小声地给飞龙解释着。

"是怎样？"其实，对一个人的欣赏，有时并不是建立在能力上的，或是某一个闪光点，或是某一种气质……飞龙即便有些失望，但这无关他对唐凌的欣赏，他只不过希望唐凌的表现能够强悍，像第一场考核那样强悍。所以，他询问得有些急切。

"你知道，所谓的基因链天赋，是指一个人的潜力极限。只不过这些极限需要被一一打破，而每到了一个极限，一个节点……"仰空不急不慢地说着。

飞龙略有些不耐烦："说重点。"作为紫月战士的首领，这些基础知识他还能不了解？

仰空白了一眼飞龙："你就不能对我说话有些耐心？"

飞龙无语。

看飞龙吃瘪，仰空才继续说道："我的意思是指，三星天赋自然是真的。但成长性差，所以每一阶天赋表现出的特质都是模糊不清的，就会出现这种情况。这是最合理的解释了。"说完，仰空又推了一下眼镜。他是一个严肃而理智的求知者、科研者，他需要一个逻辑严密且可求证的答案。所以，翻阅了大量珍贵的资料，得到了不下五例实例之后，他才对飞龙说出了判断。即便如此，仰空脸上那一丝微微的迷茫也未消逝。

透明门上，属于唐凌的灯光依旧亮着。银白色，异常亮眼的银白色，可是没有其他的杂色掺杂其中，就连预想中的，表示精神力天赋的都没有。如果说，唯一有什么特别的。就是这银白色非常的亮眼，纯粹。看起来，都已经超出了银白色的范畴，像是闪闪发亮的铂。

但那又怎样？按照规则，只要颜色没有发生异变，什么都代表不了。银白色就是银白色，最普通的天赋表现形式。白银白，玄铁黑，赤金黄……仰空又在脑中重复了一遍基因链色谱。不符合！还是在最低等的白银白范畴内。仰空摇了摇头，告诉自己不要再多想，即便心底还埋藏着那么一丝疑惑。

第74章　它

这么差劲的吗？这是所有人的想法，包括飞龙在内。毕竟，他相信仰空的结论，合情合理。只是好在，唐凌到底合格了，之前五分钟后才亮起第一盏灯时，他还以为唐凌会被淘汰。"合格了就好，再过三分钟叫醒他吧。"飞龙最终做出了决定。毕竟一个紫月战士能承受的极限都只是四十分钟，他不愿意唐凌冒险。事实上，也并不是没有能坚持更久的人，但这绝不在飞龙的考虑范围内。"或许他也感觉到了自己的天赋，只是这小子意志太顽强了。"飞龙这样想着，人对欣赏的人，总是会给予各种良好的想法。

自己被定义得那么差劲，唐凌对此毫不知情。他还在迷雾中飘荡着，不甘心地想要继续前行。但他已经没有力量支撑了，在原地打着转，任凭心底的渴望和无力感折磨着自己。而另外一种直觉，又在告诉他，即便是在迷雾中，他也待不了多久了。即便停留在这里，也是一件耗费心力的事情啊！可是，自己没有看见的还有很多。望着上方无尽的迷雾，唐凌的不甘就如同要爆炸一般。

"想要看见吗？"

"什么？"唐凌一惊。他听到了一个含含糊糊、迷蒙不清的声音响起，语调是如此的怪异，但努力地要向自己表达某种意思。但四下望去，根本空无一物。只是发现，只要自己探查过的黑锁，那如水的雾气都诡异地消散了，赤裸裸地露着那"死去的旋涡"。

"想要看见吗？"

就在唐凌再次思考，这裸露出来的旋涡是什么意思的时候，那个声音再次响起了。这一次，这个声音比上一次要清晰了许多，尽管那腔调显得有些可笑，含含糊糊，吐字不清，像一个才学会说话还口齿不清的孩子，可到底唐凌是明白了"它"的意思。

下意识地，唐凌就想要回答"想"。可防备的心让他开口却变成了"你是谁？"

原以为并不会得到回答，可不想在他问出这句话以后，他忽然在迷雾之外，一片黑沉的远方，看见一颗跃动的心脏。

什么东西？唐凌并不觉得可怕，只是觉得莫名其妙。但是，下一秒，那颗跃动的心脏竟然变得透明了起来，在其中他看见了一颗种子。对，就是一颗绿色的种子，根须发达至极，细细密密地扎根在了那颗跃动心脏的各个角落。

不是应该感到毛骨悚然吗？但唐凌不是这种感觉。他感觉心脏和种子是一体的，它们共生得如此和谐。

这感觉才升起，唐凌便又听见那个声音"这是我""这是我"。很逗的声音，带着强烈的愉悦，如同对唐凌迫不及待地自我介绍。无头无尾的话，唐凌却忽然间明白，说话的是那颗种子。

也就在他明白的那一瞬间，心脏种子全部都消失了，黑暗中依旧传来了那一个问题："你想要看见吗？"

这一次，唐凌感觉到自己似乎要到极限了，如果再犹豫下去，他会很快就被"驱赶"出这一片迷雾空间。也出于一种莫名的信任，唐凌直接回答："是的，我想要看见。"

话刚落音，一股巨大的力量从黑暗中传来。以迅雷不及掩耳之势，一下子包裹了迷雾区。狂风突兀地吹起，迷雾开始剧烈地震荡，狂风呼啸得更加厉害，迷雾终究抵挡不住，如同一块布被暴力地拉扯而开，一直向上，被撕裂到了尽头。

看见了！唐凌终于看见了！原来包裹在迷雾之中的，还有六把巨大的黑锁，巨大的黑锁之下依旧是如水的雾气封锁了一切。

那如水的雾气似乎就连这外部而来的力量也撕扯不开，心底的潜意识，经历过的一切告诉唐凌，这需要他亲自穿越迷雾，才能打破这如水的雾气。这狂暴的力量到了这时，似乎已经竭尽了全力，如同潮水般退去了，继而消失无踪。被吹散了刹那的迷雾重新合拢，但答案已经全部揭示。

"这代表着什么？"得知了一切的唐凌想要思考，可是从外部传来了一阵强烈的饥饿感一下子冲击得唐凌晕头转向。极限的时间似乎也已经到了，唐凌感觉自己开始变得虚幻了起来。

"好饿，真的是太饿了。"这种饥饿的感觉加速了唐凌还能在这迷雾区支撑的极限。而且得到了答案以后，意志也完全松懈了，唐凌也没有再坚持下去的理由。

所以，下一秒。测算仪，透明门内，唐凌陡然睁开了眼睛，所有的记忆在这个时候如潮水般地涌向了大脑……第二场考核，进入基因链测算仪……

唐凌彻底清醒了过来。第一感觉便是那铺天盖地的饥饿感。第二感觉，是感觉比第一场考核，比和变异兽蛇战斗还要激烈的精准本能运用，让他的大脑快要爆炸。

而第三……唐凌看见了飞龙趴在透明门上的脸。这是要搞什么鬼？

唐凌想问，但精准本能带来的极度透支，让他还未开口，两行鼻血便从鼻子中流了出来，滴落一地。

"这里，是有什么美女吗？"飞龙眨巴了一下眼睛。

奥斯顿跟在飞龙背后，原本只是想看看热闹，但看见鼻血满面的唐凌，他下意识地扯了一下衣服，挡住了自己文着黑色太阳的裸露胸肌。"也许是我太性感了，男的也无法阻挡这魅力。"奥斯顿狠狠瞪了一眼唐凌。

"发什么疯？"唐凌被奥斯顿瞪了一眼，狠狠地瞪了回去，但虚弱的感觉让他懒得再有多余的动作。

透明门在此时无声地打开。飞龙后退了一步，唐凌抹了一把脸上的鼻血，看着飞龙，径直问道："有吃的吗？"

又搞什么？飞龙再次眨巴了两下眼睛。倒是仰空，扔来了一管白色的膏体，然后说道："营养膏，一千信用点，让苏耀付给我。"

第75章　焦虑

一千信用点？唐凌接过了那一管白色的膏体，巴掌大小，却这么贵？可是饥饿已经让他顾不得一切，反正苏耀叔应该有一千信用点，自己还是先欠着吧。想着，唐凌已经拧开了白色营养膏的盖子，粗暴地将营养膏挤入了口中，大口大口地吞咽着。

"唐凌，基因链三星天赋，考核合格。"与此同时，仰空也平静地宣布了唐凌的成绩。

飞龙特意看了一眼唐凌，他好像并没有任何反应，还是大口地吃着营养膏，感觉并不对这个成绩感觉到失望。这倒是让飞龙有些乐了，吃东西就这么重要？第二场考核也不耗费体力，莫非是苏耀虐待了他？但总而言之，他喜欢乐观一些的人，乐观的人至少……不会轻易被这个时代所击倒。

考核到此就结束，反正没人察觉唐凌在听闻成绩时，那一下轻微的停顿，自己原来这么差劲吗？是进入第一预备营的人当中，天赋垫底的存在。

而这时，营养膏已经吃完了，和营养块儿一样，没有任何的味道，不过在口感方面就顺口了许多。

唐凌并不介意什么味道，他只知道这营养膏还是很神奇，吃下去以后竟然把他的饥饿缓解了小半，至少让他有力气站起来，并且开始思考。

"进入第一预备营的考核就此结束。明天早上七点，准时到荣耀广场老地方集合，迟到者取消资格。"没有任何恭贺的话，唐凌走出测算仪以后，飞龙直接宣布了报到时间，便让仰空通知工作人员，把这些少年带出荣耀大殿。

唐凌也跟随着众人，沉默地走出了这间神秘的房间。

在这个时候，小个子安迪吞了一口唾沫，然后小声地对唐凌说道："通过了就很厉害，重要的是在训练营中取得好成绩。"

唐凌对安迪友好地一笑，眼中却并没有安迪以为的失落。因为，当恢复了思考能力以后，唐凌联想起了自己的所见，有那么巧合吗？自己在那片迷雾中，走到了第三把锁，结论就是三星天赋？如果自己坚持走到了尽头，第九把黑锁的地方呢？岂不是九星天赋？九星天赋是不是很强大？

而基因链测算到底是什么原理？是每一个人都像自己一样，要走到哪里就是哪种天赋？还是说，只要有那样的锁存在着，就是天赋？会不会有什么错误？

唐凌想得入神，没想到飞龙在这个时候也忽然叫住了唐凌："期待你在第一预备营的表现。"这句话，他没有对身份显赫、天赋也出色的奥斯顿与昱说，也没有对阿米尔说，独独对唐凌鼓励了一句。在他看来需要鼓励的是唐凌，他不想唐凌就此沉沦。至于偏心与否，飞龙从来不在乎这种问题。

看着飞龙，唐凌想起了自己的问题。但唐凌并不信任飞龙，他到底什么也没问。

走出了荣耀大殿。天气有些阴沉，零星的风，厚重的云。鬼知道会不会下雨。反正第一预备营的考核已经结束，成功的，不成功的都需要一场放松。少男少女们各自散去。

唐凌也独自走向了荣耀广场的一角，苏耀就站在那里，像座巍峨的山一般，想不注意都难。

"通过了？"苏耀叼着卷烟，眯着眼睛问到。

"通过了。"唐凌的语气很平静，完全没有通过的开心。

"唔。"苏耀随意地回应了一句，便走在了前方，唐凌则跟在了苏耀的身后。

在这个时候，他的失落才浮现在了脸上。三星基因链天赋？自己能走到哪一步？就算拼尽性命地去训练，是否就能够打赢那黑袍人，然后报仇？不，仇人还有17号安全区的一些人，自己能否对抗？在所有人面前，唐凌都没有表现出对天赋垫底一事的在意与失落，但看见苏耀，不知为何，他无法忍住。

苏耀没有回头，所以他没有看见唐凌的表情，他自顾自地说道："我故意问你的，其实每通过一个，荣耀大殿就会派人传出消息，通知整个安全区。我就是故意让你紧张一下，哈哈哈哈……"苏耀很得意，笑得很开心。

可是通过了有什么好紧张的？这件事情很好笑吗？唐凌不明白苏耀的逻辑在哪里。这不好笑的笑话，也根本缓解不了唐凌的失落。

"哈哈哈，你一定很生气吧？"苏耀停下了脚步，忽而回头，但看见的是唐凌失落的眼神，他的笑容僵住了，继而收敛了起来，吐了一口烟，"说。"

"我，只有三星天赋。但我，我看见了，看见了九……"唐凌说的有些断断续续，他有些无助，还有些被人误解的委屈，就像一个小孩子，精心准备了一幅画，以为画得很好。到最后，别人都笑着觉得很幼稚，敷衍地说了一句能画出来就不错。

唐凌是个骄傲的少年。更重要的是，看见了九把锁代表了什么？是不是每一个人都看见？所谓的天赋其实是说，要走到那里，才算数？他怕在苏耀口中听到这样的答案，他相信苏耀一定了解这些。苏耀叔，只是没有制式盔甲而已，他也是紫月战士那样强大的人。

可是，唐凌并没有说完自己的话，就被苏耀捂住了嘴，接着他听到了一句："一切，回去再说。"

苏耀的神情非常严肃，紧皱的眉头不是失望，更不是骄傲，而是一种焦虑，一种担忧，一种说不出的压力感如同雾气一般笼罩了他。

唐凌有些不知所措。但信任让他没有再继续说下去，而是沉默地跟在苏耀身后，同他一起大步地朝着家的方向走去。

苏耀的速度很快，这显示着他的烦躁。唐凌要小跑才能跟得上。尽管忍了好久，唐凌还是叫了苏耀一声。苏耀不耐烦地回头："我不是说，什么都别说吗？"

"那个，苏耀叔，我欠了那个考官一千个信用点。"唐凌有些不好意思。

"我去，你到底是去考核了，还是去拆了别人房子？"苏耀额头青筋直跳，盛怒之下，干脆一把扯起唐凌的衣领，拎着他大步地继续朝着家的方向走去。

第76章　完美基因链

石屋中。

没有罗娜的料理，苏耀是不可能生火的。但初夏的天气，只是白天闷热，晚上并非如此，即便是在17号安全区里住着，也可能冻得睡不着觉。

唐凌一边想着无关紧要的事情，一边大口地吃着眼前糊了一层黑炭的烤肉。因为苏耀说，煮肉是暴殄天物，烤肉才是美味的。他能做出不错的烤肉，而且还坚决阻止了唐凌自己动手。

显然，苏耀又一次误判了他自己的手艺，拿了一块外表碳化的烤肉给唐凌，好在唐凌并不计较，依旧吃得很香，就是脸被弄得很脏。

在烤肉的这些时间里，唐凌已经把他第二次考核的经历告诉了苏耀。除了观想图。

并非唐凌不想说，对于苏耀既然是要信任，那就没有什么好隐瞒的。是苏耀阻止了唐凌说下去。观想图是秘密，苏耀依旧遵守这个。

肉有些噎人，唐凌叹息了一声，要起身拿水，又快吃完一条狂野牛的腿，让他心理负担非常重。

但就是这样一个微小的动作，却把苏耀惊得一抖，对唐凌吼道："你做什么？"

"拿水。"唐凌略显无辜，因为啃肉，脸黑乎乎的。

苏耀忍不住猛地一拍桌子，指着唐凌大声说道："看你，比哈士野猪还能吃，哪点像是有完美基因链的人！"

哈士野猪？那种又二又蠢、思维奇异的野猪？苏耀竟然把自己比喻成那玩意儿？唐凌怒火中烧，思考着要不要和苏耀拼命。

但就在唐凌准备拿起木凳的那一刻，他愣住了。完美基因链？那是什么东西？！联想起苏耀一路上的奇怪表现，唐凌开始怀疑苏耀又对自己隐瞒了什么。

于是，唐凌不动声色，去喝了一大杯三级饮用水，然后洗干净了脸，端端正正地坐在了苏耀面前。

苏耀很烦躁，嚷了一句："走开，哈士野猪。"

"什么是完美基因链？"唐凌平静地询问。

"哈士野猪没有资格知道。"苏耀斜了一眼唐凌。

"什么是完美基因链？"

"哈士野猪，你想挨揍吗？"苏耀捏起了拳头。

"什么是……"

"没完了，是吗？哈士野猪！"

"什么……"

不管苏耀说什么，唐凌都重复着同一个问题，苏耀非常烦躁地抓着他那不长的板寸头，因为头发太短，抓不住，所以倒是在头皮上留下了几道指甲印。

"妈的，服了你了。"点起了卷烟，苏耀投降了，事实上这种事情他也不是太想隐瞒，前提是去掉一些关键往事的话。唐凌就是看出了苏耀这样的态度，才追问不休。

烟雾升腾之中，苏耀开始对唐凌解释起一些概念，这些概念在唐凌进入第一预备营以后，也会知道。

"所谓基因链天赋，它的本质是一个人的成长潜力。它藏在基因链，也就是DNA链条中，是天生就注定的。前文明，人类很弱，但并不代表着，前文明的人类就没有这样的成长潜力。就如在极其偶尔的情况下，他们也会爆发出超越自身很多的力量和速度，这就是潜力。这种潜力是在这个时代被发现的。但每一个生命个体是如此的不同，所以潜力也出现了千差万别。当然，有人怀疑，产生这种差别的原因，是因为紫月。"

说到这里，苏耀的脸色微微变了变，他自觉说漏了嘴，关于紫月涉及的秘密和猜测就太过惊悚了。就算在这个时代，也是极端高层的人才掌握了一些信息。

唐凌是何等聪明，很快就抓住了这一点，很不出所料地，他开始询问：

"为什么和紫月有关？"

"这个，等你进入了第一预备营，我们再找机会说。先说回基因链天赋这件事情。"苏耀赶紧搪塞了过去，事实上他已经答应了唐凌等他进入第一预备营要说关于唐凌胸口那个"它"的秘密，不过，唐凌对于基因链天赋这件事情很有兴趣，也就让苏耀糊弄了过去，还很自觉地给苏耀倒了一杯水。

接过水，苏耀喝了一大口，这才接着说道："好吧，你已经知晓了人的潜力有不同。但这些藏在基因链的天赋是能够随意发挥的吗？并不能，于是在这个时代，有了特殊的修炼自身的方法。"

"这些方法怎么来的？"唐凌好奇地插了一句嘴。

苏耀脸色一沉："你还想要听下去吗？想要听下去就不要发问。"但在心里，苏耀却是叹息了一声：怎么来的？可能有一天这小子迟早会知道，这些东西的来源和他自身所在经历的，也有关系。那到了那个时候，这个小子又会怎么想？不过现在，绝不是告诉唐凌这一切的好时机。无知，在某种时候也是一种幸福。

苏耀的呵斥显然很有用，带着对基因链潜力的强烈好奇，唐凌对于这个问题也没有追根究底。

苏耀则皱着眉头继续说道："而修炼是为了什么？你已经明白，是为了发挥潜力。但更重要的是，为了积聚力量，打破基因锁。"

说到这里，苏耀看了一眼唐凌。唐凌的脸色立刻变了，他的双手有些颤抖，试探性地说了一句："就是我看见的那些黑锁。"

"就是它们！所以，所谓的潜力就是指锁的个数。就好像，你决定要杀死两个敌人，但你存在的地方连一个敌人都没有，你杀什么？"

"也就是说，我所看见的锁的个数，就是代表着我是几星潜力？可是它们被迷雾罩着，我是说，我是说反正我看见的是迷雾。"唐凌略微有些急，他不知道该如何表达，毕竟是观想的世界，苏耀叔能够理解吗？

"啪！"苏耀的手重重地落在了唐凌的肩膀上，很淡然地说道："所以，那个基因链测算仪才测算不出你真正的潜力。在这个世界，已经证明大多数人连一星潜力都没有。但时代变幻，他们已经比前文明的人类强大很多，算是半星潜力者，你可以理解为没有锁，那绑住道路的黑色铁链依旧存在，大多数人都打破了一些锁链。与此同时，这个世界也证明了，最高潜力应该是九星潜力。再没有比九星潜力更加完美的基因链了。

"所以，九星潜力者拥有的是完美基因链！"

第77章　最大秘密

九星潜力？完美基因链？这些词语震撼着唐凌的心，那感觉就像一个穷鬼忽然被告知他其实拥有一座安全区一般刺激。但苏耀明显并不为此欣喜，而相对的，苏耀的解释虽然简单明了，唐凌也不敢完全地去相信，他还有疑惑。两人都陷入各自的情绪之中，相对沉默了很久。

唐凌终于开口询问："苏耀叔，你的意思是基因测算仪并不准确，对吗？"飞龙以及仰空对基因测算仪的肯定还在唐凌的脑中回荡。

苏耀脸上出现一抹嘲讽的笑，不屑地说道："这个地方会拥有什么值得称道的好东西吗？它不准确太寻常了。就像这个基因测算仪，它的原理是捕捉你的脑波，具现你脑中的画面加以分析解读。表面上看的确已经非常精准。但事实上，你感应自身，需要强大的精神力，你的精神力如果只能支撑你感应到你的部分天赋，你脑中具现的也只能是那一部分，你懂了吗？也就是说，这台低等级的基因链测算仪，它本身不具备测试能力，它只是通过你本人去得出你的潜力，如果你本人受限，它也会跟着受限。"

原来如此！苏耀的回答无疑解开了唐凌最大的疑惑，原来他受限于自身的精神力，只能拨开迷雾，看见三把锁。迷雾后看不见的，测算仪同样也不能"看见"。但不能看见，并不代表它不存在。

而为何自己的天赋会呈现迷雾封锁的状况呢？唐凌看向了苏耀，还想要问下去。

苏耀似乎已经知晓了唐凌所想。他站起来，有些不耐烦地掐灭了卷烟，不待唐凌发问，就径直地说道："总之，其他的人在进入入定状态以后，都能发现自己的全部潜力，如果耗费了很多时间，无非就是精神力不济，还未完全进入状态。你的情况很特殊，你只需要记得迷雾也是一种保护。至于为什么，你不必问我，我也不可能回答你。"

说到这里，苏耀皱眉，神情前所未有的沉重严肃："记得，关于你的潜力，你的完美基因链，它是秘密。比你的精准本能、你胸口埋藏的'它'，更大的秘密。你不能对任何人透露，任何人！"

唐凌有些惊愕地看着苏耀，具有潜力难道不是好事？唐凌并非高调的人，可是适当地展露，在进入第一预备营后，是不是会得到更大的重视，以此换取更多的资源？在这个时代，争取生存的资源，争取让自身强大的资源，是烙入了骨子的本能。

"你不信任我？"看见唐凌的反应，苏耀的眼中有了一丝怒意，是真正的怒意。

"不，如果是苏耀叔的要求，我会照做。"唐凌回答得很直接，相比起对苏耀的信任，一些疑惑算什么呢？

苏耀的神色稍缓，带着一些欣慰。唐凌在品性上是个好孩子，也许不易走进他的内心，但一旦走入他的内心，他给予的信任，与人的承若，以及对情谊的态度，都不会让人失望。但唐凌这样也是理所当然，遗传的力量原本就很伟大。

想到此处，苏耀有些失神。透过窗口，遥望着远处高大的城墙，思绪已经飘远。

不过，唐凌在这个时候，却想到了一个重要的关节，他忽然有些担忧地问道："可是苏耀叔，在最后，有外力帮助我看见了全部的潜力值，那是不是也烙印在了我的脑中。我……"

苏耀回神，看来这小子还是注意到了关键的点。对于这个，苏耀只是微微一笑，毫不担忧地说道："那并非你自身的感应，那台测算仪也根本不可能捕捉到那个外力，就算它再先进十倍，也不可能。

"那一瞬间，你看见的，最多被它计算为无关的干扰图案。毕竟每一个人看见的基因链表现形式都是不一样的，可能是夜空中的几颗星星，又可能是草原上的几只羊。脑中的画面，会受到你想象的干扰。唔，就好像，你觉得夜空中只有几颗星星，非常冷清，你可以想象繁星点点，也可以想象草原上羊群满地。那种就叫作干扰图案。在一般的判断下，自身精神力所触摸到的，才是真实的。所以，你的完美基因链，依旧是个秘密。"

这样的吗？苏耀的回答让唐凌安心了，但对于整件事情他还有许多其他问题，就比如那外力是什么？那种子呢？

可是，唐凌却并没有多问，他能察觉，对于这些苏耀是刻意回避了的。

"总之，进入第一预备营以后，好好加油吧。"苏耀明显想要结束这一次谈话了。

唐凌没好气地说道："苏耀叔，你好像知道我的潜力，你也很厉害，为什么要我去测什么潜力值？又为什么必须让我进入第一预备营？"

苏耀有些无奈，这小子太聪明了，一个不小心就会被他抓住一些漏洞来询问。可那又如何？编造什么东西苏耀是不会，但要赖苏耀是无负担的。他挑衅地望着唐凌："我乐意，你来打我啊？"

唐凌的脸一下子憋得通红：你以为我不想？打不赢好吧。

"滚去收拾行李，明天去第一预备营报到吧。看着你就烦，老子都快被你吃穷了。"不再给唐凌说话的机会，苏耀一脚踢在了唐凌的屁股上。

唐凌"咬牙切齿"地去收拾行李了，但收着收着他忽然转头，小声地问了一句："第一预备营，两年时间。苏耀叔，你都……"

苏耀倚在窗边，很平静地说道："别想着老子不管你，我会来找你的，我还答应了你，找机会告诉你一些事情。"

"嗯。"唐凌心安。

"你只需要安心地待在营地。我会有办法找你的。"苏耀的声音柔和了一些。但还是忍不住提醒了唐凌一句，"记得，关于你的完美基因链，就算是被逼到绝境，也不能对任何人透露半个字。"

"嗯。"唐凌将妹妹的裙子叠好，收进了行李袋中。

而苏耀望着那沉重的高大城墙，只用自己能听见的声音，小声地说道："当然，在以后，知道的人定然会知道。他，又猜对了一件事。"

第78章　淘汰

当扣上紫色制服的最后一颗领扣，走出办公室时，仰空有些烦躁。第一预备营新的一批学员入学了，这意味着他在前两个月会有一段非常忙碌的日子。基因链测算仪能量耗尽，也是一件让人头疼的事情。

事实上，每一次启动时汲取的宇宙能量，并不足以支撑每次测算的能耗，要同时耗费平日里储存的能量。而在给那些预备营战士测算之前，明明能量还有百分之八十，没想到测算过后，竟然耗得干干净净。这是不应该发生的事情，按照正常计算，不要说几个预备营战士，就算是紫月战士来测算修炼进度，也能支撑至少三十个人以上的测算。

所以，一次大规模的检测是少不了了。就算检测没有问题，再一次重新储能也要大半个月的时间，在这时间内，基因链测算仪是不能动用了。

这些都是麻烦而琐碎的事情，整个17号安全区只能依仗仰空。科技者，是比紫月战士更珍贵的人才。严格地说来，仰空还够不上科技者的称号，只能说是预备人选。

"到底是哪个小家伙？"仰空还是免除不了这种怀疑，走在安静的走廊中，他回想着测算时的每一个细节。

唐凌吗？仰空摇了摇头，不可能是他。毕竟只有三星基因链潜力，就算表现出了精神力的天赋，但精神力也不是什么单独的能力，还是得依托在基因链天赋之下。一开始表现出天赋，也可以理解为被"开发"得好。

但宇宙能量的耗费，的确又和精神力有关。潜力强大，还未成长起来的人，如果在充斥着宇宙能量的环境下，也可以依靠宇宙能量支撑精神力，超常发挥。只有这种情况，才可能耗光基因链测算仪的能量。

"难道是阿米尔？"五星基因链天赋的确值得期待，各种属性的成长潜力都强于他人。

仰空想着这些乱七八糟的问题，走过了飞龙的办公室，看着紧闭的大门，忍不住埋怨了一句："口口声声说着这是最出色的一届，但到底还是扔给别人，甩手不管了。"

这件事情，也怨不得飞龙。如今的17号安全区看似无恙，可事实上不管是外部还是"内部"的危机已经越来越明显。飞龙责任重大，在考核后，已经带着三队紫月战士去到"那里"了。这又让仰空多少开始为飞龙担心，"那里"非常危险啊。继而又忍不住想起了城主大人所说的话。一切都因环境而变，当各种天之骄子出世，预示的不一定是太平盛世，更可能是更大的危机即将爆发。

想起17号安全区也收获了一个没成长起来的，货真价实的五星天赋者，仰空的眼中闪过一丝忧虑："这个时代，还能怎样糟糕呢？"

荣耀广场。

第一预备营，七个新的预备营战士已经出现。此时，他们整齐地站在17号安全区域主雕像之下，如同七棵雪松幼苗，虽然稚嫩，但笔直且苍劲，生机勃发。唐凌站在队伍的最末，这一次即便是奥斯顿也没有嚷嚷着让唐凌站到第三的位置。从战斗力论英雄，到潜力论英雄，一切就是那么现实。

不过阿米尔也没有站到第一，第一和第二还是昱和奥斯顿牢牢把持着。那也就是阿米尔"温柔"，如果是唐凌，他会毫不客气站到第一位，该是自己的收获和地位，唐凌不会退让。只不过无奈的是，完美基因链是个秘密。

想着这些乱七八糟的事情，唐凌很平静地站在晨曦当中。此时的太阳还不刺眼，也没有发疯般地散热，清晨和黄昏都是最美好的时光。如果，眼前这个教官审视的目光可以收敛一下的话。唐凌并不习惯被一个陌生人上上下下地反复打量好几次，他很不自在。

但教官侧柏是不可能在乎这些预备营的小家伙是否在意的。他内心是满意的。这一次，第一预备营的考核如此残酷，还是出现了七棵苗子，放在以往，最多的一届不过五个人。有时，甚至颗粒无收。而两三个合格者，才是最正常的状态。既然这一次出现了七个，剩下的便是狠狠操练他们吧。

想到这里，侧柏的脸上露出了分外和蔼的笑容，看得在场的每一个预备营战士都心底发冷。但好在，教官并没有打算继续保持沉默，这个让人"毛骨悚然"的微笑更没有持续几秒。在恢复了扑克脸表情后，侧柏只是简单地说了一句："跟我走。"连自我介绍都省略了。

不知道是故意的，还是原本就习惯如此的步伐，侧柏说完以后，根本没有半分停留，就大步地朝着荣耀广场的后方走去。他的步伐迈动频率不见得如何快。但所有的预备营战士跟在后方，必须小跑着才能跟上。而三分钟以后，小跑的速度显然已经不够了。大家开始加快了跑步的速度。

五分钟后，必须拼尽全力，才能勉强看得见侧柏的背影。

十分钟以后，如果不保持着最快的奔跑速度，就连侧柏去往哪个方向都难以猜测。

可是，极限的奔跑显然不是一件能长时间保持的事情。坚韧如唐凌，也免不了上气不接下气，喉咙如同燃烧着一团烈火。就算如此，唐凌也是跑在第三的人。阿米尔紧随其后。聚居地艰苦的生活，并非全无好处。因为别的人，已经被拉开了距离，回头连影子都看不见了。

不过，侧柏教官似乎很喜欢这样的游戏。他故意带着这些预备营战士兜兜转转，几乎把整个内城都"逛"了个大半。直到连昱都跟不上他的步伐后，他才悠悠然地停下来，开始寻找这些已经迷路的小战士们。

又过了五分钟，所有预备营战士重新集合在了一栋居民楼下，每一个都气喘吁吁，连站直的力气都欠奉。

但侧柏却不满地说道："这就是第一预备营的新人？连疾行去到营地的本事都没有？鉴于你们是新人，我再给你们一次机会。还跟不上的人，抱歉，我只有淘汰了。"

第79章　师兄

淘汰？这两个字从侧柏教官的口中说出是如此地轻松，但这些少年们的脸色却陡然沉重了起来。考核的艰辛犹在眼前，还来不及体验一分钟第一预备营的生活，就又面临着淘汰？但没有人敢质疑眼前的教官，如果不想被淘汰，跟上是唯一的选择。

休整只有一分钟的时间。一分钟过后，没有任何的通知，侧柏再次转身就走，这一次少年们不用任何的提醒，直接就跑动起来跟了上去。

相比于第一次，教官显然是留有余地，他至少没有再用先前少年们拼尽全力都难以跟上的速度。而是保持了一个刚好让少年们奋力奔跑就可以跟随的速度。当然，这也并不是一件容易的事情，只要意志力稍有放松，整个人便难以再保持这种高强度的奔跑。

二十分钟后，内城的最里侧。一群早上还意气风发的少年，此时在高耸的悬崖之下，累得东倒西歪，一个个都趴在地上如同死狗，哪里还有半分飞扬得意？

侧柏满意地看着这群小家伙，必要的下马威看起来效果很不错，但这就够了吗？显然不是。他静静地等待着这群小家伙稍微恢复，脸上又出现了让这群少年毛骨悚然的"和蔼"微笑。

"呼""呼""呼"，急促地呼吸了将近半分钟，唐凌才将自己呼吸的节奏调整正常。随手擦了一把被汗水打湿，已经贴在额头上的头发，唐凌直接忽略了教官奸诈的微笑。他原本就没有对第一预备营的生活，抱有任何可能轻松的幻想，所以也无所谓这教官刻意的压迫。

眼前的悬崖真的非常高。在这里生活的人，都太熟悉它了。17号安全区原本就是建在悬崖之下，环绕安全区的高墙只有三面，而另一面就是这陡峭的悬崖。

曾经，唐凌也只能远远地凝视着它，也曾幻想过，是不是可以爬上这悬崖然后悄悄地进入17号安全区？如今，真正的到了这悬崖之下，才知道这想法有多么可笑。

上千米的高度，近乎垂直的光滑石面。上面的植物被清理得干干净净，想找一个落脚点都是奢望。它面对着17号安全区的这一面是这般模样，背对着的呢？唐凌无法知晓，恐怕只有爬上去，才知道这悬崖背后是什么样的风景。

但是，需要爬上去吗？唐凌心中升腾起了不好的预感，抬头仰望，这根本不可能有任何借力的悬崖上，只有三根粗大的铁链，是唯一能助力攀爬的东西。

通过一根铁链攀爬？想想就是一件非常刺激的事情。

看那铁链也非常光滑，像常年有人爬上爬下的样子。且不说一个手滑会造成的可怕后果，上千米的高度，如果中途没有力气了呢？就挂在悬崖上当风干肉吗？

唐凌的念头刚起，就看见三条粗大的铁链开始抖动起来，不到半分钟的时间，铁链上出现几个身影，正飞速地从悬崖上朝着下方落下。这速度快得就像在跳崖。是有多想不通？趴在唐凌身旁还在喘息的小个子安迪，脸都吓白了。但随着距离的接近，所有人都看清楚了，从悬崖上落下的人，他们的速度极快，是因为只用单手抓着铁链，直接滑下。偶尔，会控制速度，停留一下，然后又荡起铁链，直接下落一段距离。看起来非常轻松写意的事情，实际上需要极强的力量和控制力，否则这种看起来很帅气勇敢的行为，分分钟就变成坠崖的悲剧。

来人很强！但侧柏教官神色平常。

"咚""咚""咚"，随着几声闷响，从悬崖而下的四个人都顺利落地，每个人扛着两桶饮用水。

"侧柏教官，饮用水已经扛下来了。"明显是四人中领头的少年，对侧柏教官的态度非常恭敬，也是通过他，唐凌几人才知道这位教官原来叫侧柏。非常奇怪的名字，和飞龙、仰空一样，没有任何的地域特色，更像一个代号。

看着饮用水，原本就非常口渴的唐凌更觉喉咙干涩，那在阳光下荡漾着的透明液体，就像世间最美的风景，吸引了唐凌的全部注意力。

但只有唐凌一个人是如此，其余人都是崇拜且向往地望着从悬崖上下来的四个少年。这些人穿着和他们一样的制服，想必就是第一预备营的师兄们了，那之后，自己也是不是会变得和他们一样强大呢？至少可以做到单手跳悬崖吧？奥斯顿想到这个就兴奋了起来，脑中的画面，已经变成了他单手抓着铁链，怀抱着17号安全区最美的少女，从空中一跃而过，下方则是另外一群少女的惊呼。

面对少年们崇拜的目光，师兄们似乎没有任何感觉，倒是为首那位，带着有些讨好的笑容，询问侧柏教官："这些，就是新来的小家伙们？"那语气分明带着一种莫名的期待。

但是侧柏教官却没有任何表情波动，只是一挥手，淡淡地说了一句："没有你们的事情了，回营地。"

四位师兄恭敬地行了一个军礼，又朝着悬崖走去。其中三位对这群少年们投来了一丝同情的目光，倒是为首那位非常和善的模样，对少年们挥挥手，很直接地说道："记住我的名字，达利！以后入了营，有困难，找达利。"

听见这句话，所有少年都流露出了感动的神情，第一预备营的师兄多么友爱啊。安迪几乎都快流泪了。

唯有唐凌，他的眼中自始至终都只有那几桶饮用水。至于师兄的话？第一感觉便是这个师兄坏得很，我信你才有鬼。在少年们惊叹的目光中，他们抓着铁链，就借用这点力量，整个人几乎是用奔跑的速度，爬上了悬崖。

"一人一桶，现在喝水。"侧柏教官则依旧平静，只是淡然地吩咐这些少年喝水。第一次，真正和蔼人性化的命令。唐凌如同听见了天籁之音。

第80章　供应的标准

一共八桶水。加上教官，一人一桶正好合适。

热辣辣的日头下，一桶还带着丝丝沁凉的水，喝下去是如此舒爽。何况这水还带着一丝说不出的甘甜，当水入腹以后，就连力气都在缓慢恢复。

这水……至少唐凌没有喝过如此好的饮用水。就算是三级饮用水也绝对不能与之相比，跟苏耀生活的这些日子，苏耀给唐凌提供的都是三级饮用水。三级饮用水是什么味道，唐凌并不陌生。

"这水很好，对吗？"在一片"咕咚咚"的喝水声中，教官的声音响起，"是的，它很好。二级饮用水，纯净无污染，有益的矿物质，这些都只是基本。重要的是它含有能量，宇宙能量。当然，这些能量并不多，可是长期饮用的好处，你们用屁股想都知道。你们还需要明白，就算17号安全区，也找不到天然的二级饮用水，这是花费了很大的功夫，人造的。每一口泉眼的二级饮用水要'成熟'，都需要七十五天，紫月七十五天的照射。"

在教官的解说中，没一个少年减慢了喝水的速度，但除了昱和奥斯顿外，每个人脸上微微吃惊的神色已经说明了一切。

唐凌同样也很吃惊，没有想到一桶饮用水可以奢侈到如此的地步，但为什么和紫月有关？

教官不可能去解答这个问题，只是继续说道："二级饮用水，是第一预备营的标准供水。不仅如此，你们等一下的午餐，按照标准会有两斤王野兽的肉，只要最精华的、蛋白质最多含量的肌肉部分。会有半斤改良过的前文明的稻米，提供丰富的碳水化合物、维生素等复合营养。对了，还有蔬菜，即便只是二两，但也能调节一下你们常年吃肉带来的坏处。

"知道吗？这只是一餐饭的标准。你们一日有三餐，第一预备营能够保障你们每一餐都是如此丰富。另外，每两天你们还可以领取水果。货真价实的、甘甜的水果。最重要的是，每半个月，你们会领到一次高级营养剂，作为对平日训练的身体补充。你们觉得，这些东西珍贵吗？"说到这里，侧柏教官扫视了一眼在场的所有少年。

很合理的，所有人都流露出了向往与震惊，就算昱和奥斯顿也不例外。他们可以忽视王野兽的肉，忽视什么新鲜的蔬菜和水果，但绝对不能忽视高级营养剂。他们出身高贵，就是因为如此，才充分明白高级营养剂的珍贵。

唐凌心跳得厉害，因为出身和身体，他对于吃喝非常没有抵抗力。当然，美味什么的，不在他的考虑范围内，他只是在计算着，这样分量的食物，是否可以长期抑制他的饥饿发作。不过，结论有些不太美好。"如果不能打猎补充，就只能在第一预备营挨饿了吗？"唐凌的脸色有些难看了。

"你不满？"侧柏已经充分酝酿好了接下来要说的话，但唐凌那难看的神色让他有些疑惑。莫非这小子是高级贵族？觉得第一预备营的生活差了？但明显奥斯顿和昱这种真正的高级贵族都兴趣满满啊。

只是瞬间，侧柏已经想起了唐凌的身份——苏耀那个刺儿头罩着的小子。莫非苏耀天天给他吃凶兽肉？苏耀有这个财力？

在侧柏诸多的猜测之中，唐凌犹豫了一下，到底还是开口了："如果不够吃，我是说不够吃的情况下，有什么办法吗？"

"什么？你他妈的是哈士野猪吗？一天六斤肉，还有那么多其他的补充，你不够吃？"奥斯顿自诩非常能吃，在他看来第一预备营提供的食物都已经非常丰富，完全足够了。

唐凌讨厌哈士野猪，这种黑白相间的家伙！但他依然无视奥斯顿，对教官大声地说道："教官，哈士野猪吃多少我不知道。但如果可以，我还想要申请打猎。"

这小子他妈的在说什么？侧柏教官觉得自己精心营造的氛围全被他毁了，第一预备营的精英需要因为这种事情去打猎，当个猎人？忍着发怒的冲动，他一把捂住了唐凌的嘴："就算你真的跟哈士野猪一样能吃，第一预备营也养得起你，甚至提供你想得到的，想不到的任何食物。但前提是你得有这个本事获取。至于怎么证明你的本事，你进入第一预备营就明白了。"说完，侧柏教官放开了唐凌的嘴，恶狠狠地指着唐凌说道，"你小子要是再敢说任何一句话，我保证把你打出屎来。"

唐凌决定以后他要把哈士野猪宰杀干净！他真的讨厌哈士野猪！同时觉得有些无辜，他说错什么了吗？他只是想要获得更多的食物啊。

精心营造的气氛被唐凌破坏，这是侧柏教官第一次面对如此失败的入营下马威。他已经懒得再多说，对着这些少年们说道："想必你们已经猜到第一预备营就在悬崖之上。你们剩下的事情就是在中午之前爬上去。午饭开饭时间在中午十二点，现在八点二十七分。你们还有大约三个半小时的时间。记住，午饭过时不候。"

侧柏教官的话刚落音，唐凌就狠狠地瞪了一眼所有人，还没等大家有所反应，他已经消失不见，下一刻就出现在了铁链之下。

"妈的，他在警告我不准抢他的第一吗？"奥斯顿怒气顿生，唐凌那恶狠狠的目光简直太嚣张了，"我要揍死他。"奥斯顿冲了出去。

"白痴。"昱口齿不清地说了一句，至于剩下的人面面相觑，唐凌像是三年没吃饭的人，难道奥斯顿也是常年忍耐着饥饿吗？都是只有安迪默默地吞了一口唾沫，三个半小时，仅凭一根铁链，能够做到吗？

"还不去？"此时，唐凌和奥斯顿已经抓着铁链爬了好几米了，而安迪看着唐凌"穷凶极恶"的背影，小声地问了侧柏教官一句："那，那如果爬不上去呢？"

"那就挂在上面，当风干肉吧！"侧柏教官的好心情被毁得一干二净，感觉这一批新的预备营战士都太有个性了一些，需要好好地操练，狠狠地操练。至于唐凌，侧柏教官觉得自己深深地误会了他。这小子一定是被苏耀长期虐待吧。对了，或许奥斯顿在家族里的日子也不怎么样吧。

第81章　一月

一个月。这是每一届第一预备营的预备营战士，都要经历的"魔鬼时间"，按照新战士总教官侧柏的话来说——"这是一个由普通变为不凡的过程，看似不可思议，事实上整个事情非常简单，那就是打破再重建就好了。"

对，整个道理就是打破再重建。好比在前文明，一个孱弱的男生要变为肌肉大汉，他需要进行的就是力量训练。极限的负荷，可以撕裂肌腱，再通过补充大量的蛋白质，让肌腱重新生长，而重新生长的肌腱会变得粗壮，以此为架构，肌肉也就逐渐成形。

听起来是一件很简单的事情。可唐凌他们七个新战士面对的却是地狱一般的折磨。第一预备营的"魔鬼时间"，从来都不是玩笑。

在这封闭的营地里，你每天只有六个小时的睡眠时间，剩下的吃饭、个人清洁，包括"三急"，统统限制在四十分钟内。

剩下的时间是什么呢？训练，训练，再训练。

不是什么复杂的训练，一切都是最基础的，却也是最让人崩溃的训练。晨起，就是一个小时的负重五十公斤跑。完毕以后，是大量的力量训练，没有多余的动作，全是大核心训练，就比如负重深蹲、硬拉、卧推、平板支撑……之后，是心肺功能的训练，变速极限跑，各种跳跃。接着，是重复的力量训练，依旧以大核心训练为主。这一次训练完毕后，会有不到十分钟的休息时间，以游泳为主的有氧训练便会登场。

最后，是敏捷训练，最可耻的训练，悬挂的硬木同时摇摆，你必须穿梭其间，在规定的时间内跑完十个循环。这个训练，小个子安迪完成得比较轻松，其余的人无一不承受鼻青脸肿的折磨。

按照这样的训练量，放在前文明，就算对最专业的运动员、最厉害的特种兵都是超负荷的。

可是，这只是开端。魔鬼时间，让人没有喘息的空间，它的负荷每隔三天就会加重，或是负重的变化，或是距离的变化，又或者是摇摆的硬木数量变多。在这里，没有停歇这一词语。你只有两个选择，跟上或是被淘汰。在这一点上，没人愿意认输，至少在这"魔鬼训练"还剩一天的时候，每个人都是达标的。

当然，训练成果也是惊人的。至少如今的唐凌可以面不改色地背上一百公斤的负重，保持每小时二十公里的速度，跑上七八个小时。

"用时五十六秒，躲避成功率百分之九十二，合格。"侧柏教官掐着秒表，念出了唐凌敏捷训练的成绩。

他的话音刚落，周围就响起了一片轻松的谈话声。按照一天的规则，敏捷训练就是每日最后的训练，结束以后，每个新战士都会"享受"专业的肌肉放松按摩与冰水澡，以减除第二天的肌肉酸痛。

那个时候，营地当中就会响起一片杀猪般的号叫声，就算最斯文的女孩子薇安和克里斯蒂娜都一样如此。专业按摩师的手法不错，但疲惫的肌肉被大力地按揉时，那酸爽的滋味绝对不是一般人能承受的。更别提冰水冲凉的"极限享受"。

可比起魔鬼训练，这依然是让人期待的时刻，就算疼痛一些，之后的放松是无比美妙的。何况，在这之后，无论是晚餐还是睡眠，都是一天之中最愉悦的事情，不是吗?

"唐凌百分之九十二的躲避率，只比安迪差了百分之一，很厉害啊。"规律的生活，实际上没有什么新鲜的事情发生，每日的成绩就是大家谈论的重点。唐凌的进步是耀眼的，在耐力上，他仅逊色于奥斯顿与阿米尔，在速度上，他仅逊色于安迪、昱，还有阿米尔。至于在力量上，他和阿米尔近乎持平，逊色于奥斯顿和昱。加上敏捷，大家都认为唐凌非常出色，是综合成绩最好的一个。

毕竟阿米尔是天才。奥斯顿和昱同样是天才，即便不如阿米尔，家族的支撑让他们的基础都好于众人。

所以，当唐凌最后一个结束了敏捷训练以后，爽直的克里斯蒂娜便忍不住赞美了唐凌一句。比起耀眼的天才，所有人更愿意看见的是平凡者所创造的奇迹。

面对克里斯蒂娜的赞美，唐凌只是腼腆地抿了抿嘴。

奥斯顿不服地吐了一口唾沫，大声地嚷嚷道："克里斯蒂娜，你该不会喜欢上了这个小矮子吧？有种让他来和我掰掰手腕，我随时恭候。"

克里斯蒂娜白了奥斯顿一眼，这个爱出风头的家伙，总是对每个人取得的好成绩都表现出不屑。

昱安静地靠在一棵树旁，反复地抛甩着一把匕首，依旧有些口齿不清，但这并不妨碍他嘲讽奥斯顿："你的躲避率什么时候才能达到百分之九十呢，奥斯顿？"

这可是奥斯顿的痛处，他的敏捷几乎是最差的一个，被昱抢白了一句，奥斯顿顿时语塞，不由得恼羞成怒地吼道："昱，你要单挑吗？"

"随时恭候。"昱无所谓地说道。

在这个时候，侧柏教官则无所谓地插了一句："没关系，尽管单挑，我喜欢精力无限的小伙子，所以你们俩也加大训练量吧？"

这句话，惹来了奥斯顿的哀号，换来了大家的一片笑声，即便是唐凌也忍不住露出微笑。

进入了盛夏的天气，尽管无比燥热，通红的夕阳也为营地里每一个人的身影披上了一层淡金色的光芒，如同少年燃烧的岁月。

一个月辛苦的生活，简单的日常，朝夕的相处，换来的不仅是快速的进步，还有七个新战士之间日益增长的情谊。

也只有少年的岁月，才可以跨越背景，沉淀过往的伤痛，去投入崭新的人际关系，就包括唐凌。他喜欢这样的生活，不用多想，只需每日简单地努力，环绕的是同伴们虽有竞争，但单纯明净的情感。伤疤依旧存在，但这并不妨碍新温暖的注入。唐凌心中的冰山融化了一部分。

第82章　首领的气质

　　"做得不错。"很难得的，侧柏教官也赞赏了唐凌一句，这个天赋最普通的小家伙，他很欣赏。毕竟，任何的进步不可能凭空而来，能把综合成绩提升到如此地步，与这个小家伙坚忍的意志密不可分。在训练中，唐凌是最沉默，执行力最强，也从未逃避退缩的一个。侧柏甚至连一句抱怨都未曾从唐凌口中听过。但，这简单的日子毕竟要结束了，看着夕阳下的少年们，侧柏的心中竟然第一次有了一丝的不忍。

　　可对侧柏教官的心思，新战士们如何能够察觉，唐凌得了一句赞赏，奥斯顿便带头起哄，让唐凌请客，就比如把今天的"中级营养剂"让出来，分给大家好了。

　　不理会奥斯顿的撺掇，唐凌擦掉汗水，走出了敏捷训练区，带着微笑自然地揽着和他最要好的安迪，就要与大家去"享受"每日的按摩与冰水澡。接着就是他最期待的晚餐时间，也不知道今日的厨子大叔会做什么美食。是加了特别香料的烤肉，还是熬煮得软烂香醇的炖肉？

　　插科打诨着，一众少年就朝着休息调整营地走去，但在这个时候，侧柏教官稍许犹豫了一下，终于还是开口了："今天的晚饭时间完毕后，你们到会议室集合，有一个总结小会。"

　　大家停住了脚步，听到侧柏教官的这句话，才恍然想起这已经是训练的第三十天。曾经在进入这魔鬼预备营的时候，侧柏教官就特别说过，为期三十天的训练以后，会有一个总结会议。之后，大家要面对的就是第一场考核。不合格者，清退进入第二预备营。考核的标准是什么？没人知道，但无疑自信的少年们可不会觉得自己会失败，在当日也就没有放在心上。

　　可到了今天，再一次提起这件事情，每个人心中不免沉重了一下，经历了残酷的训练，各种事实已经告诉他们，在第一预备营，任何考核都不是可以简单通过的。

　　气氛由轻松变得有些许沉重，直到每日愉快的晚餐时间，也没有恢复过来。每日负责晚餐的大肚子厨子，最享受的便是看着这些少年，在晚餐帐篷里，一边狼吞虎咽，一边互相嘲讽玩笑交谈的样子。

　　不过，今天，他们显得有些沉默。

　　"希望这些小家伙，每一个都不要被淘汰吧。"经历了不下十届新战士训练的厨子大伯，当然明白这其中的原因是什么，也忍不住叹息，为这些小家伙们祈祷。因为，这一届的新战士们最得他的喜爱，虽然人多，却有一种少年的单纯情谊团结着他们，没有以往那种因为竞争而变得人情淡漠的事情发生。这一切，都应该要归功于那个叫作唐凌的小家伙吧？他虽然沉默居多，但每一次少年们在这里谈论成绩，就要不愉快时，他偶尔的发言总会化解掉一些矛盾，即便这不见得是他刻意为之，但每一次听来总是很有说服力和正面的力量。

　　"这小子，挺有作为首领的魅力的。"厨子大伯走神地想到，但绝对不敢说出来，太忤逆了。

　　也在这时，没有什么胃口的克里斯蒂娜端着餐盘，走到了唐凌跟前坐下，把自己的食物推向了唐凌。

　　唐凌毫不客气地接受了。事实上，这是很寻常的事情，唐凌非常能吃。而第一预备营提供的食物又非常丰富，女孩子不见得能够吃完，本着不浪费的原则，薇安和克里斯蒂娜总是会分一些食物给唐凌。

　　但今天的，显得有些多了。即便是不客气，唐凌也只拨了一半在自己的餐盘里，剩下的他推还给了克里斯蒂娜："你得把剩下的吃完，食物是珍贵的。"

　　"可我吃不下。"克里斯蒂娜拖着腮，叹息了一声，她和薇安的综合成绩都不太出色，对即将来到的考核并无信心。

　　这个时候，薇安也坐了过来，看着唐凌羡慕地说了一句："唐凌，你为什么完全不受影响？"说话间，薇安也把自己的食物推向了唐凌。看来，薇安也没有吃下去什么东西。

　　同样的，唐凌也只是分走了一半，便把剩下的推还给薇安："我先说好，分给我的，就不能拿回去了。"对于薇安的问题，唐凌根本没有回答，好像他在意的只有食物。

　　"咳……"坐在唐凌身旁的安迪呛得厉害，但同时也发现，好像整个队伍中，只有唐凌完全不受影响。

另外，就是阿米尔。此时，阿米尔还是同往日一样，单独地坐在一个角落默默地吃饭，他似乎有些畏惧奥斯顿和昱，而对于其他人，他又有些害羞接触的样子。但总的来说，阿米尔即便有些不合群，也是一个和善的人，他从不搞出任何麻烦事。

不过，阿米尔的不紧张，大家不能拿来当作参考，他是最出色的，仅仅次于昱，可在心底大家都认为阿米尔超越昱是迟早的事情。

"哈士野猪，难道你有什么好办法吗？"奥斯顿也坐了过来，他可不认为唐凌不紧张，这小子一定有什么阴谋诡计。没见他第一场考核对付莱斯特银背巨熊的时候，是那样奸猾吗？奥斯顿为自己的躲避率而忧虑，他罕见的也没有什么胃口。

"没有。"唐凌大口地吃饭。

奥斯顿护住了自己的食物："先说，我可没说要分给你啊。"

唐凌根本不理奥斯顿，只是看了一眼忧虑的薇安以及克里斯蒂娜，然后低头一边吃一边说道："尽力了吗？如果尽力了，还不能通过，就没有什么好紧张的。对于不是自己的原因而造成的结果，就无须为此烦恼。与其浪费情绪，不如定一个新的目标继续前行。要知道，又不是明天就要死了。"唐凌吞下了一大块炖肉，加入了盐和野鸡汤的炖肉真是好香。

"什么话！"奥斯顿不屑地瞪了一眼唐凌，端走餐盘，在一旁大口地吃起了饭。妈的，胃口怎么突然变好了。

"我觉得很想吃东西了呢。"薇安也笑了，对啊，忽然发现又不是马上要死了，还有什么事情在努力过后，需要遗憾和紧张的呢？

"我也是。"克里斯蒂娜也笑了，同时看着唐凌，"食物还要还给我一些。"

"不，我说过分给我的食物，就不会还了。"唐凌埋头猛吃。

整个晚餐帐篷的气氛又欢乐了起来。厨子大伯欣慰地拍了一下肚子，望着快要入夜的天，不由自主地想着："我就说这小子有首领的气质嘛！"

第83章　改变的规则

会议室。侧柏吃惊地望着这些小家伙们，第一次在总结会议，他面对的不是紧张而沉重的气氛，反倒是一派轻松。不过此时，并不是追根究底的时候，因为魔鬼训练的结束，也意味着这些新战士们要面对真正的第一预备营了。所以，所有的导师，包括第一预备营的总领、紫月战士的副队长——亚伦这个时候也来到了这间小小的会议室。

这些人，对于新战士们来说，并非完全陌生。第二场测试的考官仰空，和第一场测试的考官莱诺都在其中。

谁都知道莱诺被苏耀捏碎了双手，对于他还能继续担任教官一事，少年们都多少有些吃惊，同时也开始为唐凌担忧起来。

莱诺此时就坐在会议室的前台，挨着仰空，同样的紫色教官服，但他戴了一双黑色的手套，从偶尔的小动作来看，他的双手似乎有些不灵活。可他并没有流露出什么仇恨的情绪，也没有特别地关注唐凌。同样的，唐凌也很平静，并没有因为莱诺的出现表现出任何的不安。

"看起来，你们有些与众不同。"所有人都来齐以后，总领亚伦开口了。没有任何的开场白，直接简单得就像是在打招呼。

对于亚伦，少年们是陌生的，而他戴着黑色面罩的脸无疑也加深了距离感，让人不能通过神情揣测他真正所想，这样的感觉会让人不由自主地局促起来。

但亚伦越发地轻松，他甚至把双腿搭在了桌上，如同闲话家常一般地继续说道："上一次的总结会议，是我主持的，那些小家伙们很紧张。让我回忆一下，上上次呢？再上上次呢？似乎都很紧张。为什么会紧张呢？无非就是一场考试，学习任何的东西都需要考试的，不是吗？但我很理解他们。"说到这里，亚伦坐正了身体，虽然看不出他神情的变化，但他的语气明显加重了，"因为，这一个月的训练，是为了把你们从普通人变成真正的战士，甚至是为成为紫月战士打下基础。对此，我们17号安全区是不计代价的。你们难道没有注意到，除了常规的食物配额，在你们身上还放了多少其他的资源吗？每日一支的中级营养剂，受伤以后，免费提供的疗伤药剂。甚至还给你们配备了肌肉按摩师。如果不是这样资源的堆砌，你们不可能取得如今的进步。"

亚伦说的是实话，没有半分的夸张。充足的食物，二级饮用水，能迅速补充消耗、易于吸收的中级营养剂，还有治疗瘀伤、内伤、外伤的各类疗伤药剂，在这为期一个月的训练中，全部都是免费提供的。可以说，如果不是这些资源的支持，就算天赋再出色的人，也不可能熬过这一个月的训练，因为身体会承受不住，更别提快速地打破桎梏，超越普通人了。

"所以，我很奇怪你们的轻松，是觉得进步非常巨大吗？"亚伦缓缓地站了起来，双手按在了桌上，目光灼灼地盯着眼前的新战士们。他非常不满意此刻的气氛。

但唐凌之前的一句话，显然更有让人信服的理由，少年们没有愧对这些资源的配给，至少每个人都用尽了自己的努力，为何需要沉重紧张地面对？

亚伦冷哼了一声，望向了侧柏。

侧柏轻咳了一声，平静地说道："这些预备营战士非常努力，甚至超过了往届，我相信会有不错的结果。"

"难道是因为如此就轻松了吗？好吧，在这个时代讲究的是平等的交换，而不是恩赐。我觉得在资源上的耗费也超出了往届，所以明日的测试应该给他们新的挑战。"亚伦并没有因为侧柏的顶撞而动怒，反而借此提出了他的要求。

"这不符合规则。"侧柏皱眉，资源的确比往届耗费得多一些，但正因为少年们的努力，才会造成了更大的消耗，难道就要因此提升考核的难度吗？要知道，这一场考核门槛并不低，甚至有百分之三十的淘汰率，已经是没有进入修炼之人的极限，还要提高，那要淘汰多少？尽管这一届的新人真心出色，比往届的训练成绩都要好，但没经过真正的修炼不可能拉开太大的差距。

但亚伦显然并不会为侧柏的反对而改变主意，他只是淡淡地说道："第一预备营一直都保持着一定的淘汰率，所以走出的每一个人都是精英。况且，现在的形势很好吗？时代不会来主动适应17号安全区，只有我们去适应时代。"

"可是……"侧柏还想争辩两句，亚伦已经不耐烦地摆了摆手。

莱诺微笑着附和了一句："我赞同。"

而提起如今的形势，仰空的眉目间也浮现出了一抹忧色，再想起这一届新人的测算成绩，比起往届真的出色太多，应该给予一些压力，于是也表示了赞同。

加上侧柏，总共五位教官，此时在两人都表态的情况下，其余人也乐得随大流。毕竟新人训练是总教官侧柏负责，大家与这些新战士谈不上什么感情。一件莫名其妙修改规则的事情就这样定下了。

"真是随意。"唐凌只是如是想到，他并不担忧自己不能通过，只是隐约感觉，总有一些针对的味道。

所谓的总结会议在说了这件事情以后，几乎就没有什么大事了，无非就是淘汰者和过关者各自之后的安排。在说完了这些以后，整个会议便结束了。

入夜后，封闭的预备营彻底地安静了下来。临时更改的考核规则，让少年们浮现出了新的担忧，但疲惫的训练到底让人难以支撑。所以，没人因为担忧而失眠。

唐凌一样睡得很熟，枕头下是今日发放的高级营养药剂，在商讨以后，大家都决定在考试前服下，以达到最好的效果。

但此时，安静的帐篷中，一个身影悄悄地走了进来。他站在了唐凌所睡的地铺旁，先是小心地摸出了那一管高级营养剂。接下来，他捂住了唐凌的嘴，一把便把唐凌扛在肩上，无声无息地把他出了帐篷。

第84章 进食的方法

实际上，唐凌从嘴被捂住的那一刻就已经醒了。他下意识地挣扎，没有任何的用处。尽管一个月的魔鬼训练，让他进步了何止一两倍。

"看来，还是非常的弱小啊！"唐凌如是地想着，但挣扎既然无用，他便安心地任由来人扛着，闭着眼睛继续睡了。

"臭小子，睡得舒服吗？"苏耀有些气恼，在一处僻静的树林中，他一把把唐凌扔到了地上。

唐凌揉着眼睛，伸了一个懒腰，其实当他下意识地开始挣扎时，已经认出了来人是苏耀，只是想显摆一下自己的训练成果，就比如能稍许地反抗一下苏耀了。结果发现徒劳无功以后，不抓紧时间睡觉，还能干吗？

揉着被摔得有些疼痛的屁股，唐凌打量了一下周围，依旧是在悬崖之上，山风呼啸，昼夜极大的温差，在这样的高度下，表现得更加明显。

打了一个冷战，唐凌对着手哈气，苏耀在一旁看来是要生火，看见唐凌抖抖索索的模样，冷嘲热讽地说道："看来你这臭小子不怎么样啊，都训练了一个月，连这点儿冻都扛不住。"

唐凌懒得理会苏耀，在一旁熟练地摩擦着苏耀准备的火石，一边点燃了苏耀刚刚刨出来的木屑，一边说道："抗冻什么的无所谓，就算再弱小一些，我也不会沦落到当贼。"

"想挨揍吗？"苏耀扬眉，熟练地生起了火堆。

"我的高级营养剂还来。"唐凌才不怕，每天都被那些烂木头撞得鼻青脸肿，就算依旧打不赢苏耀，抗揍能力应该提升了吧？

"呵呵。"苏耀不屑地笑了一声，从带来的背包中，拿出了一个小铁锅，架在上了火堆上，不紧不慢地又掏出了一瓶水倒入了锅中。然后，才在唐凌万分心疼的目光之中，掏出了高级营养剂，慢慢地也倒入了锅中。

"你干吗稀释我的高级营养剂？"唐凌肉疼得龇牙咧嘴，天知道等下升腾的水蒸气，会不会带走高级营养剂中的有效成分。

"哪来的土包子，就这玩意儿，值得你心疼成这样？"苏耀毫不犹豫地"践踏"着唐凌，但手上的动作并不慢，从包里接连掏出了好几样东西，有植物根茎模样的，有装在透明试管里的，全部稀里哗啦地加入了那小铁锅中。

"难吃的样子。"唐凌干脆蹲在一旁，烤起了火。

悬崖边缘的密林，异常安静，朦胧的紫月仿佛就近在眼前，星空璀璨，银河浩渺，夜空神秘且悠远。而悬崖之下，17号安全区的夜还未沉寂，内城灯光闪烁，外城烛光迷蒙，星星点点。夜色，很美。

只是墙外的聚居地呢？看不清，它的颜色似乎已经与次安全带的莽林融为了一体，在夜色下是接近黑沉的墨绿色。不用担心灌木丛的生命力，经过了这一个多月的时间，它们一定重新生长得肆意张扬。可是，那些曾经在那里生活着的人们呢？在那些为生存日夜劳作、朝不保夕的身影之中，也有过婆婆和妹妹的存在啊。

唐凌不敢再看下去，低头，沉默得很。

苏耀也许知晓，但并不理会，也更不安慰，实在不需要安慰。

铁锅之中发出"咕嘟嘟"的声音，加入了诸多乱七八糟杂物的水已经烧开。苏耀拿出了一个纸包，从中拿出了一块约一两的三级凶兽肉，撕碎了丢入锅中。那是唐凌的三级凶兽肉，从第一场考核以后，就被苏耀收走。暴露了的三级凶兽肉，已经不再适合唐凌自己保存。

"现在，你跟我学一种特殊的进食方法。"苏耀忽而开口。

唐凌认真地聆听。

"这种方法是一种失传的古法，不过因为特殊的原因，现在重新出现，配合特定的姿势和特殊的技巧，可以加快肠胃的蠕动。"苏耀简单地解说了一遍这个进食方法。

"那作用是什么？"唐凌询问了一句。

"更快更好地吸收！"苏耀点起了一根卷烟，接着继续说道，"对于食物，肠胃需要一定的时间去消化，如果你能更快更好地去吸收，转化为身体的营养，那就意味着效率。想一想吧，如果别人一天只能吃五餐，且消化利用率不到百分之六十。你一天能吃十餐，消化利用率达到百分之八十。这样日积月累下来，对自身是多大的提升？"

"那为什么不是百分之百？吃二十餐？"唐凌扬头问道。

"犯贱是不是？"苏耀一脚踢飞了唐凌。

待到唐凌自己爬回来以后，他才解释道："任何事情都是循序渐进，你只要把这个方法练到熟练，再配合身体整体的提升，就比如说肠胃也强悍到一定的地步。那么，你就算把自己的屎都消化了，又有谁能反对呢？"苏耀叼着烟，眯着眼睛认真地说道。

唐凌无语！他没有消化屎的兴趣。

火光温暖，火堆之上铁锅依旧"咕嘟咕嘟"地熬煮着"乱七八糟汤"。但唐凌已经在跟苏耀学习着新的进食方法。

八个怪异的姿势，还需要体验自己肠胃的蠕动，通过自身对外部肌肉的控制，轻微地抖动，继而去影响到肠胃的蠕动，说起来非常简单，但实际上练习起来是困难的。

精准本能在这个时候发挥了极大的作用。它让唐凌轻易就观察到了这八个怪异姿势的细节，第一次就做得非常到位。强大的精神力也产生了作用，这让唐凌能够相对轻松地感觉到自己肠胃的蠕动，很快能明了去控制哪部分的肌肉抖动，能够加快肠胃的蠕动。

另外，学习这样的方法，仅仅是模仿，显然是不够的。通过悟性去领悟其原理，更能帮助深入的学习，唐凌的悟性似乎也表现得不错。

苏耀的脸上并没有任何赞赏的神情，好像唐凌如此的表现是理所当然，但在心里早就已经痛骂出声："妈的，为什么老子初学的时候，用了三天才勉强摆好姿势？"

第85章　冒险

但真实的情况是，苏耀并没有什么想不通的。因为，唐凌毕竟是唐凌。他所表现出来的一切，如果真不是如此出色，那才是真正怪异的事情。

四十分钟以后，被苏耀撕碎的凶兽肉也开始变得柔软。而关于新的进食方法，唐凌也被苏耀告知合格。

"看来也并不是太难。"唐凌擦了一把额头上的汗，很轻松地说道。毕竟只是一种进食的方式，不是战斗技巧，这种难度在唐凌看来是轻而易举。

这小子显然没有意识到这进食法的意义，配合他"天真"的轻松表情，苏耀忍了好几次，才勉强忍住了痛揍唐凌的冲动。

锅中的汤此时呈现一种诡异的黑色，苏耀也不怕烫，径直拿下了铁锅，再熬煮就过了，这个时候是效果最好的时候。

"等稍微凉一些，就把它吃干净，一滴汤都不许剩。"坐在一块大石上，苏耀对着唐凌吩咐了一句。

"我吃？"唐凌显然不太能够接受这个"事实"，他晚餐吃得很饱，不知道是否因为中级营养剂的关系，总之他这段时间没有饿着。

他实在抗拒这锅汤。苏耀的手艺是野兽级的，而且最让唐凌顾忌的是那凶兽肉，整整五十克的凶兽肉，自己能吃得下去吗？

"你以为老子半夜找你，是和你赏月的吗？这锅汤五万信用点也换不来，你不吃？需要我灌下去？"苏耀没有发怒，但认真的语气让唐凌相信，如果自己不吃，苏耀真的会给他灌下去。

于是，唐凌没有再多言。等到汤稍冷了一些，他就开始大口地喝汤、吃肉，里面各种植物的块茎、叶子也囫囵地塞入了口中，咀嚼几下便吞入了腹中。

原本，他以为这是苏耀为他自己准备的晚餐，他觉得以苏耀的味觉喜欢野兽派的食物。很难喝的汤，酸苦中还带着麻，看起来已经软了的肉，实际上和嚼树皮没有多大的区别，那些植物也有些刺喉，但唐凌依旧吃得很香，就如第一次吃苏耀给自己的肉汤。

五万信用点的背后是什么？不用去细想，这份情谊不能糟蹋。唐凌只是这样的想法。

汤入腹，很快就发挥了作用。没有温暖的过渡，直接就是爆炸性的热量，从胃部一直烧灼到全身的每一个角落。不过还在承受的范围内，没有那一次自己吞凶兽肉那么疼痛。

唐凌颤抖着，喝干净了汤汁，最后连拿锅的手都不稳，铁锅"哐当"一声掉在了地上。

"刚才我教你的方法，现在照做，最有效果。如果你不想浪费，记得每一个细节都做到位。"但苏耀却如同没有看见唐凌此刻的痛苦，他只是淡淡地吩咐了一句。

唐凌没有废话，直接就按照进食法，开始依次地做出那八个动作。原本就在承受着仿若炙烤的痛苦，当进食法产生作用以后，这种痛苦被放大了一倍，直接让唐凌咬紧了牙齿。

苏耀的神色依旧平静，他从大石上站了起来，死死地盯着唐凌，一字一句地说道："我是认真的，你只要有一点儿细节做不到位，我不介意在这个时候帮你去做。可你绝对要相信，我的帮忙比你自己做到，更加痛苦。"

唐凌不说话，继续认真地做着动作，忍着巨大的痛苦，去感受自己肠胃的蠕动，震颤肌肉，一丝不苟。他的汗水就如同瀑布一般，从额头涔涔而下，贴身的训练常服，就如同在大雨中奔跑了五分钟一样，全部湿透了紧贴在身上。

苏耀沉默地看着，神色淡定如常，只是背在身后的双手紧握成拳，代表着他在意且紧张。这是一次冒险，但有的时候，冒险是必须，而不是选择。

"没有一个强大的人，是轻易地得到力量的，这一点痛苦连煎熬都算不上。你知道你喝下去的东西有多珍贵？如果狂暴的凶兽肉不经过这些东西的中和，你连十克都咽不下去。何况，它们还能提升一些能量。别以为你没有浪费，就算配合进食法，你最多也只能吸收百分之二十。所以，你敢不认真地继续下去吗？"尽管是担心且紧张的，苏耀仍旧不愿意表露出一丝一毫，他鞭策着唐凌，既然是冒险，意志力的作用显然非常重要。

五分钟。

十分钟。

唐凌尽管颤抖痛苦得厉害，但到底是坚持下来了，他心中只有一个念头：他和那时的莱斯特银背巨熊，到底谁比较痛苦一些？炙热狂暴的能量渐渐地温和了下来，最后变成了一股股舒缓如小溪般的淡淡热流，开始平静地梳理着唐凌的身体。

"可以了。"苏耀点点头，松开了紧握的拳头，手心之中全是汗水。

而唐凌听闻这句话，双眼一闭，直接趴在了地上，如果不是拼尽了性命一般地强撑，他真的连一分钟都坚持不下去。

放松以后，他再无一丝力气。至少现在他无法对抗吸收凶兽肉的衰弱时间。牙龈泛着血腥，唐凌就这样趴在地上静待着身体的恢复，那一股股温和的热流就像没有穷尽一般，一遍遍地冲刷着他的身体，让他感觉到无比的舒服。恢复得很快，苏耀所说的中和与提升，显然不是吹牛。

望着唐凌趴在地上的身影，苏耀侧脸的线条变得柔和起来，他脱掉了身上穿着的大氅，直接扔在了唐凌的身上。

温暖一下子就包裹了唐凌，让他舒服地想要睡觉。但唐凌并没有这样做，一个月不见，他有很多话想与苏耀说，但话到嘴边却变成了："有那么好的办法，为什么不早教给我？"

苏耀呵呵了一声，直接说道："以前的你学不会，没有这一个月的训练，你做不到控制肌肉。"

苏耀说的是实话，身体素质的全面提升，带来的并不是单纯的力量、速度、耐力、神经反应的增长，反复的打磨还会带来控制力和精神力的增长，只是不会表现得这么明显。

唐凌明白这个道理，他其实只是没话找话罢了，他并不太会表达感情。

"明天要考核。"沉默了一会儿，唐凌又找到了一个话题。

"我知道，正常情况下，你不会通过。"苏耀如是回答，让唐凌一惊，直接从地上坐了起来。

为什么，不会通过？！

第86章　提升

聚居地的生活，使得唐凌的性格务实。很多时候，他并不在乎，甚至认可他人的评价。他需要的是自己实实在在每一点能力的进步。

但唐凌在乎苏耀的认可，不希望在苏耀心里自己是一个无能的人。这就和孩子总需要父母的认可，他人不可替代的道理是一样的。

"我并不差，七个人中，综合比较，我不是第一，但比大多数人都好。考核内容不管是什么，我应该能够通过。"唐凌的语气微微有些急切，他试图让苏耀明白，他没有荒废时光且并不愚笨。每一步，也不是必须有苏耀的帮助，才能够走下去。男人的自尊就是如此。

苏耀自然明白唐凌的心情，他咧开嘴一笑，说道："我知道你并不差劲，但考核是否能够通过和你的能力并没有关系。"

"莱诺？"第一场考核被针对的阴影并没有消散，尽管后来他知道是莱诺和苏耀的私人恩怨……

"他？"苏耀轻蔑地冷哼了一声，脸色变得有些沉重，微微摇头说道，"他没那么大的能耐，上一次已经是他能做到的极限。"

"还有人针对我？"唐凌的背景简单，在聚居地的生活低调务实，能得罪安全区的大人物，然后被处处针对，实在是不可想象。难道又是因为苏耀？啧啧，这个人实在太过跋扈。

"想什么呢？"苏耀瞪了唐凌一眼，站起来在林中走动了两步，才开口说道，"有些事情我无法肯定，但无论如何，早做准备总是对的。正常情况下你的考核无法通过，只是我的猜测。希望也只是猜测。"说到这里，苏耀的语气之中带着挥之不去的沉重感，他没有半点儿开玩笑的意思。

唐凌再没有说话，更没有问太多。只是心中在想，如果未来注定有很多他不知晓的坎坷，那么这些负担总有一天也不能让苏耀一人承担。

"吃了我那么多好东西，明天要是不通过，你知道后果的。"

二十分钟以后，唐凌已经全然恢复。冒险般地猛灌了那么多的好东西，效果在这个时候表现得分外明显。就连走动起来，唐凌都有一种无法控制自己体力和速度的感觉。仔细一看，寻常的走动，竟然能在坚硬的泥土上留下浅浅的脚印。大脑更加灵活了，这是一种比较不真实却又真实存在的体验。夜色更加的鲜活，林中传来的各种细小的声音都能听得分明且能很快辨认来源和方向。

"占地面积10.26公顷的树林，总共114颗高度10米以上的树……"下意识地运转精准本能，唐凌自己也吓了一跳，精准本能对环境的观察和运算来得更快了，重要的是格局也变大了。

"是不是感觉你的能力也有所提升？"苏耀在一旁，很是了解的样子。

"嗯。"唐凌微微有些兴奋，在发生变故以后，因为频繁地运用精准本能，唐凌能感觉到它缓慢的提升。基于这一点，唐凌认为自己这个与生俱来的能力，会因为熟能生巧而提升。但他根本没有想到，身体素质的全面提升，也能提升精准本能。

"没有任何的能力是无本之木，一个人的身体越强大，精气神也就越足。精准本能和你的精神力有关，当然和你的身体会有关联。所以，身体是一切的基础，永远不能忽视它。"苏耀拍了拍唐凌的肩膀，"这样的惊喜只是暂时的，等着吧，你的精准本能还有很多能够开发的地方呢。"苏耀的声音也带着微微的兴奋。

"苏耀叔，你好像很了解精准本能？"唐凌很奇怪，莫非苏耀也有精准本能。

这个问题，让苏耀放在唐凌肩膀上的手忽然不由自主地收紧了一下，但很快就放开了。他含糊地说道："强大的人无所不知。总之，这次提升以后，就算考核发生什么问题，你也能够通过了。"

第二日清晨，侧柏教官如同往常一样，早早地出现在了封闭预备营。但与往日不同，今天不用驱赶着这些少年开始一天的辛苦训练，而是让他们收拾好东西，离开这里。

考核通过者，不会留在这里。未通过者，也不会再有机会回到这里。

唐凌的行李非常简单，婆婆和妹妹的遗物，两套训练常服，一套苏耀给准备的日常衣物，以及昨夜苏耀和他告别时，重新交给他的三级凶兽肉。

"你正式进入第一预备营，经过系统的学习后，这东西你就会需要了。记得藏好它就是。下次会面，内城的托尔酒馆。按照惯例，你一个月会有一天的假期。"

细心地装好三级凶兽肉，唐凌第一个出现在集合的小操场。

晨光正好。可以望见周围包裹着封闭的第一预备营的树林，有人在收集着清晨的露珠。鸟儿叫得非常欢快，在这里没有任何危险的野兽以及昆虫，想必它们活得非常自在。

唐凌走着神，根本不关心此时在小操场上忙碌的战士们。他们正在搭建一间临时的棚屋，想必与考核内容有关。

其他新战士们的动作也不慢，五分钟以后，所有人都背上行李，整齐地站在了小操场上。

亚伦总领带着一众教官也来到了封闭预备营，和新战士们一起沉默地等待着。

而莱诺躲在亚伦的身后，阴沉的目光时不时地扫过唐凌。

经过了昨夜的提升，唐凌五感变得灵敏了许多，他能够感觉到莱诺的不怀好意。但恰恰这样才让人安心，比起掩藏的恶意，来得直接的恶意才不可怕。

唐凌无视莱诺，假装根本就不曾察觉，也就是在这时，其中一位负责搭建棚屋的战士走了过来。

"报告亚伦总领，测试屋已经搭建完成。"

"那就开始考核吧。"亚伦异常干脆地说道。

第87章　标准

当所有新战士面对这间屋子的仪器和它们神奇的打开方式时，都发出了惊叹的声音，除了奥斯顿和昱。唐凌也流露出了一些吃惊，但他是装的。这一幕对他来说，真的不算神奇，因为上一次苏耀为了确定他精准本能一事，已经带唐凌见识过了一次。

测力仪，是熟悉的。另外两台仪器，就算陌生，但想来也是和测力仪差不多的东西，应该都是测试身体素质的仪器。

考核内容直截了当，到了这个时候唐凌已经猜测到了具体的考核方式，实在想不通苏耀为何会那么担心？这种明明白白的测试，别人怎么为难自己？

"测力仪，能最精确地测算出你们的拳力。当然，它还有别的作用，现在你们无须知晓。测速仪，测算精准速度是它最基本的作用。最后一台，稍许高级一些，能测算你们的神经反应速度。"主持考核的是仰空。他没有多余的废话，在少年们的一片惊叹声中，他简单介绍了屋中的三台仪器。

介绍完毕以后，考核的标准当然是由亚伦来制定。

侧柏非常清楚，按照曾经第一预备营在封闭训练后，第一场考核的标准是正常出拳，打击力能稳定在500公斤；奔跑速度稳定在每百米八秒以内；至于神经反应速度，要求在攻击体的速度为每秒100米，每平方米有两个"攻击物"密度的时候，躲避率要达到百分之六十以上。

听起来不算太难。就算17号安全区的精英战士，也可以达到这个标准。可这些小家伙只是十五岁的少年，发育还未成熟，各项机能远远未达到身体的巅峰。如果放在前文明，那个时候正常的成年男子出拳的拳力平均也就180公斤到220公斤之间。速度？百米十二秒已经是很好的成绩。那个时代没有精确的测算仪，但那时人类的神经反应速度想必也不会强过这个时代的普通人。

不过，这个时代的普通人也是绝不可能通过考核的，躲避率能做到百分之二十都已经异常了得了。因为前文明发明的热武器——枪，它打出的子弹可以达到每秒900米的飞行速度，那已经超过了肉眼能够捕捉的范围。

侧柏很担心亚伦要制定出什么样的标准。难道只让奥斯顿和昱通过吗？不，奥斯顿的神经反应速度几乎垫底，亚伦不可能连戈丁家族的面子也不给吧？

侧柏想得很多，这时亚伦已经站在了这些少年的面前："我并非刻意为难你们。这是你们必须要清楚的一点。在之前，我就很清楚你们的天赋，优秀过任何一届预备营战士。另外，你们确实耗费了更多的资源。对于务实主义的我来说，资源是要化作确实可见的提升。"没有一来就直接宣布标准，亚伦只是对所有人淡淡地解释了两句。

这两句话，让侧柏安心，他昨夜就在想，一向以公道和严谨被称道的亚伦，为何会有针对这些新战士的意思？如今看来，他真的只是务实而已。况且，如今的形势——侧柏也微微叹息，他在预备营任教太久，信息已经落后。如若不是仰空昨夜和他的一番谈话，他可能会对亚伦总领的误会更深，那今天的考核或许就会发生不愉快的争执，而不是像现在这样。

亚伦的话化解了侧柏的担心，也同样安抚了有些许不安和怨气的少年们，他们不再像昨夜，对于新的考核标准多少有些抵触。

"新的标准：男性正常拳力必须达到550公斤，女性正常拳力标准依旧为500公斤；速度标准从百米八秒以内，变为百米七秒；神经反应速度方面，男性的躲避率依旧为百分之六十，女性则提升为百分之六十五。"在解释过后，亚伦没有多余的废话，直接宣布了新的考核标准。

这标准就连唐凌也觉得十分地公平。它除了对速度的要求严苛了一些以外，其他细微的提升都体现在男女的区别上。男性的力量优势自然大于女性，那么标准高于女性是理所当然的。在躲避率上，神经反应速度男女之间说不好谁更占优，但女性在柔韧性和协调性上确实强于男性，这无疑对躲避动作是利好的。这个标准，唐凌自信能够轻松通过。

而不止唐凌，在场的每一位新战士都微微松了一口气，他们的日常训练水平优秀于往届，不是白白说的。虽然每一点细微的提升都是困难的，但优秀如他们，这样的考核标准是理所当然的。这反而是一种认可。听完标准以后，没有人再认为亚伦有任何的不公道。

"那就按照入营的排名开始吧。昱，你先来。"在亚伦宣布完标准以后，仰空开始主持考核。昱自然是第一个考核者。

当昱走到测力仪面前时，仰空提醒道："昱，你和奥斯顿有特殊的要求。就是不能动用你们的能力，就比如你的右手和奥斯顿的文身。"仰空说得比较含糊，但其意义已经很明白，这一次考核要绝对的公正，考核的就是最本身的身体素质。

唐凌倒是注意到了一个信息——昱的右手，和奥斯顿的文身？他想起了第一场考核时，昱用右手剖开虎腹，和奥斯顿不同寻常的怪力。就凭奥斯顿力阻雷花狂牛的实力，这力量就远远超越了考核标准。而且，奥斯顿在第一场考核的时候，速度分明就很快，哪里像训练时表现出的那样普通。莫非，这不是他们本身的能力所带来的战果？怪不得在平日的训练之中，他们的表现远不如考核那样惊艳。那这样算起来，自己的精准本能算不算是一项能力？能力又是什么东西？

就在唐凌思考的时候，昱已经点头认可了仰空的话，奥斯顿也无任何异议。他们也有自己的骄傲，就算不动用血脉中带有的家族能力，他们也必须证明自己是优秀的。

"那么，开始吧。因为测算的是基础拳力，并不是爆发那种偶然的情况。所以，你必须出拳五十次。"仰空宣布了规则。这其中，未必没有包含其他考核的意思，就比如耐力。

第88章　没有问题

是的，对耐力的考核。

出拳50次，十个百米跑，接着时长为一分钟的神经反应测算，都是极其消耗体力的。

考核没有停歇，如果没有体力的支撑，绝对不可能以一个良好的状态完成全部的考核。

昱，完成了。

成绩非常的优秀——拳力598公斤，速度六秒七，躲避率为百分之七十二。放在往届，这个成绩的每一项都可以说是当之无愧的第一。

亚伦流露出了满意的神色，作为御风家族的核心子弟，昱表现出了他应有的素质。

接着便是奥斯顿的考核，他一个月的训练成果在这时也得到了完美的展现。速度很糟糕，堪堪为七秒，躲避率也糟糕了一些，但也达到了百分之六十一，毕竟戈丁家族的人都是刚猛的，他们硬碰硬的战斗方式，很少会选择躲避。

按说，这成绩并不惊艳，但拳力达到了686公斤，就让人惊叹了。甚至隐隐地压过了昱，毕竟三项优秀比不过一项惊艳的震撼。

不过，这一次奥斯顿罕有地没有骄狂，他知道一些别人不知道的事情——昱没有动用的能力，对他的限制很大。真正的战斗，自己未必是昱的对手。

一连两个极好的成绩显然鼓舞了大家，也鼓舞了侧柏教官。

接下来，所有人都有条不紊地通过了考核。

力量并不出色的安迪，出拳也能维持在550公斤。速度更是达到了六秒四。有些不自信的薇安和克里斯蒂娜，不仅在速度和力量上达到了考核标准，躲避率更是到了良好的百分之六十八。

至于阿米尔。所有人都为之惊叹！他的力量达到了572公斤，速度达到了六秒八，这两项非常接近昱，躲避率呢？百分之八十！这是整个安全区最最优秀的精英战士才能达到的成绩，当然不能包括紫月战士。

"阿米尔，以后作为第一预备营，除了奥斯顿和昱之外的重点培养对象。"亚伦戴着面巾，看不出他的表情，但他小声地吩咐了侧柏教官一句。

侧柏教官心中洋溢着骄傲，阿米尔比平日的训练发挥得更为出色，不，是出色了许多。看来，还是一个懂得低调的小家伙。

但更让侧柏教官骄傲的是，这傲人的通过率，百分之百！就算提升了考核标准，也是百分之百！

侧柏一点儿都不担心唐凌，这个他最为欣赏的小家伙不会通不过考核，就算阿米尔非常耀眼，唐凌的各种努力换来的提升也是让人吃惊的。毕竟，他是天赋最差的一个，综合实力却隐隐可以和昱比肩。

"下一个，唐凌。"仰空的神情流露着一丝满意，谁能想到这些一个月前，才通过了二次考核的小家伙们，会交出如此让人欣慰的答卷呢？

天赋不等于实力，仰空比谁都明白这个道理。他看过很多依仗着天赋出色的家伙，被天赋较低的人超越，甚至一无所成。

这一届的预备营战士有着不错的进取心和正面的精神面貌，这才是可贵的。是谁凝聚和引领着他们呢？

看着唐凌走向了测力仪，仰空在思索着这个问题。每一届的预备营战士都是朝夕相处的，在以后还会在一起经历生死，按照惯例，他们之中会出现一个绝对的领导者。领导者从某个方面决定了一届预备营战士的精神面貌。在往届，一个月的魔鬼训练，这个领导者都会隐隐地露出苗头，毕竟金子在哪里都会发光，那么会是谁呢？

不错的领导者。下意识地摸着已经刮过胡楂的下巴，露出了斯文白净面貌的仰空看了一眼唐凌。唐凌神色平静，只是在调整着呼吸，做着考核前最后的准备。

是他吗？飞龙非常喜欢的小家伙。有意无意地，仰空昨天也跟侧柏讨论过，这一届预备营战士中谁会成为领导者。让人疑惑的是侧柏的答案，他肯定地回答现在是没有的。没有一个绝对强势，可以让所有人服气的人崭露头角：昱太冷淡，奥斯顿太狂，阿米尔内向，甚至有些阴郁。如果说，大家都比较注意的人，倒是有一个，那便是唐凌。

而在这时，唐凌已经对着测力仪挥出了第一拳。无比标准有效的出拳动作，连亚伦都微微点头，但测力仪上的数字却是让人难以置信的497公斤。

"唔，天赋。"仰空抛却了刚才的想法，按照第二场考核的结论，唐凌不仅天赋只有三星，而且每一星级的质量都堪忧，才耗费了那么长的时间。那么，成长性必然糟糕，如今就体现出来了吧。这样的实力，成为不了领导者，甚至连考核通过都有问题。自己刚才的确是多想了。

"去第二预备营也好，在第一预备营的天才之中，吊车尾那个往往承受着巨大的精神压力，反而限制发展。"仰空扶了下眼镜，很平静。唯有担心，关注唐凌的飞龙会不会失望？至于领导者的事情，之后再多多观察。

找出领导者，这是每个教官的责任，不管是什么样的领导者，都必须灌输对17号安全区绝对奉献的思想。这是事半功倍的事情，领导者会带动整个一届的预备营战士学会这种忠诚的。想着这些事情，仰空继续等待着唐凌的测试。

但唐凌在这个时候，却停下了继续挥拳，站在测力仪面前有些发愣、呆滞、疑惑、失落。

难道是不能接受这个结果？仰空摇了摇头，如果是这样，那么绝对是唐凌心理素质的倒退。毕竟第二场考核，他的天赋最差，依旧接受得很平静。

事实上，不能接受的并非唐凌，还有侧柏与其他的新战士们，按照唐凌平日的表现，他不可能只有这个成绩。莫非是因为太过紧张了？唯一能解释的只有这个理由，没人会怀疑测力仪的精确。

"是有什么问题吗？"唐凌呆滞地站立，引起了亚伦的注意，他询问了一句。

唐凌回头看了一眼亚伦，面罩上唯一露出的双眼，透着疑惑和不解。

而唐凌眼角的余光同时也扫过了莱诺，莱诺没有表情，只是下意识地转动了一下他不甚灵活的双手。

"不，没有问题。刚才是我紧张而已。"唐凌平静地回答了一句。

第89章　控制

"如果考核正常，就不要暴露你全部的实力。很多事情我虽然并不确定，但自保的基本常识中有一条很实用，那就是低调，尽量地低调。但如果考核不正常，在你确信能通过的情况下，就不要声张。敌人躲在暗处，假装一无所知，才能更好地观察。你需要做的是观察，知道吗？"

苏耀临走前吩咐了唐凌一些事情，唐凌都牢牢地记在心里。而他的精准本能，对自身有着极其精确的计算，尽管，他对自身的控制力没有绝对精确的把握，但要能够通过考核，又在合理范围内的低调，唐凌是绝对能够做到的。

可，还是出了问题。第一拳下去，唐凌的精准本能得出的结果是577公斤的打击力。但测力仪上显示的结果却是497公斤。整整80公斤的误差。

如果没有人为的因素，这种能精确到小数点后五位的测力仪会出现如此大的误差，唐凌是绝对不相信的。同时，他的心里也透着一丝凉意，果然还是被针对了，尽管无论是他还是苏耀都希望事情只是猜测。

在确定这件事情以后，唐凌的反应很快，他立刻给出了一个不知情者不知所措后合理的表现，就是想看看周围的人谁会露出破绽。

他高度怀疑过亚伦。但亚伦的表现完全合理，没有半分作秀，有着精准本能的唐凌，对人细微的表现也非常敏感，他有这个把握。只有莱诺露出了些许的不正常，下意识地转动受伤的地方，是一种不能忘记仇恨的表现。

难道还是莱诺？唐凌认为绝对和莱诺有关，但他同时更相信苏耀的话，莱诺没有那么大的能量，就算他知情，甚至有参与，在莱诺的背后还有一只看不见的手。

麻烦的是接下来要怎么处理。考核是一定要通过的，整整80公斤的误差，意味着他要用出660公斤的力量，才能通过考核。这表现已经不符合低调。反正做手脚的人一定会知道自己的真实状况，这表现结合他的天赋就太过耀眼了一些。

但苏耀似乎也预料到了这种情况，只告知唐凌通过考核是必须的。剩下的，苏耀并没有告诉唐凌怎么做，他很信任唐凌的智慧，会随机应变。唐凌必须自己处理这个问题。

"没有问题，就继续考核。刚才那一拳也会计入平均计算的。"亚伦吩咐并提醒了一句。他并没有多失望，七个人能通过六个，还是在提升了标准的情况下，这已经是很好的结果。

唐凌表现出了慌张，在这个时候，他从裤兜中摸出了一个什么东西，然后一仰头，猛地灌入了口中。

"唐凌，这是违规的。"仰空皱眉，他实在非常失望，唐凌会做出这样的小动作。唐凌表现出的拳力和考核通过标准实在相差太远，但也并不是没有一些特殊的东西能够让人爆发。

事实上，这样的东西还很多。不用怀疑唐凌没有来源，他是苏耀如此看重的侄儿，苏耀那个疯子提供给他再正常不过。

仰空第一时间抢过了唐凌手中的东西，是一个已经空掉的，很小的玻璃管。而随着仰空抢过了东西，唐凌表现是如此无措，更加地慌张。

"你喝了什么？"仰空的语气严厉。

"高，高级营养剂，我，我……"唐凌试图解释一些什么。

仰空的脸色稍微好看了一些，如果是高级营养剂，那的确不算违规，毕竟是昨夜第一预备营提供的，这些少年们想在什么时候喝，是他们自己的选择。何况，大多数人也是毫不掩饰地在考核前灌入了它，这原本就是商量好的结果。

"检验一下，如果真的是高级营养剂，就让他继续考试。"亚伦很快给出了公道的处理方式。

高级营养剂的检验并不难，不到两分钟，拿着试管去检验的战士就回来报告，的确是高级营养剂，并无其他多余的成分。

侧柏教官松了一口气，在他看来，唐凌是一个无比稳重，连发挥都很稳定的孩子，如果做出了非常不智的行为，那才是真的让人失望。他很相信，唐凌刚才是紧张所致。而且他没喝高级营养剂也是原因吧？虽然高级营养剂不会给人带来瞬间的极大提升，但对身体的补充是非常好的。这些少年经历了严苛的训练，身体就如同干燥的海绵，对高级营养剂的吸收也会非常好，多少能起到一些提升作用。

当然，这个结果也让仰空心中舒服了很多，他不希望飞龙看中的少年如此不堪。好在，唐凌的表现虽然出现了心理素质的倒退，但并没有违背做事的底线。

得知能够继续考试，唐凌的脸上流露出了庆幸。他重新站在了测力仪前，开始继续考试。

551公斤，553公斤……一拳又一拳，非常地稳定，直到打完五十拳，他出拳的数值偏差都没有超出过5公斤这个范围。

最低550.73947公斤，最高555.71384公斤。

这成绩，只能算是压着线过了，比安迪的成绩还有所不如。但也不是没有值得让人称道的地方，那就是稳定的控制力，毕竟出拳力量相差不大。

"力量考核通过。"仰空宣布了结果，但看着唐凌气喘吁吁的样子，他还是忍不住询问了一句，"你看起来很累。"

是，唐凌表现得比其他少年在力量考核过后，累了许多。面色潮红，大量的汗水，还有剧烈的喘息，甚至连手臂的肌肉都有些不受控制地颤抖。

"我每一拳几乎都是用出了全力。"唐凌很"诚实"地说道。真实的情况是什么？只有他自己心里清楚，那么累是控制的结果，唐凌在有意地训练自己的控制力。有经验的人都知道，这仿佛就是在制造一种"举重若轻"的效果，看似轻松，但实际上非常耗费体力。唐凌达不到举重若轻的境界，但这种控制自己拳力的事情，消耗很大确实是真的。

而唐凌的实际拳力是——810公斤到820公斤之间，这还是普通的状态下，如若全力爆发，再使用技巧，能达到900公斤以上，这就是苏耀昨夜给他的补充，带来的神奇效果。

第90章　掩饰

而这种补充绝对是奢侈的。唐凌观察到了苏耀的疲惫，甚至大氅里的皮甲下正在恢复的伤痕，他不觉得苏耀很容易就搞到了这些东西。只是他自始至终没有说出来，将这些都默默地记在了心底。如果没有这样的效果提升，唐凌反而会痛恨自己。在之前，他正常的拳力是580公斤左右。也是多亏了苏耀，否则他的考核被搞出了如此大的偏差值，是绝对不可能通过的。

"用出了全力，这并不明智。"仰空评价了一句，的确不算明智，之后的考核，特别是反应神经的测算，都是极其耗费体力的事情，唐凌还能够顺利吗？

"但，但我没有办法。如果，如果不是因为我能够……"唐凌试图为自己的行为辩解，他如果表现得不知道这其中的利害关系，才显得很假。

"你能够什么？"仰空扬眉，他是半个科技者，对任何特殊的地方都敏感地不会放过。

亚伦自然也不会阻止仰空询问。

"啊？"唐凌像是有些懊恼自己说漏了嘴，但因为仰空的询问，他还是深吸了一口气，如同下定决心般地说道，"我的身体能够很快地吸收营养，那也是我能吃的原因。在极偶尔的情况下，我有一种能力，就是快速地吸收大量的营养，然后让自己爆发一段时间。"

"极偶尔是指？"仰空追问了一句。

"是指我不能常常使用，如果一个月到一个半月之间，我极限吸收了一次，就再也做不到第二次了。"说完唐凌低下了头，有些心虚的样子。

"嗯？"仰空有些不知道如何处理地看向了亚伦，这个行为算是打擦边球，你不能说唐凌违规，但也实在无法算作正常情况。

不过仰空在问完了以后，就没有再多地关心。实在鸡肋的能力，也并不算罕见，还比不上唐凌第一场考核所表现出的能力，对于那个仰空比较有兴趣，虽然在唐凌的天赋测试上，他的天赋颜色并没有任何特殊的表达。

"算作通过。高级营养剂并没有任何的违规之处。"面对仰空丢过来的难题，亚伦给出了一个自己的判断。

安迪为唐凌兴奋地高呼了一声，奥斯顿则慢悠悠地说道："怪不得你小子综合成绩在平时不错，原来是吃了就爆发啊。

"一定是这样，也怪不得你那么能吃。但全爆发了岂不是可惜，要留作成长才是划算的做法。"奥斯顿没有恶意，甚至还语重心长地提醒了唐凌一句。他的说法虽然是乱七八糟随口而说，但思考下来也并不是没有道理，极限爆发有限制，但小小的转化爆发应该是可以的吧？这也是项才能，对于实际战斗很有帮助。虽然还够不上他和昱那种传承性的，能被称之为能力的东西。

奥斯顿的话，被两个女孩子白眼了，但奥斯顿丝毫不在乎。

而考官们依旧表现得很平静，这让唐凌些微有些失望。莫非主使者，根本不在其中？就算如此，莱诺极快表现出的失算感，还是被唐凌捕捉到了。但莱诺已经是处于明面上的敌人了。

考核继续。

速度的考核并没有作假，而反复十次的百米跑，唐凌倒是得出了一个不算差的结果——六秒八。

这是预料当中的事情，关于速度，即便没有测速仪，人也会有一个大致的感觉。在众目睽睽之下去作这种假，岂不是显得敌人太过愚蠢？

当然，在这个时候，唐凌理所当然地更累了。之前就有些透支，十个一百米下来，他没道理还能得到恢复。

实际上，就连速度唐凌也刻意控制过，他真实的速度能够达到百米五秒五。全力爆发之下只会更快。

"通过。"仰空多少还是有些欣慰的，这速度的提升对于弱天赋者，已经很了不得了。毕竟，在第一场考核之中，唐凌的速度在极正常的范围内，甚至还有些差劲，也就是八秒左右。

"第三场，好好考。"出于私心，仰空鼓励了一句唐凌，他实在不想飞龙回来后，听到唐凌被踢出第一预备营的消息。

不过，唐凌此时的状态……不光仰空，就连安迪和两个女孩子都流露出了担忧。侧柏也颇为可惜，就算这少年平日的综合表现，是食物提供了极大的便利，但他的意志和品德，可并不是食物的功劳。

对于唐凌的情况，侧柏更相信奥斯顿胡乱给出的"食物说"，唐凌也并没有否定，不是吗？可无论如何，侧柏希望唐凌能顺利通过，心底同时叹息天赋真的重要，没想到考试之中出了状况，危险之人会是唐凌。

但对于所有人的担心，唐凌倒是没有表现得那么慌张了，他擦了把汗，甚至还有心问仰空要了一瓶水，喝了以后才淡然地进入了测算神经反应速度的仪器内。

"我倒是忘记了他的预判能力。"仰空失笑了一声，这是飞龙曾经和他探讨过的问题，他赞叹唐凌似乎有预判能力，还有更强大的战斗智慧。

战斗智慧什么的，仰空不关心。倒是预判这种能力，是在这个时代得到了广泛认可的。它很奇特。但并不表现在基因链天赋上，如果一定要说的话，百分之八十的预判能力者，精神力都异常强大。当然精神力强大的人，基因链上自然会有所体现。

但并不是所有精神力强大的人，都会有预判能力，那似乎更接近一种本能，就像兽类的精神力不见得会有人类强大，但它们就有这种本能。

总结下来，无非是精神力强大的人，有远远大于普通人的概率出现预判这种能力。

但预判应该是一种本能。这能力不能被忽视，因为它实在是强大，特别是作用于战斗时。比天生强大的神经反应速度更有所助益。神经反应速度快不过本能，本能是什么？无须反应就做出的回应？

人体的各种谜题，让仰空分外的兴奋，而唐凌此时已经开始了他的神经反应速度测试。

第91章　预判

唐凌的神经反应速度考核是出色的。躲避成功率非常高，相比于其他人，唐凌在这一项上反而不怎么费劲了。他表现得就如第一场考核那般，总是用最直接、最精确但也最有效的动作做出闪避。很少有大幅度的动作，这是一个重要的标准。

为什么预判能力会如此地被看重？就是因为微小动作做出的有效闪避，有个专业的境界名词，叫作——入微。这是成为紫月战士必须要跨越的一步。唐凌表现出了他的优势，虽然他离入微的境界还非常遥远。

"还是有出色的地方，基本可以肯定有预判能力，虽然还是很稚嫩的预判能力。"仰空得出了自己的结论。

而同时，侧柏教官也好，唐凌的同伴们也好，心里都彻底地放心了下来。看唐凌如此的表现，通过没有问题，甚至还能取得一个不错的成绩。

外界人的观感如何，唐凌此时根本来不及关心。他在测算着自己精准本能的极限。测试反应神经的仪器，有一个面积五平方米的空间，在这个空间内，可以尽情地闪避，无论是用什么动作。而其中漂浮的光点，则代表着攻击。说起来这考核的内容无非就是有效地躲避光点，不要让光点射中自己的身体。

如果只是考核，唐凌当然会非常轻松。就算不运用精准本能，仅凭自己的反应神经速度，也能取得不错的成绩。在平日的训练当中，唐凌就是这样做的，硬木躲避时，他根本没有运用精准本能。一般来说，结果能和昱持平，弱于阿米尔。

不过，在苏耀帮助他提升以后，唐凌自信躲避率能超过百分之九十五以上，反超阿米尔许多。但他不能这样直接简单地，仅凭反应神经的速度来过关，否则无法解释他的疲惫。那么，运用精准本能是理所当然，反正在第一场考核中已经暴露了一部分。况且，这样的环境也难得，为何不利用来试试精准本能的极限？所以，唐凌控制着身体，保持着百分之七十三左右的躲避率。

可实际上，在他的脑中给了自己一个挑战，就是必须很快计算出三种以上的有效躲避方式。如果没有三种以上，那么就假设在同一空间里，光点的数量增多，自己要做出如何有效的规避动作。这种计算要保持着极大的精确率，不能超出自己本身的能力。结合起来，那是非常劳累的一件事情。但磨炼，对精准本能有好处。在生活发生变故以后，精准本能的用处日益重要。

所以，当一分钟完结以后，唐凌又合理地流出了鼻血。

在他的计算之中，光点的速度已经达到了每秒一百五十米，而数量也从每平方米两个，变成了五个。到了这种时候，他的躲避成功率才会下降到百分之六十以上。

唐凌得出了结果，当然也知道这一场考核依旧被人动了手脚。很微妙的手段，让光点的速度从每秒八十米，变成了每秒八十三米，这并不是常人能够判断出来的。但拥有精准本能的唐凌能够轻松地判断出来。更别说，光点的密集度偶尔也有改变，只不过做得非常隐秘罢了。

真是巧妙！

连唐凌都如此认为，没有精准本能的人，就算再强大也很难察觉这细微的差别。但偏偏就是这细微的差别，按照计算，理论上能够让躲避成功率下降百分之五到七。这不是什么生硬的等价计算，要知道在极限的情况下，哪怕提升一丁点儿的速度，也会大大增加难度。百分之五到七，只是保守计算。

可即便是如此，这种程度的考核，运用精准本能的话，唐凌也觉得自己可以一边悠闲地吃肉，一边轻松地百分之百躲避完成。

至于近乎和阿米尔持平的"真实成绩"，他是故意为之。这没有超出低调原则，是因为已经暴露了的一部分能力，总要最大化地利用起来。低调当然能自保，适当地表现出价值，也是一个砝码。另外动手脚的人定然能知道他的真实能力，是不是也会因为顾忌，而更多更快地动手，以至于暴露呢？

一分钟时间很快过去。躲避率被唐凌最后控制在了百分之七十四，只低于阿米尔。结合平日的训练，和他现在的情况以及能力，这是非常合理的结果。毕竟，他平日的训练可没有流鼻血。

在唐凌出来以后，侧柏教官欣慰地对他点了点头，但仰空却没有那么急着宣布成绩，反而是看着唐凌的鼻血，淡淡地问了一句："预判，是吗？"

面对仰空的询问，唐凌流露出了迷茫的神情：莫非自己流露出来的部分能力，已经被17号安全区的人注意到，并且还自以为是地给出了一个判断？

面对唐凌的迷茫，仰空接着解释了一句："我是说，你好像能提前感知到危险，这种能力称之为预判。"

"我不知道什么叫作预判，但我确实能提前知道危险。"这句话不算撒谎，唐凌并非提前感应到危险，只是大脑提前已经把各种结果精确地计算了出来。倒是很像仰空口中的预判。但唐凌深知这和预判是绝不相同的，可现阶段精准本能具体和预判有哪些不同，哪个能力又更强一些，还很难判断。唯一一个细微的不同，应该是预判会感知到危险，驱使人本能地去躲避，应对。而精准本能呢？在计算出结果后，还需要自己精算来得出最佳的应对方式。这样听起来，似乎预判更占优势。

不过，唐凌并不这样认为，比起本能的应对，唐凌更喜欢自我掌控感更强的精准运算。况且，精准本能更有发展空间！这是苏耀说过的。如今，仰空误会他的能力为预判，唐凌非常乐得如此。精准本能也是不能被暴露的能力。

就在唐凌心中对比着预判和精准本能的时候，仰空这边已经肯定了自己的答案。他微微点头，再次为难地看向了亚伦："总领，唐凌的第三场考核，我不能给出判断，请你做最后的决定。"

第92章 通过

仰空的话引起了侧柏教官的不满，他冷哼了一声，说道："仰空，你难道怀疑仪器的精确吗？有些事情差不多就行了。"

伴随着侧柏教官的话语，其余的少年们多少也流露出了对仰空不公的不满：唐凌完成得很好，为什么要找麻烦？

"严谨求真是我的态度。我不会针对谁，何况他是飞龙所喜欢的。"对于别人，仰空或许已经懒得解释，但对于侧柏，这种人品值得尊敬的人，仰空还是稍许解释了一句。

从仰空口中提起了飞龙，侧柏便不好再言语了。17号安全区的人都知道，油盐不进，像块厕所里的石头——又臭又硬的仰空，唯一在乎的人就是飞龙。就凭这一点，他的确不会针对唐凌。

从另一方面来说，他的说法也是公道的，第三项测试测算的是神经反应能力，唐凌有预判的能力，结果并不能表现出他的神经反应能力，这是笔糊涂账。

偏偏预判这样的能力，还和昱与奥斯顿的能力不同，它如同本能一般，不能说不动用它。

"算作通过。预判是与生俱来的能力，使用与否并非唐凌主观能够决定。另外，预判只是能提前感知危险，虽然对第三场考核有所帮助，但闪避成功率也是要依靠神经反应速度。一个动作迟缓的老人，就算知道危险，但也不一定能避过，不是吗？"考虑了一分钟，亚伦最终给出了结论，很公平，也很能让人信服的结果。预判虽然强大，但还不至于强大到血脉能力那般，动用了就彻底破坏了考核的公平性。

"太好了。"安迪高兴地狂呼了一声，在整个小队之中他和唐凌最合得来，要是唐凌被淘汰了，他完全不知道该怎么办，难道和两个女孩子成为最亲密的伙伴？除了两个女孩子，其他人不是好凶，就是很冷淡。想想，如果唐凌真的被淘汰到了第二预备营，自己干脆也跟着去好了。

关于安迪这些想法，唐凌完全预料不到。在一个月的相处过后，他竟然莫名收获了一名如此依赖他的伙伴。

唐凌既然通过了考核，那么这月训以后的第一场考核就取得了最完美的结果。侧柏为之深深地欣慰，带过那么多届预备营战士，还没有收获过如此美好的结果。亚伦似乎也很满意，说了几句鼓励的话，便带着众考官离开了。

倒是仰空离开的时候，特意对唐凌说了两句："好好加油吧。失之东隅，收之桑榆，你的基因链天赋虽然一般，但乱七八糟的能力倒是挺多。不说别的，预判至少很有用。对于实战有意义的，都是有用的。而在这个时代，活下来的才是赢家。"

什么叫乱七八糟的能力？唐凌随意编造的东西，被仰空总结成了这样，算是自找的？什么又叫基因链天赋一般？如果说自己是完美基因链，仰空会不会被吓死？

唐凌心里嘀嘀咕咕，但多少也能读出仰空的好意。只是，一个两个貌似针对自己的人，最后都被排除了，那么这背后的黑手究竟是谁呢？

一场考核完美地结束，一段最是简单的生活也从此告别。没有任何的狂欢庆祝，只是在小操场接过了真正属于第一预备营的徽章，一枚银色的月亮徽章，替代了原本的铜色徽章，就宣告了唐凌七人从今天开始，是真正的第一预备营预备战士。有了新的称号——新月战士，便要开始一段崭新的生活了。

侧柏教官并没有为此开心，虽然之前他是如此地在乎考核的结果。扫视了一眼在小操场站得整整齐齐的少年们，他开口说的第一句话是："从你们踏出这里以后，你们将看见真正的第一预备营，这不是一件普通的事情，而是一项特权。一项知晓真相，知道17号安全区真面目和底蕴之所在的特权。"

话语回荡在小操场，在场的少年们尽管极力克制，但仍然避免不了好奇与震惊——包括昱和奥斯顿——17号安全区还有真面目？那我们看见的是什么？什么又叫作真正的第一预备营？它又藏在哪里？

这个疑问，其实唐凌早就有了。他那日和奥斯顿争先恐后地爬上悬崖，累得就像条死狗，却没有看见任何让人震撼的场景。甚至与预想的都完全不一样。

整个悬崖朝着安全区的外侧，呈反弧型，就像一块马蹄铁，面积也不算特别大，布满了不甚密集的树林与荒草。在荒草之中，他们所在的特训营就孤独地、凄凉地立在那里。而悬崖之后，依旧是茫茫的莽林与远山，或许是因为高度所致，也看不到其间凶猛的各种野兽，感受不到生机，寂寞得就像一座孤岛。

为什么第一预备营要在这种地方？是为了让人心无旁骛地训练吗？这是非常合理的一种解释，少年们也安然地接受。可是进入了营地，除了一些后勤人员，还有驻扎在这里收集一些物资，如晨露、潭水、各种野果和食用鸟类的战士，就再没有别的人。

那天的师兄们呢？不止那天的师兄们，其他的人呢？第一预备营不可能就四个师兄吧？这难道不值得疑惑？

不过，很快魔鬼般的训练就占据了唐凌几人生活的全部，谁还有心思再去想这些问题。如今，如果不是侧柏教官如此郑重地提及，恐怕唐凌都忘记了这件事情。

"那我们就出发吧。"果然，好奇是人最好的驱动力，侧柏教官说得如此神秘，奥斯顿已经迫不及待。

17号安全区还有他奥斯顿不知道的事情？除非家族里的人都对他隐瞒还差不多，但又有什么事情，值得家族的知情人都对他隐瞒呢？奥斯顿越想便越觉得百爪挠心。就连漠然如昱，也流露出了一丝急切。

但侧柏教官并不急，反而看着少年们沉默得很，直到奥斯顿催促，他才开口说道："有的时候，知道得越多，责任就越大。即便你们不是紫月战士，只能称为新月战士，也将要背负起自己的责任。你们自问做好了准备，去接受这一切真相吗？也自问做好了准备，去学习第一预备营的课程吗？"

这是什么话？简直和苏耀叔一个调调。受够了各种谜题折磨的唐凌，倒是罕有地第一个站出来，大声地说了一句："能，我能！"

第93章　那时年少

什么叫作少年？那是一张空白的纸。它空泛地需要各种色彩，所以充满了好奇，不怕探索。它张扬地拥有很多空间，不怕画错了的痕迹，可以在旁处重新描绘。因为，时光还很宽容，所以飞扬跋扈，不可一世。剥落各种性格和经历构筑的表象，少年的真性总是如此。

唐凌的一句"我能"，是焰火，瞬间点燃了堆满炸药的仓库，在他的大声回答以后，所有人包括阿米尔在内，都异口同声地高呼："我能！"

至于要承担的责任是什么？需要准备的是什么？在渴望探索的心中似乎没有多想。

侧柏如同看到了多年前的自己。人类真是很怪，无论在什么时代，童年总是有童年的天真，少年还是有少年的飞扬，最多被压抑，绝不可被根除。

这就是血脉吗？一个祖先流传下来的血脉！

"好吧，你们能。"侧柏认输般地苦笑，但他没有立刻行动的意思，而是转身，一脚踢开了就在小操场后方，封闭预备营的大门。

烈阳，树林，荒草，炎热的气息。侧柏信步走了出去，示意了一个跟上的眼神。

奥斯顿兴奋地呼喊了一声，扯掉了约束的制服上衣，摇摆了两下，吼道："哥们儿，姐们儿，还等什么？跟上啊。"

一众人都欢呼地跟上，最是炎热的夏季，兴奋刺激着情绪，就连最胆小的安迪都扯开了制服的三颗纽扣。女孩子们则挽起了袖子和裤腿。

分明单薄的风景，在多了一群少年的欢叫声后，立刻就生动了起来。

侧柏抿着嘴，低头沉默地一直前行，他走向了悬崖的边缘，之前这几个新月战士抓着铁链攀爬上来的地方。接着，停下了脚步。

少年们就站在他的身侧，没有失落，反而是渴望着上演什么神奇的一幕——下方的17号安全区会变了模样吗？还是说第一预备营"嘭"的一声就冒了出来？

什么都没有，只有夏日的悬崖边上，挟裹着热浪的风，吹得每个人的头发徐徐飘动。

男生裸露的胸膛淌着汗珠，双眼依旧流露着渴盼。女孩子们也顾不得额头上被黏住的头发，挽着手，也期盼地张望着。

侧柏心情复杂，他此时的行为算什么？是被这神奇的，还充斥着天真纯净感的一届新月战士给感染了吗？他不会忘记今日这一幕，站在悬崖边，期盼着人生新一页的少年们留下的身影。

古书曾说，愿你出走半生，归来仍是少年。只怕，归来的路在迈出那一步的时候，便隐去了罢！

想得太多了，侧柏举起了手臂，遥遥地指向了远方——那一处，是跨越了整个17号安全区，跨越了曾经的聚居地，甚至跨越了整个次安全带的莽林边缘，也是站在这悬崖顶上目力的极限。

"你们猜一猜，那里是哪里？"侧柏这样询问道。

"不知道，我家族管得严，只允许我在次安全带五公里的范围内活动，可厉害的家伙还是有不少。"奥斯顿抹了一把脸，胸膛的黑色太阳在真正的阳光下，也充斥着一种真实张扬的生命力。

"那里。"昱伸出了他的右手，在风中也有着坚硬质感，却又莹白如玉

的好看右手，他指着那个方向说道，"我的目标曾经是走到那里，次安全带的边缘，想看一看不再安全的地方是什么样子，但我没有实现这个愿望。只是知道，接近边缘，便有变异兽出现了。"

是的，初见昱，他的背包里有一双巨大的爪子，是不是又一次的冒险，斩杀了变异兽？昱使用能力后的极限在哪里，现在还没有人知道。

"我没敢出过安全区，但有一次路过外城的大门，门开着，我远远地望了一眼。我，我其实很想出去。"安迪小声地说道，惹来了奥斯顿的嘲笑。

阿米尔低下了头，又抬起了头，异常难得地说了一句话："说不定，你看那一眼，就看见了我。我居住的地方没有了。"

这一句话，让唐凌不由得深深地望了一眼阿米尔，这是第一次，第一次阿米尔说起了聚居地，尽管语调平静，终究流露出了让人难以察觉的一丝伤感。

唐凌什么也不能说，他的身份是外来的少年，是被苏耀带入安全区的一个身世不清的少年。他凝视着远方，深埋着忧伤，开口说道："我曾经觉得很辛苦，但回想起来却又不辛苦，一个人偶尔可以期待明天又前往未知的地方，取得意想不到的收获。就算有危险，但依旧觉得死亡像是传说般，离自己很遥远吧。所以，我还是哪里都想去。"

这些话含糊不清，但分明暗示了自己曾经是个流浪者，这未尝不是唐凌的真实心情，当第一次走出聚居地，为了家扛起重担时，紧张和忐忑很快就被新鲜与渴望替代。甚至渴望下一次，能走得更远一些。

这也是人类自诞生起的探索本能，唐凌没有说出的是，不管走得再远，心中还有回家的路，便不会不安。

只是，没有家了。

大家不会知道唐凌的伤感，只是"哪里都想去"这句话引起了众人的共鸣。

奥斯顿再次兴奋地狂吼了一声，两个女孩子挽着手，笑着附和道："我们也都想去很多地方啊，最好是天的尽头。"

女孩子的话语总是要浪漫一些，侧柏教官无意中的一个问题，却让有了第一次放松的少年们敞开了一次心扉。

这原本是属于年少时才会有的美好交谈，但侧柏教官显然心思不在于此。他终于说话了，非常难得地也点上了一支烟，从随身的小壶里抿了一口酒。侧柏看起来沧桑又疲惫，分明只是一个普通中年人模样的脸，在这个时候竟多了一丝不同寻常的气质——强大，疲惫，掩藏着故事，让人想要探究。

　　"那里，其实什么都不是。不是你们要探寻的远方，更不是你们愿望的落点。那里，是17号安全区的主要驻兵地。"

第94章　残酷的数据

　　"17号安全区，普通第一营、第二营、第五营驻扎在北线。第五预备营、第四预备营的营地就在这三个营的中央部分。南线，则是普通第三营、第四营、第六营。第三预备营同样也在中央部分。中线，则是精英一营，第二预备营在它的后方。

　　"这是17号安全区百分之八十的兵力。尽管用尽了各种办法提升这些士兵，每年的平均死亡率依旧不会低于百分之二十。

　　"预备营是希望，是根源，也落着安全区上层的不忍和同情，毕竟都是少年。可这几个预备营每年的死亡率也不会低于百分之二十。"

　　侧柏教官淡淡地说道，而遥指着远方的手指，随着他的述说精确地指向了南线、北线与中线。而这三线结合起来，就几乎包围了呈不规则半圆形的整个次安全带——莽林的边缘。那一串冰冷的死亡数字也从他的口中说出，轻描淡写，不带情绪。那是已经习惯了吗？每年都是如此，还需要心惊肉跳地心伤吗？

　　那么第一预备营在哪里？还有其他精英战士营吗？最重要的是，紫月战士的战队驻扎在哪里？安全区？保护那些大人物的？还是隐藏在了侧柏教官所指的某一处地点？

　　这个结果并不刺激，让少年们多少有些失落。但更沉重的感觉已经抓住了他们，那就是惊心动魄的死亡率。

　　本只是一串数字，但当自己也穿上了制服，得到了战士这个称号的时候，是不可能只把它当作一串单纯的数字的。

　　"很可怕，对吗？"侧柏教官喝了一口酒，他指向了在悬崖边缘垂着的铁链，却忽然说道，"我现在给你们一个机会，从这里下去，进入那些营地。选择这条路，是归路。因为你们出色，有极大的可能活着。"

没有人动，跌跌撞撞走到如今，谁肯放弃？难道就因为侧柏教官忽然莫名其妙冒出的一句话吗？

"好吧，不肯选择，是吗？"侧柏教官苦笑了一声，忽然指向了后方。在后方，穿过封闭预备营，走过几片树林，一个深潭，一片荒草地，依旧是悬崖。

曾经，在唐凌几人的恳求下，负责后勤的军官大叔带他们去看过，因为太好奇悬崖之后是什么样子。

结果一点儿都不新奇，安静的莽林和远山，甚至不如前方17号安全区的风景动人。

那里有什么吗？

"那里，就是驻扎着紫月战士的营地，驻扎着精英二营，普通第七、八营，第一预备营的营地在这些营地的重重保护之下。在那里，紫月战士的死亡率姑且不论。精英营和普通营的死亡率是百分之三十，听起来不算很高，对吗？

"可那只是一般的情况下，若是某些不一般的情况发生，死亡率也许会飙升到百分之七十。而预备营呢？做好每两个人就会死去一个的准备吧！

"另外，不一般的情况常常发生。在某些事情面前，实力天赋统统都不重要。运气，反而可笑地变得十分重要。

"现在知道了吗？"侧柏教官叹息了一声，说道，"选择走向后方，那就是一条不能前行便只能死亡的不归路。就算活下来，已经成为中坚力量的你们，再也无法退守，因为安全区需要你们。

"如果不信，昱、奥斯顿，你们可以找家族要答案了。"侧柏教官吸入了一大口香烟，狠狠地吞下了一大口酒。

"选择吧。"他的话语声很轻，然后低沉地说道，"我已经算是违规了。"

事实上，每一届的新月战士，他都会给予暗示，说不上是出于什么心理。或许是为了当17号安全区有朝一日崩溃了，还有希望的种子在外？

他从没说得像面对着这一届新月战士这般直白，因为这些少年如若死去，他会更加痛心吧？今天，他是一个残忍的人啊，在这些少年的人生中画上了沉重的一笔。

"风好大，不站在这里了，我先过去了。"唐凌带着平静的笑容，扣好了敞开的衣裳，双手从后抱着头，朝着后方走去。

侧柏教官很好，很善良。可惜的是，这沉重的一笔不是他为唐凌画上的，是那一夜唐凌的人生中就多了抹不去的黑暗与仇恨的烈火。他需要追逐的是力量，安稳在他失去了亲人以后，已经变成了一种罪过。至于危险？生死？在有的事情面前，已经不甚重要。

"我是我，我有我的理由。你们，真的要好好选择。"走了一步，唐凌停住，忽而回头，露着笑容的侧脸很温和，但他很认真。

这个决定不能受任何人的影响。

"呸，难道你还能是我？我终于找到了追寻五哥的办法了，我也过去了。"奥斯顿大大咧咧地也选择朝着后方走去。

只是昱比他的动作还快，他斜了一眼奥斯顿："你怎么能在我前面？"

两个女孩子互相对望了一眼，看着已经走在了前方的三个身影，然后咬着耳朵，低语交谈了几句，眼中已有泪光，她们什么也没有说，带着一些决然的勇敢，也跟了上去。

"我，我，我……"安迪左顾右盼，他实在很害怕啊，那些死亡的数字真是惊心动魄。可是，他看见了唐凌的背影。之前不是想，如果唐凌去到第二预备营，他就跟着去吗？怎么去第一预备营，这种自己以前那么盼望的地方，反倒不敢了？一冲动之下，他也赶紧跟了上去，喊道："唐凌，你等等我啊。"

最后，是阿米尔。他依旧低着头，但他是真的在思考，只是这个比昱还少言的少年让人看不透心思。

"你就不去了吧？"能保留一个最优秀的、最有成长希望的也是好事。侧柏教官没有任何看不起阿米尔，他甚至决定为了成全阿米尔，他愿意接受来自安全区的任何惩罚。

可这样一句普通的询问，如同刺激到了阿米尔。他忽然抬头，朝着已经走了十几步的六个身影看去，目光飘忽，也不知道落到了谁的身上，然后摇了摇头，也选择了朝着后方走去。

侧柏教官皱眉，他感觉阿米尔是真的动摇了，想去到其他的预备营，为何自己的一句询问会让 他改变主意？在这个少年的心深处，是什么刺激了他？

第95章　真实（上）

悬崖后方，已经做出决定的七个新月战士并排而立。

炽热的风依旧吹过，眼中所见也和之前第一次看到的没有任何不同。莽林，远山，相比于前方，有些寂静压抑的一切。感觉就像是一片缺乏生机的世界，寂寥得有些不真实。

侧柏教官的脚步很沉静，默默地走到了少年们的前方，就站在悬崖的最边缘处。风吹得他的发丝有些凌乱，他转头看着这些意气风发的少年，取下了胸前那枚紫色的勋章，夹在指间：

"真的决定了吧。"

这并不是一句问句，更像是一句感慨。

是真的决定了，现在唯一萦绕在少年们心中的问题，无非是第一预备营究竟在哪里？是藏在这悬崖里吗，还是同别的预备营一样，在莽林的边缘驻扎着？

反正答案很快就会揭晓。

"你们，真是让我想起了二十几年前的我。"侧柏教官回头，嘴角带着一丝夹杂着回忆的无奈笑容。说话间，侧柏教官忽然朝着前方，空无一物的悬崖边缘跨出了一步……

"教官！"克里斯蒂娜惊呼了一声，薇安有些不敢看地捂住了眼睛。

就连胆大许多的男孩子们也忍不住震惊又有些慌张，只有唐凌勉强保持着淡定，下意识地伸出手，想要拉住侧柏教官。可他的速度如何能跟得上比一般紫月战士还要强大的侧柏教官。

唐凌抓了个空。

一千多米高的悬崖，就算紫月战士掉下去，也……这是唐凌那一瞬间唯一的想法，可下一刻，他便愣住了，就连伸出的手都忘记了收回。

侧柏教官并没有从悬崖掉下去，他站在了空中，就这么没有任何支撑物地，整个身体悬空地，站在了空中……

这根本是违反物理法则的！唐凌乱哄哄的脑中只有这样一个念头。

但侧柏教官竟然还没有停止步伐，他继续前行。一步，两步……就如同在他脚下有一条延伸出去的路，而并非虚空。

唐凌几人已经说不出话了。直到这个时候，他们才意识到自己在接触一个真正的，巨大的秘密。他们只能沉默地看着，看着侧柏教官在空中前行了快十米的距离才停住了脚步，转身。

"我，因为佩戴着它，所以能够随时看见真实的世界。"侧柏教官指向了自己的胸口，那里佩戴着一枚紫色的徽章，那是属于紫月战士独有的徽章。

"而第一预备营在哪里？它就驻扎在真实的世界之中。"侧柏教官的语气依旧很平静。可说出的话，却震撼得几位少年目瞪口呆。

真实的世界是什么意思？莫非他们不存在于真实的世界？

但侧柏教官没有解释的意思，而是取下了胸口的徽章，夹在了指间，接着说道："现在，我会使用它。当它被激活了以后，会覆盖一小片范围，让待在这一小片范围内的人也看到'真实的世界'。"

"那就快一些啊。"奥斯顿的声音有些颤抖，不管是侧柏教官站在虚空之中，还是所谓真实世界的说法，都强烈地刺激了所有人，奥斯顿更是迫不及待。还有谁，能比少年人更有旺盛的好奇心，更能接受颠覆性的概念呢？

侧柏教官不再多言，他只是扬起了手，把他那枚代表着紫月战士身份的徽章扬了起来，用大拇指摁了一下徽章上那紫色的月亮。

徽章发出了微微的紫色光芒。接着，那些光芒开始分散开来，变成了一根根紫色的细丝，在天空中溢散开来。

"真实，其实只需要拉开一层幕布。"侧柏教官收起了徽章，重新别在了自己的胸前。

但在少年们的眼中，眼前的一切开始改变了。简直是令人无法相信的改变。

只因为眼前整个悬崖后的空间都开始颤抖，继而就如同一面斑驳的墙，终于有陈旧的墙皮支撑不住，开始破碎掉落……

这应该怎么说？世界破碎？如同一面镜子破碎在眼前？然后碎片一片片掉落？

只有唐凌还能勉强维持镇定，他想起了他的梦境，在最后一刻破碎的感觉。可是一样吗？并不一样。

梦境破碎以后就是一片虚无，而眼前破碎的天空，破碎的远山，一切破碎后开始出现了零碎的、斑驳的画面！

夹杂着废墟的莽林，烟尘滚滚的天空，影影绰绰看不清楚的巨大生物……随着这些露在破裂处的画面出现，无数凌乱的声音也开始传来。就如同有人忽然打开了前文明一种叫作收音机的东西的开关，那声音是陡然传来的。

在极度的震撼和些许对未知的恐惧中，唐凌努力地分辨着那些声音。

兽吼？人的呐喊？大型的爆炸声？还有，还有……唐凌猛地瞪大了双眼——尸人群那贪婪的呜咽声！

尸人群！唐凌握紧了拳头，痛苦仇恨之中却也止不住地头晕目眩，只因为不敢相信，难以相信！

可一切的改变依旧在继续，甚至变为了更快的速度。空间的碎片大片大片地剥落，一切越来越快地铺开。

终于，在某一瞬，就如同天空中出现了一只无形的手，一把扯开了这已经破碎的幕布，所谓真实的世界出现了！

废墟，大片的废墟。

首先映入双眼的，就是那烟尘滚滚的远处，成片的、触目惊心的废墟。不过，时光还是留有了一丝温柔，从废墟之中还是能看出那是"文明"的痕迹。

这就是真实的，前文明的痕迹吧？！

如今，它已经被这个时代慢慢侵蚀，所以在毫无生机的废墟之上，已有各种生命力顽强的植物张牙舞爪地长了出来，形成一片片夹杂着破碎水泥色的莽林。

而这里，之前不是一片片远山吗？

可令人畏惧的、恐怖的不是这个——就在那一处文明碰撞的莽林中，游弋着无比巨型的野兽，有多大？隔着如此远的距离，就连唐凌的精准本能都无法得出结果。他只能看见，它们的身高远远高出了莽林，每移动一步周围都在震颤……还是因为距离，根本分辨不清它们的模样，但绝不是曾经的常识中，熟悉的各种兽类。

是凶兽吗？唐凌无法得知答案，只觉得指间冰凉。

第96章　真实（下）

慌乱之中，大家的目光还想探寻所谓的熟悉！

没有，没有任何的熟悉。

越往近处，越靠近悬崖的地方，烟尘就越是厚重，在一片模糊之中，只能看见几个巨大的身影在咆哮。带着火光的爆炸，偶尔蹿起几个人影，挥刀刺杀，巨大的血珠飞溅……

声音在这个时候也分外地真实了起来，呐喊，吼叫，金属刺入血肉的"扑哧"声，像是绳索滑动的"簌簌"声，还有人的指挥声……

战场！原来安静的悬崖后方，虚幻的景象之后，藏着一个战场？！

那他们之前看见的一切，是怎么回事？空间交错吗？如果是那样，用真实或是虚假来形容，倒是非常的准确。

唐凌近乎要站立不住，但他已经是表现良好的一个，安迪和两个女孩子已经无法站立，整个人只能坐下来，才能勉强稳住不由自主发抖的身体。而奥斯顿不由自主地侧身靠着唐凌，只有借助一些支撑，他才能维持体面的直立。阿米尔则半跪在了地上。

幸好有昱，能够勉强和唐凌保持并肩。

短短不过二十几秒的过程，就否定了这些少年们心中存在了所谓十几年的真相。

"是不是觉得后悔？"侧柏教官的声音传来，终于让失神的少年们稍微镇定了一分。

抬头，他们才注意到，侧柏教官并非站在空中，而是站在了悬崖边缘处一处凸出的，延伸出去了快二十米的岩石平台上。

整个平台用钢铁包裹了边缘，进行了加固。而在平台的边缘，有一个带着巨大绞盘的粗大铁架。

此时，绞盘在转动，绞盘中钢链响起了"吱呀吱呀"的声音，似乎在吊着什么东西要上来。但没人注意这个，大家都只看着侧柏教官，他们想要一个解释，甚至想要几句安抚。

而侧柏教官手中拿着酒壶，似笑非笑地灌了一口酒，语气中带着些微讽刺地说道："当年的我，第一次看见这个，看见那些怪物，想着我以后就要和那些家伙战斗，我真的很绝望。你们呢？"没有解释，更没有安抚，只是一个问句。

"比起这个……"奥斯顿握紧了拳头，上前一步，几乎是从牙缝中蹦出了一句话，"你们这样的欺骗算什么？"

"我不知道你们怎么做到的？可是这样的欺骗有意思吗？生活在这假象背后的人算什么？被你们圈养起来的……"奥斯顿说不下去了，可他有如此激动的理由——最疼爱他的，也是他最爱的五哥，一定是死在了这悬崖背后吧？

家族里的人都说五哥是一位英雄，狗屁的英雄，他根本不在乎什么英雄，他只知道五哥离去的前几天，还亲切地用大手抚摸着他的头，笑眯眯地对他说："小奥斯顿长大一定比我厉害。"

结果，几天后，五哥便莫名其妙地死去了。没有尸体，没有死亡原因，更不知道死在哪里。

人们可以不问英雄是如何死去的，但在奥斯顿的心中如何可以没有答案，就接受一个活生生的五哥从此消逝在他的世界？

原来，就是为了隐瞒这所谓的真实吗？

侧柏教官没有说话，仰望着天空的侧脸显得是如此的捉摸不透。

但在这时，一个平静的声音忽而插了进来："我很讨厌这样一无所知地大放厥词。"

绞盘停止了转动，还略微有些晃悠的钢索上吊着一个巨大的铁笼，此时铁笼的门已经打开，仰空从铁笼中迈步而出，看着激动的奥斯顿，随口嘲讽了一句。

"是谁造成我们这样一无所知的？"奥斯顿脸涨得通红，愤怒让他的青筋高高鼓起。

但唐凌拉住了奥斯顿。若说愤怒，谁不愤怒？如果在前一天，有人告诉他，他看了十几年的夜色，那矗立的悬崖，悠远的夜空，迷蒙的远山是假的，他一定也会非常的愤怒。

在小丘坡上，有多少次他就和妹妹这样安静地凝望着啊，那是多少温暖和亲切的回忆？结果回忆也是被愚弄？！

但那又如何？真实就是真实，愤怒是无力的，解释是重要的，可面对是更加重要的。奥斯顿也是一样，唯有面对。

唐凌想到此处，拍了拍奥斯顿的肩膀，那手就如同有奇异的魔力，让奥斯顿安静了下来。他忽而安心，还有同伴不是吗？

而面对奥斯顿的质问，仰空的神情并无波动，他一步步朝着侧柏走去，口中却是随意地说道："有那么难以接受吗？在前文明的后期，有一项技术叫作3D全息投影。这项技术非常有趣，还有很大的发展空间。可是呢，我们知道的，前文明覆灭了。但不代表在这个时代，没有比前文明更厉害的投影技术。这技术可以'制造真实'，欺骗人们的双眼。可以通过对声波的干扰，屏蔽真实的声音，甚至制造出一些假声，来欺骗人们的耳朵。我们17号安全区恰好就有一台这样超科技的投影仪，然后我们恰到好处地使用了它。但依旧不值得惊奇，因为这一项科技，在前文明时代就已经出现了，不是吗？"

说话间，仰空已经在侧柏身旁站定，然后微微侧头看着奥斯顿，一字一句地说道："或者，你喜欢我们彻底扯开这块遮羞布，让生活在遮羞布后的人们，惶惶不可终日地度过每一天？"

奥斯顿低头没有再说话。他应该回答什么？他有权利认为人们应该面对恐惧地活着吗？

唐凌无声地站在奥斯顿的前方，他的双眼很清澈。他并不觉得愚弄欺瞒就是正确。

什么是恐惧和惶惶不可终日？如果习惯了，就没有所谓的恐惧，人类从进化开始，面对恶劣的原始环境，不也顽强地活到了现在吗？这种事情无所谓对错，无非是强者做出了所有的决定。

他也无所谓别人的想法，但他自己要清醒地活着，从那一夜以后，他一定要变强，而不被愚弄地活着。

第97章　二级护城仪

"给他们一些时间消化吧。"在仰空给出了所谓3D全息投影的答案以后，侧柏如是说道。

悬崖下的厮杀之声还在继续，但悬崖之顶却是一片安静，大家的确需要时间稍微平复内心。

悬崖后的一切都是3D全息投影？这真的是太荒谬。

"我无所谓，只是没想到这些小家伙倒是一个不少地都过来了。"仰空耸了耸肩膀。

"你怀疑我？"侧柏教官略微有些不满。

仰空微微一笑，口中则说道："你有前科，第一预备营可是被你'弄丢'了好几个有前途的小家伙。你越喜欢谁，不就越不希望谁来这里？"

"哼。"侧柏教官不再言语，仰空说得没错，之前他的确就在做这样一件事情，只不过没成功罢了。

"看来亚伦总领不放心，让我来接人是对的。"仰空露出一丝笑容，然后转头看着几位依旧沉浸在震撼之中，连呼吸都在颤抖的少年们，"走吧。即便是很难接受，不也是你们渴盼的？"

时间是宝贵的，无休止的战斗和残酷的死亡率，造成了无限的压力。这些"新血"得以最快的速度化作战斗力，浪费一秒都是可耻的。

仰空的心里何尝没有焦虑？连飞龙都亲自前往了那个地方，至今一个月了，还未回归。

可惜的是，安迪和两个女孩子依旧没有力气站起来。阿米尔倒是勉强站直了身体，却迈不开步伐。

唐凌却彻底地平静了下来，不就是一个所谓的投影掩盖了每时每刻发生的战斗吗？虽然不清楚这样做的意义，但战斗哪里没有发生？聚居地为了生存，不也每时每刻都有各种各样的战斗吗？规模不同而已。

"第一预备营，的确是我所渴盼的。"于是，唐凌第一个迈出了步伐，朝着仰空和侧柏所在的位置走去。

"我一定要找到五哥的痕迹。"奥斯顿扬了扬头，也大步地朝着前方走去。但昱又一次抢在了他的前面："你怎么能在我前面？"

"妈的，要打架吗？"奥斯顿怒气丛生，不明白这个昱为什么非要抢在自己前面。

两人争执间，其他人也终于被稍许活泛的气氛带动，有了前行的勇气。

"进去吧。"仰空带领着几人来到了悬吊的铁笼之前，并看了一眼侧柏，

"你不下去？"

"我今天没课，我要回去内城，麻痹一下自我，不可以吗？"侧柏拒绝了仰空的邀请。仰空不置可否，转而望向了眼前的少年们。

悬吊在空中的铁笼略微有些摇晃，伴随着悬崖下战场的声音，让人有些不安。还是唐凌第一个走了进去，其他人才陆续进入铁笼中。

关闭铁笼门后，这个大概可以容纳二十人的铁笼开始晃晃悠悠地下降。除了靠近悬崖壁一面有门，门上有一块小窗，整个铁笼是全封闭的。这让人有些憋闷，而且除了崖壁，什么也看不见。

仰空靠在铁笼的一角，闭目养神，而其他人多少有些不安这样的下降方式，一动不动。只有唐凌在张望着，即便入眼的只有深褐色的悬崖壁。

半分钟后，铁笼下降了大概一百米，唐凌吃惊地发现，悬崖壁被掏空了一块，出现了一个黑沉沉的看不清深浅的洞穴，在洞穴的边缘摆放着一台紫红色的，同第二场考核所用到的基因链测算仪略微有些相似的，同样布满了黑色纹路的巨大仪器。它的前端布满了有些像前文明照相机的巨大镜头，朝着各个方向伸展着。

而在洞穴之外，有一条大约一米宽的"带子"，是的，就像是一条带子，贯穿了洞穴之下的悬崖壁。此时，这条半透明的，却有着略显妖异银色的带子正反射出五颜六色的光芒，只是看一眼就让人眩晕。几乎是下意识的，唐凌快步靠近了那一扇透明小窗，抬头朝着上方望去。

在视线范围内，他看见了好几块和带子同样材质的"方块"，每块大小约有一平方米，也在反射着五颜六色的光芒。

"这就是安全区超科技3D全息投影的秘密吗？"唐凌在翻阅前文明的书籍时，瞥过一眼所谓的3D全息投影仪的模样，凭借着惊人的记忆力，唐凌也记住了这些信息。

万变不离其宗，反正就是一个箱子状的，带有镜头的东西。比起眼前这家伙，看起来简陋了不少。也怪不得这超科技仪器会制造出如此惊人的假象。

"你发现了？"唐凌还在吃惊地看着，心中在思考着安全区这些所谓的超科技仪器究竟来自哪里时，仰空忽而传来的声音打断了唐凌的思绪。

"嗯，我猜测它就是那什么仪器。"唐凌如实地回答道。

"不止，它的作用如果只是制造假象，那就太有负于超科技这三个字了。何况，它是大型仪器。所有带上了大型二字，而且是超科技的仪器，其作用都是惊人的。"仰空似乎很喜欢给唐凌讲课。

唐凌若有所思地皱起了眉头，的确对比起那些测力仪、测速仪什么的，他见过的基因链测算仪和被安放在洞穴中的这台，都大了不止一个数量级。可是，有什么惊人的作用吗？反正唐凌并不认为基因链测算仪是有多惊人。

见识和知识决定了一个人的想法，如果仰空知道唐凌此时对基因链测算仪的腹诽，估计会将唐凌踢出第一预备营。

"你认为防御是什么？"仰空看见唐凌思考，倒很是高兴，对唐凌莫名其妙地抛出了一个问题。而仰空与唐凌之间的对话，显然也吸引了其他人，大家都开始全神贯注地听了起来。

铁笼还在缓缓下降，那台仪器和银色的带子也看不见了，不过唐凌刚才那句自言自语，倒是让所有人都没有错过那一幕。大家都想知道，那个能够制造假象的东西，究竟还能做什么？又和仰空提出的问题有什么关联？

第98章　希望壁垒

虽然对仪器充满了好奇，但仰空的问题却没有人回答。毕竟，防御是什么？如此大的命题，一时半会儿很难去讲清楚。仰空也没有继续为难这些新晋的新月战士，下一刻他就直接说道："防御，很多人认为是牢不可破。那什么是牢不可破？莫非是一个金属罩子把一切罩起来就好了吗？不，真正的防御在前文明已经有了很清晰的概念，那就是可持续的、没有死角和空白地带的、严密的监控。为此，前文明发明了卫星，关于这个概念你们可以通过阅读前文明遗留的书籍去理解，我就不做延伸了。

"所以，真正的防御是一双在需要防御的范围内，可洞察一切并且不会闭上的眼睛。在此之基础上，防御概念的延伸是在发现了任何异动后，及时准确地判断，然后做出应对。"

仰空绝不反感少年们求知的欲望，事实上这个时代真正的强大者，绝对不是单纯的武力惊人。如果没有对知识的理解作为基础，不会成为武力强大者，至少就过不去三阶这个门槛……

不得不说，仰空的讲述非常精确动人，唐凌也再次加深了对知识这种化腐朽为神奇力量的向往。想一想吧，那样一双"眼睛"！这是肯定存在的，因为唐凌经历了尸人之夜。他非常清楚，17号安全区的反应有多么的迅速。

那么，这台大型超科技仪器是……

"所以，你们看到的这台仪器，是和防御有关的，制造假象算是防御的一种旁支，绝不是它全部的作用。"

"它还是那双眼睛！"奥斯顿略微有些兴奋了，没想到17号安全区还有这样的东西存在。仰空微笑。

"它还能对任何的情况都做出判断。"克里斯蒂娜的情绪也高昂了起来。

仰空依旧微笑。在沉默片刻后，他说道："完整地说，它是'眼睛'，而且能通过精密的计算对情况做出最正确的判断；它还能制造假象，产生屏蔽的效果；最后，它还能做出精准的反应，就比如说精准打击。威力极大的精准打击。它完整的名字叫作'二级防御工事体'！也叫作'二级护城仪'。"

强大，真是强大得让人绝望。这是唐凌的第一个反应，17号安全区拥有这样的东西，如果他有一天不得不和17号安全区站在对立面，他还有半分获胜的机会吗？

那一夜的事情，那一夜的刀光，一切的仇恨17号安全区脱不了关系。即便在经过了一个多月，心中也认可了一些17号安全区的人之后，唐凌也不可能忘记仇恨。只不过观点变成了，是17号安全区的某些高层，双手染满了聚居地人生命的鲜血。那如果这仪器就是为那某些高层所用呢？

唐凌心里翻滚着又是愤怒又是绝望的情绪，表面的平静下，是裤兜里握紧的拳头。不管如何，他也只有前行。对，还有苏耀叔在，陪伴着。

没人知道此时唐凌的心中有着如此剧烈的情绪，所有人都只是被再次震撼。真实的世界反正已经拉开帷幕，震撼得多了，也就慢慢接受了。

"这二级护城仪是17号安全区的底蕴之一。你们在知道了这悬崖后的战场存在以后，也就知道它为什么会存在。你们总归是要知道的。"看见少年们对二级护城仪如此感兴趣，仰空不失时机地又说了两句。随即仰空心中就泛起了深深的疲惫，这无休无止的战斗何时才会结束？至少现在他看不到希望的光芒。而眼前这群对一切都充满好奇的少年，还需要多久的时间才会产生和他一样的疲惫感呢？

三个月？半年？

在仰空沉思的时候，奥斯顿几人已经兴奋地讨论起了关于战场的事情，也就是在这时，铁笼传来了一阵震动，终于落地了。

这是到战场了吗？每个人在铁笼落地以后，都绷直了身体。二级护城仪带来的兴奋，让他们暂时忘记了现实。可落地以后，联想起之前在悬崖上的所见，这些新晋的新月战士又快速回到了现实。和那些巨大的怪物作战吗？马上就投入战斗吗？我们能怎么样战斗？应该怎么做？会死的吧？

这些不可避免的种种想法，就连唐凌也忍不住紧张。侧柏教官之前沉重的模样还在眼前，所谓第一预备营百分之五十的死亡率就从现在开始吗？

看着这些新月战士的模样，仰空似乎觉得有些好笑。但他也没有打开铁门，而是严肃地站在了铁门之后，少年们的眼前："现在，我要正式自我介绍，我，仰空——第一预备营知识概论教官。从等一下我打开铁门开始，你们就将学习第一预备营的第一堂课。由我，给你们讲解关于'希望壁垒'以及17号安全区的基础知识。这是你们作为第一预备营、有着新月战士称号的预备营战士，必须了解的。授课时间一小时。那么，现在就开始吧。"说话间，仰空伸手打开了保险栓，一下子就推开了铁笼的大门。

"啊……"薇安不由得低呼了一声，闭紧了眼睛，缩起了身体，仿佛仰空一打开门，她就会看见血腥的战场，可怕的怪物冲过来。其他人也忍不住非常紧张，微微后退了半分。唐凌虽然还站在最靠近门的位置，但也咽了一口唾沫。

"呵呵。"仰空不由得笑出了声，这是每年都会上演的一场"滑稽剧"，这一届最优秀的新月战士也依旧是如此。在笑声中，仰空很随意地走出了铁笼，然后双手插在制服的兜里，悠然地等着这些新人。

唐凌微微有些脸红，什么时候自己也开始变得畏惧了？他努力维持着镇定，跟着走出了铁笼。

而当他走出了铁笼后的一瞬，看清楚眼前的一切时，不由得愣在了当场——除了眼前的一小片正对悬崖的空地，其余的地方被白光笼罩了一切，什么也看不见，像是一个被遮盖的世界。

"欢迎来到希望壁垒。"仰空扬起了一只手，打了一个响指，唐凌几人身后的铁笼开始缓缓上升。

第99章　战场

"轰""吱呀""吱呀"，铁笼上升的声音，惊到了几位少年，又是薇安忍不住发出了一声低呼。没法言说身在此地的心理压力，哪怕是一点儿风吹草动都会让人毛骨悚然。

"转身，向前。"仰空没有废话，课堂的每一分钟都是宝贵的，而不是用来安抚和解释的。

向前？那就是战场了吧？唐凌沉默地转身，但脊背上已经全是冷汗。那种即将面对恐怖的感觉，绝对比已经看见了恐怖来得还要刺激。不怕死，不意味着失去了害怕的本能。

但是依旧什么也没有，除了脚下一条宽达五十米的大道，笼罩这里的还是一片白光。不长的大道尽头处，一处圆柱形的建筑挡住了所有的视线。

"跟我走。"仰空径直走到了几位少年的前方，朝着那处圆柱形的建筑前行。几位少年忐忑地跟在仰空身后，走了大约二百米以后，在白光的笼罩中，他们看见了一座桥。

"我们现在所在的位置是希望壁垒主体的顶部平台，你们刚才走过的是主战通道，当有大战发生时，所有的队伍都会从这条主战通道到达战场。这座桥是作战廊桥。"仰空的话语异常简单。却听得几位少年战战兢兢，走过主战通道，到了作战廊桥，那不是就要战斗了吗？

直接厮杀吗？白光外，战场的声音变得越发真实可怕了起来，唐凌攥紧的拳头里都是冷汗。

"呵。"仰空淡笑，毫无感觉一般地继续前行。

少年们只能忍着猜测与紧张，继续跟着。五十米长，三十米宽的作战廊桥两侧，此时已经有了战士值岗。更让人心存压力的是，在这里布置有前文明的热武器——迫击炮。

此时，值岗的战士并没有动作，只是盯着茫茫白光，一片肃然，仿佛他们能够看透这一片白光一般。迫击炮也没有动用，安静却让人心惊。

只要稍微了解一下前文明的热武器，都会心惊吧？！唐凌还记得那沙漠之鹰，就因为它，唐凌在图书馆的阅读里，尤其关心的就是关于前文明的热武器信息。

从有灭世威力的核弹，到超音速、具有反雷达"隐形"功能的五代战机，从移动的战争堡垒航空母舰，到深海杀手核潜艇……唐凌都有了解，他不想在此时去想，这些惊人的武器都到哪里去了？和仰空之前介绍的二级护城仪相比又如何？

他现在只在乎这些迫击炮，这希望壁垒有前文明的迫击炮？！五十米长的作战廊桥上整整有二十台迫击炮？！即便不是核弹、火箭炮什么的武器，那威力也和沙漠之鹰绝对不是一个量级的。

而就算一把沙漠之鹰，如果子弹足够的话……唐凌还沉浸于那种感觉，可越是沉浸于前文明武器威力强大的感觉，便就越觉得这战场绝对会颠覆自己的想象！

带着这样的心情，五十米长的作战廊桥也已经走到了尽头。面前就是那一栋圆柱形的建筑，在一片白茫茫的光线中，它仅仅比作战廊桥高十米，除了面前这扇高达八米的金属大门，其余地方由一种类似于玻璃，又像金属的材质所搭建。

仰空在这里终于停下了脚步，转身望着这些新晋的新月战士："瞭望之塔，希望壁垒最前沿的哨塔，却也是最重要的一处要地。这里是监控之地，也是作战指挥中心，更是紫月战士的一处常驻营地。"

说完这话，仰空取下了胸前的徽章，那是一枚完全不同于紫月战士的徽章。淡金色，上面有几颗星星，抽象地描绘出了宇宙。他把徽章放在手心，眼中流过一丝戏谑："你们，很害怕吗？"

这不是废话？克里斯蒂娜抓紧了身旁薇安的手，仰空这种恶趣味般的问话，只会加重人的紧张感。

"没事，害怕这种事情也会变成习惯，怕着怕着就麻木了。"说话间，仰空将手中的徽章贴在了金属大门上。"轰啦啦"，金属大门缓慢而沉重地打开了。

门开的一瞬间，那恼人的，遮挡一切的白光终于消失了。眼前出现了巨大的屏幕，覆盖了能够看见的所有墙面。不管是主屏幕，还是被分割成无数的小屏幕，都正显示着同一块区域。

废墟！那屏幕上似乎是一片看不到尽头的废墟……倾倒的大楼，塌陷的道路，废弃的锈迹斑斑的金属物，还有肆意生长的怪异植物……这就是瞭望之塔后的世界。

"杀！"一个戴着奇异护臂的百人团冲在了前方，一群盘踞在半塌大楼上的狼群霎时也冲了过来。领头的狼，身长足足有二十米，头部进化出了类似于头盔的外骨骼，腰腹处则长满了黑色的怪异鳞甲，它以惊人的速度冲在了最前方，带领着狼群瞬间就和人类战士组成的百人团冲撞在了一起。

鲜血，瞬间就染红了眼前巨大的屏幕。

而在另一处，一个由精英战士组成的十人小队，面对的则是一群密集的尸人。在这群尸人的中心处，是一个巨大的，长相无比怪异的类人生物，七米的身高，超过三米的腰部直径，同样灰白色的眼眸，却多了一丝带着残忍的清明感。

更可怕的是，它似乎挣脱了尸人会腐败这个定律，原本破烂的身体，不少的地方已出现了伤口长好后特有的结痂，还有的地方是嫩红的新肉芽……

它嘶吼着，冰冷的双眸早已经盯上了那十人的精英小队。它摇头晃脑，似乎是在指挥，在他身旁，一群群的尸人悍不畏死地冲向了精英小队。精英小队的队长拔出了战刀，在他身后，两名队友架起了重型机枪……

这就是战场吗？少年们僵硬着身体，连跨入大门的勇气都欠缺。那真实的巨大屏幕，直接映照出了前方的整个战场，仅仅是两处地方，就已经让人全身如同掉入了冰窖。

"进来啊。"仰空很淡然，他迈步径直朝着那正对大门的巨大屏幕走去。

不用怀疑，那巨大屏幕此时出现的种种景象，就是整个战场的景象。一开始看到那两处，与狼群的战斗也好，与尸人的战斗也罢，不过是战场的一点缩影。在那烟尘滚滚，蔓延了不知多远的战场之上，无数的厮杀正在发生，和野兽，和尸人，和少年们未知的怪物……

第100章　怪兽

唐凌几人站在了仰空的身后。不明白这只有一个小时的课程，为什么从始至终仰空只介绍了关于希望壁垒的几句话，接下来便让他们看了整整五分钟的战场。

这五分钟带来的心理压力是巨大的——每时每刻都有死亡，每时每刻都是鲜血，但这样的做法也是有效的。心里的感觉伴随着这地狱般的战场在慢慢地发生着变化，从冰冷的畏惧，变成平静的麻木，又从平静的麻木变成了一丝丝热血的沸腾。

看着普通的战士一刀刺入地行巨蛛的腹部；看着精英战士的重机枪喷着火焰，扫过一大片的尸人；看着盾牌战士举着巨型的盾牌狠狠地砸下，打碎了一头偷袭的白头狈脊骨；再看一道紫色的身影，忽然冲天而起，一米五长的制式战刀空中拔出，和一只不知名的巨鸟交错而过，血花四溅，那巨鸟残破的肢体四散而落，紫月战士收刀落地……

当死亡的黑色，被血红的热血所包裹，那就真的不再恐怖。

"七号区，第五精英小队，尸人群出现二级力量型变异尸人，紫月战士前去支援。第五精英小队后撤，前往九号区，支援第二百人团。"

"九号区，第二百人团区，黑袋斑狼群中出现三级变异种，怀疑已有初级电击能力，紫月战士请往支援。"

"十一号区，出现双角狮，十一头，为一双角狮族群。建议出动二十人精英战士小队，或者装备枪械类五十人团。"

"报告，报告。枪械类弹药告急……"

"报告，三号区域，大型赤尾鼠群已经彻底消灭完毕，第一千人团请求回营休整。"

"同意请求，七点钟方向，后撤二百六十七米，选择二十一到三十号钢索带回营。"

　　整个瞭望之塔，也就是指挥中心之中一片忙乱，没人在乎这几个第一预备营的新晋新月战士。战场被细化，监控精细到了每一处角落。

　　无数让这些少年们吃惊的事情也在发生——所谓的钢索带，是一条条巨大的钢索，它们从少年们看不清楚的白芒之中延伸而出，一直延伸到战场的边缘。

　　无数的战士通过包裹在右手臂一个类似于护臂的装置，吸附在钢索带上，在战场进进出出。

　　神奇的也不知道是那护臂，还是那钢索。总之，当战士举起护臂，被吸附住的一瞬间，便会被急速地拉回白芒之中，或以非常快的速度从白芒之中出现，下落到战场加入战斗。

　　"电磁护臂，希望堡垒的战士标配装置，也是战士们保命的依仗——当最危急的情况发生，得到了指挥中心允许后退的指令后，战士们只需要到钢索带的下方，开动最大磁力，就会被瞬间吸附到钢索上，然后被带回希望壁垒。安全区的人口有限，每一个战士都是宝贵的，保住战士的性命是必要的。"看见唐凌几人注意到了电磁护臂，仰空似乎总算有了讲课的欲望。

　　就在这人来人往的指挥中心，他从随身携带的战术背包中，拿出了一个小巧的教学投影仪。打开了投影，希望壁垒的全貌也第一次出现在了少年们的眼中。

　　"希望壁垒，主体离地面高一百零五米，宽两百米，长十三公里，紧靠悬崖，也就是依希望崖而建。主体同希望崖一样，呈反马蹄铁形，被整个希望崖所环绕。作战廊桥连接瞭望之塔和希望壁垒主体，共同构成了整个希望壁垒。整个壁垒建成耗时九十年。"仰空的讲述总是很简单，却直击重点。

　　配合着教学投影仪，少年们总算知道自己身处的希望壁垒是什么模样。原来它就在悬崖的下方，以一面悬崖为墙，整体建筑的大结构打入了悬崖，有了这坚固的支撑，才能构建出如此庞大的工程。也是因为如此，它才有了和悬崖一样的形状，算是最大程度利用了那悬崖，也就是希望崖。

　　但弄清楚了这个，也并非弄清楚了问题的关键——比如第一预备营究竟在哪里？希望壁垒之中吗？还有，为何17号安全区的重点会在此地？前方分明更加安全——至少曾经是聚居地的安全带，和被称之为次安全带的莽林，其危险程度远远不及这个废墟之地。

　　但仰空根本不着急解答这些问题，而是继续说道："你们看见的白芒是一种防御，目的是不让任何敌对目标看清整个希望壁垒。你们自然是有权限看清的，但你们才来这里，所佩戴的徽章还没有处理，等处理好了，徽章内部的芯片自然会记录信息，开放你们的权限，让你们看清整个希望壁垒。

"不过，希望壁垒具体如何，不在我讲课的范围内，你们待上几天，自然就会清楚。希望看清以后，你们不要太吃惊。"

这也算讲课？奥斯顿忍不住有些嘀嘀咕咕，但仰空根本就无视他，事实上今天的讲课重点根本不在希望壁垒本身，而是要让这些少年明白他们的战斗目的，明白这里为什么是希望之地。

就在仰空刚准备接着讲述下去的时候，薇安和克里斯蒂娜两个女孩子却毫无征兆地发出了尖叫声。唐凌的手臂也一下子被安迪抓紧！

"原谅我，唐。我有些站不住。"

这不怪这几人，只因为他们正对着监控战场的屏幕上，出现了一头巨型的怪物，像前文明的科莫多巨蜥，但那巨大的、超过百米长的身躯，却比真正的上古世界中的恐龙还要巨大。

它在跑动着，整个巨大的废墟因为它的跑动都在震颤，烟尘四起。它如同一台收割机，一路都在进食。无数的野兽被它毫不留情地吞入了口中，就连尸人这种腐坏的生物，它也丝毫不拒绝。它对植物的兴趣不大，但偶尔也会仰头就咬掉半截大树，就像肉食吃多了需要调剂。它的嘴像是一台巨型的搅拌机，随时四溢的鲜血，让它周围下着血雨……

更恐怖的是，它太怪异，一张口就如同切割了空间，带起一道黑色的裂缝，裂缝闪过后，它要捕食的任何目标都会出现在它的口中。

这是，什么怪物？！

就算经历了几分钟的战场适应，也是在全神贯注地听课，但谁也没有办法面对如此大的怪物，还保持冷静的心态。

第101章　三级凶兽

看着屏幕中那不可战胜的、巨大的、有着未知能力的怪物，唐凌的额前全是冷汗，脑中出现了太多莫名其妙的念头。

唐凌的心绪稍乱，根本无法把自己所知道的一些学问和如今的时代联系起来。事实上，他就算记忆力超强，只是几天的阅读也不可能让他了解那么多。

他在最近几日，发现自己好像有一种奇妙的"回忆"状态——只要被他阅读过的理论，哪怕只是扫一眼，根本没有理解的东西，他都会在事后理解，并且领悟出与之相对的一些知识。就好比，知道了勾股定理，他就会知道论证勾股定理的数学推导过程。

这一点，唐凌已经懒得细想，但在各种时刻，结合知识思考似乎已经成为他的某种本能。但这本能的作用……

"这里，怎么会出现这个？情况越来越不好了吗？"三秒不到的时间，唐凌已经想了很多，但仰空自言自语的小声说话，却打断了唐凌的思考。

连仰空也变得很在乎？唐凌抬头，看着还在疯狂进食的那头怪物，顿觉震惊。

此时，瞭望之塔，一位一直坐在正中间一言不发的似乎是指挥官的人终于站了起来。他的语气略微有些急促：

"紧急情况，紧急情况，战场第六号区域，坐标33,76出现疑似三级的凶兽。初步观测具有高端能力。妈的，希望不是空间方面的！"指挥官在这个时候竟然忍不住爆了一句粗口。

当空间两个字落音的时候，仰空的眉头陡然皱紧。

"建议立刻由紫月战士组成五人小队，前往消灭目标。或者，出动……"指挥官暂停了一下，说出了最后一句话，"三阶以及三阶以上战士。"

在这时，仰空忽然转头对目瞪口呆的唐凌几人快速地说道："暂停讲课。也不知道你们是不是幸运，总之到这里第一天竟然能看见一场大戏。"说完这话，他走到了大屏幕前的指挥台，直接抢过了那个指挥官的指挥权。

"第七号区域，第五号区域，第四号区域，现在立刻全员撤退。坐标范围33-43，65-89内战斗人员，也立刻全员撤离。巡逻之地守备队全员进入一级警备，准备启用M777榴弹炮。给予连接护城仪'天眼'二级权限，以便对目标实施精准打击。"说到这里，仰空又稍许犹豫了一下，开口再次说道，"另外，两台GM-45式155毫米牵引加榴炮也进入备战状态。"

"报告指挥中心，炮弹动用权限……"指挥中心的控制台，立刻就传来了回复的声音，语气中带着犹豫和一丝不易察觉的心疼感。

"最高权限，不惜代价。"仰空抿紧了嘴角，17号安全区的底蕴到底不

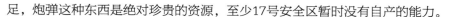

足，炮弹这种东西是绝对珍贵的资源，至少17号安全区暂时没有自产的能力。

可那又如何？时代已经变更，前文明的武器虽然厉害，但已经不再是绝对能够主宰战场的存在了。就算核导弹也不能！时代已经——变了！

算下来，只要能够猎杀屏幕中那头三级凶兽——雷德类龙蜥，炮弹用得再多也是回本的。

仰空的指挥让战场立刻陷入了一种绝对紧张的状态，无数的战斗人员开始后撤，钢索带区域立刻变得无比繁忙。一个个战士被钢索拉回了希望壁垒，却根本不知道发生了什么。当然，也无须知道发生了什么。在战场上，无条件执行命令就是最基本的军事素质。

指挥官也老实地站在一边，对于仰空抢夺了指挥权竟然没有半分怨言。仰空的地位很高，这是唐凌几人第一次意识到，这个第一次见面不修边幅，性格捉摸不定，唯二的关注只有科学研究和飞龙的男人，是极其不一般的。

而对于眼前这一切，相比于其他人，更加震惊的显然是唐凌。因为他拥有三级凶兽肉，那个神秘商铺叫作"昆"的男人，很是无所谓地扔给他的三级凶兽肉，是他那只小乌龟的零食……竟然，竟然是出自那么恐怖的家伙身上？！怪不得莱诺想要抢夺！

一切在这时已经准备就绪，就等着执行任务的紫月战士出动。这会是一场什么样的战斗呢？唐凌竟然忘记了恐惧，更多的是期待。

屏幕中，那头怪物依旧在收割着食物，看似闲庭信步，只是随意填饱肚子的模样，但它前行的方向却直指希望壁垒。

拥有精准本能的唐凌又开始计算起来：这头怪物每秒钟都在加速，非常微小的加速，就比如前一秒的速度是1米，后一秒就变成1.01米这样的幅度。这一点，让唐凌分外地敏感起来，他感觉到了怪物的某种目的性。

几乎是不由自主地，开始用精准本能去计算怪物脸部肌肉运动的幅度，这种计算是第一次，像一种模糊的本能指引着唐凌要去得出某一种判断。而这样的判断几乎在下一秒钟就已经逐渐成形。

怪物脸部肌肉的运动勾勒出了"生动"的表情，不同的幅度暴露了期待、紧张和掩饰不住的兴奋。

这算什么结果？但人类的微表情能够暴露心情，凶兽就没有吗？让唐凌莫名其妙的是，为什么自己能通过精准本能去读懂凶兽的一些"思想"？用这种冰冷的数字运算，去计算感性的心情，算是一个有趣的发现吗？

第102章 紫芒

没人知道唐凌此时心中在运算着什么，当然，就算说出来了，也是一个不好笑的笑话，对凶兽的"读心术"，这算什么玩意儿？

唐凌的思维一向发散且跳脱，这也不受他自己控制。就如这一秒，他已经无心探究自己精准本能的"偏离运用"，更不想细想为什么会懂得凶兽的心思。他的兴趣点已经转移了：这凶兽的目的是什么？希望壁垒有什么吸引它的地方？

这个想法似乎有些偏差，因为唐凌计算出凶兽目光的角度，虽然是直指希望壁垒，但落点应该在瞭望之塔前方不到二十米的地方。

那里有什么吗？唐凌看不见！因为整个巨大的环形大厅都是封闭的，只有正前方的大屏幕锁定着整个战场。无疑，这越发地激起了唐凌的好奇心。

但也在这时，指挥大厅的大门再一次打开了，一个略微显得有些轻浮的脚步声在大门后响起。唐凌下意识地转头，在门后茫茫白光的映照中，只见一个瘦得惊人，也高得惊人的男人正朝着前方走来。

"啧啧啧，仰空小子，这样的家伙需要动用火炮？"来人这样说道，语气轻佻，似乎什么事情都不值得他在乎。他直接叫仰空为仰空小子，很亲热但也缺乏尊重。

奇异的是，一向有些冷淡的仰空并没为这个"距离"很近的称呼而恼怒，反倒是略微放松了一些，直接地问道："安东尼，你出战？"

"不然呢？"这个被仰空叫作安东尼的男人，忽而间一步跨到了指挥台，居高临下有些轻佻地看着仰空，"莫非飞龙不在，你就不信任任何人的战斗力？"他这样说道。

指挥室很是安静，唐凌倒是好奇这个叫作安东尼的家伙，他连制服都没穿，只是穿着一件看起来像麻袋材质的，松松垮垮的衬衫，裤子则是摩尼韧草编织的。

摩尼韧草在聚居地是最好的韧草，它编织出的裤子算是聚居地的高级货。可是在17号安全区，却是贫民都不屑的东西。

听他的语气，这样的家伙是紫月战士？还是所谓三阶以上的紫月战士？唐凌对紫月战士一无所知，但也不至于傻得听不懂，三阶代表着不同的实力。

无视安东尼的话，仰空看着屏幕中的凶兽说道："雷德类龙蜥，怀疑是变种为有空间能力的三级凶兽，你如何看？"

安东尼揉了一下他高挺的鼻子，深陷的蓝色双眼流露的却是嘲讽的目光："雷德类龙蜥？呵呵，三级是真的，但空间能力？就凭这傻家伙，没有可能。"说话间，安东尼很随意地从裤兜里掏出了一个紫色的圆球，然后忽而严肃了起来，"三阶紫月战士，安东尼·雷奥申请出战。"

"准战。"仰空准战。

"那什么，让人把刀给我送来。"安东尼抓了一下头发，略显有些不好意思。仰空顿时神情变得冰冷："你的战刀，竟然不随身携带？如果延误了……"

"与其有时间说这些废话，还不如叫人立刻把刀给我送来。就在下层，第五号兵器室，我的黑夜闪电不会没人认识。"安东尼打断了仰空的话。

仰空皱了一下眉头，立刻通过指挥中心下达了命令。

果然，不到半分钟，就有三位战士吃力地扛着一把刀身长两米，却只有八厘米宽，模样显得有些怪异的黑色直刀进入了指挥中心。

很重吗？这刀的设计不合理，如此长度，刀身却如此之窄，会容易折断。除非是韧性极好的金属，但这难免会牺牲硬度，对付防御极强的蜥类兽，会不会……唐凌观察着一切，心中也浮现出了许多的问题。

但此时安东尼却走过去，非常轻松地单手就拿起了三个战士才能扛动的长刀，轻轻挥舞了一下，指挥室荡起一丝带着割裂感的微风。

"小心这里的仪器。"仰空不满。

安东尼却淡淡一笑，随手抛出了手中的紫色圆球，球体在空中分裂开来，变成了无数的紫色粒子，然后高速地运转组合，形成了一件件盔甲的套件，随着安东尼挂在胸前的一条紫色项链亮起，伴着"咔嚓咔嚓"的声音，瞬间穿戴完毕。

把黑色的战刀扛在了肩上，安东尼走向了前方的大屏幕，忽然伸手"哗"的一声掀开了其中一块屏幕。原来这巨大的屏幕也是瞭望之塔的窗户？

还来不及细想，带着血腥味的风在这时一下子吹入了整个指挥中心，一抹不可忽视的紫色朦光伴随着烟尘也瞬间涌入了室内。

紫光！唐凌在一瞬间，有一种身体里的每个细胞都跃动起来的感觉，而心中则有一种如同火烧般的沸腾，在打磨着他的意志，怂恿着他的战斗欲望。

"战术移动盘。"安东尼回头，对着仰空说了一句。其中一位抗刀的战士扔给了安东尼一个背包样的圆盘，安东尼随手背在了背上，然后从中拉出了一个仿若登山扣一般的锁扣。

"你如果敢把安全点定位在这里，我不介意弄断它。"仰空没有开玩笑的意思。

"小气。"安东尼一个闪身，瞬间就冲出了瞭望之塔。

那扇被他掀开的屏幕落下，随之那带着血腥味的风也跟着消散，一同散去的还有那一抹朦胧的紫光。

"安东尼好帅。"克里斯蒂娜发出了花痴一般的声音，在一旁的薇安也表示赞同："他很英俊，就是瘦了一点儿。"

指挥中心的女性战士似乎也很赞成这个说法。只有奥斯顿"呸"了一声，其余人却完全不在乎。

唐凌则略微有些失神，他忍不住问旁边的安迪："你刚才，我是说你刚才有什么特别的感觉吗？"

"风里血腥味很重，这些废墟作战带来的烟尘很刺眼。以后，要是战斗的话，我看不清楚怎么办？"安迪表示了他的担心。

唐凌无语。难道只有他感觉到了那紫光吗？

第103章　斩（上）

没有人给唐凌答案。或者从始至终，根本没有人在意过所谓的紫光，大家的注意力全部集中在了屏幕上。

因为此时，安东尼扛着黑色长刀的身影已经出现在了屏幕之中，他的左手甩动着刚才那个锁扣，踏着紫月战士特有的"瞬步"，时不时地闪动出现，速度极快。

而在屏幕一侧的小角，有一张精准的2D地形图，代表着安东尼和雷德类龙蜥的两个光点在快速接近。

2.2公里。1.7公里。1.1公里。

在两者相差还有900米的时候，安东尼忽然停下了脚步，手中那个锁扣被他快速甩出，一道几乎看不见的细线也跟着从他背上的战术移动盘中拉扯而出。

"咔"，屏幕中响起了一声微不可闻的声音，只见那个锁扣自动张开，牢牢地锁在了一栋破损建筑物露出的粗大钢筋之上。"战术移动盘，紫月战士的重要装备。内存长度为2500米的高强度韧性复合金属塑料丝。也被称作I级材料丝。它能承受重达5吨的拉扯，不会影响三阶及以下紫月战士作战。声控，唯一的作用就是'回弹'，瞬间'回弹'，精准'回弹'。"仰空看见安东尼已经定位好安全点，忽然转身对唐凌几人又讲解了几句。

其余人还没有反应过来这战术移动盘的意义，但唐凌却猛地瞪大了眼睛。回弹配合上瞬间，再加上精准二字，已经说明了一切。想一想吧，在最危险的瞬间，用声控说一句"回弹"，人就被瞬间拉着后退，直到所谓的安全点，光凭这一点就已经意义不凡。

也许还有更多的运用办法，如果配合上自己的精准本能！

唐凌心跳得剧烈，甚至连呼吸也急促了起来，这个战术移动盘就像为他量身打造的辅助工具，保命之器。相比起来，那些战士配备的电磁护臂算什么？17号安全区是一个连火炮炮弹都如此珍惜的地方，可是这些比炮弹珍贵多了的玩意儿又是……怎么来的？

同样的疑问再次浮现在唐凌的心头，这一次他是彻底理解了苏耀曾经发出的那句慨叹："这个时代，它有时让我感觉接近了宇宙，有时却又像回归了野蛮。"

伴随着难以言明的思绪，唐凌的注意力终究还是停留在屏幕上。900米的距离，对于强大的安东尼也好，雷德类龙蜥也好，都只需要一瞬间。

此时，安东尼扛刀的身影已经出现在了雷德类龙蜥的身前："没有办法避开，你来到了这里必须一战。"扬刀，风起，周围原本就保持了安全距离的兽群，再向后躲开了一定的距离。无脑的尸人更甚，它们被雷德类龙蜥吃怕了，已经由似乎有思考能力的进化尸人带领着躲藏了起来。

安东尼在宣战，似乎也在无奈地说明这一战的必要性。这倒让唐凌肯定了两件事情。

第一，三级凶兽已经有了智慧，人类的语言对于它们来说是可以理解的；第二，似乎越是强大的生物，彼此之间越不会轻易地战斗，这像是一种默契。

这两个念头在唐凌脑中只是一闪而过，而在大屏幕上，雷德类龙蜥已经出手了，用近乎偷袭的方式。它上一秒还在假装思考安东尼的话，像挣扎着要做出选择一般。下一秒，它却张大了嘴，直接朝着安东尼撕咬而去。

又是这样的撕咬，可以称之为死亡撕咬，根本无法捕捉的动作，透过屏幕能看见的只是虚空中会出现一道道黑色的裂缝，下一刻猎物已经在它的口中。这也是仰空怀疑这只雷德类龙蜥有空间能力的原因。安东尼能避过吗？

答案仅仅在一秒之后就出现了，大屏幕之中安东尼的身影消失不见了，而雷德类龙蜥的口中也并没有安东尼。

人在哪里呢？

监控着整个战场的大屏幕，很快就追踪到了安东尼，他在自己之前设定的"安全点"，似乎刚刚站定，紫色战甲左肩的位置已经裂开，丝丝血迹渗了出来，显得有些狼狈。

仰空皱紧了眉头。一开始就使用了保命的安全点，在雷德类龙蜥第一次出手就受伤，这战斗的开局怎么看都不太妙。而高端战斗根本不复杂，用时也很短，因为往往一两次出手已经可以决定胜负。

相比于仰空的严肃，安东尼可没有半点负担，望着雷德类龙蜥朝着他冲刺而来的身影，他舔了一下嘴唇，夸张地"哇哦"了一声："我发誓它跑起来的姿势像屎。它有狗屁的空间能力，它有的只是它那一条烂舌头。速度极快，在屏幕上就只会留下黑色残影……论速度，我躲不过它。那这样对付它怎么样？"安东尼的语速极快，带着一种异样的兴奋，说话间举起的左手忽然出现一颗闪亮的光球。

不，那夸张的"滋滋"声和交错的电流，说明了那是一颗雷球。

"哇，雷电王子——安东尼，果然出现了。"指挥中心，传来了一位女性战士显得有些花痴的声音。

仰空有些嫌弃地白了一眼那位女战士，而下一秒安东尼的全身竟然布满了雷电，显得更加轻浮的声音也从屏幕中传来："宝贝儿，你来得太快了，是这么急着送死吗？"

话语声还在耳边，安东尼的人已经消失在了屏幕之中，因为他已经朝着冲他急奔而来的雷德类龙蜥冲了过去。急速的战斗开始了，无奈这已经不是监控战场的镜头能够捕捉细节的了。唯一能看见的只是一道道电光快速地缠绕着雷德类龙蜥，而伴随着电光的是一道道黑影。

唐凌运转着精准本能，拼命地想要看清楚，这究竟是怎么样的战斗。而第一次，精准本能失败了，除了能模糊地感应到那电光是安东尼在高速运动的身体，那黑影应该是他的残影，其余的什么也看不见。

"高阶的战斗就是这么无聊。"仰空单手托腮淡淡地评价了一句。只有他清楚，安东尼不过是采取了极其主动的进攻，通过方位的高速变幻，让雷德类龙蜥陷入防御，正面避开了雷德类龙蜥的舌头。可这样有效果吗？

第104章　斩（下）

战斗，绝对不是仰空的长处，但他非常清楚，雷电有麻痹的作用，不停变幻的方位，会拖慢雷德类龙蜥舌头的进攻速度，刁钻的角度自然也是可以利用的。加上安东尼为自己加持了一层"雷电盔甲"，雷德类龙蜥的舌头每攻击到他一次，都会被麻痹一次，拖慢速度。

但保持这种高速和"雷电盔甲"防御，也是负担极重的一件事情，安东尼能坚持多久？就算他的佩刀是加入了极少量超级材料的一阶超合金，又能对雷德类龙蜥造成多大的伤害呢？三级凶兽的天然防御视物种而定，雷德类龙蜥显然是极强的那一种。

"火炮部队准备，随时待命。"只是思考了三秒，仰空便下达了命令。如果损失了一名三阶的紫月战士，对17号安全区来说，也是极其沉重、快要超过承受范围的事情了。

"你怎么，就，不相信我呢？"在这个时候，安东尼的身影忽然出现在了屏幕之中，与雷德类龙蜥面对面站定。

这绝对不是一个有利的位置，如果雷德类龙蜥的舌头是它最有力的武器，正面显然是它的能力最能发挥到极限的位置。唐凌心中自然产生了这样的疑惑，换作他来战斗，肯定上下左右无所不用其极地逃窜，最好让雷德类龙蜥的舌头打个结才好。

"我不会用你的性命做赌注。"仰空的语气依旧平静。

"哗——"的一声，安东尼扬起了刀，整个身体似乎得到了休息，重新站得笔直。

尽管刚才的高速缠斗只有四五秒的时间，他已经全身都是伤痕，身穿的制式盔甲也处处都是裂痕，血迹溢散在其上，像一朵朵印在盔甲上的血花。

反观雷德类龙蜥，远远没有安东尼那么狼狈，身上虽然也有大大小小十几处创伤，可是只有三五处渗出了翠绿色的血液，量也不多，看样子已经停止了渗血。唯一让人感觉它有些狼狈的，不过是安东尼造成的刀口还闪烁着电光，吱啦啦的声音让人耳朵有些发麻。

面对仰空的说法，安东尼右手扬刀的动作不变，左手高举，手指比了一个"二"字。

"仰空教官，他是在说你二吗？"奥斯顿想起了前文明的一个说法，反正在他的思维里，如果谁对他的战斗抱有如此大的不信任，他肯定会觉得对方很"二"。

"不是。"仰空强行控制着自己想要暴走的心，勉强回答了一句。

又是一个女战士给奥斯顿解释道："他的意思是，一旦进攻，两秒内解决战斗。"

"两秒？"这下错愕的是奥斯顿，无论怎么看，安东尼也不像很有胜算的样子。

但伴随着奥斯顿疑问的声音，却是安东尼最后的挑衅："来吧，宝贝儿。看你也是一只公的，为何我们不能像公的一样，果断地一次决出胜负呢？莫非，你是母的，会产卵的？"

这是什么话？在一声声窃笑声中，仰空严肃的脸色有些难看，比起飞龙，这个安东尼果然粗俗得要命。

安东尼的话挑动起了雷德类龙蜥的怒火，所以他自己也如同早有意识那般，在喊话的同时就开始急速地后退。以超越了瞬步的速度，一连后退了接近十步。

在屏幕中，所能看见的不过只是安东尼的身影闪烁了十次，但在这十次闪烁之中，一道道雷电的光芒出现在了他后退的道路上，形成了一面面密集的电网。

"他起码出刀了上百次，他手中的黑夜闪电有添加特殊的材料，让他只需要动用一点能力，就可以发出一道三千伏左右的电压。如果动用能力全力出刀，那发出的电流能量则……我不可估算，那是他自己的秘密。但是比起真正的雷电，还差得远，最多是个玩电的。雷电法则他还需要探寻。"仰空是一位很好的老师，在少年们不解电网如何形成时，他就做出了及时的讲解。

但这些知识，离唐凌几人现在实在太过遥远。唐凌觉得仰空与其说是在讲解，不如说是在趁机鄙视安东尼，觉得他的能力还很一般。可无论仰空如何鄙视，在大屏幕上的安东尼却引起了指挥室里几个女孩子的低声惊呼。他转头一把扯开了已经快要完全破碎的头盔，露出了带血的脸，吹了一声口哨，大声地喊道："两秒钟，不是吗？我赢了。"

的确，他是赢了，他的黑色闪电直直地插在地上，钉住了雷德类龙蜥的舌头！怎么做到的？根本不用问！至少唐凌没有疑问。

这是战术的成功，从选择后退，释放电网开始，就决定了安东尼的胜局——雷电有麻痹作用，雷德类龙蜥伸着舌头追过来，穿过了那么多重电网，还能剩下多快的速度？这一招，是安东尼个人能力的体现，但为什么一开始不用呢？

唐凌扬眉，也淡淡地鄙视了一番仰空，看来对于战斗的判断，仰空还算是一个"外行"。

"再见了，宝贝儿。从你的外部无法突破，那么从内部呢？"安东尼双手握着黑色闪电，说话间，一股强大的电流通过黑色闪电传到了雷德类龙蜥的舌头上。下一刻整个雷德类龙蜥就被包裹在了电网之中，巨大的身体不由自主地翻滚抽搐，如同一道巨大的雷电翻滚在大地之上——电流直接传入了内脏，它的外部防御再强，也是无用。

所以，雷德类龙蜥也毫无疑问地死了一个彻底。

"唰"的一声，安东尼拔出了黑色闪电，抹了一把脸上的血，转身，似乎是透过了空间的距离看向了仰空："按照规矩，它身上的一切我分走三分之一。而且，它的能量结晶核，全是我的。毕竟，我损失了战甲，黑色闪电经过了电流高强度的释放，也必须进行一次检测和修补。"

原来是对战利品的分配问题。

这实在不是应该让新晋的新月战士看见的一幕，仰空抿了抿嘴，拒绝道：

"能量结晶核，你只能拿走一半。其实你本可以轻松地解决——用雷电克制速度。"

第105章　缘由

因为能量结晶核对于17号安全区也是极其重要的资源储备，有着极多的用处。

仰空的话也未失公道，不管是唐凌，还是看懂了战斗的每一个人都认为安东尼其实可以一开始就动用最后一招取胜。

面对仰空的说法，安东尼的脸上流露出了不屑的神情，他吐了一口唾沫，直接说道："呸，你该不会以为我演了一场苦情戏吧？你以为之前我和它缠斗，留下的十几道刀口是为什么？为了让战斗显得更加艰难一点儿？仰空，你是很厉害。但对于战斗的判断，你是一个白痴。这头雷德类龙蜥，它的舌头厉害，身体的速度也同样厉害！它身上的每一道刀口，我是为了让它受伤吗？不，我是为了限制它的速度！那上面的每一刀都是我能力的极限，释放的电流达到了一万伏，否则根本不足以限制它庞大的身躯。多的，还需要我解释吗？如果身体速度没有被限制，最后那一刀根本钉不住它的舌头！它最完美的战斗方式是身体配合舌头同时瞬间动出！这是我第一次不惜生命危险，试出来的结论。对你们喊话，也只是为了麻痹它，让它以为我没有看出来。反正这家伙能听懂人话。"

说到这里，安东尼一屁股坐在了战场上，整整休息了十几秒，这才继续说道："我已经尽了全力，我要求的分配方式不能变动。"

"好。"仰空这一次答应得非常干脆，安东尼有没有说谎，他还是能够判断的。

"那就好。"安东尼站了起来，拍了一下自己的屁股，从裤兜里摸出了一根香烟叼上，"我就不回指挥中心了，我需要休整一下。我的战利品，你们负责送到我的驻地。"

吐了一口烟，安东尼忽然对着屏幕又说了一句："仰空小子，飞龙难道没有告诉过你，对于一位紫月战士来说，战斗智慧是最难得也最高端的能力吗？就比如我的。"

　　说完这话，安东尼扛着他的战刀黑色闪电很快消失在了战场，留下了一串串女孩子的尖叫声。

　　仰空也并未因为安东尼的调侃而生气，反而放松地吐了一口气，虽然怀疑安东尼早就看出这头雷德类龙蜥的速度能力能被他所克制，才要求出战的。但危机毕竟解决了不是吗？

　　至于战斗智慧？仰空突然回头看了一眼唐凌，想起了飞龙那么喜欢这个小子，就是因为飞龙认为他有着最出类拔萃的战斗智慧！

　　感觉到了仰空的目光，唐凌略微有些尴尬——莫非仰空有读心能力，看出来自己赞同安东尼的话，觉得他是战斗白痴了？

　　不过，唐凌脸皮也厚，很快适应了仰空的目光，倒是有些患得患失起自己对刚才那场战斗的误判。这是唐凌所不能容忍的，他竟然忽略了安东尼缠斗雷德类龙蜥的目的，尽管根本原因是他对战斗双方所了解得太少。

　　当然，懊恼的只是唐凌一个人，其余的少年们却完全沉浸在了这场高等级战斗带来的震撼之中——原来，紫月战士可以这么厉害的吗？这一场完全超越了力量、速度、神经反应这三大项基本要素的战斗。到了这个阶段，拼的是能力？而且能力还各不相同？！

　　就连昱和奥斯顿也处于震撼之中，因为安东尼所展示的能力，完全来源于自身，和他们现在家族所给予的能力，完全不是一个概念。每个人都在猜想，自己会是什么能力呢？他们现在还不明白紫月战士的能力在哪个阶段才会出现。

　　仰空静静地等待着这些少年，能观摩这样一场战斗是他们的运气，毕竟就算在希望壁垒，这个阶段的战斗也不是会常常发生的。直到三分钟以后，这些少年才各自回神，想起了自己还在指挥中心上课。这时，仰空已经站了起来，把指挥权重新交还给了这里的指挥官。

　　刚才因为一场大战安静了下来的战场，重新变得热闹了起来。那头凶悍得不可一世的雷德类龙蜥，怎么也不会想到不到五分钟，它就已经"躺"在了地上，身旁围着一群拿着特殊工具的人开始肢解它，获得这个时代珍贵的资源。

　　"怎么样？对希望壁垒的一切，通过战场有了直观的认知了吗？"看着眼前对未来充满了斗志的少年们，仰空这样问了一句。

"很有认知。"奥斯顿是一根筋，他的认知是指他知道希望壁垒是什么模样的了。昱不说话，目光透露出一丝疑惑，显然他有自己的想法。而阿米尔，从来不会表达自己，低着头也不知道是否都了解了。安迪不会思考什么，他觉得唐凌会思考出答案。至于两个平日里还算机灵敏感的女孩子，此时已经完全地沉浸在了安东尼的帅气当中，希望壁垒什么的暂时抛到了一旁。

但唐凌心中早有疑问，既然仰空已经提了出来，他自然要问个明白。所以，他上前了一步。仰空则看着唐凌，这小子此时会说什么呢？

"希望壁垒的表面，我已经了解。可是，仰空教官，关键的地方你并没有给我们讲述清楚。"

"那你认为什么是关键的地方呢？"

"那便是这里存在的意义。希望壁垒到底为了什么而存在？"唐凌终于大声地问出了自己的问题。

他的话音刚落，整个指挥中心有好几个战士都转头看向了唐凌。不得不说，这是一个敏感的小家伙。有多少人，第一次来这个地方，会思考到这一步呢？不论是在17号安全区，或是在希望壁垒，战士所面对的都是严格的纪律。就算不是战士，在这个时代生活着的人们，能活着，安稳地过每一天都是不易，谁又愿意去想一切到底是为什么呢？

的确，深一步的思考就能想到希望崖后面的17号安全区，或者曾经是聚居地的安全带，甚至是莽林的次安全带才是更好的地方。再加上希望崖形成的天然防护，17号安全区至少是安全的，有什么必要在这里日日夜夜进行着激烈的战斗？